이리하여 아무도 없었다

KOSHITE DAREMO INAKUNATTA

ⓒ Alice Arisugawa 2019, 2021

First published in Japan in 2019 by KADOKAWA CORPORATION, Tokyo.
Korean translation rights arranged with KADOKAWA CORPORATION, Tokyo
through JM Contents Agency Co.

이리하여 아무도 없었다

아리스가와 아리스 소설
김선영 옮김

H

들어가는 말

이 책은 시리즈에 속하지 않는 중단편을 모은 것으로, 라디오 스크립트였던 것을 이번에 처음으로 활자로 옮긴 작품도 들어 있습니다.

테마를 받아서 쓴 글도 있고, 분량 제한도 없이 자유롭게 쓴 글도 있습니다. 내용도 길이도 다양하고 책이 갖는 테마도 없어, 아리스가와 소설의 견본집이라고 할 수 있습니다.

판타지 색채가 강한 작품부터 호러 스타일을 거쳐 본격 미스터리로, 어느 정도 그러데이션을 이루도록 배열했지만 어떤 순서로 읽으셔도 상관없습니다.

"어떤 생각으로 이런 소설을 썼을까?" 하고 궁금하시다면 각 소설의 내력을 기록한 다소 긴 '후기'를 살펴봐주시기 바랍니다.

차
례

일러두기

* 본문의 각주는 모두 옮긴이 주이다.

저택의 하룻밤

우윳빛 안개가 연기처럼 자욱하다. 구로다 다쿠야 교수는 자동차 속력을 늦추고 앞쪽에 시선을 집중했다. 날 저문 산길에서 이런 안개를 맞닥뜨리다니 운이 없다. 방문지에서 한 시간만 더 빨리 출발했다면 좋았을 텐데, 말 많은 주인에게 붙들려 그만 오래 머무르고 말았다.

"뭐, 천천히 달려도 자정쯤에는 집에 도착하겠지."

혼잣말을 중얼거리며 내비게이션을 보니 곧 산마루를 넘는다고 안내해주었다. 2킬로미터쯤 가면 갈림길이 나오는 모양이다. 길을 잘못 들지 않도록 음성 안내가 나오리라.

"세상 참 편해졌어."

또 중얼거리고 30년 전 기억을 떠올렸다. 대학원 연구실에서 민속학 현지 조사를 하던 시절이다. 내비게이션은 없었고 조수석에는 그녀가 있었다. 긴 검은 머리가 등까지 내려오는 호시노 미카코가.

미카코와 함께 도호쿠의 오래된 가옥을 찾아 현지에 전해 내려오는 제례에 관해 어르신을 인터뷰했다. 신기한 이야기가 줄줄이 튀어나와 구로다가 그때마다 질문하는 사이 가을 해는 저물고 밖은 깜깜해졌다.

"우아, 완전히 한밤이네. 많이 늦었어. 구로다가 너무 열심히 해서 그래."

미카코가 렌터카 조수석에서 안전벨트를 매면서 놀리듯 말했다.

"연구에 열정적인 건 잘못이 아니지. 좋은 이야기를 많이 들었잖아. 늦어졌다고 해도 아직 7시고."

"이 부근에서는 한밤이야. 그 할머니, 용케 지금까지 상대해주셨네."

"하지만 즐거워 보이던걸. 우리 인터뷰 실력이 훌륭한 덕이지."

"그렇긴 해." 미카코가 미소를 지었다. 연구에 진척이 있을 것 같아 그녀도 기쁜 것이다.

"빨리 호텔에서 쉬고 싶어. 체크인하면 바로 저녁 먹으러 가자. 그러려면 산을 두 개 넘어야지. 자, 부탁합니다, 내비게이터!"

구로다는 지도를 미카코에게 맡겼다. 두 사람이 찾아간 곳은 산속의 쓸쓸한 마을로, 비즈니스호텔이든 민간 숙소든 산을 두 개는 넘어야 나온다. 연인 사이도 아니라서 당연히 호텔방은 두 개를 예약해두었다.

교행交行도 쉽지 않은 산길이었다. 중간에 있는 마을까지는 포장도로가 나 있었지만 그다음부터는 비포장길이다. 한 시간 가까이 달렸을까, 미카코가 말했다.

"이상하네. 길이 점점 좁아져."

구로다는 차를 세웠다.

"구로다, 이것 좀 봐줘." 미카코가 가리키는 지도를 받아 자세히 들여다보았다.

"아까 오른쪽 길로 들어섰는데 그게 잘못됐을까? 하지만 오른쪽으로 가라고 되어 있지?"

"그러네. 마을로 통하는 건 이 길인데. 이상하긴 하지만 이 길이 맞아."

그가 단언하자 미카코는 안심하는 눈치였다. 내비게이터 인데 실수했으면 어쩌나 걱정했던 것이다.

"서두를까? 밤에 날씨가 나빠진다는 예보도 있었고. 이런 곳에서 비라도 내리면 초보 운전자는 옴짝달싹 못 해."

"믿고 있는데 그런 말 하지 마. 빨리 호텔에 들어가고 싶긴 하지만 안전하게 운전해."

서두르고 싶어도 속력을 낼 수 있는 길이 아니었다. 깊은 산속 거친 길을 꾸물꾸물 지나가자 주변의 어둠은 더욱 깊어졌다. 삼십 분쯤 지나 참다못한 미카코가 말했다.

"이상해. 되돌아가는 게 낫지 않을까?"

"하지만 지도로는 이 길이 맞는데. 이럴 때는 되돌아가면 오히려 후회하기 십상이야. 게다가 아까부터 보고 있는데 유턴할 수 있는 장소가 없어."

이미 9시로 다가가고 있었다. 도시에서는 초저녁이지만 이곳은 다른 세상이었다. 해저처럼 어둡고 쓸쓸하다. 불빛 속에 굽이굽이 휜 길만 뻗어 있었다.

"미카코가 길을 잘못 알려준 건 아니야. 내가 책임지고 결정할게. 이대로 갈게. 괜찮지?"

미카코가 작게 끄덕이는 것을 보고 구로다는 액셀을 조금 강하게 밟았다.

그로부터 얼마 지나지 않아 비가 내리기 시작했다. 불안한 표정을 짓는 미카코에게 구로다는 "절대 사고 내지 않을게"라고 든든하게 말했다.

십 분쯤 더 갔을까, 길이 끊겼다. 마을로 통하기는커녕 막다른 길이었다. 미카코가 망연자실했다.

"대체 어떻게 된 일이지? 지도대로 달렸는데 막다른 길이라니."

욕지거리를 하는 구로다의 어깨를 미카코가 툭 쳤다.

"봐, 구로다. 이런 곳에 저런 게……"

본격적으로 쏟아지기 시작한 빗줄기 저편에 커다란 검은 그림자가 있었다. 미카코가 "이런 곳에 저런 게"라며 놀랄 만도 했다. 그것은 사람이 살지 않는 산속에 전혀 어울리지 않는 서양식 저택이었다.

벽돌로 지은 중후한 2층 건물로 창문이 잔뜩 있었는데 어디에서도 빛은 새어 나오지 않았다. 인기척이 없는 것이다.

"뭘까? 확인해보고 올게. 여기서 기다려."

구로다가 가방에서 접이식 우산을 꺼내 차에서 내리려 하자 미카코는 "나도 갈래"라고 했다. 그 눈에는 희미한 공포와 호기심이 뒤섞여 있었다.

우산을 손에 든 두 사람은 반쯤 열려 있는 철문을 지나 저택 현관으로 걸어갔다. 인터폰이 있어 눌러보았지만 귀를 기울여도 대답은 없었다.

"아무도 없나?"

구로다가 문손잡이를 쥐고 밀자 끼익 소리를 내며 천천히 열렸다. 마치 두 사람을 맞이하듯이. 달빛도 없어 저택 안은 깜깜했고 반대로 내부의 어둠이 밖으로 쏟아져 나올 것만 같았다.

그는 겁먹은 미카코 앞으로 한 발짝 나서서 라이터를 켰다. 널찍한 현관 로비였다. 어두워서 잘 보이지 않았지만 폐가라고 할 정도는 아니었다.

함께 차로 돌아가서 회중전등을 가져와 다시 안을 비추어 보았다.

"훌륭한 저택이네."

찰싹 달라붙어 말하는 미카코에게 구로다는 대답했다.

"훌륭한 빈집이지."

로비 천장에 매달린 샹들리에나 바닥 구석에 거미줄이 있었다. 카펫에는 먼지가 얇게 쌓여 있었지만 불결한 인상은 없어, 기껏해야 한 달 정도 청소를 안 한 느낌이었다. 로비 정면의 계단 옆에는 중후한 대형 괘종시계가 정확하게 시각을 알리고 있었다. 9시 12분. 안으로 들어가 문을 닫자 시계의 째깍째깍 소리가 기묘하게 크게 들렸다.

"실례합니다!"

미카코가 안쪽을 향해 외쳤지만 대답은 없었다. 있었다면 기겁했으리라.

1층을 둘러보는데 로비 오른편에 응접실과 널찍한 거실. 왼편에는 식당과 주방. 화장실과 욕실. 거실과 식당에 전화기가 있었지만 둘 다 먹통이었다. 전기도 들어오지 않았지만 그래도 가스와 수도는 살아 있었다.

"빈집이라고 해도 문이 열려 있는 건 이상해. 여긴 대체 뭘까?"

미카코의 질문에 그는 말없이 고개를 저었다.

밖에서는 빗줄기가 굵어진 것 같았다.

❖

고풍스러운 촛대가 있어 양초에 불을 붙여 계단을 올라가자 2층에는 다섯 개의 침실과 창고 방이 늘어서 있었다. 침구는 의외로 깔끔해 보였다.

"미카코도 피곤할 테니 여기서 하룻밤 보내는 건 어떨까?"

구로다의 말에 미카코는 당혹스러워했다. 쉽게 결정할 수 없었다. 어둠에 뒤덮인 길을 되돌아가는 것도 무섭고, 정체모를 저택에 무단 숙박하기도 두렵다.

"솔직하게 말할게. 이런 빗속에서 차를 몰고 아까 그 길을 지날 자신이 없어. 나 혼자라면 또 몰라도 네 목숨까지 달려 있으니……"

그래도 결론을 내리기 어려웠다. 구로다는 강요하지 않고 밝은 목소리로 다른 제안을 했다.

"일단 밥이나 먹을까? 식당에 이런 저택에 어울리지 않게 컵라면이 있더라. 라면하고 국수도 있던데 유통기한도 괜찮았어. 도둑질은 아니야. 먹은 만큼 제대로 돈을 두고 갈 거니까."

허기를 이기지는 못했는지 미카코는 "그럴까"라고 대답했다. 안도한 표정이었다.

열 명 넘게 앉을 수 있을 테이블에 촛대를 두고 컵라면으로 저녁 식사를 했다. 불빛이 일렁이자 미카코가 피식 웃었다.

"촛불만 보고 있으면 고급 레스토랑에서 디너를 먹는 기분이야. 둘 다 라면을 먹고 있지만."

"초일류 요리사가 만든 라면을 먹고 있다고 생각하면 되잖아. 굉장히 맛있어. 이렇게 맛있는 라면은 처음이야."

"시장이 반찬이라 그런 거겠지. ……응, 맛있긴 하네."

거미줄이 살짝 덮인 샹들리에 밑에서 두 사람은 라면을 먹었다. 다 먹고 나서 구로다는 컵라면이 있던 선반에 1천 엔짜리 지폐를 올려놓았다. "거스름돈은 됐어"라고 말하면서.

겨우 저녁을 먹고 나니 피로가 확 몰려와 미카코는 아침까지 이곳에서 지내기로 결심했다. 그 대답에 구로다는 안도했다.

"그게 나아. 물론 침실은 따로 쓸 거니까."

"고마워. 하지만…… 혼자는 무서운데."

난처해한다기보다 어딘가 응석이 묻어나는 말투였다. 구로다는 "나는 어느 쪽이든 상관없어"라고 대답했다.

촛대를 들고 2층으로 올라가려는데 벽에 걸려 있던 그림이 멀쩡히 있다가 덜컥 기울어 미카코가 비명을 질렀다. 냉혹해 보이는 수염 난 얼굴의 남자가 그려진 그림을 다시 반듯하게 걸고 구로다는 애써 태연하게 말했다.

"아무것도 아니야, 괜찮아."

2층 안쪽 침실에 침대가 두 개 있어서 그곳에서 묵기로 했다. 조명은 벽난로 위에 내려놓은 촛불뿐. 그것이 사라지면 진정한 어둠이다.

"나는 깨어 있을 테니 안심하고 쉬어. 옷을 갈아입을 거면 나가 있을까?"

구로다가 그렇게 말해도 미카코는 벽에 등을 대고 침대 위에 그대로 앉아 있었다. 이변이 생기면 바로 대처할 수 있도록.

"고마워. 하지만 도저히 잠이 올 것 같지 않아. 나도 아침까지 깨어 있을래."

비는 계속 쏟아지고 바람이 유리창을 뒤흔들었다. 때때로 집이 삐걱거리는 소리가 나서 두 사람은 움찔거렸다. 어찌나 고요한지 괘종시계가 시간을 새기는 소리가 아래층에서 들려왔다. 째깍, 째깍, 째깍, 째깍. 단단하고 음울한 울림이 었다.

"무슨 소리가 들려."

미카코가 갑자기 긴장했다.

"시계 소리겠지."

"아니야. 계단 아래쪽에서 바닥이 울리잖아. 발소리 같아. 움직이고 있어. 위로 올라오면 어쩌지!"

"발소리가 아니야. 집이 낡아서 여러 가지 소리가 나는 것 뿐이야. ⋯⋯봐, 이제 안 들리잖아."

미카코는 그 설명에 가슴을 쓸어내렸다. 민망하다는 듯 살짝 웃는다.

"내가 겁쟁이라서 질렸지?"

"아니. 나도 이런 곳에 묵게 되어서 불안해. 혼자였다면 울고 싶었을 거야. 미카코 덕분에 제정신을 붙들고 있는 것뿐이야."

"구로다는 다정하구나."

환하게 웃는 미카코의 표정이 금세 다시 어두워졌다.

"다독여주는데 미안하지만 이 집, 평범하지 않은 것 같아."

"어째서 빈집이 되었을까?"

"그것도 수수께끼지만⋯⋯ 집 어딘가에 누가 숨어 있는

것만 같아. 어쩐지."

"그야말로 기분 탓이야. 넓은 집은 사람을 불안하게 만들거든. 일종의 방어기제가 작용하는 탓인지도 모르지."

미카코의 불안을 씻어주려고 구로다는 우스갯소리도 해보고 연구실 지도 교수나 친구들의 소문도 떠벌렸다. 그 덕분인지 미카코는 차츰 긴장을 풀고 마침내 침대에 누워 새근거리기 시작했다. 이른 아침부터 움직였으니 졸린 게 당연하다.

구로다는 옆 침대에 앉은 채로 미카코의 옆얼굴을 하염없이 바라보다가 새벽녘에야 조금 쉬었다.

아침에 두 사람이 눈을 뜨자 비는 그쳐 있었다. 작은 새들이 지저귀는 소리를 들으며 아침 식사로 또 컵라면을 먹었다. "고원의 펜션에 온 기분이야"라고 구로다가 말하자 "정말 그렇네"라고 미카코가 밝게 대답했다. 불안한 하룻밤을 무사히 넘겨서 들뜬 것 같았다. 산속에서 길을 잃고 스산한 저택에서 묵은 것도 지나고 보면 유쾌한 모험이다.

"이 일은 다른 사람한테는 비밀이야."

"물론이지. 우리만의 비밀이야."

두 사람은 콧노래를 부르며 짐을 챙겼다. 뒷마무리는 깨끗이. 쓰레기는 전부 가지고 돌아가기로 했다.

지나온 길을 되돌아가니 지도가 오래되었던지 갈림길 표

시가 잘못되었다는 것을 깨달았다. 지도를 의심하면서 방향을 고르니 얼마 지나지 않아 어젯밤 묵을 예정이었던 마을이 나왔다.

두 사람은 그대로 집으로 돌아갔고 "우리만의 비밀"이라는 약속은 지켜졌다.

산마루를 지나자 안개가 걷히기 시작했다. 멀리 마을의 불빛이 시야 아래로 보였다. 구로다 다쿠야 교수는 차를 갓길에 세우고 휴대전화를 꺼냈다. 그리고 집에서 기다리고 있는 아내에게 귀가가 예정보다 늦어질 거라고 연락했다.

"그렇게 됐으니 먼저 자. 저녁은 어디서 적당히 먹고 돌아갈게."

"조심히 와요." 아내, 미카코가 말했다.

차를 세운 채로 그는 다시 30년 전의 하룻밤을 떠올렸다.

그 소소한 모험을 계기로 두 사람은 가까워졌고 이윽고 결혼했다. 1남 1녀를 얻었고 올가을에는 은혼식을 맞이한다. 그날 밤 덕분이다. 비도 그의 편이었다.

그 저택은 특수한 목적으로 사용되는 호텔이었다. 덜컥 기우는 액자도, 수상한 소리도, 전부 모습을 감춘 종업원들의 소행이다. 애초에 위험한 장소가 아니라는 사실을 그는 미리 알고 있었다. 통째로 빌려야 해서 대학원생에게는 꽤나 비싼 금액이었지만 저금을 털어 예약했던 것이다. 그녀와 가까워지기 위해서.

참 비겁한 수법을 썼다. 그에 대한 보상이라고 하면 그렇지만 미카코가 그에게 품은 이미지를 망치지 않으려고 열심히 노력하며 살아왔다. 그녀에게 믿음직한 남자가 되기 위해서.

지도도 호텔이 준비해준 것으로, 헤매다가 그 저택에 다다르도록 되어 있었다. 내비게이션이나 휴대전화가 일반적으로 보급되지 않은 시절이라 그런 기발한 비즈니스가 성립했던 것이다.

"그 시절이 좋았다……고 해야 할까?"

시동을 걸고 차를 몰았다. 빨리 아내의 얼굴이 보고 싶었다.

선로 나라의
앨리스

　오빠와 함께 강가의 나무 그늘에 앉아 있는 앨리스는 아까부터 지루하기 짝이 없었습니다. 소풍을 왔는데 오빠는 헤드폰으로 뭔가를(음악이 아니라 기차의 기적 소리일지도 모릅니다) 들으며 두꺼운 잡지에 푹 빠져 있었기 때문입니다.

　뭐가 그리 재미있을까, 쓱 들여다보니 그림도 글자도 없이 쌀알처럼 자잘한 숫자가 가득합니다. 어째서 저런 것에 집중할 수 있는지, 앨리스는 전혀 이해할 수 없습니다.

　그것은 시간표였습니다. 전철이 어느 역을 몇 시에 출발해, 몇 시에 어디에 도착하는지 적혀 있을 뿐. 오빠는 데쓰오鉄男라는 이름 때문인지 철이 들었을 때부터 철도 애호가였습니다. 앨리스가 장난삼아 "야, 데쓰"라고 부르면 태연히 "왜?"라고 대답합니다.

'오빠는 데쓰오인데 여동생 이름을 앨리스라고 짓다니, 엄마 아빠 센스도 이상해. 통일감이 너무 없잖아.'

단순히 부모님이 『이상한 나라의 앨리스』를 좋아해서 그랬다고 합니다. 앨리스는 그게 어떤 이야기인지 모릅니다. 다만 삽화는 본 적이 있어, 평소 부모님이 사주시는 옷이 그 이야기에 나오는 소녀가 입는 것과 비슷한 옷이라는 사실은 알고 있었습니다. 요리도 하지 않는데 앞치마 같은 게 달려 있어 이상했지만 주위에서 "잘 어울려" "정말 귀엽다"라고 하는 데다가 앨리스 생각에도 그래서 불만은 없습니다.

발밑의 강물은 반짝반짝 빛나며 흘러가고, 이따금 빨간 전철이 맞은편 둑 위를 지나갑니다. 헤드폰을 쓰고 있어도 기척으로 아는지 오빠는 그때만 고개를 들어 전철이 지나갈 때까지 바라보는 것이었습니다.

'아아, 지루해. 뭔가 재미있는 일 없을까?'

입을 쩍 벌리고 하품을 했을 때, 또 멀리서 다가오는 전철이 보였지만 오빠는 고개를 숙이고 있었습니다. 시간표에 재미있는 부분이라도 나온 모양입니다.

'조금 짜증나는데. 헤드폰째로 귀를 싹둑 잘라버릴까?'

두 손으로 가위 모양을 만들었을 때, 오빠 뒤쪽으로 이상한 게 보였습니다. 기다란 귀를 쫑긋 세운 하얀 토끼입니다.

두 귀 사이에 남색 모자를 쓰고, 남색 옷을 입고, 두 뒷다리로 서서 달려오는 것이었습니다.

그 토끼가 오빠 등뒤를 지나 앨리스 옆을 지날 때, 이런 말을 하는 게 들렸습니다.

"늦었다, 늦었어. 이러다가는 놓칠 거야. 큰일이야."

토끼가 말을 하는 것만으로도 놀랄 일인데, 그 토끼가 회중시계를 꺼내더니 시간을 확인하지 않겠어요? 보통 일이 아닙니다.

'저게 대체 뭐야?!'

앨리스는 헐레벌떡 일어나서 뒤를 쫓기로 했습니다. 토끼의 옷차림은 전철의 차장 유니폼처럼 보였습니다. '놓칠' 거라고 했으니 자기가 탈 전철의 출발 시간이 얼마 남지 않은 거겠지요. 그렇다면 초조해하는 것도 당연합니다.

토끼는 강가에서 벗어나 들판을 가로질러 울타리 쪽으로 향했습니다. 그리고 앨리스가 거의 따라잡았을 때 울타리 밑에 뻥 뚫려 있는 구멍으로 뛰어들었습니다.

놓칠 줄 알고? 앨리스도 뒤를 따랐습니다. 그 안이 어떻게 되어 있는지, 밖으로 다시 나올 수 있는지 생각도 하지 않고.

뛰어들고 보니 어찌나 깊은 구멍인지요. 앨리스는 끝도 없이 굴러떨어졌습니다. 좀처럼 바닥에 닿지 않아 떨어지면

서 이래저래 자세도 바꾸어보고, 주위를 둘러볼 만한 여유
도 있을 정도였습니다.

마치 수직으로 뻗은 터널처럼 안쪽은 콘크리트 벽이었지
만 군데군데 벽돌이 붙어 있었습니다. 어째서 이런 게 있는
지 전혀 알 수가 없습니다.

나는 어떻게 되는 걸까, 앞쪽에 시선을 집중하니 깜깜한
어둠 속에 빛이 보였습니다. 뭘까 생각하는 사이에 순식간
에 가까워졌습니다. 이윽고 옆을 스쳐지나간 것은 불이 환
하게 켜진 역으로, 비스듬히 기운 벽에 플랫폼이 붙어 있었
습니다.

또 뭔가가 나타났습니다. 역 간판 같은데 낙하하는 속도
가 점점 빨라져서 '지바'와 '사가'라는 글자만 겨우 읽을 수
있었습니다. '미안'이라고 적힌 것도 있었는데 그런 역 이름
은 듣도 보도 못했으니 잘못 본 거겠지요.

특급열차 앞머리에 붙어 있는 표시도(오빠는 트레인 마크
라고 했습니다) 벽에 붙어 있습니다. 다테야마에 계신 할머
니 댁에 갈 때 타는 '사자나미'호나 가족끼리 신슈를 여행했
을 때 탔던 '시나노'호는 물론이고 색색의 마크가 사방에 흩
어져 있어 아름다웠습니다. 오빠라면 "우아!" 하고 환성을
질렀겠지요.

앨리스는 낙하하는 내내 바람을 가르는 소리를 듣고 있었

는데, 어느새 그 소리는 전철이 철로 이음매를 덜컹덜컹 지나는 흥겨운 소리로 바뀌었고, 이따금 귓가에서 삑 경적 소리가 울렸습니다.

그 후로도 신호기나 철로 옆에서 흔히 볼 수 있는 표시, 철도와 연관된 물체들이 잔뜩 지나갔습니다. 깜빡거리는 빨간 불빛은 건널목입니다. ……땡땡땡땡 경고음이 차츰 커지더니 차단기인지 덜컥덜컥 바삐 움직이는 가늘고 긴 막대기를 지나자, 땡땡땡땡…… 소리는 점점 작아졌습니다.

나는 어떻게 되는 걸까 하는 걱정은 오래가지 않았습니다. 터널 출구 같은 게 보이는 순간, 앨리스는 바닥에 요란하게 내동댕이쳐졌습니다. 몇백 미터나 되는 높이에서 추락했으니 보통은 목숨을 잃어야 하는데 어째선지 "아야야" 하는 정도로 그쳤습니다.

"여기는 어디지?"

일어나서 주위를 둘러보니 어두컴컴한 방…… 아니, 방이 아니라 아무래도 역인 것 같습니다. 흐릿한 형광등 불빛 아래에 무인 발매기와 개찰구가 있으니까요.

도시의 커다란 역은 아닙니다. 크기는 학교 교실 절반도 되지 않았고 발매기는 한 대뿐입니다. 전체적으로 낡은 목조건물이었습니다.

"역이라 다행이야. 전철을 타고 돌아갈 수 있겠어."

머리 위를 보니 구멍은 어디에도 없었습니다. 있어봤자 기어올라갈 수도 없습니다.

'하지만 여긴 정말 역이 맞을까?'

그런 생각이 든 이유는 개찰구에 낯선 물체가 있었기 때문입니다. 튼튼해 보이는 철문이었습니다. 그 문이 닫혀 있어서 플랫폼 상황을 전혀 알 수가 없습니다. 역무원이 서 있어야 할 자리도 벽에 가려서 건너편이 보이지 않습니다.

뒤를 돌아보니 역 입구 쪽 문도 닫혀 있어, 열어보려 했지만 꼼짝도 하지 않습니다. 앨리스는 영문 모를 장소에 갇히고 말았습니다.

"어딘지 모르겠지만 일본이겠지."

역 이름을 보려고 했지만 그런 표시는 없었습니다. 다만 외국은 아니라는 점은 확인할 수 있었습니다. 하나밖에 없는 발매기에 일본어로 '사용 불가'라는 종이가 붙어 있었기 때문입니다.

발매기 위에는 그 역을 중심으로 한 지도가 걸려 있었지만 불빛이 어두운 데다가 글자가 작아서 보이지 않았습니다. 앨리스는 점점 화가 났습니다.

"이 역은 못쓰겠네. 손님을 전혀 배려하지 않잖아."

역무원이 있었다면 따지고 싶었지만 하필 무인역인 것 같습니다. 과거에는 역무원이 있었을 사무실 창구는 꼼꼼하게도 판자로 막아놓았습니다. 화는 금방 가라앉았고 불안이 커졌습니다. 영원히 이곳에서 나갈 수 없다면 어쩌지. 영원히는 아니더라도 이삼일이라도 먹고 마시지 못한다면 쓰러지고 맙니다.

페인트가 벗겨진 나무 벤치에 앉아 망연자실해하고 있으려니 어디선가 말소리가 들려왔습니다. 그쪽을 바라보자 지금까지 발견하지 못했던 또 하나의 문이 있었습니다. 아무래도 대합실 같았습니다.

그 문은 정상적으로 열리기에 안도했지만 안에 있던 것은 뜻밖의 상대였습니다.

"허어. 못 보던 게 있네."

"인간 여자아이라니 별일이야."

그렇게 말하며 이쪽으로 고개를 돌린 것은 펭귄, 오리, 닭, 그리고 머리가 검고 초가지붕을 등에 업고 있는 것처럼 커다란 날개를 가진 새…… 그렇습니다, 동물원에서 보았던 에뮤였습니다.

"안녕하세요?"

일단 앨리스는 인사를 했습니다. 수상한 사람이 아니라고 덧붙이고 싶습니다. 여기서는 자기가 제일 기묘한 존재인 것 같았으니까요.

"뭘 하고 있는 건가요?"

그렇게 묻자 모두 웃음을 터뜨렸습니다. 에뮤가 새된 목소리로 말했습니다.

"역 대합실에 있으니 당연히 열차를 기다리고 있지."

펭귄과 오리와 닭도 앨리스를 바보 취급하는 말투로 말했습니다.

"상식이 없는 아이네, 호호호."

"머리가 나쁜 걸지도 몰라."

"고생길이 훤하군."

상대가 인간이라면 섭섭했겠지만 새들이 하는 말이라 별 감흥도 없습니다. 새들 주제에 건방지다고 생각했을 뿐입니다. 펭귄은 "호호호" 하고 웃으며 손(아니, 저건 날개지요)으로 입가를 가리려 했지만 너무 짧아서 전혀 닿지 않아, 이쪽이 웃어주고 싶을 정도입니다.

"역시 역이군요. 출입도 안 되는데."

에뮤가 부리를 내밀었습니다.

"할 수 있어. 밖으로 못 나갔어? 여닫기가 뻑뻑할 뿐이야. 출입이 불가능하다면 너는 어디서 왔는데?"

구멍에서 떨어졌다고 해도 믿어주지 않을 것 같아 앨리스는 질문에 대답하지 않고 화제를 바꾸었습니다.

"여기는 어디인가요?"

에뮤가 "여기야"라고 대답했다.

"여기야 역?"

"아니야. '여기'라는 역이야."

처음 들어보는 곳이라 어떤 한자를 쓰는 역인지 모르겠지만 오빠라면 알지도 모릅니다.

"여기서 전철을 타면 어디로 갈 수 있나요? 지도가 잘 보이지 않아서 그런데 좀 알려주세요."

오리가 허스키한 목소리로 대답했습니다.

"'어딘가'로 갈 수 있어. 이곳에서 출발하는 열차는 전부 '어딘가'행이야."

웃기는 이름이라고 생각하며 앨리스는 거듭 물었습니다.

"그 '어딘가'는 저쪽인가요?"

닭이 벼슬을 푸르르 떨며 고개를 저었습니다.

"그쪽도 '어딘가'지만 저쪽도 '어딘가'야. 어느 쪽으로 가도 '어딘가'에 도착해."

"서로 반대 방향에 '어딘가'라는 역이 두 개 있다는 말인가요? 그건 이상해요. 이름을 붙인 의미가 없잖아요."

에뮤가 경멸 어린 눈초리로 쳐다보았습니다.

"이름이 같은 게 이 세상에 얼마나 많은데. 네 이름을 말해봐. 앨리스? 시시한 이름이로군. 앨리스라는 이름은 세상에서 너 혼자만 독점하고 있나?"

물론 아닙니다. 그렇게 대답하자 에뮤는 거 보란듯이 가슴을 내밀었습니다.

"그것 봐."

말이 통하지 않는 상대들입니다. 앨리스는 몸에서 힘이 빠져 비어 있는 벤치 끝에 털썩 걸터앉았습니다.

마음에 들지 않는 새들이지만 달리 아무도 없으니, 모르는 것은 그들에게 물어볼 수밖에 없습니다.

"개찰구 철문이 닫혀 있던데, 시간이 되면 열려?"

고작 새들을 상대로 존댓말을 쓰는 것은 그만두었습니다. 상대가 더 어릴지도 모르고요.

펭귄이 키득키득 웃으며 말했습니다.

"손님이 표를 넣으면 열리는 구조야. 자동 개찰기도 몰라?"

"저렇게 크고 묵직한 문으로 된 자동 개찰기가 다 있어? 이곳엔 있는 거구나."

에뮤가 고개를 끄덕였습니다.

"있고말고. '여기'에는. 표가 없으면 문 앞에 서도 1밀리미터도 열리지 않아. 100년을 기다려도 말이야. 기다리다가 나이만 먹을 뿐이지."

"난 전철을 타야만 해. 어디로 가야 할지 모르겠지만 여기 있어도 소용없으니까."

"그럼 가렴. 어느 열차를 타도 '어딘가'로 데려가주니까."

"하지만 발매기가 고장나서 표를 살 수가 없어. 어쩌면 좋아?"

새들은 부리를 맞대고 서로의 얼굴을 바라보았습니다. 닭이 말했습니다.

"개찰구 안으로 들어갈 방법은 있어. 우리가 들어갈 때 사이에 껴서 통과하면 돼. 열차 안에서 검표할 때 사정을 설명하면 어떻게든 되지 않을까?"

"의외로 친절하네. ……미안해, 의외라고 말해서."

닭은 개의치 않는 기색으로 단지 고개를 기울여 벼슬을 흔들었습니다.

"발매기는 고장났지만 너희는 표를 가지고 있는 거지?"

"표는 없지만 이게 있지."

펭귄이 양날개 사이에 끼워두었던 물건을 앨리스에게 보여주었습니다. 수북한 휘핑크림 위에 딸기를 올린 쇼트케이크가 그려진 피켓이었습니다.

"피켓이 왜?"

"이게 있으면 개찰구를 지나갈 수 있어. 피켓 표야."

"피켓으로 티켓을 대신한다는 거야? 그런 엉뚱한 짓을 하면 철문에 껴서 납작해질 거야."

에뮤가 다리를 들어 고양이처럼 머리를 벅벅 긁었습니다.

"티켓이라는 표현이 옳다는 건 모두 알아. 하지만 여왕님이 티켓을 피켓이라고 잘못 말씀하시는 바람에 피켓이 되고 말았어. 여왕님은 한번 입에 담은 말을 절대 번복하지 않아."

열차를 탈 때마다 피켓을 들고 다녀야 하다니 너무 번거로울 것 같았지만 여왕이 정한 일이니 거역할 수 없겠지요.

"슬슬 갈까? 여기서 이야기하는 것도 질렸어."

오리의 말에 다른 세 마리도 찬성해서 모두 자리에서 일어섰습니다. 그리고 닭, 에뮤, 앨리스, 펭귄, 오리 순서로 한 줄로 개찰구로 향했습니다.

피켓을 어쩌는지 지켜보자 닭은 개찰구 펜스에 달린 탐지기 같은 물체에 살짝 초콜릿케이크가 그려진 피켓을 가져다 댔습니다. 그러자 문이 드르륵 올라갔고(상하 개폐식이었습니다) 닭은 천천히 그 밑을 지나갔습니다.

바로 이어서 에뮤가 치즈케이크가 그려진 피켓을 대서 문은 그대로 열려 있었습니다. 앨리스는 몸을 숙이고 에뮤의 날개 밑에 숨어 재빨리 개찰구를 지나갈 수 있었는데, 중간에 꼼수가 들켜서 육중한 문이 덜컹 떨어지면 어쩌나 너무 불안했습니다.

휑한 플랫폼에 도착했습니다. 어디로 보나 한적한 시골역이었지만 플랫폼은 한 개가 아니었습니다. 선로 저편에도 플랫폼이 있고, 한 칸짜리 노란 디젤 열차가 서 있습니다. 저게 곧 출발하는 거겠지요.

앨리스는 새들과 선로 위 육교를 건너 디젤 열차에 올라탔습니다. 마주보는 4인석이 쭉 늘어서 있어, 그중 하나에 새들이 앉고 앨리스는 옆자리에 혼자 앉았습니다. 열차 안에는 다른 이들의 모습은 없었습니다.

역 간판에는 분명 '여기'라고 적혀 있고 앞뒤 역 이름은 둘 다 '어딘가'였습니다. 아버지라면 "기가 막혀서 말도 안 나오는군"이라고 웃을 것 같습니다. 어머니와 싸우거나 오빠나 앨리스를 야단칠 때 흔히 그렇게 말하거든요.

새들은 수다를 즐기는 것 같았습니다. 특히 오리는 기분이 좋은지 짧은 다리를 흔들며 들뜬 기색으로 노래를 부르기 시작했습니다. 이게 또 기가 막혀서 말도 안 나오는 노래였습니다.

젓가락은 두 개, 선로도 두 개
하나만으로는 쓸모가 없어
선로 두 개의 고마움
일본 끝까지 모두를 데려가지
서두르는 게 능사는 아니야
완행열차로 느긋하게 가자

들판을 넘고, 산을 넘고, 골짜기를 넘어
선로는 이어지네, 어디까지고 이어지네
이어지는 한 달려야만 해

가파른 비탈, 열차는 힘겹지만
이런 식으로 오락가락하거나,

덜		컹
컹		덜
덜		컹
컹		덜
덜	덜컹	컹
컹	덜컹	덜
덜컹		컹
컹		덜
덜		컹
컹		덜
덜		컹

　　　　　　　　　　스위치백

　　　　　　　으로 헤쳐나가리

산을 넘고, 열차를 힘겹게 하지만

터널을 파지 않아도, 이런 식으로 빙글

빙

글

빙

글　빙　글

빙　　　　빙

글　빙　글　글

빙

글

루프로 멀리 돌아

올라가지요

　중간부터 펭귄도 가세해 내용 없는 노래로 법석을 떱니
다. 마치 두 개의 레일 같은 화음은 훌륭했지만 앨리스는 지
긋지긋해졌습니다.

　"흥겨운 와중에 미안한데, 이 열차는 언제쯤 출발해? 출발
시간을 아니까 탄 거지?"

　에뮤가 기다란 목을 살짝 갸웃거렸습니다. 그리고 또 새
된 목소리로 사람을 바보 취급하듯 말했습니다.

　"이 아이는 뭘 본 걸까? 열차 문에 '논스톱' 표시가 있었잖
아?"

"응, 봤어. 완행인지 급행인지는 상관없고 언제 출발하는지가 궁금한 거야."

닭이 작게 푸드덕거리자 하얀 깃털이 허공에서 날았습니다.

"'논스톱'은 들어본 적 있겠지. 다리가 무너지거나 산사태로 선로가 막혀서 열차 운행이 불가능해질 때 흔히 들었을 텐데."

"그건 무정차로 지나간다는 의미고. 뜻이 다르잖아."

펭귄은 짧은 날개를 겹쳤습니다. 팔짱을 낀 거겠지요.

"어쨌거나 같은 말이잖아. 이해를 못하는 아이네. 달리지 않는 열차가 싫으면 냉큼 내려."

그렇게 말하면 난처합니다. 갈 곳이 없으니까요. 하지만 이대로 새들과 함께 있기도 싫어진 앨리스는 다른 방도도 없는데 열차에서 뛰쳐나오고 말았습니다.

"좋아. 반대쪽 플랫폼에서 기다리면 조만간 오겠지. '어딘가'행이."

다시 육교를 건넜습니다. 그러자 허름한 역사 지붕에 고양이가 웅크리고 있는 것 아니겠습니까? 앨리스의 집에서는 오빠가 "데쓰오의 부하니까 고테쓰小鉄다"라며 이름 붙인 고양이를 키우고 있습니다. 그와 닮은 범무늬 고양이였습니다.

'분명 재도 말을 할 줄 알겠지? 안 그러면 말이 안 돼. 여기서는 새도 말을 하는걸.'

가까이 가서 올려다보니 그 고양이는 커다란 입을 초승달처럼 벌리고 실실 웃고 있었습니다. 기묘한 고양이입니다.

'이 고양이라면 내가 어디로 가야 할지 알고 있을지도 몰라.'

그렇게 생각한 앨리스가 가까이 다가가자 뒤에서 오리가 허스키한 목소리로 외쳤습니다.

"어이, 앨리스! 역사驛舍 고양이한테 신경쓰지 마. 변변한 소리 못 들을 거야."

명령을 들을 이유는 없습니다. 앨리스는 오히려 반항심이 들어 역사 위에 있는 역사 고양이(알기 쉬운 이름입니다)에게 인사를 했습니다.

"안녕하세요, 역사 고양이 씨."

고양이는 미소를 머금고 역시나 인간의 말로 대답했습니다.

"안녕하신가. 오리의 말을 듣지 않은 건 잘한 일이야. 저 녀석들은 별수 없다니까. 어쨌거나 새 주제에 날지도 못하는 한심한 녀석들이야."

"날지 못하는 친구들끼리 사이가 좋아 보이던데."

"흥, 동병상련이라는 거지. 매일 역 대합실이나 멈춰 있는

43

열차에서 수다를 떨며 시간을 보낼 뿐. 저 녀석들은 퇴물 사진 철덕들이야."

오빠에게 들어서 사진 철덕이라는 표현은 알고 있었습니다. 열정적으로 철도 사진을 찍는 사람들을 가리키는데, 같은 철도 애호가라도 시간표 하나면 만족하는 오빠와는 다른 인종입니다.

"퇴물이라는 건 무슨 뜻이야?"

"원래는 카메라를 목에 걸고 열차를 쫓아다니고 있었지. 필사적으로 따라다니다가 '아아, 새처럼 날개가 있다면. 하늘을 날 수 있다면 좋을 텐데'라는 소원을 품게 되었고 그러다 새가 되었어. 자기들은 '진화했다'고 기뻐했지만 새는 카메라를 다룰 수 없지. 그러다 어째서 새가 되고 싶었는지도 잊어버리고 결국 나는 것도 그만두었어. 웃기지도 않은 이야기지?"

웃긴지 웃기지 않은지는 지금의 앨리스에게는 아무 상관 없는 일이었습니다.

"부탁이야, 알려줘. 나는 어떻게 하면 원래 있던 세계로 돌아갈 수 있어?"

고양이의 굵은 꼬리가 한 바퀴 빙글 돌았습니다.

"글쎄. 올 수 있었으니 돌아갈 수도 있겠지. 두 개의 세계가 어딘가에서 이어져 있다는 뜻이니까."

"어딘가라니, 어디?"

"어딘가는 어딘가지. 찾다보면 언젠가 발견할 거야."

"언젠가라니, 언제?"

"언젠가는 언젠가지. 5일 후일지도 모르고 500년 후일지도 몰라."

고양이는 기분 좋은 듯 꼬리를 흔들었습니다. 남의 곤경을 보는 게 싫지 않은 모양입니다.

"일단 어디로 가면 될까? 그럴싸한 제안을 해주면 기쁘겠어."

앨리스는 난처한 티를 내지 않고 말했습니다. 네가 얼마나 영리한지 시험해보겠다는 듯이.

"일단 어딘가로 가봐야겠지. 다행히 여기는 역이야. 들어오는 열차를 타고 여행을 떠나면 되지."

"멀쩡한 열차가 오기는 해? 저기 있는 건 어디로도 가지 않는 '논스톱' 열차였어."

"이쪽 플랫폼에서 기다리면 돼. 슬슬 어딘가행이 올 시간이야."

"어머. 여기에도 시간표가 있고 거기에 맞춰서 열차가 달리는구나."

앨리스는 조금 안도하며 빈정거렸습니다. 그러자 역사 고양이가 실실 웃는 것이었습니다.

그냥 웃는 게 아닙니다. 초승달 모양의 입만 남기고 몸이 점점 투명해지더니 마침내 허공에 실실거리는 미소만 떠 있었습니다. 그것도 결국에는 쓱 사라지고 말았습니다.

고양이가 사라진 역사 차양을 올려다보고 있으려니 오른편에서 열차가 다가오는 소리가 들려왔습니다. 역사 고양이의 말은 거짓말이 아니었습니다.

"다행이다. '논스톱'이 아닌 정상적인 열차도 제대로 다니는구나. 여기에서 벗어날 수 있겠어."

플랫폼으로 들어온 것은 일곱 빛깔로 칠한 요란한 세 칸짜리 디젤 열차였습니다. '논스톱'이 아니라 '급행'이라는 표시가 있고 차체에는 '나를 타세요'라고 적혀 있습니다.

거기까지는 괜찮은데, 마지막 칸만 3층짜리 차량이 아니겠어요? 너무 높고 기분 탓인지 흔들거리는 것 같았습니다.

"2층짜리 열차는 타본 적 있지만 3층짜리는 듣도 보도 못했는데. 이상한 곳이야."

표가 없는 게 불안했지만 그것은 차장에게 설명하는 수밖에 없습니다. 앨리스는 행선지도 모르는 무지갯빛 열차에 훌쩍 올라탔습니다. 모처럼의 기회니 마지막 칸 3층에 올라가보기로 했습니다.

차량 안에는 2인석 좌석이 양쪽에 늘어서 있고, 손님은 중간쯤에 앉아 있는 한 명뿐이었습니다. 앨리스는 통로를 사이에 두고 그 옆에 앉아 조심스레 말을 걸었습니다.

"실례합니다. 이 열차를 타면 어디에 도착하나요?"

승객은 뚱뚱한 중년 여성이었습니다. 무도회에라도 갈 법한 화려한 드레스를 입고 오른손에는 부채를 들고, 덥지도 않은데 얼굴에 느릿느릿 부채질을 하고 있습니다.

거무스름한 피부에 동그란 얼굴. 너구리 같다고 생각하는데 북슬북슬한 방망이 같은 게 엉덩이 밑으로 사라지는 게 보였습니다. 꼬리였을지도 모릅니다.

"이 열차는 3층짜리니까 그렇게 대충 물으면 대답할 수 없어."

너구리를 닮은 여자가 심술궂은 눈빛으로 심술궂은 대답을 했습니다.

"3층짜리든 4층짜리든 목적지가 있을 것 아니에요? 그게 어디죠?"

"호호호. 너는 3층 열차가 어떤 건지 모르는 모양이구나. 세 개의 목적지가 있고, 중간에 세 개로 분리되니까 3층 열차인 거란다."

그런 철도 용어도 오빠 덕분에 알고 있었습니다. 관심도 없는데 앨리스는 다양한 이야기를 기억하고 있습니다.

"세 방향으로 갈라지는 걸 3층이라고 표현한다는 건 아는데, 이 열차는 진짜로 3층까지 있으니 헷갈려요."

"어쩔 수 없어."

여자는 나른한 기색으로 부채질을 합니다.

"3층 열차가 다닌다는 이야기를 들은 여왕님이 '그거 신기하군, 타보고 싶어. 경치가 무척 좋을 테지'라고 말해서 급히 한 칸을 3층 높이로 만든 거야. 승차하신 여왕님은 무척 만족스러워하셨고 무사히 끝날 수 있었지. 그러지 않았다면 사장님 목이 날아갔을 거야, 호호호."

꽤나 제멋대로에 막무가내 여왕님인 것 같습니다.

확실히 경치는 좋았습니다. 초록이 아름다운 전원 풍경이 차창 너머로 지나가는데, 선로 옆에 드문드문 있는 민가 지붕이 낮게 보여서 신선했습니다.

"저는 집에 돌아가고 싶어요. 어디로 가면 될까요?"

앨리스가 사정을 털어놓자 여자는 지루한 듯 하품 섞인 목소리로 대답했습니다.

"여왕님께 의논해보지 그래? 이 나라에서 가장 큰 힘을 가진 분이니 어떻게든 해줄지 몰라. 기분을 거스르면 목이 날아갈 수도 있지만. 오호호호호."

철도 회사 사장의 목이 날아가는 건 이해하지만 어디에서도 근무하지 않는 여자아이의 목을 어떻게 자른다는 걸까요? 앨리스는 이상한 소리를 하는 사람이라고 생각했습니다.

"여왕님한테 가려면 어느 열차를 타야 하나요?"

"성으로 가려면 첫 번째 칸이야. 아니, 두 번째 칸이 나을까? ……역시 첫 번째?"

빠르냐 느리냐의 차이일 뿐, 어디에 타도 성에 가까운 역까지 가는 모양입니다.

"옮겨 타려면 서두르는 게 좋아. 다음 역에서 이 세 번째 칸을 분리할 거니까."

그 말을 들은 앨리스는 인사를 하고 재빨리 계단을 내려와 두 번째 칸으로 이동했습니다. 이쪽에는 아무도 없어서 불안하기도 했지만 이상한 승객을 만나는 것보다는 낫다 싶어 적당한 자리에 앉았습니다.

얼마 가지 않아 열차는 역에서 정차했습니다. '여기'라는 역 이름이 보여서 원래 있던 곳으로 돌아왔나 깜짝 놀랐지만 그렇지 않았습니다. '여기'라는 이름의 다른 역이고, 역사 외관도 주변 풍경도 약간 달랐습니다.

앨리스는 플랫폼으로 나가보았습니다. 역무원 유니폼을 입은 검은 토끼가 하얀 깃발을 흔들며 3층 열차의 세 번째 칸을 분리하는 작업을 지시하고 있습니다. 역 안은 아까 출발한 '여기' 역보다 널찍했고, 지나온 쪽을 보니 커다랗게 휘며 왼쪽으로 갈라지는 선로가 있었습니다. 세 번째 칸은 진행 방향을 바꾸어 저쪽 지선으로 가겠지요.

출발을 알리는 종소리가 울려 앨리스는 열차 안으로 돌아

49

왔습니다. 두 칸으로 줄어든 열차는 천천히 움직이기 시작했습니다. 안달이 날 정도로 느린 속도입니다.

"고장났나봐. 괜찮을까, 이 열차?"

투덜거리는데 뒤쪽에서 누가 헛기침을 했습니다. 정차한 사이에 탑승한 승객이 있었던 모양입니다.

"유유-리드 선로로 들어섰으니 참는 수밖에 없어. 이 구간에서는 속력을 내서는 안 되거든, 에헴."

뒤를 돌아보니 베레모를 비스듬히 쓴 젊은 남자가 있었습니다. 유난히 으스대는 기색입니다. 두 눈이 위로 솟아 있어 여우 같은 인상입니다.

"유유-리드 선로라는 곳으로 들어갔구나. 난 성으로 가고 싶은데."

"그렇다면 이 열차에 쭉 타고 있으면 돼. 유유하게 너를 성 근처까지 리드해줄 거야."

복잡한 환승이 없는 건 고마운 일이지만 속도가 너무 느립니다. 이 정도면 차라리 걷는 게 더 빠를지도 모릅니다.

"계속 이렇게 달려?"

"유유-리드 선로 구간에서는. 뭐, 여덟 시간이면 도착해."

"말도 안 돼. 그렇게 오래 타고 있으면 엉덩이가 쑤실 거야. 쿠션이 좋으면 또 몰라도 이렇게 딱딱한 좌석에서는 못 버텨."

"투덜거려도 별수 없어, 아가씨. 정 싫으면 다음에 서는 역에서 앞쪽으로 옮겨 타겠어? 거기서 첫 번째 칸이 다른 선로로 들어가거든. 멀리 돌아가고 위험하긴 하지만 시간은 8분의 1로 단축돼."

"위험하다니?"

"포인트◆ 전환이 어려운 구간이 있거든. 뭐, 가보면 알아."

꿍꿍이가 있어 보이는 게 유쾌하지는 않았지만 이대로 여덟 시간이나 열차를 타고 있을 수는 없습니다. 앨리스는 첫 번째 칸으로 옮겨가기로 했습니다.

"어라, 위험한 차량을 선택하는구나. 모험을 좋아하는 소녀로군."

여우 남자는 그렇게 말하며 자기도 자리에서 일어났습니다.

"나도 일단 그쪽으로 갈까. 허기가 지는군."

무슨 말인가 했더니 첫 번째 칸은 식당칸이랍니다. 제일 앞쪽이 식당칸이라니 이상합니다.

그러고 보니 옆 차량은 아까부터 시끌벅적했습니다. 달그락, 찰캉거리는 것은 식기와 나이프, 포크가 맞닿는 소리겠지요.

◆ 열차를 한 궤도에서 다른 궤도로 연결할 때 방향을 유도하는 설비.

식당칸이 있다는 말을 들은 순간 앨리스도 간식을 먹고 싶어졌습니다. 목도 마릅니다.

"하지만 정말 괴상한 열차야. 이 두 번째 칸은 다음 역에서 분리되고, 여덟 시간이나 걸려서 목적지로 향한다면서? 어차피 만들 거면 이쪽을 식당칸으로 만들면 좋았을 텐데."

여우 남자가 고개를 끄덕입니다.

"그렇긴 한데 꼭 논리대로 되지 않는 게 세상일이거든."

움직이지도 않는 '논스톱 열차'가 역에 서 있고, 열차가 걸음 속도보다도 느리게 달리고, 이곳에서는 논리적이지 못한 일들뿐이라 앨리스는 이해할 수가 없었습니다. 그런 말은 대부분이 논리적으로 굴러가는 세상에서나 할 수 있는 말일 텐데요.

식당칸에 들어가보니 커다란 테이블이 한복판에 떡 놓여 있고, 세 사람(그래봤자 인간은 그중 한 명뿐)이 테이블을 에워싸고 있었습니다. 가장 안쪽, 소위 말하는 주인공 자리에 앉아서 유리잔을 기울이고 있는 것은 굵은 눈썹이 팔八자로 처진 남자였습니다.

그건 그렇고 나머지 두 사람을 본 앨리스는 기가 막혔습니다. 한 사람은 구멍에 떨어지기 전에 보았던 하얀 토끼 차장(취했는지 눈을 반쯤 감고 있습니다. 어쩐지 검표하러 오지 않더라니까요). 또 한 사람도 유니폼을 입었는데 아무래도 기관사 같았습니다.

'설마 기관사가 조종석을 벗어나서 먹고 마실 리가……'

그렇게 생각하며 앞쪽을 보니 조종석은 텅 비어 있었습니다.

"기계한테 다 맡기다니 미, 믿을 수 없는 멘탈. 느릿하게 달린다 했더니 이런 상황일 줄이야!"

앨리스가 외치자 팔자 눈썹 남자가 눈썹을 찌푸렸습니다.

"조용히 좀 해주겠나? 나는 큰소리가 싫거든. 중요한 얘기에 방해되기도 하고."

"미안해요."

일단 사과했습니다.

"하지만 그 사람은 조종석을 비웠잖아요? 위험해요."

차장이 졸린 눈으로 "괜찮아"라고 말합니다.

"이 부근은 쭉 0.5퍼밀 내리막이야. 내버려두어도 관성이 열차를 유유히 리드해주지. 조금 더 가면 경사가 완만해지니까 기관사는 그때 운전하러 돌아갈 거야."

"……0.5퍼밀?"

처음 듣는 단어였습니다.

"퍼센트가 백분율. 퍼밀은 천분율. 0.5퍼밀은 천에 대해 0.5니까 1천 미터, 즉 1킬로미터를 달리면 5센티미터 낮아

지는 경사를 뜻하지. 이 열차는 지금 그곳을 느긋하게 내려
가고 있어."

팔자 눈썹이 그렇게 말하며 접시에 쌓인 김밥을 게걸스레
먹었습니다.

"백분율과 천분율의 차이는 이해했나? 백분 정신 차리지
않으면 천분 손해를 볼 거야."

기관사로 보이는 남자(아니, 정말 기관사입니다)가 "아하
하" 하고 웃었습니다. 얼굴이 원숭이를 꼭 닮았습니다.

"햣타 씨는 재미있는 말씀을 하시는군요. 백분 정신 차리
지 않으면 천분 손해를 본다니, 이거 걸작이네요."

앨리스는 하나도 재미 없었습니다. 팔자 눈썹의 이름이
햣타(八田라는 한자를 쓴다는 모양입니다)라는 것도, 본명이
라면 어쩔 수 없지만 장난 같습니다.

햣타는 앨리스의 뒤에 서 있던 베레모를 쓴 여우 남자에
게도 말을 걸었습니다.

"어이, 자네. 이 아가씨 동행인가? 중요한 얘기를 하고 있
으니 둘 다 얌전히 있어. 요리는 마음대로 먹어도 돼."

앨리스와 여우 남자는 가까운 빈자리에 앉았습니다.

새하얀 식탁보가 덮인 테이블은 식당칸 비품 같지 않을
정도로 훌륭했지만 추천 요리는 별것 아니었습니다. 접시에
는 김밥이 가득 쌓여 있고 그 주위에 있는 것은 기차역에서

파는 도시락뿐. 따뜻한 음식이 하나도 없습니다. 핫타 일행이 유리잔에 따라서 마시는 것도 그냥 녹차였습니다.

"나누시던 중요한 이야기, 계속하시지요."

여우 남자가 태연한 표정으로 말하며 김밥을 집었습니다. 그러자 원숭이 얼굴의 기관사가 입을 열었습니다.

"핫타 씨가 '육지거북'이라고 말씀하신 참이었어요. 대단히 흥미로운 의견이지만 저는 '바다거북'을 추천하고 싶습니다. 특별한 이유는 없지만 육지를 달리는 열차라고 '육지거북'이라는 건 너무 빤하니 살짝 바꾸는 거지요."

"'바다거북'인가요. 왠지 철교가 떨어져서 바다에 처박힐 것 같은 느낌이군요."

하얀 토끼 차장은 그렇게만 대꾸하고 졸음을 견디지 못한 듯 테이블 위로 뻗어버렸습니다.

"무슨 이야기를 하고 있는 거예요?"

앨리스가 끼어들자 핫타는 귀찮아하기는커녕 기쁜 기색으로 대답했습니다.

"내년 가을에 개통되는 고속 열차 이름을 예상하고 있는 거야. 최고 속도 시속 330킬로미터로 운행해. 명칭을 일반 공모 중인데 아직 정해지지 않았어."

중요한 이야기라더니 아무래도 상관없는 이야기였습니다. 그나저나 '육지거북'이나 '바다거북'이 고속 열차 이름에 어울릴 것 같지는 않습니다.

"거북이가 초특급에 어울린다고 생각해⋯⋯?"

조심스레 말하자 핫타는 불쾌해하기는커녕 너그러운 표정으로 싱긋 웃었습니다.

"아마추어는 이해하기 어려울지도 모르겠군. 설명해주지. 처음 운행한 고속 열차 이름이 뭐지?"

오빠 덕분에 이건 간단한 문제입니다. 다만 일본의 고속 열차에 한한 이야기지만요.

"'히카리'호."

정답이었습니다.

"그래, '히카리'야. 그 후에 '야마비코' '하야테' '쓰바메' '하야부사' 등등이 이어졌고 최고 속도는 점점 빨라졌지."✦

앨리스는 고개를 끄덕였습니다.

"눈치챘나? 고속 열차란 속력이 올라갈수록 이름은 느린 것이 붙는다는 법칙이 확립되어 있어. 이번 최신형 고속 열차는 '더 이상은 불가능. 속도의 한계!'를 광고 문구로 삼고 있지. 그렇다면 최고로 느린 것이 이름으로 붙어야 하잖아? 그래서 내가 '육지거북'이라고 예상했더니 기관사 양반은 '같은 거북이라도 '바다거북'이겠지요'라고 반론을 하는 거

✦ 히카리는 빛, 야마비코는 메아리, 하야테는 질풍, 쓰바메는 제비, 하야부사는 매를 뜻한다.

야. 거북인 건 아마도 확실할 텐데 육지일까 바다일까? 판단하기 어려운 문제야."

'멀쩡한 어른들이 진지하게 그런 토론을 하고 있었다니!'

앨리스는 황당해서 이렇게 말했습니다.

"꼭 거북이어야 하는 법은 없잖아. '무당벌레'나 '달팽이'일 수도……"

세 방향에서 목소리가 날아들었습니다.

"황당무계하군!"

"세상에, '무당벌레'라니."

"말이 안 통하네."

어째서 그렇게까지 단호하게 부정당해야 하는지 전혀 모르겠습니다. 앨리스는 잔뜩 화가 났습니다.

"김밥과 도시락이나 먹으며 전문가밖에 모를 이야기를 주야장천 나누든지. ……그런데 도시락은 그렇다 쳐도 어째서 김밥이 있는 거야?"

기관사가 대답했습니다.

"탑승 철덕인 핫타 씨가 좋아하는 메뉴라 잔뜩 준비했지. 김밥도 열차도 까맣고 길잖아? 이 사람은 열차 탑승을 너무 좋아해서 김에 붙은 밥풀처럼 열차에 붙어 있거든."

사진 철덕부터 탑승 철덕까지, 다양한 타입의 철도 애호가가 있습니다.

"차라리 말을 말지, 요상한 말장난만 하고선. 그보다 슬슬 운전석으로 돌아가야 하지 않아? 점점 속도가 줄어서 멈출 것 같은데."

"아직 괜찮아. 정 걱정되면 네가 운전하든지. 속력만 조절하면 돼. 다음 역까지 선로는 일직선이고 커브는 한 군데도 없어."

열받은 앨리스는 정말 운전하기로 했습니다. 오빠 때문에 '전철을 운전!'이라는 비디오 게임을 함께한 적이 있어서 아는 바가 있다 보니 자신이 없지는 않습니다.

운전석에 선 앨리스는 팔을 걷어붙이고 마스터 컨트롤러 레버를 쥐었습니다. 이걸 조작하면 속도를 조절할 수 있습니다. 레버를 움직이자 조금씩 속도가 올라갑니다.

"좋았어. 그래도 기계는 정상이네."

기뻐서 더욱 속력을 냈습니다. "네가 운전하든지"라고 기관사에게 허가를 받았으니 어느 정도는 마음대로 해도 되겠지요. 다음 역에 일찍 도착해도 연착만 아니면 문제없다고 판단했습니다.

'폭주는 안 해. 다만 열차에 걸맞은 속도로 달릴 뿐이야.'

그렇게 생각하고 있었는데 뒤쪽에서 비명 소리가 들렸습니다. 모두 당황하고 있습니다.

"그, 그만둬. 그렇게 속력을 내면 큰일나!"

기관사가 외쳤지만 앨리스는 유난이라고 생각하며 귀담아듣지 않았습니다. 속도계 표시를 보니 시속 50킬로미터도 되지 않았거든요.

"과속이야! 여기는 유유-리드 선로라고!"

차장은 졸음이 싹 달아났는지 이쪽으로 달려오려 합니다. 앨리스는 심술을 되갚아주려고 운전석 문을 걸어 잠갔습니다.

"어머나."

앞쪽을 보니 상황이 이상합니다. 전원 지대가 사방에 가득하고 저멀리 지평선이 있었는데 그 광경이 차츰 일그러집니다. 한가운데가 솟아오르더니 활처럼 휘어지는 것 아니겠어요?

지평선이 꺾인 것입니다. 덩달아 두 개의 레일도 힘없이 휘면서 멀어져갔습니다.

"안 돼. 선로는 평행해야지."

이거 위험하다 싶어 앨리스는 레버를 원래 위치로 돌려놓으려 했지만 선로는 이제 V자로 퍼졌고 열차는 다리가 찢어질 것처럼 걸쳐 있었습니다. 차체가 삐걱삐걱 소리를 내며 흔들리더니 이윽고 쩍 갈라지기 시작했습니다.

"아아, 일을 저질렀어!"

운전석 코앞까지 다가왔던 차장이 뭔가에 끌려가듯 뒤로

물러났습니다. 차체가 반으로 갈라진 것입니다. 운전석이 있는 왼쪽 절반은 점점 왼쪽으로, 오른쪽 절반은 오른쪽으로. 두 개는 순식간에 멀어졌습니다.

"무, 무슨 일이야? 두 개의 레일이 멀어지고 열차가 반으로 쪼개지다니!"

뒤를 돌아보니 식당칸 테이블도 반으로 갈라져 김밥과 도시락, 녹차가 바닥에 엉망으로 흩어져 있었습니다. 기관사가 쓰러져 있었고 여우 남자는 보이지 않습니다. 갈라진 오른쪽에 타고 있었나봅니다.

오른쪽 벽이 사라져서 바깥 풍경이 훤히 다 보였습니다. 바람이 불어 들어와 기관사 유니폼 옷자락이 펄럭였습니다.

"무슨 일이긴, 네가 속력을 너무 높여서 그렇잖아! 유유-리드 선로에서는 유유히 달리지 않으면 유클리드 공간에 균열이 생겨서 비유클리드 공간에 빠지고 말아! 그러면 어떻게 되느냐고? 그래, 더 이상 평행을 유지할 수 없어!"

수학 성적이 좋은 앨리스는 그것만으로 기관사가 하는 말을 이해할 수 있었습니다. 평행의 정의는 '두 개의 직선이나 평면이 영원히 교차하지 않는 상태'입니다. 레일에는 커브가 있으니 직선은 아니지만 같은 간격으로 영원히 이어지니 그것도 평행이라 할 수 있지만…….

두 직선은 유클리드 기하학의 전제인 유클리드 공간에서

만 평행을 유지할 수 있습니다. 공간 자체가 휘어 있으면(가령 공의 표면처럼) 그곳에 그린 두 개의 직선은 평행이 아닌 것입니다.

"그런 일이 일어날 줄 몰랐어. 난 이 동네 아이가 아니니까."

"'몰랐다'는 말로 끝날 일이 아니야."

절반만 남은 열차는 세로로 늘어선 네 개의 바퀴로 간신히 균형을 잡으며 달리고 있습니다. 앨리스가 섣불리 몸을 움직이면 한쪽으로 쓰러질 것 같습니다. 기관사도 그걸 알고 있는지 고함을 지르면서도 꼼짝 않고 있었습니다.

오른쪽을 살펴보니 갈라진 오른쪽 열차 반쪽이 보였지만 점점 더 멀어져갑니다. 차장과 핫타와 여우 남자가 망연자실한 표정으로 이쪽을 바라보고 있습니다.

"이 열차는 이제 어떻게 돼?"

기관사에게 묻는 수밖에 없습니다.

"유유히 리드를 따라가. 유클리드 공간으로 돌아가려면 원래 속도까지 떨어뜨려."

시키는 대로 할 수밖에 없습니다. 앨리스는 다시 마스터 컨트롤러 레버를 조작해 감속했습니다. 아주 필사적이었습니다.

열차 속도가 떨어지자 멀어졌던 오른쪽 절반이 이번에는

점점 가까워졌습니다. 그리고 왼쪽 절반에 닿는가 싶더니 곧 도킹했습니다. 온몸에서 힘이 빠져 앨리스는 그 자리에 주저앉았습니다.

"큰일날 뻔했어. 목숨을 건졌네."

돌아온 차장이 "말도 안 되는 짓을 하다니"라고 투덜거렸지만 여우 남자는 미소를 지었습니다.

"대단한데, 아가씨."

"일부러 그런 게 아니야."

핫타는 어디에 그런 게 있었는지, 커다란 반창고를 꺼내 차량의 균열에 붙였습니다.

"안전을 위해 철덕처럼 잘 붙여놔야지. 이런 건 내게 맡겨."

철덕이 아니라 찰떡이겠지요.

"용서를 비옵나이다."

부아가 치밀어 성의 없이 사과했습니다.

위험한 상황이었지만 앨리스가 속력을 올린 탓에 예정보다 제법 일찍 다음 역에 도착했습니다.

두 번째 차량을 분리하고 한 칸만 남은 열차는 새로운 선로 구간으로 진입했습니다.

"이제 유유-리드 선로는 통과한 거지?"

앨리스의 물음에 차장은 고개를 끄덕였습니다.

"그래. 여기서부터는 사다리선이니 시속 70킬로미터로 달릴 수 있어. 잘하면 한 시간 안에 종점이야."

"잘하면?"

그 한마디가 마음에 걸렸지만 차장이 고개를 획 돌렸기 때문에 설명을 들을 수는 없었습니다.

열차는 아무 일 없이 순조롭게 달렸습니다. 험준한 산이나 골짜기가 나타나지도 않아 느긋한 여행이 이어질 줄 알았는데.

"이제 곧이다."

팔짱을 낀 여우 남자가 앞쪽을 노려보며 말했습니다. 차장도 자세를 가다듬고 모자를 고쳐 썼습니다. 운전석의 기관사는 등을 꼿꼿이 폈습니다.

"자, 저기 보인다."

열차가 천천히 내려가기 시작하자 여우 남자가 앞쪽을 가리켰습니다. 무슨 일인가 쳐다보니 선로가 여러 갈래로 갈라져 있었습니다. 다섯 개, 여섯 개…… 아니, 일곱 개입니다.

"저건?"

"사다리선의 난관이야. 저 앞에 지옥 계곡이라는 깊은 골짜기가 있고 그곳을 지나야 하는데 강풍으로 철교가 자주 무너져. 아무리 다시 지어도 오래가질 않아."

일곱 개로 갈라진 지점에 접근했습니다. 분기점에서 포인트가 바뀌는 게 보였습니다. 열차는 오른쪽에서 두 번째 선로로 들어갔습니다.

"여러 차례 공사를 하다보니 일곱 개의 철교가 완성되었는데, 전부 완벽한 상태를 유지하지 못해서 항상 보수공사를 하고 있어. 오늘은 왼쪽에서 두 번째, 내일은 오른쪽 끝, 이런 식으로. 그러다보니 오늘은 어느 다리가 가장 안전한지 헷갈리는 거야."

"안 돼! 그러면 큰일나게."

"어쩔 수 없는 상황이야. 그래서 열차가 지날 때는 운에 맡기는 수밖에 없어. 관제실에서 '통계적으로 볼 때 오늘은 여기가 안전할 것'이라고 판단한 선로를 골라서 포인트를 바꿔주지. 그게 정답인지는 울적해도 직접 지나보는 수밖에 없어."

그때 열차가 덜컹 흔들리더니 왼쪽 선로로 들어갔습니다.

"또 포인트가 바뀐 것 같은데……"

"관제실이 판단을 바꿨군. 항상 끝까지 망설인다니까. 그래서 포인트를 잔뜩 설치해놓고 정신없이 바꾸기도 해. 봐, 또 그러네."

덜컹 흔들리더니 다시 왼쪽으로 진로가 변경되었습니다. 사다리 타기나 다름없습니다.

이곳의 철도는 대체 얼마나 더 황당한 꼴을 보여주려는 걸까? 앨리스는 말문이 막혔습니다. 목숨을 건 사다리 타기가 기다리고 있는 줄 알았다면 아무리 시간이 걸려도 두 번째 칸을 탔을 텐데.

"이렇게 위험하다면 제대로 알려줬어야지."

여우 남자를 원망해보아도 이미 늦어서 열차는 지옥 계곡을 향해 바삐 달려갑니다. 하늘에 운을 맡기고.

"난 성에 도착하지 못할 것 같아."

그렇게 한탄하자 여우 남자가 꾸짖었습니다.

"그런 약한 소리를 하면 못써. '목적지에 무사히 도착하고 싶다'는 승객의 마음이 좋은 결과를 낳는 거야. 자, 기합을 넣어."

기합으로 운명이 바뀔 것 같지는 않지만 앨리스는 가슴께에 두 손을 모으고 정성껏 행운을 빌었습니다. 차장도 같은 자세를 취하고 있으니 무서워한다고 누가 뭐라 하지 않겠지요.

핫타도 흥분했는지 팔자 눈썹이 거꾸로 뒤집혔지만 그래도 힘차게 말했습니다.

"괜찮아, 괜찮아. 나는 이 선로를 몇 번이나 지났어. 오늘도 분명 괜찮을 거야."

부러울 정도로 낙천적이라, 그게 오히려 불길하게 느껴졌습니다.

"앞으로 1킬로미터."

천장 쪽에서 귀에 익은 목소리가 그렇게 알렸습니다. 위를 보니 역사 고양이의 얼굴만 둥둥 떠 있습니다. 아니, 역사 지붕에 있어서 역사 고양이라고 불렸으니 지금은 기차 고양이나 열차 고양이라고 불러야 할까요?

"앞으로 8백 미터. 마음의 준비는 되었나?"

"야옹 씨. 당신은 알고 있지? 이 열차가 선택한 선로가 안전한지 아닌지."

허공의 고양이는 실실 웃기만 할 뿐.

"앞으로 5백 미터. 또 만날 수 있다면 좋겠군, 앨리스."

"그런 식으로 말하지 마. 다시는 못 만날 것 같잖아."

고양이는 사라졌고 또 실실거리는 미소만 허공에 남았지만 마침내 그것도 사라졌습니다.

사다리 타기 게임 같은 일곱 개의 선로 주변은 온통 들판으로, 바람이 초록빛 파도를 만들었습니다. 이런 곳에 깊은 골짜기가 있다니 믿을 수가 없습니다. 복잡기괴한 지형이라는 말밖에 나오지 않습니다.

"어째서 멀리 돌아서 굳이 이렇게 위험한 곳을 지나는 거야? 영문을 알 수 없는 경로야."

한탄하는 앨리스 옆에서 차장이 무릎을 꿇고 뭔가 중얼거리고 있습니다. 귀를 기울여보니 "천국의 사다리를 내려주소서" 하고 기도하는 것이었습니다. 달리 할 일이 없느냐고 고함을 치고 싶어졌습니다.

열차가 철교에 접근했습니다. 이윽고 운명의 순간.

"바닥 친 개그 실력! 끈질긴 얼룩! 빠져나가는 포크볼!"

핫타가 갑자기 소리를 질렀습니다. 어지간히 머릿속이 혼란스러운 모양입니다.

오른쪽으로, 왼쪽으로, 위로, 아래로. 열차는 불규칙적으로 흔들리며 전진했습니다. 하나같이 도리만 걸쳐놓은 빈약하기 짝이 없는 철교가 일곱 개, 허공에 평행하게 늘어서 있었습니다. 계곡 위를 지나는 그 다리를 열차가 비틀비틀 건넙니다. 실로 기묘하고 말도 안 되는 광경입니다.

창틀에 매달려 차 밑을 바라보니 말 그대로 천 길 낭떠러지입니다. 발밑이 대번에 서늘해졌습니다.

"살았는지 죽었는지 모를 기분이야, 하!"

앨리스는 덜덜 떨며 창에서 눈을 뗐습니다. "천국의 사다리를 내려주소서"라는 차장의 기도를 들으며 무사히 건너기만을 기다리는 수밖에 없습니다.

바람이 불어와 차체가 흔들렸습니다. 3층짜리 열차였다면 대번에 낭떠러지로 추락했겠지요.

여름방학이 끝나고도 남을 정도로 긴 시간처럼 느껴졌습

니다. 열차는 무사히 철교를 통과해 다시 들판 속으로 들어 갔습니다. 열차 안에 환성이 일었습니다.

"내 기도가 통했어. 아가씨, 기억해둬. '떨어지지 않는 것' 을 고르는 거야."

핫타가 가슴을 폈습니다. 눈썹은 팔자로 돌아왔습니다.

"네." 그렇게 대답은 했지만 앨리스는 두 번 다시 사다리 선을 탈 생각이 없습니다. 아주 지긋지긋합니다.

"하아, 간이 철렁했네요."

차장은 일어나서 바지에 묻은 먼지를 털었습니다. 이런 열차에서 일하는 게 용합니다.

"한숨 돌렸으니 표를 검사할까요. 당신, 표."

짧은 털이 난 앞다리를 내밀기에 앨리스는 가슴이 쿵쾅거 렸습니다. 언젠가 설명해야 할 일이었지만 기습을 당한 기 분입니다.

"표, 표는…… 못 산 거야. 사려고 했는데 발매기가 고장 나서, 그건 내가 구멍에서 떨어져서 그런 건데……"

순서대로 설명하려 했지만 당황해서 말이 제대로 나오지 않았습니다. 차장의 표정이 단호해졌습니다.

"요컨대 당신은 표 없이 승차한 거로군. 이건 엄청난 문제 야. 변명할 여지 없는 범죄행위다."

"표를 잃어버린 사람이나 목적지까지 가는 표가 없는 사람을 위해 차장이 있는 건데 그런 말은 너무 심하잖아……"

"울면서 용서를 빌 줄 알았더니 말대답을! 이거 놀랍군."

울긴 누가 울어, 앨리스는 차장을 노려보았습니다. 그 반항적인 태도에 차장은 더욱 화를 냈습니다.

"흔치 않은 중대 범죄다. 무임승차뿐만 아니라 너는 자격도 없는데 열차를 몰아 유유-리드 선로에서 이 열차를 까딱하면 탈선할 위기에 빠뜨렸어. 여왕님을 모시고 재판을 해야겠어."

"재판이든 뭐든 해보시지! 거기서 여왕님께 일러바칠 거야. 이 열차가 얼마나 엉망인지."

차장은 자신만만하게 웃었습니다.

"여왕님이 자랑스럽게 여기는 선로와 열차가 엉망이라고? 그런 말을 하면 어떤 벌을 받게 될까?"

협박해도 무섭지 않습니다. 여왕님이 자랑스러워하는 철도의 끔찍한 현실을 모르고 있다면 알려줘야지요.

'벌 같은 소리 하네. 나는 철도 회사 사원이 아니니 내 목은 못 자를 거야.'

핫타와 여우 남자는 침묵했습니다. 앨리스 편을 들어주지는 않을 모양입니다. 뭐, 기대도 하지 않았지만요.

"마침 잘됐네. 여왕님을 만나고 싶었거든."

"나중에 혼쭐이나 나봐라."

옥신각신하는 사이에 차창 밖 풍경은 한적한 마을로 바뀌고, 자그마한 도시로 바뀌었습니다. 이윽고 열차는 성이 있는 종착역 플랫폼에서 조용히 정차했습니다.

하늘을 찌를 듯 우뚝 솟은 새하얀 성은 그림책에서 튀어나온 것만 같았습니다. 뾰족한 탑이 몇 개나 있고 그 끝에서 색색의 깃발이 나부끼고 있습니다.

넋을 잃고 올려다보던 앨리스의 등을 누가 뒤에서 떠밀었습니다.

"그쪽이 아니야. 옆에 있는 법정으로 들어가야지. 이미 준비가 끝났다."

거만하게 말한 것은 재판소에서 마중 나온 직원이었습니다. 종잇장처럼 얄팍한 남자로 직사각형 몸에 '다카다노바바'라는 역 이름이 적혀 있습니다.

앨리스는 이 성채 도시에 도착하자마자 무임승차와 열차를 폭주시킨 죄로 붙잡혀서 약 한 시간 뒤에 재판소에 서게 되었습니다. 전개가 너무 빨라서 엉망진창입니다.

'구멍에 떨어진 후로 엉망진창이 아닌 일이 있었나?'

어찌어찌하는 사이에 중후한 벽돌 건물로 끌려가 아무 설명도 듣지 못하고 법정에 섰습니다. 그리고 수많은 동물들과 정체 모를 존재들이 지켜보는 가운데 증인석에 서게 되었습니다.

'저기 있는 열두 명이 배심원이겠구나. 돌고래에 쥐에 까마귀, 파이프를 뻐끔대는 애벌레…… 저건 어디로 보나 갓파◆잖아! 내가 논리적으로 말해도 알아들을지 걱정이야.'

증인석 오른편에는 얄팍한 종잇장으로 된 '벤辯' 아무개(글자가 닳아서 '벤텐초'인지 '벤텐지마'인지 모르겠습니다), 반대쪽 왼편에는 마찬가지로 얄팍한 '시험장 앞'(서일본철도를 뜻하는 '니시테쓰西鉄'라는 자그마한 글자도 보입니다)이 앉아 있었습니다.

'변호인의 변辯과 같은 한자를 쓰니 벤 아무개가 변호인일 테고, 저쪽이 검사겠지만 아무런 설명도 없어. 한쪽은 아군이고 한쪽은 적인데, 그 구별도 가지 않잖아. 애초에 변호인은 내게 아무것도 묻지 않고 어떻게 나를 지켜준다는 거야?'

방청석 풍경은 완전히 동물원입니다. 그 안에 열차에서 마주친 뚱뚱한 여인과 새침한 여우 남자도 있었는데, 둘 다 사람일 리 없습니다.

출입구를 지키는 관리들은 전부 비슷하게 얄팍한 종잇장이었습니다. 각각의 몸에는 '유바리' '마에바시' '히가시이케부쿠로' '오다와라' '긴테쓰나고야' '니시마이즈루' '신고베' '이와쿠니' '이마바리' '메이노하마'라고 적혀 있습니다. 전

◆ 어린아이만한 체구에 초록색 피부를 가진 일본의 요괴.

부 역 이름인데, 그 이상의 공통점은 없어 보입니다.

그리고 정면의 재판관석을 보니 거기에는 글쎄, 왕과 여왕이 앉아 있지 않겠어요? 이 두 사람도 역시 관리들처럼 얄팍했는데 보석이 박힌 왕관을 쓰고 호화찬란한 왕족 의상을 두르고 있어 정체를 알 수 있었습니다.

앨리스라 해도 긴장되었습니다. 눈을 똑바로 마주치기는 꺼려져서 고개를 숙인 채로 시선을 들자 임금님은 뺨이 홀쭉하니 볼품없는 인상입니다. 어디로 보나 심약해 보이고 위엄은 찾아볼 수 없었습니다. 의복 사이로 가슴에 '왕'이라고 적힌 한 글자가 보였지만 그 위아래로 적혀 있던 글자는 닳아서 지워진 것 같았습니다.

한편 여왕은 위풍당당하고 관록이 넘쳤습니다. 떡하니 버티고 앉아 날카로운 시선으로 법정을 둘러봅니다. 그 눈매는 음험하기 짝이 없고, 일그러진 입가에는 잔혹한 분위기가 감돌고 있습니다. 임금님보다 존재감이 몇 배는 강했습니다. 가슴에는 '비조다이라美女平'라는 세 글자.

"비조다이라에는 가본 적이 있어."

앨리스는 중얼거렸습니다. 가족 여행으로 다테야마에 갔을 때 케이블카를 탔습니다. 그 종점이 비조다이라 역이었습니다.

"그때는 산꼭대기의 작은 역이었는데 여기서는 여왕님이

야?"

이해가 가지 않았지만 곧 깨달았습니다. '비조다이라' 안에는 '왕王'과 '여인女'을 뜻하는 글자가 포함되어 있습니다. 그래서 여왕님이라는 거겠지요.

옆에 있는 임금님은 원래 '하치오지八王子'거나 '덴노지天王寺'였던 게 앞뒤 글자가 닳아서 '왕'이 된 것 같습니다. 조금 한심한 이유라, 그래서 저렇게 자신감이 없어 보이는 건지도 모릅니다.

"정숙, 정숙!"

'기온시조祇園四条'라는 관리가 쩌렁쩌렁 외치자 소란스럽던 재판장이 찬물을 끼얹은 듯 조용해졌습니다. 그때를 기다려 재판관석의 왕이 명령했습니다.

"기소장을 낭독하라."

맥없는 목소리였습니다. 그 지시에 '시험장 앞'이 일어나 앨리스가 고발당한 이유를 읊었습니다.

임금님이 뭐라 말하려 했지만 그보다 먼저 여왕이 끼어들었습니다.

"음, 단순한 사건이로군. 배심원, 평결을 내려라."

여왕님 쪽은 박력이 넘쳐서, 앨리스는 주눅이 들었습니다. 그래도 용기를 쥐어짜내 증인석에서 외쳤습니다.

"잠깐만요. 아직 저는 증언도 안 했고, 다른 증인의 이야기도 못 들었어요. 평결은 증언을 마친 뒤에 해주세요."

여왕님은 눈을 희번덕거리며 앨리스를 노려보았지만 임금님이 헛기침을 하며 말했습니다.

"그럼 첫 번째 증인을."

앨리스는 피고인석으로 내려갔고 하얀 토끼 차장이 증인석에 섰습니다.

"정직하게 증언하겠습니다. 여기 있는 앨리스라는 계집아이는 실로 극악무도한 무법자. 여기에 그 죄를 기록한 확실한 증거가 있으니 부디 들어주십시오."

그렇게 말하고 주머니에서 꺼낸 것은 음성 녹음기였습니다. 업무 중에 일어난 일은 전부 저걸로 녹음하고 있다나요.

'마침 잘됐어. '네가 운전하든지'라고 기관사가 한 말이 녹음되어 있겠네.'

"당장 틀어라!"

여왕님의 일갈에 차장은 어깨를 움츠리고 재생 단추를 눌렀습니다. 앨리스의 목소리가 법정 안에 흘렀습니다.

'기계한테 다 맡기다니 미, 믿을 수 없는 멘탈.'

'차라리 말을 말지, 요상한 말장난만 하고선.'

'표, 표는…… 못 산 거야.'

'안 돼! 그러면 큰일나게.'

'살았는지 죽었는지 모를 기분이야, 하!'

'거북이가 초특급에 어울린다고 생각해⋯⋯?'

'야옹 씨. 당신은 알고 있지?'

차장은 정지 단추를 누르고 의기양양하게 재판관석을 보았습니다.

"들으신 바와 같습니다."

앨리스는 무슨 영문인지 몰랐지만 여왕님은 시뻘게진 얼굴로 고함을 쳤습니다.

"실로, 실로 확고한 증거다. 이렇게 명백한 증거는 드물구나!"

흥분한 여왕님을 '시험장 앞'이 말렸습니다.

"기다려주십시오, 여왕 폐하. 두 번째 증인을 소환하게 해주십시오."

법정 밖에서 느릿느릿 들어온 것은 팔자 눈썹의 핫타였습니다.

"열차에서 내린 게 10년 만이라 조금 현기증이 나는군요. 다리가 휘청거리는데 결례를 용서해주십시오."

'시험장 앞'이 물었습니다.

"성명과 주소, 직업을."

"열차에서 기거하고 있지만 호적은 마쓰도에 있는 핫타라고 합니다. 언어학자입니다."

무슨 말을 하나 듣고 있자니.

"방금 차장이 재생한 앨리스 아무개의 발언은 대단히 의미심장합니다. 두 분 폐하께서는 해당 발언의 첫 번째 글자를 쭉 붙이면 '기차표 안 살 거야' 즉 '요금을 내고 탈 생각이 없다'는 말이 된다는 것을 알고 계실 것입니다. 이것은 무임승차가 우발적이고 불가피한 행위가 아니라 처음부터 의도적이었음을 뜻합니다. 뿐만 아니라 어말에도 주목해야 할 사실이 숨어 있는데, 그대로 나열하면 '탈선야게하해지', 이것을 반복해서 말씀해보십시오. 두 분 폐하도, 배심원, 관리, 방청객 여러분도 함께."

"탈선야게하해지."

"탈선야게하해지."

"탈선야게하해지."

백 명 정도 되는 사람들이 의미를 알 수 없는 말을 되풀이하자 글자 순서가 뒤바뀌어 의미 있는 문장으로 변했습니다.

"탈선하게 해야지."

"탈선하게 해야지."

"탈선하게 해야지."

핫타는 연극적으로 두 팔을 치켜들었습니다.

"보다시피 '탈선하게 해야지'라는 악마적인 메시지가 숨어 있었습니다. 두려운 일입니다!"

술렁임이 법정을 지배했습니다. 충격으로 기절한 사람도

있습니다. 이미 흥분의 도가니입니다.

"억지야. 나는 잘못 없어!"

저항하는 앨리스에게 '시험장 앞'이 최후의 일격을 가합니다.

"그럼 물어보겠다. 너는 돈을 가지고 있나? 우연히 기차표를 사지 못했을 뿐이라면 돈을 가지고 있을 터."

"그건……"

소풍을 나온 거라 지갑은 들고 오지 않았습니다. 앨리스는 대답이 궁했습니다.

임금님은 몸을 웅크리고 있었지만 여왕님은 격분해서 마침내 의자에서도 벌떡 일어났습니다.

"정상참작의 여지가 없다. 배심원, 평결을!"

저렇게 무섭게 말하는데 어떤 배심원이 무죄판결을 내릴 수 있을까요?

앨리스는 잠자코 있을 수 없었습니다. 검사로 보이는 '시험장 앞'에게 항의했습니다.

"내 발언이라고 해도 그쪽 형편에 맞게 이어 붙인 것뿐이잖아. 글자를 뒤죽박죽 섞어서 만든 메시지도 어불성설이야. 그런 게 증거가 된다니 짜고 치는 재판이야!"

'시험장 앞'이 나직하게 신음했습니다.

"신성한 여왕 폐하의 법정을 노골적으로 모욕하다니, 아주 악질이구나. 이런 극악한 피고는 처음 본다."

말이 통하지 않아 앨리스는 여왕님에게 고개를 돌렸습니다.

"저는 무임승차를 할 생각도 없었고, 여왕님께서 자랑스럽게 여기는 철도鉄道를 탈선시킬 생각도 없었어요. 전부 누명이에요. 공정한 판결을 부탁드립니다."

당연한 말을 했을 뿐인데 어째선지 여왕님의 분노의 불길은 더욱 활활 타올랐습니다.

"닥쳐라, 계집아이야. 그건 이 나라에서는 엄격히 금지하고 있는 말이다. 내가 자랑스럽게 여기는 선로와 열차를 두고 '돈金을 잃는失 길道'이라고 망언을 하다니! 배심원, 그만 됐다. 이 여왕이 직접 20년 전 말실수를 한 여행자에게 내린 것과 똑같은 벌을 내리겠다."

'그러고 보니……'

차장도 기관사도, 지금까지 만난 모두가 철도라는 표현을 피하는 것 같았습니다. 절대 금기어였던 것입니다.

"이자의 목을 쳐라!"

법정에는 어울리지 않는 환성이 일었습니다.

"그런…… 내게 해명할 기회를 줘!"

변호사에게 도움을 청하려 했지만 '벤' 아무개는 서류를 그러모아 책상 위에 탁탁 쳐서 정리하더니 돌아갈 준비를 하고 있습니다. 처음부터 의욕이 없었던 겁니다.

"바로 목을 쳐라!"

여왕님의 명령을 따르기 위해 '고라強羅' '나카이사무라이中井侍', '요로이鎧', '미야모토무사시宮本武蔵'(이런 역 이름이 있었다니!) 따위의 이름이 붙은 우악스러운 관리들이 창을 손에 들고 우르르 몰려들었습니다.

"더는 못 참겠어!"

앨리스의 인내심이 바닥났습니다.

"종잇장처럼 얄팍한 주제에 뭐가 잘난 척 재판이야. 당신들, 전부 그냥 기차표잖아!"

그렇게 외치며 두 손을 가위 모양으로 불쑥 내민 순간, 관리들은 물론이고 검사와 변호사, 여왕님과 임금님까지 일제히 허공으로 날아올랐습니다. 엄청난 기세입니다. 그러더니 앨리스를 겨냥해 쏟아지는 것이었습니다.

"꺅, 뭐야?!"

앨리스는 두 손을 들어 쳐내려고 했습니다.

눈을 떠보니 한낮의 강가.

따스한 햇살을 받으며 오빠가 시간표를 읽고 있습니다.

강 맞은편에서는 빨간 전철이 지나가는 참입니다. 저게 다가오는 것을 본 기억이 있으니 1분도 채 되지 않는 짧은 시간에 깜빡 졸았던 모양입니다.

얼굴에 나뭇잎이 두 장 덮여 있었습니다. 머리 위 나뭇가지에서 떨어진 것 같습니다. 쏟아지던 기차표의 정체가 이것이었나 봅니다. 올려다보니 한 장, 두 장, 살랑살랑 바람에 춤을 춥니다.

"왜 그래? 그 가위손은 뭐야? 이런 데서 낮잠 자면 못써. 감기 걸릴 거야."

오빠가 헤드폰을 벗으며 시간표에서 고개를 들고 말했습니다.

"정말 이상한 꿈을 꿨어. 이상한 철도만 달리는 나라에서 가슴이 두근두근 뛰는 대모험을 했어."

"흠, 그거 다행이네."

오빠는 관심 없다는 듯 다시 시간표에 시선을 떨어뜨렸습니다.

"그렇게 멋진 대모험이었다면 이야기로 써봐. 너는 글쓰기를 좋아하니까."

내키지 않습니다.

"안 돼. 중요한 마무리가 '꿈이었습니다'라니. 꿈이었다는 결말이 허용되는 건 진짜 『이상한 나라의 앨리스』뿐이야."

"그거 아쉽네."

"아쉬워, 정말."

한숨을 쉬고 강 건너편을 바라보니 빨간 전철이 지나간 방향에서 묘한 물체가 다가옵니다. 요란한 무지갯빛으로 칠해진 세 칸짜리 열차로 옆면에 '나를 타세요'라는 글자. 마지막 칸은 3층짜리 차량입니다.

앨리스는 화들짝 놀라 벌떡 일어났습니다.

"저것 좀 봐!"

손가락질을 하며 옆을 보니 오빠의 모습이 없습니다. 역사 고양이처럼 사라진 것이었습니다.

"나…… 아직도 꿈속이야?"

아무래도 그런 모양입니다.

그 증거로 이쪽으로 달려오는 차장 유니폼을 입은 하얀 토끼가 보입니다.

"늦었다, 늦었어. 이러다가는 놓칠 거야. 큰일이야."

토끼는 회중시계로 시간을 확인하며 앨리스의 옆을 지나갔습니다.

"또 반복이야? 도돌이표는 싫어."

그런 경험을 되풀이하는 건 질색이지만 여기에 앉아 있어도 지루하기만 합니다.

꿈에서 깰 때까지 한 번 더 모험을.

"쫓아가야지."

치맛자락을 펄럭이며 앨리스는 달려갔습니다.

명탐정 Q 씨의
휴가

명탐정 Q 씨,
담배를 빼끔거리다

날카로운 긴장감이 거실을 지배했다. 자리에 모인 사람들은 마른침을 삼키며 젊은 명탐정 Q 씨의 다음 발언을 기다렸다.

"지금까지 말씀드린 내용에서 도출되는 결론은 R 백작부인이 잠꼬대로 '미안해요, 더는 못 먹겠어요'라고 말하는 버릇이 있다는 사실을 범인이 몰랐다는 점. 따라서 남편인 R 백작은 범인이 아닙니다."

사람들이 술렁거렸다. Q 씨는 치밀한 추리로 다이아몬드, 에메랄드, 가넷 등 각종 보석으로 아낌없이 장식한 왕관 '나일의 붉은 별'을 훔친 용의자를 두 사람까지 줄여나갔다. 백작이 범인이 아니라면 남은 것은 한 사람.

"그래, 당신이 저지른 짓이야. Z 대령."

예상치 못한 범인을 지적했다. 설마, 하는 표정을 짓는 사람도 있었지만 이토록 논리적으로 증명했으니 의심할 여지가 없다.

"……당신 말씀이 맞습니다. 제가 훔쳤습니다. 왕관은 뒤뜰 연못에 던졌습니다."

어깨를 늘어뜨리고 고개 숙인 Z 대령. 단정한 얼굴을 일그러뜨리며 서 있기도 힘든지 가까운 기둥에 몸을 기댔다.

지켜보고 있던 G 경감이 가까이 다가가 똑바로 서라고 다그쳤다.

"어떻게 된 일인지 상세히 설명해주시지요."

'끝났군.'

Q 씨는 몸을 훌쩍 돌려 등을 곧게 펴고 당당한 걸음걸이로 방에서 나갔다. 승리의 맛을 곱씹으면서.

조수 F 양이 종종걸음으로 따라오며 명탐정에게 찬사를 보냈다.

"훌륭한 추리였어요, 선생님. 실로 신이나 다름없는 지혜. 늘 그렇지만 대단하세요."

"음."

헤벌쭉 늘어지려는 뺨 근육에 단단히 힘을 주며 Q 씨는 날카로운 호선을 그리는 코밑수염을 슬쩍 쓰다듬었다. 딱딱한 얼굴이 그의 트레이드마크다.

"단순한 사건이었어. 뇌세포는 별로 안 썼지만 방이 넓어서 목소리를 크게 냈더니 피곤하군. 잠시 쉬어야겠어."

정원으로 나가 정자 의자에 앉았다. 담배에 불을 붙이고 일단 한 모금.

'우연히 참석한 파티장에서 도난 사건이 벌어지다니. 어찌되나 싶었지만 무사히 해결할 수 있어서 다행이야. 어려운 사건들을 수없이 해결해온 Q의 체면을 유지했군. 어휴.'

명탐정의 명성을 지키는 게 얼마나 어려운 일인지, 명탐정이 되어보지 않으면 모른다. 그런 의미로는 고독한 인생이었다.

보랏빛 연기가 바람에 일렁거리며 밤의 어둠에 녹아 들어갔다.

명탐정은 인기로 먹고사는 직업이기도 해서 위엄이나 신비한 분위기도 중요하다. 그것을 연출하려면 품이 든다. 그렇기에 담배와 함께 본모습으로 돌아갈 수 있는 시간이 소중했다.

가득 차오른 보름달이 환했다.

가지를 펼친 나무들은 은은한 푸른빛으로 물들었고, 잔디는 달빛으로 짠 카펫으로 변했다. Q 씨는 달빛 속 정원을 황홀하게 바라보았다.

'한 가지 더 해결해야 할 문제가 있다.'

좀처럼 결단을 내리지 못하고 미루어왔던 일을 오늘 밤에야말로 실행하자. 이렇게 아름다운 밤이라면 전부 멋지게 풀릴 테니까.

달을 올려다보니 F 양의 가련한 옆얼굴이 떠올랐다. 가슴이 두근거렸다.

'그 사람이 나를 보는 눈에는 존경심이 깃들어 있어. 거기에 희망을 느끼지만, 존경과 사랑은 완전히 다른 감정이지. 과연 그녀는 내 구애를 받아줄까?'

또 나약한 마음이 튀어나와 고개를 저었다. 이래서야 언제까지고 마음을 전하지 못한다.

'남자라면 용기를 내서 운명과 맞서야지.'

재떨이에 담배를 눌러 끄고 Q 씨는 자리에서 일어났다. 막상 저택으로 돌아가려는 순간……

프랑스 창이 있는 테라스에 그녀가 서 있었다. 용건이 있어 부르러 온 것은 아닌 듯했다.

"아름다운 밤이네요."

F 양이 조용히 말했다.

그렇다, 이렇게 아름다운 달밤은 드물다.

Q 씨는 결심하고 구애했다. 유능한 조수라는 사실에 감사할 뿐만 아니라 명탐정 Q는 한 사람의 남자로서 당신을 사랑하고 있노라고.

일생일대의 고백.

좋은 대답을 들을 수 있기를 기도하는 그에게 F 양은 미안한 기색으로 말했다.

"위대한 명탐정 Q 선생님. 과분한 말씀을 해주셨지만 제가 마음에 담아둔 사람은 따로 있어요. 달이 밀물을 불러오듯 그분이 저의 마음을 끌어당긴답니다."

그녀의 눈동자가 촉촉하게 젖어 있었다.

'아아, 그랬나. 그것도 몰랐다니 명탐정인 내 눈은 장식이었군.'

Q 씨는 가슴이 무너질 것처럼 아팠다. 방금 전 Z 대령처럼 무릎에 힘이 빠져 휘청거릴 뻔했다.

신과 다름없는 지혜도 사랑을 성취하는 데에는 아무 소용 없었나.

'여심의 비밀만은 풀지 못했구나.'

실의에 찬 명탐정을 달빛이 다정하게 감싸주었다.

명탐정 Q 씨,
마침내 구혼하다

달그림자가 선명한 테라스.

웅장한 저택 안에서는 수많은 사람들의 목소리가 들리지만 여기 있는 것은 단 두 사람뿐이다.

방금 전 R 백작부인의 왕관 '나일의 붉은 별' 도난 사건을 멋진 추리로 해결한 명탐정 Q 씨와 그 충실한 조수로 일해 온 F 양.

Q 씨의 너무나 갑작스러운 고백에 F 양의 가슴은 아직도 두근거렸다.

구애를 거절당한 명탐정 Q 씨는 차분한 태도로 물었다. 위엄만큼은 잃을 수 없다는 뜻일까.

"자네 마음을 사로잡은 행복한 남자는 누구지?"

사랑하는 이가 다른 누군가를 마음에 담아두고 있다면 그 사람의 이름을 알아내도 고통스러울 뿐이다. F 양은 생각했다. 나 같으면 듣기 싫을 텐데. 하지만 Q 씨는 묻지 않을 수 없었던 것이다.

"내가 아무리 명탐정이라지만 이것만큼은 짐작이 안 가. 두 손 들었어. 축복해주기 위해서라도 그 남성의 이름을 꼭 듣고 싶네."

물어봐줘서 다행이다. 대답을 망설였지만 거듭 묻는다면 털어놓을 수밖에 없다. 등을 떠밀어준 것이나 다름없다.

"선생님께서 간절히 원하시니 말씀드릴게요. 그분의 이름은 Q 씨예요."

F 양은 쑥스러워하면서도 똑똑히 대답했다.

"그거 아이러니하군. 나하고 같다니."

Q 씨는 자조 어린 미소를 지었다.

"어떻게 만났나?"

"일 때문에……"

F 양은 시선을 떨어뜨렸다.

"그렇다면 지금까지 내가 다룬 사건의 관계자란 뜻인가? 어떤 의미에서는 내가 사랑의 큐피드 역할을 했군. 솔직히 말해 조금 분해."

F 양의 얼굴을 보기가 고통스러웠는지 Q 씨는 정원 쪽으로 몸을 홱 돌렸다. 숲에서 나이팅게일이 우는 소리가 들려왔다.

"그분은……"

F 양은 명탐정의 등을 바라보며 말했다.

"방금 전까지 저기 정자의 의자에 앉아 계셨답니다. 혼자서 담배를 피우며."

Q 씨의 오른쪽 어깨가 움찔 흔들렸다.

'범죄 수사에서는 믿을 수 없을 정도로 날카로운 추리력을 발휘하는 분인데 일에서 벗어나면 어쩜 저리 둔감한지.'

F 양은 말을 이었다.

"담배를 피우면서 달빛 속의 정원을 바라보고 계셨어요. 무척 편안한 모습으로, 이 세상 모든 것을 사랑으로 감싸는 듯한 눈빛이 멀리서 지켜보던 제 마음까지 치유해줄 정도였어요. 아아, 저분은 지금 긴장을 풀고 본디 모습으로 돌아와 있구나. 평소의 힘든 일에서 해방되어 본연의 모습을 보여주고 있다는 걸 알 수 있었죠."

Q 씨는 계속 등을 돌리고 있었다. 지금 어떤 표정일까 궁금해하며 F 양은 지금까지 숨겨왔던 마음을 털어놓았다.

"제가 사랑하는 건 그분이에요. 명탐정의 갑옷을 두른 모습에는 존경을, 갑옷을 벗고 다정한 마음을 보여준 그 모습에는 연심을 품어왔어요. 언젠가 이런 마음을 전할 수 있기를 바랐답니다."

Q 씨는 그제야 F 양 쪽으로 돌아섰다.

"담배를 피울 때 말고도 당신이 당신으로 돌아갈 수 있는 시간을 만들어드리고 싶어요."

"당신이, 나를……?"

"'자네'가 아니라 '당신'이라고 했어. 갑옷을 벗어주었어.'

"뻔뻔한 줄 알면서 부탁드릴게요. 다시 한번, 제게 그 기쁜

92

말씀을 해주시겠어요?"

Q 씨는 한쪽 무릎을 꿇고 F 양의 오른손을 조심스레 쥐었다.

"사랑스러운 사람. 저와 결혼해주십시오."

너무나 갑작스러운 Q 씨의 구혼에 F 양은 호흡곤란으로 그 자리에서 쓰러지고 말아, 급히 구급차를 부르는 소동이 벌어졌다. Q 씨는 걱정한 나머지 울음을 터뜨렸지만 의식을 되찾은 F 양이 구혼에 "예"라고 대답하자 "고맙네" 하고 손을 쥐고 영원한 사랑을 맹세했다.

너무 성급하다고 떨떠름해하는 고리타분한 양가 부모님을 설득해 두 사람은 구舊시가지의 교회에서 결혼식을 치렀다. 연중무휴 바쁘기 그지없는 Q 씨였지만 모든 일을 취소하고 휴가를 냈다. 신혼여행은 카리브해로, 쿠바에서는 야구를 관람하며 즐거운 시간을 보냈다.

그러는 동안 궁정 마구간에서 엄청난 괴사건이 벌어져, 궁지에 몰린 경찰이 회의 소집 끝에 Q 씨에게 "가급적 신속 복귀 바람"이라고 긴급 전보를 쳤지만 모래언덕에서 바비큐를 즐기고 있던 두 사람에게 연락은 닿지 않았고, 사건은 진상을 규명하지 못하고 미궁에 빠졌다. 경찰은 비난받았고 G 경감은 혼쭐이 났다.

조수 시절 높은 급여를 받았던 F 양은 Q 씨의 아내가 되어 무급이 되었지만, 생활고에 시달리는 일 없이 이윽고 아홉 명의 자녀를 둔 어머니가 되어, 담배를 피우며 루빅큐브로 노는 Q 씨 옆에서 '지구상에서, 아니 무한한 우주에서 가장 행복'하다고 생각했다.

　명탐정으로서의 Q 씨의 명성도, 두 사람의 사랑도 영원히 변함없었다.

눈부신 이름

외출하려다가 우편함을 들여다보니 어쩐 일로 우편물이 도착해 있었다. 보낸 사람은 친구와 그 연인. 그것만 보고도 결혼 피로연 초대장인 줄 알았다.

"못 가지, 못 가."

나도 두 사람의 새로운 출발을 축복해주고 싶은 마음은 있지만 요즘 주머니 사정이 한층 더 어렵다. 반년 전 파견 사원 일이 끊긴 뒤로 소소한 아르바이트 수입과 저금해둔 돈을 야금야금 찾아 쓰며 간신히 살고 있는 처지에 불참할 수밖에 없다.

봉투를 뜯어보니 도심의 고급 호텔에서 요란하게 치르는 것 같았다. 친구는 집안이 유복했으니 부모가 쾌척했으리라. 초대장에 나란히 적힌 두 사람의 이름을 보고 있으려니 한숨이 나왔다.

기쿠무라 도모야.

아메미야 유카리.

참으로 눈부시다. 진짜로 눈을 차마 뜨지 못했다.

초대장을 손잡이가 달린 가방에 던져 넣었다. 새하얀 봉투는 세이호 팬서스의 로고가 달린 메가폰 옆으로 쑥 떨어졌다. 나의 유일한 낙, 한 달에 한 번 프로야구를 관람하러 가는 참이다.

기분을 바꿔 역으로 향했다. 히카리 은행 스타디움까지 급행으로 세 정거장. 아직 시합 시작까지는 여유가 꽤 있어 팬서스 팬으로 보이는 승객들의 모습은 거의 없었다.

첫 번째 정차 역에서 낯익은 겐 짱이 올라탔다. 관중석에서 만난 남자로 그도 나와 비슷한 생활을 하고 있었다. 의기투합해서 지금은 서로 애칭으로 부르는 사이다.

"여, 신 짱. 역시 빨리 나왔네. 연습 장면도 놓치지 않겠다는 건가?"

"겐 짱도 빠르잖아. 오늘은 기필코 이기면 좋겠어. 상대 타선이 너무 좋아서 만만치 않겠지만."

나란히 앉아 두 팀의 전력 분석으로 이야기꽃을 피웠다. 그때 맞은편에 앉은 가족의 대화가 귀에 들어왔다.

"철교다! 저게 미스즈 강이지, 엄마?"

"지난달부터 다카라 트러스트 강으로 바뀌었어."

어머니가 바로잡았다. 저런, 성실하다고 해야 하나 깐깐하다고 해야 하나.

"나 취직 자리 정해졌어."

이야기 중간에 겐 짱이 말했다. 좋은 소식에 나까지 기뻤다. 오늘 밤 시합은 그를 축하하기 위해서라도 팬서스가 통쾌하게 승리해야 할 텐데.

스타디움 앞 정거장에 도착했다. JQ테크 유미가하마행 전철에서 내려 구장으로 이어지는 길을 걸어가는데 갑자기 하늘이 어두워졌다.

"어이쿠. 당장이라도 쏟아질 것 같은데."

그렇게 말하자마자 빗방울이 뚝뚝 떨어지더니 바로 본격적으로 쏟아졌다. 최악이다.

모처럼 구장까지 왔는데 저녁부터 밤까지 강한 비가 내릴 거라는 불길한 예보가 적중해 시합이 중지되고 말았다.

"괜찮아, 겐 짱 취직이나 미리 축하하자."

근처 호프집에 들어가자 구장에서 몰려온 손님들로 가득했다. 대기 명단에 이름을 쓸 때 대기자 수를 세어보니 앞쪽에 다섯 팀이 있었다.

"나 대신 명단 써줘서 고마워."

겐 짱이 미안하다는 듯 말했다. 그렇게 신경쓰지 않아도 나는 괜찮다.

잡담을 하는 사이에 순서가 돌아왔다. 플로어 담당 직원이 내 이름을 불렀다. 명단에 쓴 대로 풀네임으로.

"미도리오카 패밀리콜라 신스케 님 두 분. 자리로 모시겠습니다."

광고주가 붙은 이름에 처음에는 거부감이 있었지만 이제는 익숙해졌다. 극히 소소한 아르바이트지만 생활비에 분명보탬이 된다.

빨리 일자리를 찾아 평범한 미도리오카 신스케로 돌아가고 싶기는 하다. 그때까지 광고주가 붙지 않은 이름을 눈부시게 느끼리라.

요술사

마을 변두리에 있는 공원 안쪽으로 사람들이 줄줄이 걸어
갑니다. 그곳은 널찍한 공터로, 이동 서커스나 작은 극단이
텐트를 치고 자주 공연을 하는데 오늘 밤은 그렇지 않습니다.

지저분한 회색 텐트에서 신비한 피리 소리가 흘러나옵니
다. 입구 옆 입간판에는 '요술사 샌드 백작 공연 오후 9시 시
작'. 마술 쇼인 것 같습니다.

모여드는 손님들은 전부 어른들이었습니다. 부부나 여성
들끼리 온 사람도 있지만 남성 손님이 많았고, 그것도 혼자
온 사람들이 눈에 띄었습니다.

"이런 시간에 마술이라니 묘한 일이네. 어쩌면 아이들에
게는 너무 자극적인 쇼일지도 몰라. 그렇다면 재미있겠는
데?"

구석 벤치에 앉아 있던 젊은 남자는 호기심에 사로잡혔습니다. 그는 실업자라 지갑 속에 몇 푼 없었습니다. 낭비는 할 수 없지만 힘겨운 일상을 잠깐이라도 잊고 싶다는 마음이 솟구쳤습니다.

안경을 쓴 통통한 중년 남자가 뒤뚱뒤뚱 다가왔습니다. 조금 심각한 표정으로 텐트로 향합니다. 젊은 남자는 벤치에서 일어나 그를 불러 세웠습니다.

"저 요술사 어쩌고 하는 쇼를 보시는 거지요? 어떤 내용인가요?"

어려운 사정에 돈을 내는 거니 너무 시시한 내용이면 곤란합니다. 사전 지식을 얻고 싶었습니다.

"다른 곳에서는 결코 볼 수 없는 구경이지요."

안경을 쓴 통통한 남자가 작게 대답했습니다.

"유명한 마술사인가요?"

"알 만한 사람은 안다고나 할까요. 풍문에 귀를 기울여야 합니다. 샌드 백작은 언제 어디에 나타날지 모르니까요. 며칠이나 걸려서 멀리까지 보러 간 적도 있답니다."

"열심이군요."

"이 마을에는 2년 만에 오는 데다가 개최 일정은 겨우 사흘뿐이에요. 놓칠 수는 없지요. 어젯밤에도 왔고, 내일도 올 생각입니다. ……만약에, 가능하다면."

그렇게 말하고는 가버렸습니다. 마지막에 덧붙인 말이 조금 마음에 걸렸지만 젊은 남자는 결심했습니다. 지갑 속을 확인하고 텐트로 향했습니다.

그때 행복해 보이는 커플이 방금 전의 안경 쓴 남자에게 뭔가를 물었습니다. 재미있는 쇼인지 물었겠지요. 안경 쓴 남자는 뜻밖의 대답을 했습니다.

"소중한 사람과는 함께 보지 않는 게 나아요."

젊은 남자에게는 그런 말을 하지 않았는데. 하기야 그는 "저것을 보고 싶다"는 말은 한마디도 하지 않았습니다. 커플은 "보고 싶은데, 재미있나요?"라고 물었겠지요.

결국 그 커플은 그냥 돌아갔습니다. 젊은 남자는 안경 쓴 남자보다 조금 뒤처져서 텐트 안으로 들어갔습니다. 입장료는 싸지 않았지만 대체 어떤 구경을 할 수 있을지 가슴이 설렜습니다.

무대를 에워싼 반원형의 객석은 8할 정도 차 있었습니다. 만석이면 5백 명쯤 될까요. 젊은 남자는 약간 뒤쪽 자리에 앉았습니다. 시작이 가까워지자 빈자리는 거의 남지 않았습니다.

9시 정각에 객석 조명이 꺼지고 무대에 스포트라이트가 쏟아지자 그 속에서 요술사 샌드 백작이 떠올랐습니다. 키가 크고 늘씬한 남자로 검은 실크 모자에 연미복을 차려입었습니다. 긴 턱수염 때문에 악마 같은 인상입니다. 차분한 목소리가 장내에 울려 퍼졌습니다.

"요술의 나라에 잘 오셨습니다. 세상의 신비를 아낌없이 구경하십시오. 단, 오늘 밤 이곳에서 본 것은 텐트 밖에서는 절대 입 밖에 내지 마십시오. 약속을 어긴 분은 화를 입을 것입니다."

호객 음악과 비슷한 피리 곡조를 타고 쇼가 시작되었습니다. 아무것도 없는 공간에서 비둘기가 튀어나오고, 트럼프가 샘물처럼 솟아나고. 훌륭했지만 어디서 본 마술들뿐이라 젊은 남자는 실망했습니다.

다만 허공에서 튀어나온 비둘기나 트럼프를 요술사가 마지막에 자잘한 모래로 바꾸어 사라지게 하는 장면에는 감탄했습니다. 라이트 속에서 반짝반짝 빛을 내며 흩어지는 모래가 무척이나 아름다웠습니다. 무대에 떨어진 모래는 아라비아 스타일의 의상을 입은 남녀 조수들이 바지런히 쓸어서 치웁니다.

휴식 시간도 없이 쇼는 계속되었습니다. 두 시간 가까이 지났을 때 음악이 멈추더니 샌드 백작이 낭랑한 목소리로 말했습니다.

"드디어 다음이 마지막 요술. 용감한 손님께 도움을 받겠습니다. 저쪽 새빨간 커튼으로 가려진 상자에 들어가주실

분은 안 계십니까?"

샌드 백작의 붉은 눈동자가 고요한 장내를 천천히 둘러봅니다. 손을 들거나 일어서는 사람은 없었습니다. 부끄럽다거나 움츠러든 게 아니라 두려워하는 것입니다.

젊은 남자는 이상한 기분이었습니다. 이 쇼에는 몇 번이나 보러 온 단골손님이 많은 것 같습니다. 그렇다면 지원자가 많을 법도 한데요.

"희망하시는 분 안 계십니까?"

남녀 조수가 객석 사이를 돌아다녔지만 모두 눈을 내리깔고 몸을 움츠렸습니다. 평범하지 않은 긴장감이 장내를 지배했습니다. 그 분위기에 짓눌려 젊은 남자는 무릎이 덜덜떨렸습니다. 이유도 모른 채 겁을 먹고 이가 딱딱 부딪혔습니다.

그는 이해했습니다. 단골손님들은 이 공포를 맛보기 위해 되풀이해 요술사의 쇼를 보러 오는 것이었습니다.

고문 같은 시간은 오래도록 계속되었습니다.

"이쪽 신사분께 부탁드리지요."

이윽고 여성 조수가 안경을 낀 통통한 손님의 어깨에 오른손을 얹었습니다. 방금 전 그 중년 남성입니다. 각오를 굳혔는지, 여성의 손을 붙잡고 일어나 창백한 얼굴로 무대로따라갑니다.

요술사는 정중히 인사를 하고 상자에 어떠한 속임수나 비밀 장치도 없다는 점을 확인한 뒤에 남자를 속에 집어넣었습니다. 꼭꼭 닫혔던 커튼이 활짝 열리기까지 고작 2초. 그 사이에 남자는 회백색 조각상으로 변해버렸습니다. 믿기 어려운 광경에 박수도 환성도 일지 않습니다.

그러자 요술사는 지팡이를 휘둘러 조각상을 쳤습니다. 한때 인간이었던 존재가 모래로 변해 무너져 내립니다. 그리고 물처럼 무대에 퍼져나갔습니다.

쇼는 끝났습니다.

젊은 남자는 영혼의 뿌리가 마비된 듯한 상태로 텐트에서 나왔습니다. 입을 여는 사람은 한 명도 없고, 모두 넋이 나간 상태였습니다.

공포의 여운에 잠겨 그는 내일도 쇼를 보러 오기로 했습니다. 안경 쓴 남자는 이제 만날 수 없겠다는 생각을 하며.

괴수의 꿈

어렸을 때부터 종종 괴수의 꿈을 꾸었다.

고질라가 바다에서 나타나 거리를 파괴하며 돌아다니는 모습을 멀리서 목격하거나, 거대한 날개를 펼친 라돈이 머리 위를 지나가 그 날갯짓에 날아가지 않으려고 버티는 꿈을 꾸면 공짜로 영화를 본 것처럼 득을 본 기분이었다.

극장이나 텔레비전에서 본 적 없는 괴수가 등장하기 시작한 것은 초등학교 고학년에 접어들면서부터였을까.

처음 꾸었던 꿈은 인상이 강렬해 지금도 선명히 기억해낼 수 있다. 꼭 그것뿐만 아니라 괴수가 나오는 꿈은 전부 기묘하리만치 똑똑히 머릿속에서 재생할 수 있었다. 물론 잠에서 깨면 바로 연기처럼 사라지는 게 꿈이니, 오리지널을 기억하는 게 아니라 나중에 되풀이해 이미지를 덧칠하는 것이겠지만.

　낮은 처마를 나란히 맞댄 낡은 주택들, 변변한 가로등도
없는 초라한 동네였다. 나는 거기서 나고 자란 소년이라는
설정이었지만 부모 형제나 친구처럼 현실 세계에서 인연이
있는 사람들은 한 명도 나오지 않았다. 어떤 가정에서 어떤
생활을 하는지 꿈에서 묘사해주지 않아도 적적한 생활을 보
내고 있다는 것은 거리 풍경으로 자연히 알 수 있었다.

　그곳은 일본이었지만 실제로 사는 시대와는 차이가 있는
지 건물도 사람들도 한 세대 거슬러 올라간 것 같았다. 마치
오래된 영화를 보는 느낌이다.

　동네는 험준한 산맥의 산기슭에 끝없이 길고 가늘게 뻗
어 있었다. 산 앞쪽을 개발할 수 없었던 이유는 엄청나게 폭
이 넓고 물이 넘치는 강이 가로막고 있기 때문이다. 어린 마
음에도 일본 같지 않은 큰 강이라고 생각했지만 저렇게 똑
같은 강폭을 유지한 채로 끝없이 유유히 일직선으로 흐르는
강은 운하라 해도 지상 어디에도 존재하지 않을 것이다.

　맞은편 물가까지 얼마나 먼지 짐작도 가지 않았다. 도저
히 다리를 놓을 수 있는 거리가 아니다. 아득한 맞은편 풍경
은 안개가 끼어 흐릿했지만 이쪽과는 완전히 다른 분위기로
질서정연했고 군데군데 첨탑이 있는 높은 건물이 솟아 있었

다. 밤이 되면 굉장히 많은 불이 켜졌고, 별처럼 반짝여서 아름다웠다.

'저쪽에는 어떤 사람들이 있어?'

박식한 손위 어른들에게 물어보아도 아무도 몰랐다. 어떤 이는 싱글싱글 웃으며, 또 어떤 이는 진지한 눈빛으로 나를 바라보며 타이르듯 말했다.

'그건 몰라. 강을 건너서 맞은편에 가본 사람도 없거니와 강을 건너서 이쪽으로 찾아온 사람도 없거든. 우주의 끝이 어떤 모양인지 모르는 것처럼, 학교 선생님도 답할 수 없단다.'

우주의 끝을 알 수 없는 건 그럴 수 있다지만 시선 저편에 흐릿하게 보이는 마을에 대해 아무것도 모른다니 애가 탔다. 저쪽이 어떤지 알고 싶은 마음은 무척 자연스러운 감정이었다. 그런 생각을 해도 헛일이라는 태도를 취하면서도 맞은편이 어떤 동네인지 완전히 무관심한 어른은 없었다.

'어떤 사람들이 살까?'

'저쪽 사람들은 이쪽을 바라보며 저쪽에서 태어나길 다행이라고 생각하겠지.'

건물 규모나 불빛 수로 볼 때 맞은편 동네가 풍요롭다는 사실은 명백했다. 가옥들도, 마을 변두리 경작지도 험준한 산에 짓눌릴 것만 같은 이쪽과 달리 저쪽에 보이는 것은 돼지 등짝처럼 매끈한 언덕뿐이다. 마을은 지형에 구애받지 않고 자유롭게 널찍널찍 뻗어 있겠지. 그것만으로도 부럽기 그지없다.

가능하다면 가보고 싶다. 그것은 모두의 바람이었다. "언젠가 이 강을 건너서"라고 기타를 치며 길거리에서 노래하는 사람, 맞은편의 상상도(꿈이다 보니 그게 어떤 그림이었는지는 기억나지 않는다)를 그려서 길가에서 파는 사람도 있었고, 맞은편으로 건너가는 일은 결코 실현될 수 없는 꿈의 상징이 되었다.

저쪽에 가본 적이 있다고 의기양양하게 으스대는 사람은 예외 없이 허풍쟁이라고 비웃음을 샀지만, 그럴싸한 거짓말은 사람들에게 환영받았다. 나그네에게 빌린 망원경으로 들여다보니 맞은편에서는 색색의 아름다운 옷을 입은 유복해 보이는 주민들이 야외에서 화려한 잔치를 열어, 구경도 못 해본 도구를 사용한 게임으로 즐겁게 놀고 있었다거나. 초인적인 청각을 가져서 열심히 귀를 기울여보니 강 표면을 넘어오는 바람 소리를 타고 맞은편에서 신비한 음악이 들려왔다거나. 그런 이야기는 진실이 아닌 줄 알면서도 맞은편에 대한 관심과 동경을 더욱 자극해서 큰 인기를 얻었다.

동경만으로는 성에 차지 않아 언젠가 저쪽에 가보고 싶다고 진지한 얼굴로 결의를 다지는 사람도 있었고, 주위에서는 어리석은 생각은 버리라고 설득했다.

'목숨보다 귀한 건 없어. 요즘 젊은이들은 강이 얼마나 무서운지 몰라서 엉뚱한 짓을 하지나 않을까 걱정일세.'

심각한 표정으로 말하는 노인이 있었다. 옛날에는 배로 강을 건너려 했던 사람이 가끔 있었지만 도하는 불가능하다는 사실만 거듭 깨달았고, 아무리 용감한 사나이도 배를 띄우려 하지 않게 되었다고 한다.

마을에는 작은 항구가 있어 소형 낚싯배가 몇 척이나 정박해 있었다. 큰 강의 중간에도 미치지 않는 일정 경계까지 노를 저어 나가 물고기를 잡는 것이다. 그 선을 넘는 것은 금기로, 어부들은 마치 투명한 벽이 있는 것처럼 배를 몰았다.

'할아버지들은 시시한 말로 을러대지만 다들 겁쟁이야, 강 한복판까지 가면 괴수가 나와서 잡아먹는다는 허풍을 누가 믿어? 이런 강은 마음만 먹으면 최고 출력으로 20분 안에 건널 수 있어.'

기세 좋게 떠드는 젊은 어부도 도하를 금지하는 마을의 규칙을 정말로 어기려 하지는 않고, 강가에서 손가락만 빨며 아득한 마을의 불빛을 바라볼 뿐이었다. 강 건너편은 구경은 할 수 있어도 갈 수는 없는 곳이다. 어렸을 때부터 들은 금기가 뼛속까지 스며들어 있기 때문이다.

이렇게 경험담처럼 말하고 있지만 어디까지나 꿈 이야기

다. 실제로는 갈피 없는 조각들의 연속이지만 꿈에서 깨어
나 재구성하면 꿈의 세계는 그런 설정이었다.

괴수는 머리는 용을 닮았고 눈동자는 달팽이 더듬이처럼
튀어나와 있다고 했다. 이쪽 물가 사람들이 도하를 금지해,
아무 일 없을 때에도 몰래 물 위로 눈만 내밀고 괘씸한 자는
없는지 감시하느라 그렇다나. 고요한 강 수면에 선을 긋는
것처럼 물결이 이는 이유는 괴수가 얕은 곳에서 헤엄치는
흔적이라고도 했다. 그 신비한 생물에 이름은 없었는데, 괴
수라 부르기를 꺼려 '강의 주인'이라고 떠받드는 노인도 있
었다.

어느 날(말이 그렇지 꿈속에서는 오늘도 내일도 없지만), 수
염 난 우락부락한 어부가 내게 털어놓았다. 친구와 둘이서
강을 건널 테니 지켜보라고.

무모한 선언에 놀라면서도 마침내 도전자가 나타났다는
사실에 나는 가슴이 두근거렸다. 노인들이 말하는 무서운
구전은 과연 진실일까, 거짓일까. 그것이 밝혀진다. 비밀 지
키기를 다짐받은 나는 항구에서 조금 떨어진 둑에 앉아서
어부가 귀띔해준 시간을 기다렸다.

이윽고 저녁이 되어 낚시를 마치고 항구로 돌아온 배들
중 두 척이 거의 동시에 움직인다 싶더니, 오른쪽과 왼쪽으
로 갈라져서 강 맞은편으로 향했다. 수염 난 어부가 오른쪽

배를 몰고 있다는 사실을 꿈속의 나는 알고 있었다. 깔끔한 V자를 그리며 나아가는 두 척을 보고 경악하는 외침이 들렸다. 돌아오라고 고함치는 사람도 있다.

두 어부의 속셈을 알아차렸다. 괴수 혹은 강의 주인이 앞길을 막는다 해도 두 척이 동시에 맞은편으로 향하면 양쪽을 다 공격할 수는 없다. 한쪽이 희생해서 다른 쪽을 구한다, 혹은 한쪽이 괴수를 유인하고 항구로 후퇴하는 작전이리라.

일이 재미있게 되었다. 나는 흥분했다. 배는 어부들이 평소 들어가지 않는 위험 수역에 진입했고 더욱 속도를 올렸다. 이대로 아무 일도 일어나지 않으면 그들이 목적을 달성하기까지 그야말로 20분도 걸리지 않을 것이다.

돌아오라고 외치는 소리는 줄어들었고, 그대로 가라고 부추기는 사람들이 늘었다. 많은 사람들이 예상치 못한 쾌거를 목격할 수 있을지도 모른다는 기대를 품었다. 가만히 앉아 있지 못하고 손에 땀을 쥐며 일어섰다.

저녁노을에 물든 강 수면에 모험가들이 탄 배의 실루엣이 뚜렷하게 비쳤고, 이미 강폭의 몇 할을 건너고 있었다. 두 척의 거리는 점점 벌어져 1킬로미터는 떨어졌을까. 나는 고개를 좌우로 돌리며 양쪽을 지켜보았다.

하지만 희망은 허망하게 박살났다. 왼쪽 배 근처에 하얀 물보라가 일더니 거대한 눈을 가진 더듬이 같은 물체가 수면을 가르고 나왔다. 그대로 쭉쭉 뻗어 나오더니 이윽고 머리가 드러났다. 노인들 이야기대로 용처럼 생겼고, 송곳니가 비죽한 입가에는 기다란 수염이 뻗어 있었다.

정말로 있었다니. 나는 숨을 삼켰다. 괴수가 만들어낸 파도에 부딪힌 배는 크게 흔들렸고 겨우 그것만으로도 뒤집힐 뻔했지만 간신히 버텨서 뱃머리를 더욱 왼쪽으로 돌렸다. 괴수의 눈은 그 모습을 똑똑히 보았고 천천히 머리 방향을 틀었다.

다음 순간, 괴수가 마름모꼴 지느러미를 들어 올려 강 수면을 거칠게 내리쳤다. 요란한 물보라가 일어 배가 왼쪽으로 기울었다. 괴수가 기다란 목을 20미터 가까이 쑥 뻗더니 송곳니가 비죽한 입을 쩍 벌렸다. 그리고 사냥감을 겨냥하기 위해 더듬이를 쭉 내미는 모습을 보았을 때, 나는 발밑의 땅이 무너지는 듯한 절망을 느꼈다.

괴수는 목을 낚싯바늘처럼 꺾었다. 목이 끝까지 움츠러들자 완만했던 동작에 갑자기 속도를 붙여 머리를 용수철처럼 뻗었다. 한 입, 두 입. 날카로운 송곳니는 먼저 뱃고물을 산산조각으로 박살내고 이어서 배의 중심부를 파고들었다. 거의 실루엣뿐이었지만 그 목 근육의 움직임이 생생해서 알 수 있었다. 괴수는 배를 가로로 입에 문 채 유유히 고개를 들었다. 타고 있던 어부가 강에 떨어지는 모습은 보지 못했으니 아직 배 안에 있으리라. 살길은 없어 보였다.

나는 시선을 돌려 수염 난 어부의 배를 보았다. 친구는 순식간에 괴수의 먹이가 되었지만 그 덕분에 그는 무사히 달아날 수 있지 않을까? 가슴 앞에 두 손을 모으고 제발 그렇게 되기를 하늘에 빌었다.

괴수가 멀어져가는 나머지 한 척의 배를 돌아보았다. 다급히 쫓아가려는 기색이 없어 안도한 순간, 용의 몸통 같은 형체가 저멀리 물 위로 튀어나오더니 물결을 가르며 질주하는 배를 휘감았다. 거리가 너무 멀어 다른 무언가가 나타난 줄 알았지만 그렇지 않았다. 입에 물고 있던 배를 내뱉은 괴수가 묵직하게 포효한 순간, 몸통으로 배를 조여 눈 깜짝할 사이에 박살냈다. 강의 주인의 길이가 얼마나 되는지 노인들도 몰랐으리라. 올바르게 전승되었다면 수염 난 어부들은 계획을 다시 고려했을 게 틀림없다.

머리와 몸통 일부를 드러냈을 뿐이라 괴수의 전체 길이가 얼마나 되는지는 알 수 없었다. 강 상류로 하염없이 거슬러 올라간 곳에 꼬리가 있을지도 모르고, 똑같은 녀석이 몇 마리나 숨어 있지 않다는 보장도 없다.

마을 사람들을 모두 전율하게 만든 노을 속 참극은 끝났다.

괴수는 이쪽 강가를 향해 눈이 달린 더듬이를 불규칙적으로 흔들었다. 분수도 모르고 어리석은 계략은 부리지 말라고 위협하는 것이리라.

'부디 용서해주십시오. 부디 용서를, 강의 주인님.'

둑에 무릎을 꿇고 용서를 비는 노파가 있었다. 발길을 멈추고 상황을 지켜보던 몇 사람이 노파를 따라서 오렌지빛으로 타오르는 강에 고개를 숙였다.

다음 도전자가 나타나기까지 또 수십 년은 걸리겠지. 그렇게 생각하니 괜히 서글퍼졌다.

석양에 빛나는 강물 속으로 괴수가 사라질 즈음, 맞은편 마을에서는 따스한 불빛이 켜지고 있었다.

사춘기에 접어들자 유행도 지나가 괴수에서 그만 졸업한 줄 알았는데 몇 번이나 꿈을 꾸었다.

초등학생 때는 꿈에 이런 게 나왔다고 친구들에게 이야기하기도 했지만(방금 전 강의 주인에 대한 꿈은 상대가 싫어하든 말든 입에 침이 마르도록 말했다) 중학생쯤 되면 그럴 수도 없다. 바보 취급당하지 않도록 잠자코 혼자만의 기억에 담아둘 뿐이었다.

너무나 무서워서, 잠에서 깨면 식은땀에 흠뻑 젖어 있던 적도 있다. 중간에 꿈이 끊겨서 아쉬워했던 적도 있다.

전철을 타고 서쪽으로 향하고 있었다. 급행열차로 누마즈에 계신 조부모님 댁에 가는 길이었는지도 모른다. 그런 설정인데도 짝사랑하던 같은 반 여학생 다카기 요코가 실제로 휴일에 보았던 것처럼 빨간 체크 셔츠에 청치마를 입고 함께 있었던 것은 간절한 소원이 꿈으로 나타난 것이리라. 우리는 나란히 앉아 있었지만 요코가 무심히 문고본을 읽고 있어 대화는 없었다. 전철이 덜컹거리면 포니테일이 리드미컬하게 흔들렸다.

좋아하는 소녀가 곁에 있다는 사실에 행복을 느끼며 흘러가는 차창 풍경을 멍하니 바라보고 있었다. 목적지에 도착하면 어떻게 하겠다는 계획도 없이 이 시간이 되도록 오래 이어지기만을 바라며.

아타미를 지나 단나 터널에 들어가도 요코는 책에서 고개를 들지 않았다. 어지간히 재미있는 책인지 가볍게 말을 붙일 수 있는 분위기가 절대 아니었다. 그런 그녀도 열차가 예고 없이 속도를 늦추자 책을 덮었다.

'어머, 멈출 것 같아. 왜 그러지?'

그렇게 물어도 알 턱이 없었지만 뭔가 대답하고 싶었다.

'앞서가는 전철이 밀린 것 아닐까?'

'터널 안인데 신호가 있어?'

그녀는 미심쩍다는 표정이었다.

'응, 있어. 딱히 드문 일도 아니야.'

좀처럼 출발하지 않아 전철 안이 술렁거리기 시작할 즈음 안내 방송이 나왔다. 냉정해야 할 차장이 동요를 감추지 못한 목소리로 알렸다.

'바쁘신데 불편을 드려 죄송합니다. 현재 이 열차는 선로에 거대 괴수가 나타났다는 정보를 받고 긴급 정차했습니다. 상세한 소식을 파악하는 대로 승객 여러분께 알려드리겠습니다. 위험하오니 자리에 앉아 기다려주십시오.'

같은 방송이 세 번쯤 반복되었다. 처음에는 잘못 들은 줄 알았는데 다른 사람들의 귀에도 그렇게 들린 모양이다. 요코도, 주변 승객들도 거대 괴수라는 말을 하고 있다.

'괴수가 나왔대. 우리는 어떻게 되는 걸까?'

그녀를 안심시켜야 한다. 그보다도 스스로 진정하기 위해 나는 이렇게 말했다.

'바로 근처에 출현했다고 해도 터널 안은 괜찮아. 우리는 운이 좋았어.'

'하지만 터널로 들어오면 어떡해? 어둠 속에서 달아나다가 죽는 건 절대 싫어.'

'거대한 괴수라면 안으로 들어오지 못해.'

'하지만…… 그래도.'

코끼리의 몇십 배나 되는 기다란 코를 터널 안으로 들이밀거나, 길쭉하고 가느다란 팔을 집어넣어 열차를 움켜쥐어

밖으로 끄집어낼지도 모른다. 그런 가능성까지 따지고 든다면 완전히 부정하기 어렵다.

옆 차량이 소란스러워서 무슨 일인지 보러 갔더니 승객들이 차장을 에워싸고 있었다. 앞쪽에 괴수가 있어서 정차했다면 서둘러 아타미 쪽으로 되돌아가라는 것이었다. 지당한 말처럼 들렸지만 차장은 송구하다는 듯이 대답했다.

'뒤쪽 열차가 밀려 있어서 아직도 빨간 신호입니다. 멋대로 후진하면 심각한 사고가 날 겁니다.'

'하다못해 터널 입구까지는 되돌아가. 그 정도는 승무원의 판단으로 가능하잖아. 여기서 멈춰 있다가 터널이 무너지면 모두 죽는다고.'

'그런 판단은 할 수 없습니다.'

대화가 이쪽 차량에도 들렸다. 터널 안에서 정차한 것이 다행인지 아닌지 나도 헷갈렸다.

그때 한 승객이 켠 라디오에서 지지직거리는 잡음이 뒤섞인 임시 뉴스가 흘러나왔다. 터널 출구가 가까워서 전파를 수신할 수 있었던 모양이다. 밖에서 무슨 일이 벌어지고 있는지, 알아듣기 힘든 방송에 필사적으로 귀를 기울였지만……

아쉽게도 알아낸 사실은 많지 않았다. 이족 보행하는 거대 괴수가 스루가 해안에 홀연히 나타나, 누마즈 항구 부근에 상륙. 시가지를 짓밟으며 북북동으로 움직여 미시마 방면으로 이동, 심각한 피해가 발생하고 있다고 했다. 미시마역 동쪽 1킬로미터 지점에서 긴급 정차한 고속 열차가 괴수에게 떠밀려 고가 다리에서 추락했다는 소식을 듣고 등줄기가 서늘해졌다. 승객은 대부분 사망했으리라. 역을 겨우 1킬로미터 남겨두었다면 신호를 따라 정차하지 말고 역까지 그대로 가는 게 낫지 않았을까? 달리고 싶어도 달릴 수 없는 시스템일지도 모르지만.

이족 보행. 고속 열차를 고가 다리에서 떠밀다. 겨우 두 가지 정보로 거대 괴수의 외양을 상상해보려 했지만 재료가 너무 부족해 이미지를 그릴 수 없었다. 그 점이 오히려 공포를 증폭시켰다.

문이 열리고 차장이 들어오자 이쪽 차량에서도 승객들이 우르르 몰려들었다. 하지만 방금 전과는 달리 열차를 움직일지 말지로 의견이 갈라졌다.

'뭘 하고 있는 겁니까? 당장 되돌아가요. 이렇게 깜깜한 곳에 갇히다니 참을 수 없어. 터널이 언제 무너질지도 모르잖아요.'

'아니, 섣불리 움직이는 것보다 이대로 있는 게 나아. 라디오에서 들었는데 괴수는 북북동으로 향하고 있다니까, 터널 안에서 얌전히 버티는 거야. 그러면 안전하고, 무서운 꼴도

당하지 않아.'

차장은 어물쩍 대응하며 승객을 헤치고 앞쪽 차량으로 향했다. 맨 앞 운전석으로 가려는 걸지도 모른다.

안내 방송으로 나오는 새로운 정보도 없고, 믿을 구석이라고는 라디오뿐이었지만 이윽고 건전지가 다해 그것도 침묵하고 말았다. 바깥세상과 연결 고리를 잃은 열차 안의 분위기는 점점 더 무거워졌다. 시간이 흐를수록 언제쯤 이 어둠에서 나갈 수 있는지 초조함이 쌓여갔고, 예상치 못한 지구전에 갈증을 호소하는 사람이 나오기 시작했을 때……

'출구 근처까지는 온 거잖아. 잠깐 보고 와야겠어.'

중년 남자가 그렇게 말하며 갑자기 비상문을 열기 위해 레버를 조작하기 시작했다. 그런 짓을 하면 안 된다고 제지하는 사람은 없었고, 남자는 수동으로 문을 열고 차량 밖으로 뛰어내렸다. 나도, 하고 젊은 남자가 뒤를 따랐다.

한 박자 늦게 나도 밖으로 나갈 결심을 했다.

'나도 상황을 보고 올게.'

'안 돼, 무섭잖아……'

그녀가 말린다고 결심을 바꿀 정도라면 애초에 말도 꺼내지 않았다. 앉아서 운명의 심판을 기다리기만 하는 상황을 견디기 어려웠고, 무슨 일이 벌어지고 있는지 내 눈으로 직접 보고 싶다는 욕구가 치밀어 올랐다. 단순한 호기심도 있었다. 그녀 앞에서 배짱 있는 남자처럼 굴고 싶다는 마음도.

'금방 돌아올게.'

'기다려. 그렇다면 나도 갈래. 내 눈으로 보고 싶으니까.'

그녀가 눈썹에 바짝 힘을 주며 말했다. 굳이 따지자면 과묵하고 내향적인 타입이지만 의지가 강한 편이라고 자칭한 것은 빈말이 아니었다. 남자다운 면모를 보여주려던 계획이 물거품이 되었지만 이런 상황에서 함께 행동할 수 있어서 기뻤다.

내가 먼저 선로 옆으로 내려가 치맛자락을 붙잡고 따라 내려오려는 그녀에게 손을 내밀었다. 그리고 서늘한 콘크리트 벽을 따라 50미터쯤 앞쪽에 보이는 출구로 걸어갔다. 먼저 내린 두 남자는 이미 터널 밖에 서서 나란히 무언가를 올려다보고 있었다. 괴수가 눈앞에 있는 것처럼.

'소리가 들려!'

요코가 내 왼쪽 어깨를 붙잡았다. 그 어떤 괴수의 음성과도 다른 오싹한 포효로, 분노가 깃들어 있었다. 그것은 기적 소리처럼 길게 꼬리를 물고 이어졌다.

출구에 서 있던 두 남자는 동시에 몸을 돌려 이쪽으로 도망쳐 왔다. 우리 옆을 지나갈 때 전율이 그대로 드러난 표정으로 위험하니 물러나라고 경고했다.

'열차 안으로 들어오세요. 멋대로 밖으로 나가면 안 됩니

다!'

차장이 외치는 소리가 등뒤에서 들렸지만 우리는 굳게 손을 잡고 전진했다. 약간의 위험은 이미 각오했고 여기까지 왔으니 우리 신변에 어떤 위험이 닥쳤는지 확인하지 않을 수 없었다. 묻지는 않았지만 그녀도 같은 생각이라는 것은 그 발걸음으로 알 수 있었다.

방금 전까지 출구에서 밝은 빛이 쏟아지고 있었는데 도착해보니 어째선지 밤이었다. 꿈의 장난이라고밖에 할 수 없다.

괴수가 어디에 있는지 주위를 살펴볼 것도 없이, 바로 시야에 들어왔다. 터널을 지나면 바로 나오는 간나미 역 구내에서 선로를 막고 두 다리로 서 있었던 것이다. 이족 보행의 거대 괴수라기보다 수세미처럼 생긴 털북숭이에 극단적으로 어깨가 넓은 거인이라는 표현이 더 가까웠다.

여기에서 꿈의 카메라가 전환되어 괴수의 온몸을 줌업으로 훑는다.

키는 50미터쯤 될까. 두 팔은 땅에 닿을 정도로 길고, 날카로운 손톱이 있는 손가락이 신경질적으로 계속 움직이고 있다. 생김새는 원숭이보다는 그래도 사람에 가까웠지만 공구로 누른 것처럼 위아래로 찌부러져 있었다. 헤벌쭉 벌어진 두꺼운 입술 사이로 보이는 엉망으로 자란 치아도 끔찍했지만 무엇보다 무서운 것은 형형히 빛나는 두 눈이었다. 야행성 동물처럼 빛을 내뿜는 것만으로도 기이한데 흰자에 금이라도 간 것처럼 혈관이 튀어나와 있었고 그것도 모자라 불길한 삼백안이었다. 그로테스크하고 추악했다.

바로 눈앞에 저런 괴물이 우뚝 서 있을 줄 몰랐던 나는 충격으로 온몸이 얼어붙었다.

'이, 이렇게 가까이 있었다니.'

요코는 내 왼쪽 팔꿈치에 매달려 몸을 바르르 떨었다. 아니, 덜덜 떤 것은 나일지도 모른다. 우리는 바싹 붙어서 말도 없이 서로의 공포를 나누고 있었다.

거인 같은 괴수는 딱히 하는 행동 없이 우뚝 서서 나직하게 으르렁거리며 저멀리 아득한 곳으로 시선을 던지고 있어 우리를 알아챈 것 같지는 않았다. 저 높이에서 굽어보면 너무 작아서 전혀 눈에 들어오지 않는 것이리라.

봐야 할 것은 봤으니 조용히 뒤로 물러나 전철로 돌아가면 된다. 그리고 저 괴수가 어딘가로 떠날 때까지 열차 안에서 움츠리고 있는 게 가장 현명하다. 괴수가 기다란 팔로 터널 안을 휘저어도 아슬아슬하게 전철까지는 닿지 않을 테니까.

요코의 손을 붙잡고 되돌아가고 싶은데 온몸이 얼어붙어 꼼짝할 수 없었다. 위험해, 큰일이야. 그렇게 생각하는데 다리가 풀렸는지 요코가 그 자리에 주저앉고 말았다. 나도 무릎에 힘이 빠져 그 옆에 맥없이 웅크렸다.

겨우 그뿐이었는데 그 작은 움직임이 눈에 띄었는지 괴수가 우리 쪽으로 방향을 틀었다. 백 미터쯤 되는 거리를 두고 괴수와 내 눈이 딱 마주치고 말았다. 심장이 얼어붙는 순간이었다.

괴수는 얼굴을 잔뜩 일그러뜨리고 나를 노려보며 커다랗게 포효했다. 눈에, 입가에 분노의 빛을 선명히 드러내며 또 한 번 포효. 사람 형상의 괴수가 무서운 것은 그 감정을 표정으로 쉽게 알아볼 수 있다는 점이다. 무엇이 거슬렸는지 상대를 화나게 만든 것 같아 꼼짝 없이 죽었구나 싶었다.

희끄무레한 발바닥을 드러내며 괴수가 오른발을 치켜들었다. 한 걸음 내딛자 땅이 우르릉 울리며 두 눈이 요사스럽게 번득거리는 얼굴이 바짝 다가왔다. 왼발로, 또 오른발로 대지를 울리며 괴수는 순식간에 눈앞까지 들이닥쳤다.

우리는 여전히 일어나지 못했다. 먹물처럼 시커먼 그림자가 고개 숙인 그녀를 덥석 집어삼키려 하는데도. 최후의 순간이 다가온 모양이다. 차장의 제지를 무시한 행동을 후회해보지만 너무 늦었다.

어차피 언젠가 죽는다면 지금 여기에서 좋아하는 소녀와 함께 저항할 수단 없이 괴수에게 짓밟히는 것도 괜찮을지 모른다. 그녀에게는 끔찍한 비운이다. 고통스러울 테고, 무의미하고 영웅적이지도 못하지만 생각하기에 따라서는 내게는 최고의 죽음 아닐까?

승용차만큼 커다란 괴수의 발바닥에 밟히면 우리는 잘 익은 토마토처럼 허망하게 찌부러지리라. 붉은 핏방울이 사방으로 튀고, 모든 뼈는 으스러지고, 육체에서 해방된 내장이 선로와 침목 위에 널브러질 것이다. 어느 게 나의 위장이고 창자인지, 어느 게 그녀의 내장인지 구별할 수 없는 상태로. 그 얼마나 참혹하고도 화려하며, 그 얼마나 특권처럼 감미로운 죽음일까? 이런 기회는 두 번 다시 오지 않으리라.

여기서 죽겠다고 결심한 나는 그녀 위로 엎드려 가녀린 두 어깨를 감싸고 흉측한 괴수의 형상을 띤 사신을 보기 위해 고개를 들었다. 각오를 굳히자 공포와 저주에서 풀려나 온몸의 근육이 자유를 되찾았지만, 그녀를 터널 안으로 데려갈 생각은 없다. 환희 속에서, 황홀하리만치 달콤한 죽음을 맞이하는 것이다.

나는 그걸로 만족했지만 내 이기심에 그녀를 끌어들인 것이 미안했다. 애초에 내 꿈에 불려 나오지 않았다면 이런 꼴을 당할 일도 없었을 텐데.

미안해.

소리 없이 사과한 순간, 이것이 꿈속 세계라는 사실을 깨닫고 말았다. 그도 그렇겠지. 저런 괴수가 바다에서 성큼성큼 육지로 올라와 날뛰는 일이 실제일 리 없다.

그런가, 꿈이구나.

깨달은 순간, 번쩍 눈이 뜨였다.

그것도 잊을 수 없는 괴수의 꿈이다.

지난달 본 영화처럼 재생할 수 있는 이유는 기억을 꼼꼼히 정비하고 있기 때문이다. 몇 번이나 떠올려서 반추하고, 흐려진 부분은 보수를 해왔다. 이런 식으로 가면 인생 마지막 날까지 지금 상태를 유지할 수 있으리라.

두 개의 꿈은 민망할 정도로 간단히 해석할 수 있다. 도저히 건널 수 없는 큰 강의 맞은편에 있으며 멀리서 바라볼 수밖에 없는 마을은 가난한 집에서 나고 자란 내게 '언젠가 도달하고 싶은 장소'의 상징임이 틀림없다. 모험가를 가로막는 기괴한 괴수는 갖지 못한 자의 꿈을 부조리하게 파괴하는 부당한 사회구조. 절대 맞설 수 없는 존재로 보였다.

거인 같은 털북숭이 괴수는 중학교 때 나를 몹시 괴롭혔던 생활지도부 체육 교사다. 말이 통하지 않는 사나운 선생으로, 자기 기분대로 날뛰었기 때문에 학생들은 모두 두려워했고 움츠러들었다. 희화한다면 딱 그 그로테스크한 괴수가 되리라. 괴수는 됐고, 그 녀석에게 짓밟혀 다카기 요코와 함께 짓뭉개진다는 망상이야말로 중요한 테마였다. 성애를 포함한 생에 대한 희구와, 그와는 상반되는 죽음의 충동. 에로스와 타나토스가 뒤섞여 고양된 정점에서의 소멸. 현실의 인생에서 어떤 죽음이 나를 기다리고 있는지 알 길은 없지만 그 몽상만큼 행복할 수는 없으리라. 마지막으로 아무래도 상관없지만 프로이트 박사라면 터널 안에서 오도 가도 못 하는 전철에도 성적인 함의가 있다고 지적할지 모른다.

횟수는 줄었지만 스무 살이 넘고 30대가 되어서도 괴수의 꿈을 꾸었다. 놈들의 끔찍한 파괴로부터 도망쳤던 것은 기껏해야 20대 중반까지로, 현실에서 성공의 계단을 올라가면서 점차 꿈의 내용은 변해갔다.

성공. 가난 때문에 10대 때 겪었던 고통과 굴욕의 '대가'를 신에게 돌려받기 위해, 나는 보통 사람들은 흉내도 낼 수 없는 노력을 쌓아 올렸고, 세운 목표를 차례로 이루어갔다. 희망한 대학, 희망한 정부 기관에 들어가, 동료도 선배도 제치고 출세해, 이 나라를 대표하는 재벌 영애의 눈에 들어 사위로 들어갔다. 30대 중반에 여당 실력자의 권유로 정계 진출. 거기서 나는 '물을 만난 물고기'에 날개를 단 듯 더욱 활력이 넘쳐 환갑 전에 당 안팎에서 차기 총리로 주목받고 있다.

단순한 총리가 아니다. 일본에 역사적인 대혁명을 가져올 구세주라는 말까지 듣고 있다. 나는 그 기대에 부응하기 위해 대담하고도 치밀한 비전을 그리고 있고, 그것을 실현할 능력도 갖추고 있다.

이 자리에 이르는 과정에서 꿈에 등장하는 괴수는 역할이 계속 바뀌었고, 나는 겁에 질려 우두커니 서 있거나 도망 다니던 입장에서 사람들을 공포에 빠뜨리는 쪽으로 바뀌었다. 괴수 시점의 꿈을 꾸기 시작한 것이다. 이 전환은 다양한 의미에서 너무나 유쾌했다.

꿈속 세계에서 키가 백 미터에 이르는 나는 자위대 전차나 제트전투기를 무자비하게 유린했다. 주일 미군 제7함대와도 대결해 엄청나게 큰 항공모함을 격침했다. 로켓탄이나 미사일을 정면에서 맞아도 아무렇지도 않지만, 맞으면 상당히 짜증스러웠다. 적을 섬멸하기 위한 레이저를 입에서 뿜어낼 때, 목구멍이 살짝 뜨거워지는 감각은 나쁘지 않았다. 영화 속 괴수가 기분 내키는 대로 레이저를 토하는 것도 이해가 갔다. 스스로 만들어낸 홍련의 불꽃 속에서 포효할 때는 긍지가 온몸을 창처럼 꿰뚫었다.

최신식 초고층 빌딩이나 다리, 철도를 파괴하면서 아깝지만 재건 작업은 훌륭한 공공사업이라고 변명하는 한편으로, 낡은 가옥이 밀집한 서민 구역은 아무 저항 없이 파괴할 수 있었다. 이런 지역은 불태워버리고 합리적인 도시 계획에 따라 새로 지어야 한다고 생각하니 더욱 기세가 붙어 주저하지도 봐주지도 않았다.

꿈속에서 무의식이 해방되어 비정해진 것은 아니다. 나는 깨어 있을 때 더욱 비정하다. 스스로를 위해 분골쇄신해온 것뿐인데 세상 사람들은 내가 고생한 이야기를 어리석을 정도로 사랑했고, 그 찬란한 성공에 갈채를 보내며 '자수성가의 신'이라는 칭호를 붙이고 싶어하지만 웃기지도 않는 일이다. 나는 평생 가난한 자나 사회적 약자에게는 관심이 없었고, 그들의 무기력함을 끝없이 증오하니까.

차기 총리 자리에 앉으려는 내가 도쿄, 요코하마는 물론 오사카에도 나고야에도 대지진이 오기를 바란다고 표명하면 모두들 경악하겠지. 결함투성이인 대도시를 이상적인 형태로 개조하려면 그것이 가장 빠른 방법이라는 것을 똑똑한 사람은 다 알 텐데. 천문학적인 액수에 이른 국가 부채를 탕감하기 위해 적절한 하이퍼인플레이션을 일으킬 완벽한 계획도 이해하지 못할 것이다. 정리당하는 입장의 약자에게는 당연한 일이다. 그러니 그 순간이 올 때까지 현명하게 침묵하고 있다.

"여보."

침실로 이어지는 문이 열리더니 가운을 걸친 아내가 나왔다.

"기분은 어때?"

나는 유리잔을 테이블에 내려놓고 물었다. 그녀의 편두통은 젊었을 때부터 앓아온 지병이라 대수로운 일은 아니다.

"나은 것 같아요. 미안해요, 혼자 둬서."

미안하다는 듯이 말하지만 거실에서 혼자 한잔하는 것은 마음이 편하다. 혼자 있는 편이 낫다는 말은 입이 찢어져도 할 수 없지만.

"나도 한잔할까?"

"그거 만들어줄까?"

와인과 소다를 1 대 1로 희석해 레몬 조각을 곁들인 특제 스프리처 칵테일을 만들어 소파에 앉은 아내에게 정중히 내밀었다. 이렇게 하면 아내는 자기 앞에서만 서비스로 익살을 떤다고 천진하게 기뻐한다.

그녀에게는 감사해야 한다. 지금의 지위에 오르기 위한 중요한 발판이 되어주었고, 사교 면에서는 쭉 도움을 받고 있으며, 언제까지고 시들지 않는 미모는 내게도 자랑거리다. 두 딸이 사랑스러운 것도 아내의 유전자 덕분이리라.

나는 창가로 다가가 커튼을 살짝 열었다. 아타미의 거리에는 수많은 불빛이 반짝였지만 정면의 산에 있는 아타미 성의 야간 조명은 끝났다. 술을 마시며 생각에 잠겨 있는 사이 10시가 지난 것이다.

이곳은 장인의 별장이지만 내 집처럼 이용하고 있다. 주

말에 오기에 도쿄에서 거리도 적당하고, 옛날부터 온천을 무척 좋아하는 내게는 안성맞춤이다. 무엇보다 마음에 드는 것은 창으로 보이는 풍경이었다. 삼면이 산으로 둘러싸여 있고 바다를 속에 품은 아타미 거리를 이 높은 지대에서 굽어보고 있노라면 당장이라도 바다에서 괴수가 상륙할 것만 같다. 몇 편의 영화 무대도 되었는데, 아타미에는 괴수가 잘 어울린다. 산도 있고, 바다도 있고, 항구도 있고, 선로도 있고, 모조 천수각도 있으며 호텔 네온사인도 있다. 해안의 매력적인 곡선을 따라 배치된 그 풍경은 흠잡을 데가 없다. 흡사 괴수가 파괴하기 위한 모형 정원이라, 고질라도 킹콩도 갓파도 이 거리에서 날뛸 수 있어서 만족했으리라.

"아직 목욕 안 할 거예요?"

아내가 우아한 손짓으로 머리카락을 쓸어 올리며 물었다. 발코니 노천탕에 온천물을 끌어놓아 원할 때 언제든지 쓸 수 있다.

"조금 더 있다가."

그렇게 대답하고 커튼을 닫았다.

"술 취한 채로 들어가지 말아요. 몸에 안 좋으니까."

아내는 잔을 비우고 천천히 일어섰다. 아직 머리가 조금 무겁다며 일찌감치 자겠다고 했다.

"그럼 느긋하게 쉬어요. 잘 자요, 카리스마 관방 장관님."

"그래, 잘 자."

아내가 문 안쪽으로 사라지자 물로 희석한 스카치를 한 잔 만들었다. 목욕도 하고 싶으니 처음 마신 것보다는 연하게 탔다.

아타미의 별장에 묵는 밤은 괴수의 꿈을 꿀 때가 많다. 창문으로 보이는 풍경에 자극을 받는 탓일까? 어차피 꾼다면 오늘 밤은 극채색의 블록버스터를 보고 싶다.

짧은 꿈이라면 방금 전에도 꾸었다. 지쳐서 그런지 소파에 앉은 채로 15분 정도 선잠에 든 사이에 나는 키가 2백 미터나 되는 괴수로 변해 도쿄 스카이트리를 몸으로 박아 기울게 했다. 잠에서 깨지 않았다면 스미다강 쪽으로 쓰러뜨릴 수 있었으리라. 채찍 같은 꼬리를 휘둘러 빌딩을 무너뜨리는 내 뒤로 무코지마에서 혼조까지 이어지는 일대가 불바다로 변해 있었다.

'부숴라, 태워라! 온천지를 황무지로 만들어버려!'

철저한 파괴는 이 도시를 이상적인 모습으로 재구축하기 위해 필요한 과정이다. 서쪽의 침공에 대비해 도쿠가와막부가 엉성하게 만든 길은 하나도 남김없이 없애고, 맨해튼보다 질서정연한 격자 모양 거리와 골목으로 바꾸어야 한다. 재해를 입으면 허망하게 무너지거나 불에 타는 엉성한 가옥은 일찌감치 처분해야 한다. 몇만 명에 이르는 인민들이 결집할 수 있는 공공의 공간은 전부 없애야 한다. 가장 기능적이고, 가장 관리와 감시가 완벽하게 이루어지는 수도로 만들기 위해서는 황무지에서 새로 시작하는 게 가장 좋은 방법이다. ……그런 신념을 품고 미쳐 날뛰는 괴수를 그린 영화는 없겠지.

물론 도쿄 전체가 황무지가 되면 재건은커녕 일본이라는 국가가 파멸할 수 있으니 현실적인 계획을 가지고 있다. 그것은 내가 관료였을 때부터 은밀히 추진해온 일로, 대지진이 필수 요소다. 도쿄는(요코하마도, 오사카도, 나고야도) 지진 대책을 가장해 대지진이 닥쳤을 때 가장 효과적으로 무너지도록 새로 설계되고 있다. 내가 총리 자리에 앉는 그날, 그 계획을 빠르게 추진해 운명적인 재건의 순간을 기다릴 예정이다.

비상식적인 정책도 하늘의 사명을 받은 나라면 반드시 실행할 수 있다. 대개혁의 과정에서 사회적 약자들에게는 상당한 인고를 강요해야 하지만 어쩔 수 없다. 그저 양분만 축내는 불필요한 가지는 줄기를 튼튼히 키우기 위해 잘라내야만 한다. 아니, 인간을 잘라낼 수는 없으니 인내심 강하고 체념할 줄 아는 인민으로 만들면 된다. 그것이 죽어도 싫은 사람도 있을 테고, 격차가 굳어지더라도 고난뿐이면 구원이 없으니 나처럼 밑바닥에서 올라오기 위한 길은 남겨둔다.

초월적인 정열과 걸출한 능력이 있으면 계층은 뛰어넘을 수 있어야 한다.

소파에 몸을 묻고 이대로 잠들면 방금 전 꾸었던 꿈을 이어서 꿀 수 있을 것 같다. 어차피 그럴 거면 하던 일을 완수해 도쿄 스카이트리를 지도에서 없애버릴까? 무척 통쾌하겠지.

꿈의 의미를 탐색하는 것은 촌스러운 짓이다. 어린 시절의 나는 믿을 수 없는 힘을 발휘해 날뛰는 괴수들이 일단 멋지고 통쾌해서 천진하게 동경했다. 어른이 되니 괜한 의미를 따지게 되어 못쓰겠다. 언제까지고 괴수의 꿈을 꾸는 것은 어디까지나 현실에 적응하려 애써온 내 마음에 어울리지 않게 동심이 남아 있는 탓이라고 치자.

그런 생각을 하는데 취기가 적당히 돌아서 그런지 눈꺼풀이 무거워졌다. 졸음이 손짓하고 있다.

가자, 힘의 상징인 괴수가 될 수 있는 꿈속으로.

조금 마음에 걸리는 일이 있었다. 세상에서 가장 높은 탑에 타격을 가하며 괴수가 된 나는 기묘한 것을 보았다. 솜처럼 폭신폭신한 검은 그림자가 거리 곳곳에서 솟아나더니, 그중 몇 개는 합체해서 비대해지려 했다. 그림자의 정체는 모르겠지만 유기체이리라. 땅에서 배어나는 검은 얼룩들이 서서히 모여들더니 의지를 가지고 뭉치려는 것 같았다. 합체가 끝나면 괴수가 되어 눈을 번쩍 뜨지 않을까?

저 녀석과 한판 붙어보는 것도 나쁘지 않다. 지금까지 꾼 꿈에서는 다른 괴수와 대치한 적이 없었으니 흥미로웠다. 괴수와 괴수가 만나면 싸워야만 한다. 그리고 싸우면 내 꿈이니 내가 이기리라.

하지만 정말 이길 수 있을까?

검은 그림자가 솟아나 한데 모여드는 모습은 합체라기보다 단결이나 연대라는 말이 걸맞을 것 같았다. 내가 경멸하는 약해빠진 자들이 뭉쳐서 언젠가 대중의 봉기를 보여주겠다는 것인가? 건방지게도 아침 햇살처럼 찬란한 내 앞날을 가로막겠다는 뜻인가?

좋다, 그렇다면 전초전이다.

한판 붙어보자.

극적인 폐막

내가 시토 미레이를 처음 만난 것은 M 역 앞에 있는 오래된 카페에서였다. 내부 인테리어가 중후해 노포의 품격을 가진 가게.

용의주도하게 기둥에 가린 테이블을 예약한 것은 그녀였다. 남의 이목을 전혀 신경쓰지 않고 대화할 수 있는 자리라 세심한 배려에 안도했다.

월요일 오후 2시. 손님은 적은 편이라 가게 안에는 그리운 서양 음악과 울적한 분위기가 흐르고 있었다.

하얀 면 원피스에 연보라색 스카프. 표시를 확인하고 조심스레 다가가자 그녀가 일어나서 먼저 말을 걸었다.

"'소토마치' 씨 맞지요?"

나는 "예"라고 대답하고 이미 필요도 없는 질문을 했다.

"'퍼플' 씨 맞지요?"

"예. 본명은 시토 미레이라고 해요. 자줏빛 자紫, 등나무 등藤, 아름다울 미美에 예의 할 때의 예禮라고 씁니다. 편히 앉으세요."

입가에 미소가 서려 있다. 맞은편에 앉고 나서도 나는 한동안 고개를 들지 못했다. 약속 장소에 나온 여성이 예상보다 훨씬 아름답고 우아하다는 사실에 당황했기 때문이다. 시토 미레이라는 이름도 고상하다.

"저는…… 우치무라 다케후미입니다. 안쪽 마을內村에 무사 할 때의 무武, 문장의 문文."

문무를 겸비한 남아로 자라라, 라는 부모의 소원이 담긴 이름이지만 거북하기만 하다. 둘 다 갖지 못한 재능이라 이름이 짐만 되는 것이다.

일일이 한자까지 털어놓는 게 우스꽝스러웠지만 앞으로 운명을 함께할 사이니 본명을 똑바로 전하고 싶었다. 그녀도 같은 생각일지 모른다.

"아아, '소토마치外町'라는 닉네임은 우치무라의 반대였던 거군요."

"너무 단순했지요? 별 생각 없이 붙인 이름이라."

사춘기 때부터 줄곧 여성과 대화하는 게 불편했다. 마주 앉으면 어떤 표정으로 어떤 이야기를 해야 할지 몰라서 난

처했다.

"교묘한 작명이잖아요. '퍼플'이 더 단순하지요."

두둔해주었다. 고작 그것 하나로 좋은 사람이라고 생각
했다.

"저…… 죄송합니다."

"네?"

"이런 차림으로 와서."

밋밋한 얼굴을 갈아치우거나 키를 늘릴 수는 없지만 하다
못해 조금 더 깔끔하게 단장하고 올 걸 그랬다. 대학생 때부
터 입고 있는 스웨터에 싸구려 청바지, 낡아빠진 구두 차림
이 부끄러웠다.

미레이는 오늘 이 시간을 위해, 나를 만나기 위해 격식에
맞는 차림으로 왔다. 꼼꼼한 화장도 마치 데이트에 임하는
것 같았다.

"시토 씨는 이렇게 멋진 옷을 입고 오셨는데……"

그녀는 가볍게 고개를 숙였다.

"그렇게 말씀해주시니 고마워요. 속이 변변치 않아서 하
다못해 외모만이라도 노력 좀 해봤어요. '소토마치' 씨, 아니
우치무라 씨를 처음 뵙는데 실례가 되지 않도록."

다시 한번 "죄송합니다"라고 말할 뻔했지만 꾹 집어삼켰
다. 너는 자꾸 사과만 하니까 괜히 더 미덥지 못한 인상을 주

는 거라고 아르바이트 가게에서 놀림을 받은 적이 있다.

"바로 본론으로 들어가지요."

그녀가 말투를 가다듬기에 반사적으로 등을 쭉 펴고 고개를 들었다.

역시나 아름답다. 여배우나 모델처럼 화려하지는 않지만 단정한 이목구비에 약간 도톰한 입술이 사랑스럽다. 그러면서도 눈가에는 근심이 촉촉하게 감돌고 있어, 그 점이 무척 매력적이었다.

나이는 물어보지 않았고, 아무래도 물어볼 수 없었다. 나와 같다면 스물여덟. 차분한 태도 때문에 한두 살 연상으로도 보이지만 의외로 연하일 수도 있다.

이 사람이라면 완벽하다. 이미 마음은 정해졌다.

"메일로 연락한 일 말인데, 생각은 변함없으신가요?"

그 물음에 "예"라고 단호히 대답했다. 주저하지 않았다.

"그 대답은 무척 기쁘지만…… 문제가 문제인 만큼 거듭 확인하겠습니다. 꼭 확실한 분과 함께 떠나고 싶어서요."

목적지가 '황천길'인 줄 알면서도 이런 장면에서 성적인 이미지가 떠올라 당황했다. 하지만 미레이에게 다른 뜻이 있을 리도 없고, 말투도 담담해서 두 사람의 대화를 누가 들었다 해도 여행 계획을 상의하는 것처럼 들렸을 것이다.

"저는 결심했습니다. 번복할 생각은 이미 없습니다. 시토 씨만 괜찮다면 함께하게 해주십시오."

최대한 남자답게 당당하게 말했다. 미레이는 꾸벅 고개를 끄덕였다.

"고마워요. 하지만 우치무라 씨가 절대 후회하지 않았으면 좋겠어요. 모처럼 만났으니 잠깐 이야기를 나눌까요? 이 가게 커피가 맛있거든요. 그리고 '이런 여자하고 떠나기 싫다'는 생각이 들면 부디 거리낌 없이 말씀해주세요. 저는 포기하고 다른 분을 찾아볼 테니."

무슨 말을 해야 할지 짐작도 가지 않았지만 다행히 미레이가 화제를 던져주었다. 창고 관리 파견 업무가 끝나고 실직 상태라는 이야기는 이메일로 털어놓았으니 그 이전에 어떤 일을 했는지, 실례가 되지 않도록 조심스럽게 물어봐주었다. 대학교를 중퇴하고 아르바이트를 전전했을 뿐, 달리 이야기할 만한 과거는 없었지만 미레이는 적당히 맞장구를 치며 열심히 들어주었다.

"다양한 일을 경험하셨군요. 저와는 달리."

미레이는 대학교를 졸업하고 4년간 일한 회사에서 번거로운 인간관계로 고민하다가 퇴사하고 그 후로는 자택에 틀어박혀 지냈다고 했다. 이메일을 주고받아 단편적으로는 알고 있었지만 불화의 구체적인 예를 듣고 보니 상당히 고통스러운 사정이었다.

가족에 대해서도 서로 조금씩 털어놓았다. 둘 다 아버지에게 제대로 애정을 받지 못했고, 어머니의 과보호에 고통받은 경험이 있었다.

비슷하다고 느꼈다. 딱히 커다란 불행이나 불운을 겪은 건 아니지만 살아간다는 사실에 끝없이 절망했다는 점이 두 사람의 공통점이었다.

"왠지 우리, 닮은꼴이네요."

미레이가 그렇게 말해서 기뻤다. 객관적으로 어떤지는 모르겠지만 두 사람 사이에는 상통하는 면이 있었다.

"저도 그렇게 생각했습니다."

"우치무라 씨를 만나서 다행이에요. 변변치 않은 인생이었지만 마지막 순간에 당첨 제비를 뽑았네요."

제비뽑기에 비유하는 것은 좀 그렇지 않나. 함께 죽어줄 만만한 상대를 찾은 것은 행운이라기보다 비운이지 않은가?

하지만 변변치 않은 인생이라는 표현에는 가슴이 술렁거렸다. 나는 항상 내가 살아온 시간을 그렇게 표현했기 때문이다. 지극히 평범한 가정에서 태어나, 딱히 커다란 사건이나 사고도 겪지 않고 평범하게 살아왔다. 어떤 목표를 향해 전진해야 할지 모르는 채로, 귀찮고 지루한 일상을 참아가며 스물여덟 살까지 왔지만 너무 지쳐버렸다.

심각한 고민을 가진 사람 눈에는 그냥 어리광으로 보일 것이다. 얼마나 운 좋은 팔자인지 곰곰이 생각해보라고 꾸지람을 들어도 이상하지 않다. 머리로는 그런 줄 알아도 안 되는 것은 안 되는 것이다. 그럴 바에야 오히려 누가 봐도 확실히 알 수 있는 명확한 불행의 꽃다발을 받는 게 차라리 나았다.

나는 영화나 드라마도 좋아하지 않고 소설도 읽지 않는다. 나와 인연 없는 극적인 경험이 넘쳐나서 짜증나기 때문이다. 목숨을 건 사랑은커녕 동료와 함께 역경으로 가득한 프로젝트를 완수하는 일도 경험할 수 있을 것 같지 않다. 은하를 가로지르는 황당무계한 SF라면 아무도 경험할 수 없는 일이니 편하게 즐긴 적도 있지만.

극적인 경험.

그것을 갈망하고 있다는 자각은 있었지만 어떻게 할 방도가 없다. 가슴 설레는 순간, 영혼의 연소, 마음이 녹아드는 황홀과 도취와는 무관한 채로 나태하게 살다가 언젠가 죽는다. 그게 어때서, 오히려 풍파 없는 인생에 감사하며 작은 행복을 찾으라고 스스로를 타이르려 해도 받아들일 수 없었다.

분수에 맞지 않는 묘한 자존심 탓이다. 사회의 구석에서 조용히 살다가 사라져도 아무도 알아차리지 못한다. 내가 그 정도 존재밖에 되지 않는다는 사실이 너무나 불만스러웠다.

어리석다고 생각하면서도 같은 아르바이트 신분으로 일하던 40대 남자에게 어쩌다 속마음을 털어놓은 적이 있다. 점심시간에 창고 안에서 빵과 캔커피로 끼니를 때우면서.

속세를 초월한 듯한 아저씨라 그만 긴장이 풀렸던 것이다.

'제 어리광이지요.'

속마음을 털어놓자마자 그렇게 스스로 비판하자 그러네, 라고 태연하게 대답했다.

'진심으로 고민한 적이 없으니 안개가 낀 것처럼 머릿속이 흐릿한 거야. 배부른 소리지.'

그건 알고 있다.

'만약 전쟁이라도 터지면 형씨는 대번에 다른 사람처럼 변할 거야. 갑자기 기합이 들어가는 거지. 전쟁은 현실감이 없지만 커다란 부상을 당하거나 병이라도 앓으면 드라마 같은 사건이나 사고를 당하지 않고 살았던 시절로 돌아가고 싶다고 생각할 게 뻔해.'

분명 그렇게 생각하겠지. 하지만 굳이 부상당하거나 병을 앓고 싶지는 않다.

'뭐하면 직접 전쟁을 시작해보지 그래? 어디서 머신건이라도 구해서 번화가에서 난사한다거나. 앗, 싫다는 표정이네. 인면수심의 범죄자는 되기 싫은가? 머신건 난사까지는 아니더라도 은행 강도 정도는 괜찮지 않아? 모 아니면 도.

잘하면 거금을 손에 넣어 밝은 미래가 열릴지도 몰라.'

거친 행동은 성미에 맞지 않습니다, 라고 말했더니 웃음을 샀다.

'그렇겠지. 형씨는 절대 그런 배짱은 없겠지. 아무리 증오스러운 상대라도 저항하지 않는다는 걸 알면 때리지 못하는 타입이야. 영화나 드라마에서는 쉽게 사람을 때리고 걷어차는 놈들이 잔뜩 나오는데. 그렇게 해보겠습니다, 하고 대답하지 않을 줄 아니까 그냥 말해본 거야. 차분하게 자네 속도로 가면 돼. 영화나 드라마라는 건 사람들이 경험하기 어려운 일들을 보여줘서 재미를 주는 거야. 자기 인생과 비교하면 못써.'

힘없이 웃으며 그러네요, 라고 대답할 수밖에 없었다.

하지만 상황은 변했다. 바라던 형태는 아니었지만 나는 극적인 경험을 손에 넣으려 하고 있다. 운명의 여성을 만난 것이다. 죽음을 갈망하는 여인과 함께 죽는다. 설마 그런 일이 가능하다니, 2주 전만 해도 상상도 못 했다.

자살 희망자가 모이는 웹사이트에 들어가 죽음의 향기를 맡다보니 결행을 생각하게 되었다. 다들 기분 좋게, 혹은 지루함을 참아가며 보는 영화 중간에 자리에서 일어나 "당신들, 이렇게 시시한 걸 용케 보고 있군!"이라는 표정으로 퇴장한다. 보란듯이 뽐내는 자살.

"나 혼자만 그렇게 생각한 게 아니야. 같은 생각을 가진 사람과 함께 나갈 거야"라고 말하는 자살은 제법 재치가 있다.

좋은 상대가 있을지 열흘쯤 찾아다녔는데 자살을 외치는 사람은 몇 명이나 발견했지만 진심인지 농담인지 판별하기 어렵거나, 투고한 글이 너무 엉망이라 댓글을 달 마음도 들지 않았다. 자살하려는 결심이 약해지려는 때에 눈에 들어온 것이 '퍼플'의 제안이었다.

'함께 음독하실 분 구합니다. 다정한 남성 희망. 글쓴이, 20대 여성.'

다정함이야말로 이 몸, 우치무라 다케후미가 유일한 장점이라고 자부하는 것이었다. 유약한 성격을 포장한 것에 지나지 않는다 해도 다정한 남자라는 자칭이 틀린 것은 아니다. 그렇게 생각하며 인사를 하니 바로 답장이 왔다.

'성실한 대답 감사합니다. 몇 가지 확인하고 싶습니다.'

진심인지 아닌지 심사를 받은 뒤에 합격해서 이야기가 진행되었다.

'실패하지 않을 도구를 가지고 있어요. 부디 안심하세요.'

'여럿이서 여행길에 오르기는 싫어요. 저와 단둘이라도 상관없나요?'

'퍼플'이 제시한 조건은 내게도 좋은 방향이었다. 음독자살은 이상적인 방법이다. 어떻게 하면 적당한 독약을 손에 넣을 수 있는지 몰랐는데 '퍼플'이 가지고 있다면 고마운 일이다.

둘이서만 떠나자는 것도 찬성. 20대 여성과 함께 음독자살. 동반 자살 아닌가? 그런 극적인 경험으로 인생의 막을 내릴 수 있다니 꿈처럼 행복했다.

'당신이야말로 제가 원하는 남성 같군요. 한번 직접 만나서 이야기할 수 없을까요? 여행 계획을 짜기 위해서.'

그런 메일을 보내온 여성이 지금 나를 똑바로 바라보며 물었다.

"저라도…… 괜찮은 거지요, 우치무라 씨?"

마지막 대답을 할 때가 왔다.

"예. 제 대답은 변함없습니다."

미레이가 오른손을 쓱 내밀어 테이블 너머로 악수를 청했다. 살짝 동요하며 움켜쥔 손은 보드라우면서도 서늘하니 차가웠다. 반지는 하나도 끼지 않았다. 재빨리 관찰하니 마디가 굵어, 보기보다 실제 연령이 많을지도 모른다고 생각했지만 아무래도 상관없었다.

"예쁜 손이 아니라서 부끄러워요. 손가락이 우악스럽고 굵어서…… 이 손으로 여러 가지 일을 하느라……"

그녀가 내 마음을 꿰뚫어 본 것처럼 말해서 허둥지둥 부정했다. "예쁜 손입니다."

"방법은 메일에 쓴 대로."

"예. 꼭 그 방법으로."

"여기에 가져왔어요."

미레이는 그렇게 말하며 옆에 내려놓았던 핸드백에서 작은 갈색 병을 꺼내 얼굴 옆으로 들어 흔들었다. 사각지대라 다른 손님 눈에는 보이지 않지만 가슴이 철렁했다.

내용물은 시안화칼륨. 보다 익숙한 이름으로 말하면 청산가리다.

"진짜라는 건 제가 보증할게요. 조금 불쌍했지만 동물로 실험했어요."

실험 대상이 된 동물(그것이 무엇이었는지 물을 생각은 없다)이 고통스러워하며 죽는 광경을 보고도 마음을 바꾸려 하지 않았다는 뜻이다. 굳은 결의가 엿보였다.

"저, 저는 그걸 원했습니다."

앞으로 고꾸라질 듯이 몸을 내밀며 말하자 미레이는 작은 병을 내게 건넸다. 마개를 열어보기는 꺼려져서 살짝 흔들어보기만 하고 돌려주었다. 미량의 가루가 들어 있는 것을 확인했을 뿐이다.

"어디서 이걸?"

어디든 상관없지만 호기심에 물어보았다.

"큰아버지가 경영하던 도금 공장이 도산으로 정신없는 틈을 타서."

그 이상의 설명은 어렵다는 눈빛이라 더는 캐묻지 않았다. 심기를 거슬러서 없었던 일로 하자고 하면 본전도 못 찾는다.

미레이는 작은 병을 가방에 넣고 새침한 표정으로 물었다.

"언제 할까요? 정리하고 싶은 일이 많으실 테니……"

"신변 정리는 이틀이면 됩니다. 시토 씨 일정에 맞추겠습니다."

바로 대답이 돌아왔다.

"그럼 사흘 뒤. 9월 15일 목요일. 어때요?"

망설임 없이 승낙했다.

"남은 건 장소로군요. 어디 원하는 곳 있나요? 저는 두 군데 정도 생각해둔 곳이 있어서 답사도 다녀왔어요. 다른 분들에게 폐를 끼치지 않을 장소를 골랐어요."

그런 세세한 확인에 든 시간은 고작 15분이었다.

그리고 맞이한 목요일.

산속 종착역에서 내린 두 사람은 하이킹 코스인 T 산 등산로를 따라 편안한 대화를 나누며 한 시간 정도 산책했다. 이번 생과 이별을 나누는 산책이자, 인적이 사라지기를 기다리는 시간 때우기 행동이기도 했다.

가을 향기가 물씬 나는 깊은 산속 풍경은 눈이 시릴 정도로 아름다웠고, 불어오는 바람도 몹시 상쾌했다. 하지만 감동스럽기는커녕 나를 놀리는 것만 같아 시큰둥했다.

'죽으려는데 기분 좋게 만들어? 웃기지도 않는 위선이로군. 이런 것에 속을 줄 알고?'

죽음에 대한 공포도 없거니와 겨우 염원이 이루어진다는 고양감도 없이, 덤덤한 기분이다. 그리고 그런 자신의 정신 상태가 만족스러웠다. 아무런 자극도 없는 인생에 극적인 폐막을 준비할 수 있었으니 운명에 복수할 수 있겠구나 싶었다.

미레이의 표정도 온화했다. 같은 마음이리라.

오늘은 등산에 걸맞은 가벼운 복장으로, 커다란 챙이 달린 하얀 모자를 쓰고 있다. 사흘 전 원피스 차림이 마음에 들었지만 여기서 그런 옷을 입고 있으면 사람들 눈에 띄니 어쩔 수 없다. 애초에 인기 있는 하이킹 코스도 아니라 인적이 거의 없어 눈에 띄어도 별 상관은 없지만.

"날씨가 좋아서 다행이에요. 마지막 순간에 조금 서비스를 받은 기분이네요."

동감이다. 미레이는 반박을 부르는 말을 전혀 입에 담지 않는다.

다만 카페에서 만났을 때와는 조금 인상이 달랐다. 처음 만난 순간 설마 이런 미인이, 하고 놀랐던 건 착각이었던 것 같다. 밝은 햇빛 아래서 본 그녀는 보통 사람보다 조금 나은 정도로, 솔직히 실망했다. 손가락이 굵은 것뿐만 아니라 고생한 증거인지 나이에 비해 손에 생활의 흔적이 많았다. '퍼플'이 멋진 여성이기를 바란 나머지 꽤나 미화했던 모양이다.

"산이라 다행이에요. 우치무라 씨에게 결정을 맡기길 잘했어요."

미레이는 류색을 흔들며 말했다. "바다가 보이는 곳으로 하시겠어요? 산속으로 하시겠어요?" 그렇게 묻기에 나는 후자를 선택했다. 딱히 이유는 없다.

등산객들의 모습이 사라지면 샛길로 들어가 너도밤나무 숲속에서 저녁노을에 감싸여 둘이서 마지막을 맞이한다. 그런 미레이의 계획을 받아들였다. 별이 쏟아지는 하늘 아래라는 그림도 상상했지만 주위가 깜깜하면 기분이 가라앉을지도 모른다.

"이건 어치 소리. ⋯⋯저쪽에서 나는 칫칫 소리는 촉새."

그녀는 새소리에 박식했다. 의식하니 다양한 종류의 새가 울고 있었다. 새 이름을 들으니 바람결에도 희미하게 색채가 깃든 것처럼 느껴졌다.

"우치무라 씨는 어째서 독을 고집하시나요?"

샛길로 들어가자마자 미레이가 잡담이라도 하듯 물었다.

"그냥요. 뭔가에 넣어서 꿀꺽 삼키기만 하면 끝나니까 편할 것 같아서? 그게 몸에 들어가면 어떤 현상이 일어나는지 알지도 못하고 조사하지도 않고 꿀꺽. 그걸로 끝, 꼴좋다, 그런 식이죠."

누구더러 꼴좋다고 하는 건지 말하는 나도 이해할 수 없었지만 미레이는 잠자코 끄덕거렸다.

"답사는 여러 곳을 둘러보며 했습니까?"

나도 물어보았다.

"일고여덟 군데 정도요. 지금 가는 곳이 제일 나아요. 특별하진 않은 장소지만 느낌이 딱 왔어요. 우치무라 씨도 마음에 들면 좋을 텐데."

"분명 마음에 들 겁니다. 이 부근도 나쁘지 않아요. 산의 영기라고 하나요? 그런 게 감돌고 있어서 기분이 좋습니다."

"다행이에요. 하지만 조금만 더 안쪽으로 가요. 조금 더 조용하고 차분한 곳으로."

그곳에서 숨을 거두고 대지 위에 쓰러진다. 극적이고 감미로운 폐막이다. 야생동물의 먹이가 되어 육체는 갈가리 찢길지도 모르지만. 그렇게 생각하자 내 생각을 읽기라도 한 것처럼 미레이가 말했다.

"죽은 뒤에 하룻밤만 함께 누워 있어요. 하지만 계속 그대로 있으면 동물이나 벌레들의 먹이가 되니까 내일 오후에는 발견되도록 할 거예요."

믿을 만한 친구 앞으로 내일 오전 중에 도착하는 택배를 보내놓았다고 한다. 유품과 메시지를 함께 보냈다나.

"그러니 이제 되돌아갈 수 없어요."

거듭 마지막 확인을 할 생각으로 그렇게 말하는 건지도 모른다.

"상관없어요. 되돌아가지 않을 거니까."

그리고 한참 동안 두 사람은 구불구불한 길을 말없이 걸었다.

'우치무라 씨는 어째서 독을 고집하시나요?'

미레이가 방금 전 던진 질문이 머릿속에 메아리쳤다. 들켰나.

독극물에는 옛날부터 관심이 있었다. 어떤 성분이 어떻게 작용해서 인체에 어떤 타격을 주는지, 그런 것에는 별 관심 없다. 독을 마시거나, 탄다. 그 장면을 상상하는 것만으로 음울한 흥분을 느낀다. 특히 독을 타는 상상은 자극적이라, 뉴스에서 독살 사건을 접할 때마다 탐욕스럽게 상세 소식을 읽곤 했다.

위험한 취향이다. 미레이는 도산한 큰아버지 도금 공장에서 작은 병의 내용물을 훔쳐 왔다고 했지만 그는 그런 흉내를 낼 수 있는 환경이 아니라 다행이었다. 아마도 몇십 명, 몇백 명을 살해할 만한 청산가리가 있었으리라. 그만한 양을 손에 넣을 수 있다면 혼자 사용하기 아깝다. 번화가에서 머신건을 난사하는 폭력성은 없지만 독을 타는 거라면 상황이 다르다. 엉뚱한 짓을 저지를 가능성을 부정할 수 없다.

"누군가에게 마지막 인사를 하셨나요?"

미레이가 긴 침묵을 깼다.

"아니요. 아아, 우연히 어젯밤 어머니가 전화를 하셨더군요. '아직 다음 일자리를 못 찾았니?' 하는 듣기 싫은 전화였어요. '금방 해결될 거야'라고 대답했습니다."

"그뿐인가요?"

"전에도 말씀드렸다시피 어머니와는 내내 사이가 좋지가 않아서."

몇 년 전에 텔레비전을 켰더니 〈바다와 독약〉이라는 영화가 나왔다. 앞부분밖에 보지 않았지만 나중에 알게 된 사실인데 유명한 소설이 원작이라고 했다. 그 제목을 보고 발견한 사실이 있다. 바다는 모든 생명의 근원이니 바다海라는 글자에는 어머니母가 포함되어 있다는 말을 들은 적이 있는데, 독毒이라는 글자의 아래 절반도 어머니다. 확실히 그에게 어머니는 독성을 가진 존재였다고 피식 웃고 말았다.

독을 품은 어머니. 어머니라는 독.

자랑스러운 아들이길 바라는 마음이었으리라, 어머니는 그에게 과도한 기대를 걸었고 항상 실망하는 결과에 화가 나서 "너는 어째서"라며 꾸짖었다. 아이에게 잘도 그렇게 교묘하게 압박을 가할 수 있구나 싶어서 감탄할 정도다. 덕분에 말로가 이렇다.

　어디 사는 누군지도 모를 여자와 동반 자살했다는 사실을 알면 혼비백산하겠지. 동정할지는 몰라도 아마 슬퍼할 리는 없다. 불초자식을 둔 자기 처지를 가엾게 여길지도 모르지만. 아버지는⋯⋯ 불쾌하다는 듯 얼굴이나 찌푸리겠지.

　하지만 이제는 후회도 된다. 어머니의 기대에 부응하면 지는 거라고 중학생 때부터 비뚤어져서 자그마한 반역을 꾀했다. 모든 일에 진심으로 임하지 않는 자세가 그때 몸에 배어서 결국 자신에게 되돌아왔으니 우스운 일이다. 어떤 어머니를 가졌든 가장 어리석은 것은 바로 나였다.

　"시토 씨는 아까 말한 친구 외에 누군가⋯⋯"

　"아니요. 다른 사람은 없어요. 저희가 본인 의지로 죽었다는 것을 증명하기 위해 유서를 준비해서 가방 안에 넣어두었어요. 그뿐. 가벼운 여행길이에요."

　"그래요, 가볍네요. 사실은 저도 마찬가지로 유서를 가져왔습니다. 경찰 앞으로 썼어요."

　"나중에 서로 보여주기 할까요?"

그럴 생각은 없었지만 사무적인 문장을 간결하게 늘어놓았을 뿐이니 누가 봐도 상관은 없다. 세상을 아쉬워하는 민망한 표현을 쓰지 않길 잘했다.

15분 정도 걸었을 때 미레이가 걸음을 멈추었다. 목적지에 도착한 것이다.

"저기쯤 어때요?"

그녀는 너도밤나무 숲 안쪽을 똑바로 가리켰다. 주변 수풀이 잔뜩 우거져 있다. 잎사귀와 가지 틈새로 햇빛이 비스듬히 쏟아져 명화도 아쉽지 않은 광경이 그곳에 있었다. 완벽하다.

"좋네요. 생각했던 것 이상으로 훌륭합니다."

"우치무라 씨가 기뻐해주시니 다행이에요."

근처에 쓰러진 나무가 있어 걸터앉아 잠시 쉬었다. 두 시간 가까이 계속 걸었고 저녁노을이 지려면 아직 이르다. 길에서 조금 벗어났을 뿐인데 사람이 지나다니는 기척이 전혀 없었다. 누구의 방해도 받지 않고 남은 시간을 보낼 수 있을 것 같다.

"샌드위치 드실래요?"

미레이가 발밑에 내려놓은 륙색에서 핑크색 용기를 꺼내며 물었다.

"전철 타기 전에 역 건물 식당에서 먹은 꽁치 소금구이 정식이 최후의 만찬인 줄 알았어요."

식사에 관심이 없는지 식욕이 없었는지, 미레이가 주문한 것은 메밀국수뿐이었다.

"좋아한다고 하셨죠. 꽁치 소금구이를 마지막 메뉴로 남겨두시겠어요?"

"아니요. 모처럼 만들어 온 샌드위치니 감사히 먹겠습니다. 이득을 본 기분이네요."

"커피도 있어요. 아직 그걸 넣지 않은 게."

작은 보온병을 흔들어 보였다. 이 세상에서 마지막으로 삼키는 것을 커피로 정하고 그녀에게 준비를 맡겼다.

"믹스 샌드위치예요. 혹시나 맛없으면 미안해요."

샌드위치는 전부 여섯 조각이었다. 미레이가 "저는 두 조각이면 충분해요"라고 말해서 내가 네 조각을 먹었다. 알싸한 머스터드가 일품으로, 빈말이 아니라 맛있었다. 커피는 약간 미지근했지만.

이게 마지막 식사.

무엇을 해도 이것이 생애 마지막이 된다. 노래를 하면 마지막 노래, 팔굽혀펴기를 하면 마지막 팔굽혀펴기. 미레이와 입술을 맞댄다면 마지막 키스가 되겠지만 승낙해줄 것 같지 않아 굳이 부탁해볼 마음도 들지 않았다.

"해가 저물 때까지 이런저런 잡담이나 나눠요. 가급적 시시한 이야기면 좋겠어요."

"제 특기가 시시한 이야기인데."

여차하니 나오지 않았다. 참 모자란 놈이다.

"저, 딱 한 번이지만 UFO를 본 적이 있어요. 고등학교 졸업식이 끝나고 돌아가는 길에 친구들과 걸어가는데……"

미레이가 솔선해서 이야기를 꺼냈다. UFO처럼 보였지만 친구는 보지 못했고 그 둥그런 은빛 물체는 무엇이었을까 하는, 그저 그뿐인 이야기. 그 말을 듣고 대학 시절에 묵었던 싸구려 숙소에서 유령 같은 게 창밖에서 방을 들여다보았다는 이야기를 하려 했지만 미레이가 진심으로 두려워하면 큰일이니 자중했다.

"저건 무슨 소리인가요?"

끽끽, 날카로운 새 울음소리가 들려 이야기를 이어나갈 셈으로 물어보았다.

"개똥지빠귀네요."

틀렸다, 때까치다. 나도 아는데.

그녀의 이야기를 어디까지 믿어도 될지, 살짝 의혹이 일었다. 하지만 애호가 시늉을 하고 싶어 모른다고 대답하기 싫었을 뿐인지도 모른다. 눈치 없는 추궁은 자제하기로 했다.

"가을 해는 금방 진다고 하더니 제법 많이 기울었네요."

살짝 턱을 치켜든 그녀의 얼굴을 부드러운 햇살이 비추고 있었다.

저녁노을 속에서 독이 든 커피를 마시기로 결정한 것은 훌륭한 선택이었을지도 모른다. 숲이 어두워지기 직전, 짧은 시간에 하지 않으면 자비 없는 어둠 속에 묻히고 만다. 그녀가 "밤의 숲은 무섭다"고 했으니 결심이 흔들릴 일은 없다.

어렸을 때 자주 보았던 텔레비전 프로그램이나 좋아했던 노래를 이야기했다. 나이대가 같아서 그리움을 공유할 수 있어 편했다. 그러는 사이 태양이 저멀리 산 바로 위까지 내려왔다.

나무토막에 걸터앉은 지 한 시간 가까이 지났다.

"커피 한 잔 더 드시겠어요? 세 잔씩은 마실 수 있어요."

"주세요."

내가 방금 전 사용한 종이컵을 내밀려 하자 미레이는 륙색에서 새 컵을 꺼내 커피를 따라주었다.

충격이 왈칵 솟구쳤다.

순간 가까이서 뭔가가 폭발한 줄 알았는데 아니었다. 지진의 진동이었다.

반사적으로 내게 몸을 기댄 미레이의 어깨를 감싸 안았다. 세로 방향으로 강하게 몇 번 흔들리다가 이어서 세상이 좌우로 흔들리기 시작했다. 중심을 잃고 미레이와 함께 뒤로 나자빠질 뻔했다. 힘껏 버텼다. 나뭇가지가 요동을 쳤고 가지 끝에서 날아오른 새들이 요란하게 울었다. 실내에 있었다면 커다란 가구도 쓰러질 법한 진동이었다.

지진의 진동은 고작해야 1분 정도면 잦아든다. 그렇게 스스로를 타일러보았지만 역시나 두려웠다. 죽을 각오를 해도 이건 다른 문제다.

폭력적인 진동이 지나간 뒤에도 미레이는 내게 상반신을 밀착시키고 있었다. 바르르 떨면서.

이윽고 몸을 떼는가 싶더니 륙색에 넣어두었던 스마트폰을 꺼내서 어딘가에 전화를 하려 했다. 연결되지 않아 몇 번이고 다시 걸었다.

"아아, 안 돼. 몇 번을 해도 불통이야."

가벼운 패닉 상태였다.

"어디에 거는 겁니까?" 미레이에게 물어보았다.

"부모님 댁. 저희 집은 낡아서 내진 설계가 제대로 되어 있지 않아요. 납작 찌부러졌을지도 몰라!"

어떻게 되든 무슨 상관이야, 우리는 이제 죽을 텐데. 그렇게 말할 수는 없었다. 그녀는 필사적인 모습으로 화면을 터치해대고 있었다. 몇 번을 시도해도 연결되지 않는다. 커다란 지진 직후라 폭주해서 그런 것만이 아니라 전파 상태가 나쁜 곳에 와 있어서 안테나가 뚝뚝 끊기는 것 같았다.

"아아, 정말!"

비탄에 젖은 소리를 나는 싸늘한 마음으로 듣고 있었다. 하지만 조금 신경이 쓰여 내 스마트폰으로 시험해보니 운 좋게 연결되었다. 진원지는 옆 지방 북부 쪽이었다. 그렇게 말하자 그녀의 안색이 창백해졌다. 바로 그 장소에 부모님 댁이 있다는 것이었다.

"할아버지가 항상 지내는 방에 쓰러지기 쉬운 가구가 잔뜩 있어요. 깔렸으면 어쩌지……"

그렇게 가족을 소중히 여긴다면 어째서 그렇게 열심히 자살 상대를 모집했느냐고 말하고 싶어 참을 수 없었다. 가족 앞으로는 유서도 쓰지 않았으면서. 입이 근질근질했지만 간신히 참았다.

미레이의 반응이야말로 사람으로서 자연스러운 것일까? 내 마음은 이미 죽어버렸는지, 잘 모르겠다.

여진이 왔다. 이번 지진도 컸다.

나뭇잎밖에 떨어지지 않는데 미레이는 륙색으로 머리를 감쌌다. 겁먹은 모습이 우스꽝스럽다.

"저, 자살 포기할래요."

두 번째 여진 끝에 급기야 그런 말을 꺼냈다.

"잠깐. 그럴 수는 없어. 자살하자고 꾀어낸 건 당신이야. 유원지에 갈 약속을 취소하는 것처럼 쉽사리 중단하지 말아

줘요."

"하지만, 하지만…… 이런 데서 죽을 때가 아니야."

"뭐?"

지진 탓에 살아야겠다는 본능을 되찾은 걸까? 그런 어리석은 일이 있을 수 있나, 나는 어이가 없었다.

"웃기지 마. 지진이 오든 벼락이 떨어지든 무슨 상관이야? 이렇게 됐으니 당장 그걸 커피에 타서 마십시다. 지진 따위 무슨 상관이냐, 하고 해치우자고요."

"못 해요!"

맹렬하게 화가 났다.

나도 여자를 좋아해본 적은 있다. 언젠가 손꼽아 세어보니 짝사랑만 다섯 번을 했다. 사랑 고백은 한 번도 한 적 없다. 용기를 쥐어짜내서 교제를 청해도 어차피 거절당할 게 뻔하다고 체념했다. 한심하지만 어쩔 수 없다. "어려워요. 미안해요"라면 그나마 낫지만 "못 해요!"라는 말을 듣는다면 회복할 수 없을 정도로 상처 입을 게 뻔히 보였으니까. 그 "못 해요!"를 하필 여기서 듣게 되다니.

"어이."

나는 위협적으로 나갔다. 전혀 어울리지 않는 목소리지만 스스로도 놀랄 정도로 박력이 있었다.

"웃기지 말라고 하잖아. 이제 와서 죽을 수 없다는 말이 통할 것 같아? 이미 되돌아갈 수 없어."

"되돌아갈 수 있어요. 걸어온 길을 돌아가기만 하면 되잖아요."

"돌아가면 산이 무너질지도 몰라."

"그렇게 위험한 곳은 없었어요. 내리막이니 30분이면 역에 도착해요. 거기까지 가면 전화도 잘 통할 거야."

"나는 어쩌고? 멋대로 혼자 죽으란 말이야?"

다소 주저하면서도 미레이는 뻔뻔하게 말했다.

"……마음대로 해요."

그렇게 대답할 줄 알았다. 그렇다면 내가 할 행동은 하나뿐이다.

"죽을 마음이 사라진 사람을 길동무로 삼을 수는 없지. 나혼자 하겠어."

나는 벌떡 일어나 오른손을 활짝 펼쳐서 내밀었다. 그것만으로 의미를 알아차려주길 바랐는데 미레이는 어리둥절한 기색이었다.

"그거."

독을 내놓으라는 뜻을 그제야 알아듣고 몸을 웅크려 륙색에서 작은 갈색 병을 꺼냈다. 나는 잡아채듯 받아 들었다. 눈을 가늘게 뜨고 살펴보니 가루의 양은 생각보다 많았다.

"그만 가도 돼요?"

미레이가 웅크린 채로 묻기에 가급적 냉담한 목소리로 대답해주었다.

"아직도 있었어? 냉큼 꺼져."

미레이는 토끼가 달아나듯 내뺐다. 이런 곳에는 1초도 있기 싫다는 듯이. 내 마음이 바뀌어 억지로 자살에 끌어들일까봐 두려웠는지도 모른다. 산통이 깨져서 그럴 마음은 전혀 없었지만.

하지만 길 가다 마주친 것이나 다름없는 여자와 동반 자살로 극적인 최후를 맞이하려는 바람이 깨지고 말았다는 사실이 유감스럽기는 했다. 설레는 마음으로 세운 계획은 항상 중단되고 만다. 하늘이 나를 노리고 방해하는 것 같다. 그렇게 생각하니 불쾌했다. 설마 지진이라는 비겁한 장치를 쓸 줄이야, 수단을 가리지 않아도 정도가 있지.

나는 나무토막에 걸터앉아 작은 병을 한 손으로 조물락거렸다. 코르크 마개를 열고 내용물을 확인했다.

청산가리 치사량이 어느 정도인지 정확히는 기억나지 않지만 귀이개 하나 정도면 사람을 죽일 수 있지 않았던가? 여기에 들어 있는 양은 커다란 수저로 다섯 숟가락은 될 법했다.

굉장한 걸 손에 넣었다고 생각하며 병 바닥에 쌓인 맹독을 바라보았다. 이 정도면 몇십 명의 목숨을 빼앗을 수 있다.

나 혼자서는 도저히 다 쓸 수 없다.

아깝다는 감정이 일었다. 이런 성찬을 남겨도 되는 것일까? 어떻게든 하고 싶다.

해가 저물어왔지만 초조하지는 않았다. 중요한 문제가 생겼으니 천천히 고민하자. 나 혼자라면 한밤중에 실행해도 상관없으니까.

이것을 전부 사용하려면 누군가의 도움을 빌려야 한다. 그렇다고 지금 인터넷으로 동지를 모집해 저승 투어를 기획하기도 귀찮다. 남을 잘 돌보는 타입도 아니고 애초에 단체 여행도 싫다.

그렇다면 어떻게 할까? 도금 공장을 차릴 수도 없다. 이 독극물에 도금 가공과 자살과 살인 이외에 어떤 용도가 있는지 내게는 지식이 없었다. 독약을 좋아하지만 독약 오타쿠는 아닌 서글픔이다.

도금 공장도 자살 투어도 불가능하다면 남은 것은 살인밖에 없다. 대량 살육이라는 네 글자가 불쑥 떠올랐다.

나는 그런 엄청난 짓을 할 능력을 얻었다. 모두가 혼비백산할 만한 복수를 하고 저세상으로 떠날 수 있다. 만화에 나오는 악마의 모습이 머리 위에 나타나 실실 웃기 시작했다.

양심의 목소리도 희미하게 들렸지만 처음부터 패배를 알고 있는 것처럼 약했다. 말려도 어차피 할 거잖아, 그런 느낌이다.

입가가 절로 벌어졌다. 지진이라는 해프닝 덕분에 일이 재미있게 되었다. 몸에 힘이 차올랐다. 독약을 손에 넣었을 뿐인데 새로 태어난 것 같았다.

그렇지만 새 삶을 살겠다는 뜻은 아니다. 현세에서 퇴장하기 전에 뭔가 커다란 일을 하고 싶어졌다. 요란한 일과는 인연 없이 살아왔으니까.

변변치 않은 놈이 머리를 살짝 굴리면 변변치 않은 아이디어가 떠오른다. 이 독으로 사람을 죽여보고 싶었다. 특정한 누군가가 아니라 운 나쁜 사람이 죽어줘야겠다.

독극물에는 무지해도 독이 얽힌 범죄는 이상할 정도로 잘 알고 있다. 1940년대 제국은행 독살 사건, 1960년대 나바리 독 포도주 사건, 1980년대 중반 투구꽃 보험금 살인부터 1990년대 와카야마 독극물 카레 사건까지. 신문 사회면 기사라면 유명한 사건은 상세 내용까지 기억하고 있었다.

그중 하나가 깜빡거렸다. 내가 태어나기 10여 년 전에 벌어진 청산 콜라 무차별 살인 사건이다. 당시 온 일본이 전율했다는데 나와 같은 세대에서 그 사건을 아는 사람은 드물 것이다. 수많은 사건 중에서 그것이 클로즈업된 이유는 사건에 사용된 것이 청산계 독극물이었기 때문일까?

그 사건에서는 두 명이 사망하고 범인은 잡히지 않았다.

첫 번째, 두 번째 피해자는 도쿄에서, 세 번째 피해자는 오사카에서 나왔다. 독극물이 직접적인 원인이 되어 사망한 것은 도쿄의 두 사람이었다. 범인은 콜라병 뚜껑을 일단 열어 청산소다를 넣고 꼼꼼하게 다시 뚜껑을 끼워 전화 부스나 공중전화 옆에 방치했다. 우연히 그것을 주워 마신 사람이 희생된 것이다. 병에 든 콜라, 공중전화. 시대의 향기가 물씬 난다.

극악하기 짝이 없는 사건이지만 정체불명의 범인의 심리를 상상하니 심장이 떨렸다. 어느 타이밍에 어느 누가 마실지 생각하며 뉴스를 지켜보고, 사건이 발각된 후에는 경찰이 자기를 찾아낼 수 있을지 숨을 죽이며 태연하게 일상생활을 보낸다. 얼마나 스릴 넘쳤을까?

실로 극적이다. 전율스러울 정도로.

사건이 미궁에 빠진 것도 그것을 모방하려는 내게는 행운이다. 아니, 어차피 한번은 버린 목숨. 체포되어도 상관없다. 오히려 내가 저지른 짓이라고 세상에 알리고 싶다. 암호 같은 메시지를 남기거나 대형 언론사에 도전장을 보내거나, 일부러 방범 카메라에 살짝 찍혀서 경찰에 단서를 주는 건 어떨까? 멍멍 짖어대며 며칠 만에 나를 찾아낼지 궁금하다.

최고의 게임이다.

이대로 가만있을 수 없어 나는 걸음을 뗐다. 날은 저물었고 초저녁의 어스름이 퍼져나가고 있었다. 산에서 내려가 거리로 돌아가야 한다.

미레이가 떠난 뒤로 30분 가까이 지났으니 따라잡을 수는 없으리라. 그래도 역에서 전철을 기다리는 모습을 보지 않도록 일부러 천천히 걸었다. 그런 꼴사나운 여자는 두 번 다시 만나기 싫다.

내일, T산에서 남자가 음독자살했다는 뉴스 대신 청산가리에 의한 무차별 살인이 벌어지면 그녀는 나를 의심할까? 관련지어 생각할 가능성도 있지만 전혀 연관 짓지 못할지도 모른다. 게임에 큰 지장은 되지 않을 것이다.

내가 완전범죄를 꾸민다면 그렇게 가볍게 여기면 안 되겠지만 언젠가 경찰에 꼬리를 잡히는 것도 예상하고 있다. 경찰이 나를 주목하고 증거를 확보하면 일방적으로 게임을 끝낼 생각이다. 나를 위해 남겨둔 청산가리를 먹고 마무리를 지어주마. 그 타이밍을 재는 것도 흥분되지 않는가?

진리를 하나 발견했다. 승부에 전혀 재주가 없어 고배만 마셔왔지만 이기려 하지 않으면 게임을 즐길 방법이 있다. 죽음의 문턱에서 사고방식이 바뀌었다.

산에서 내려와 역에 도착하니 전철은 5분 전에 떠났다. 미레이는 그 전철을 타고 떠났으리라. 마침 잘됐다.

플랫폼 벤치에서 느긋하게 기다리는 동안에도, 덜컹거리

는 전철을 타고 있는 동안에도, 나는 살인 계획을 세우는 데 집중했다. 유리창에 비친 얼굴은 진지함 그 자체로, 사지에서 돌아온 남자로는 보이지 않았다. 이런 모습이라면 내일 회의에서 발표할 순서를 고민하는 회사원처럼 보이지 않을까?

요즘 세상에 대충 굴러다니는 캔 주스를 태연히 마실 사람은 없겠지. 무엇에 독을 탈까?

슈퍼나 편의점 진열대에 있는 식품이 만만하리라. 청산가리 용액을 빵에 주사하는 게 빠르겠지. 주사기는 없지만 반려동물 급식 목적으로 팔기도 하니 쉽게 살 수 있을 것이다. 가격은 고작해야 몇백 엔이겠지.

가게 안에서 바늘을 찔러 넣을까, 구입한 물건에 독을 주입해서 가게에 돌려놓을까, 고민된다. 후자가 더 쉬울 것 같다.

장소는 먼 곳으로 하자. 청산 콜라 무차별 살인의 범인은 도쿄와 오사카에서 범행을 저질렀다. 그 사건을 따라 고속 열차로 서쪽으로 동쪽으로 이동하면 사건 스케일은 더욱 커질 테고, 수사도 어려워질 테니 즐거운 시간을 연장할 수 있을 것 같다. 지금은 비용을 아끼지 말자.

슈퍼에도 편의점에도 방범 카메라가 설치되어 있으니 얼굴을 가릴 필요가 있다. 모자를 깊숙이 쓰고 마스크를 쓰고 평소 쓰지 않는 안경까지 걸치면 충분하겠지. 범행을 저지를 때 몸에 걸치는 것은 전부 새로 구입하고, 현장에서 벗어나면 최대한 빨리 처분한다. 그 정도는 기본이다.

남은 문제는 범행 가능 횟수인데, 그것은 내 솜씨에 달렸다고 할 수밖에 없다. 두 번, 세 번 계속되면 가게도 소비자도 경찰도 모두 엄중히 경계할 테니 점점 어려워지는 것은 피할 수 없다. 중간에 목표를 변경해 뒤통수를 치는 게 바람직하다. 독창적인 아이디어로 세상을 깜짝 놀라게 하고 싶다. 가령…… 가령 뭐지?

식품 제조 라인에 침입해 거기서 독을 투입하는 방법도 있다. 난이도는 훨씬 높지만 그것을 돌파했을 때의 효과는 엄청나다. 이 범인은 어디까지 할 셈인가, 하고 온 일본이 전율할 게 틀림없다.

범행 성명에 사용할 이름을 지어냈다. 주사기에서 연상해 '닥터 블루'. 설명할 필요도 없이 블루는 청산가리에서 따왔다. 나쁘지 않다. 이런 이름은 유치하고 멍청해 보일수록 오싹해서 좋다.

'닥터 블루'라는 이름은 내 본명과 함께 이 나라의 범죄사에 깊이 각인되리라. 어떤 형태로든 내 이름이 역사에 남는다니 몽상조차 해본 적 없었다. 청산가리라는 흉기를 입수한 것만으로 운명이 이토록 변하다니.

'형씨는 절대 그런 배짱은 없겠지.'

옛날에 들었던 아저씨의 목소리가 떠올랐다.

세기의 독살 사건 범인이 나라는 사실을 알면 그 사람은 기겁하겠지.

'거친 행동은 성미에 맞지 않습니다.'

내 말을 떠올리고 고개를 갸웃거릴지도 모른다. 설명해줄 기회는 없지만 누군가의 입에 독약을 쑤셔 넣는 것은 아니니 거친 행동은 아니다. 엄연한 폭력이지만 내게 독살만큼은 예외였다. 이해해줄 사람은 없겠지만.

종점이 다가왔다. 두 번 다시 보지 못할 줄 알았던 거리로 돌아왔다.

역시나 영원한 이별을 나누었던 보금자리로 돌아가기 전에 어디서 주사기를 사야겠다. 그리고 청산가리가 진짜인지 확인해야지. 길고양이한테라도 먹여보면 되겠지. 효과가 있으면 사체는 확실하게 처리해야 한다.

자, 어디를 첫 번째 범행 현장으로 선택할까? 지리는 전혀 모르지만 도쿄의 고급 주택가에 있는 식품 가게에서 데뷔를 장식하는 것도 재미있지 않을까?

그런 생각을 했다.

"고마워요."

그렇게 말하며 그녀가 내민 종이컵을 두 손으로 감싸듯 받아 들었다. 차분히 음미하며 마실 생각이다.

"저도 마실래요."

미레이는 자기 몫으로 커피를 따르더니 컵을 눈높이로 들었다. 우리는 장난스럽게 건배를 했다.

죽음을 향한 카운트다운이 시작된 순간 커다란 지진이 닥쳐서 사태가 급변한다……. 그렇게 더없이 극적인 일이 시시한 내 인생의 마지막에 일어날 리가 없다. 어리석은 망상을 했다. 공상하는 버릇은 없었을 텐데. 사람의 마음은 어디까지나 수수께끼다.

미레이가 맛있다는 듯 커피를 홀짝이며 "아아" 하고 요란스럽게 탄성을 질렀다. 나도 미지근한 커피를 한 모금 마셨다.

목구멍이, 대번에 화끈거렸다.

마시면 안 될 것을 마셨다는 사실을 혀에 남은 불쾌한 맛이 가르쳐주었다. 나는 아연실색해서 미레이를 돌아보았다.

그녀는 벌떡 일어나더니 나를 굽어보았다. 시선은 차가웠고 입술을 다물고 있었다.

실수라고 생각했다. 아직 타서는 안 될 독을 실수로 탔다고. 하지만 그녀의 태도를 보고 그렇지 않다는 것을 알았다. 갑자기 내가 고통에 몸부림치는데도 전혀 놀라지 않았다.

"······청."

청산가리를 넣었는지 묻고 싶었지만 목소리가 나오지 않았다. 호흡이 가빠졌고 갑자기 맥박이 빨라지는 것을 느꼈다.

"······어, 째서?"

간신히 그 말은 할 수 있었지만 상대는 나를 가만히 바라보기만 할 뿐 대답하려 하지 않았다. 그 눈빛, 얼마나 차갑고 무자비한 눈빛인지.

내 각오를 의심해서 겁을 집어먹기 전에 먼저 보내려는 걸까? 이런 난폭한 짓을 하다니 따지고 싶었지만 고통스러운 신음밖에 나오지 않았다.

목구멍에 손가락을 집어넣어 토해내려 했지만 이미 늦었다. 나는 땅에 무릎을 꿇고 쌕쌕 거친 숨을 몰아쉬었다. 살아날 가망이 없음을 절실히 느꼈다.

마시다 만 종이컵을 쥔 채로 미레이는 꼼짝도 하지 않았다. 그래도 시선은 내게 고정되어 있었다. 내 죽음의 과정을 세세히 관찰하려는 것 같다.

그녀의 진짜 목적을 알았다. 죽을 생각은 처음부터 없었고, 내 죽음을 목격하고 싶었을 뿐이다.

아니, 내가 아니라 누구든 상관없었다. 인터넷에 낚싯줄을 드리우고 적당히 자살 희망자를 발견해 동반 자살을 제안했으리라. 우연히 걸려든 게 나였을 뿐이다.

교묘하게 속아 넘어갔다. 어쩌면 그녀가 이런 짓을 하는 것은 처음이 아닐지도 모른다. 수많은 남녀가 경악에 차서 몸부림치다 죽어가는 모습을 보아왔던 게 아닐까?

인터넷에서 만난 남자와 산속에 들어가기를 두려워하지 않은 것도 그럴 만했다. 이 여자야말로 괴물이다.

몇 번이고 몇 번이고 되풀이했을 게 틀림없다. 그래서 이렇게 익숙한 것이다. 저 청산가리도 다른 자살 희망자에게서 빼앗은 게 아닐까? 말도 안 되는 녀석에게 걸려들고 말았다.

내가 숨을 거둔 후에 그녀는 륙색에서 내 유서를 꺼내 내용을 확인하리라. 그리고 '동반 자살'이라는 불리한 표현이 있으면 챙겨 간다. 이윽고 아무 글귀도 남기지 않고 홀로 음독자살한 남자의 시체가 발견되고⋯⋯ 사무적으로 처리되고 끝. 거기에 극적인 요소는 아무것도 없다.

모든 것은 용의주도하게 계획되었고 분명 나와 주고받은 통신 기록으로 꼬리를 잡히지 않도록 대책도 마련했으리라. 커다란 챙이 달린 모자를 깊숙이 뒤집어쓴 것은 얼굴을 가릴 목적으로, 저녁때를 결행 시간으로 제안한 것은 하산하기 쉽도록. 커피가 그렇게 미지근했던 것도 치밀한 계산의 결과로, 그래야 내가 쉽게 마실 수 있기 때문이다. 진저리가 날 정도로 딱딱 맞아떨어진다. 시토 미레이라는 이름도 가짜일 것이다.

'''퍼플', 너무 잔혹하잖아.'

욕설을 퍼부으려다 마음에 변화가 생겼다.

후회가 아니라 반성이다.

어머니의 교육 방식을 비롯해 얼마나 많은 사람과 사물에 욕설을 퍼부어왔을까. 자신의 미숙하고 모자란 부분을 남 탓, 사회 탓, 나아가서는 운명의 탓으로 여길 뿐, 결국 진지하게 살지 않았다. 어차피 불운한 처지라는 생각에 괘씸한 짓을 잔뜩 저질렀다는 자각도 있다. 나라는 존재는 철저히 불성실하고 오만하고 나태한 남자로, 결국 청산가리를 사용한 무차별 연속 살인이나 상상하는 꼬락서니. 그런 어리석음의 대가를 치르는 것이라면 불평할 처지가 못 된다.

마지막 순간에야 깨닫다니, 늦어도 너무 늦다.

몸속에서 무언가가 화르르 타올랐다. 현기증과 구토가 덮쳐온다. 숨을 쉴 수 없다. 의식이 아득해지기까지 남은 시간은 얼마 되지 않으리라.

반성을 곱씹으며 고통에 감싸여 나는 떠난다.

마지막 순간, 막이 내리기 직전에야 이 어리석은 자의 마음에 일어난 극적인 변화를 알아줄 이는 아무도 없다.

출구를 찾아서

문득 정신을 차리고 보니 바닥에 드러누워 있었다.

그때까지 의식을 잃고 있었던 모양이다.

뺨에 닿는 바닥은 서늘하니 차가워서 기분이 좋았다. 녹색 플라스틱 타일이 깔린 바닥이다.

'나…… 어떻게 된 거지?'

어리둥절한 심정으로 몸을 일으켰다. 치맛자락을 가다듬으며 바닥에 털썩 주저앉아 주위를 둘러보았다. 새하얀 벽으로 에워싸인 정사각형 방이었다. 크기는 다다미 여섯 장 정도. 조명이 없는데도 밝았다. 한쪽 벽에 붉은 문, 그 반대쪽 벽에 파란 문이 있을 뿐, 창문은 없다.

"이 방은 대체 뭐지?"

무심코 목소리가 나왔다. 내가 어디에 있는지, 어째서 이런 곳에 있는지, 짐작도 가지 않았다.

천천히 일어나서 붉은 문을 열어보려 했지만 자물쇠가 잠겨 있는지 당겨보고 밀어보아도 꼼짝도 하지 않았다.

잘 닦여 있는 문은 거울처럼 나를 비추었다. 기묘한 사태에 당황해 입을 헤벌린 스물일곱 살의 여자를. 머리카락이 엉망으로 흐트러져 있어 손가락으로 대충 빗질했다. 몸에 걸치고 있는 것은 장미꽃 무늬 원피스. 본 적 없는 옷이지만 세련되어서 나쁘지 않았다.

한 번 더 시험해보았지만 붉은 문은 열리지 않았다. 마치 접착제로 붙여놓은 것 같다.

'누가 일부러 가둬둔 거면 어쩌지?'

불안해하며 반대쪽 파란 문 손잡이를 돌려보니 이쪽은 아무 저항 없이 움직였다. 잠깐 마음이 놓였지만 건너편에 무엇이 있을지 모르니 손잡이를 쥔 채로 한참 고민했다.

바깥 상황이 어떻든 계속 이 하얀 방에 머물러 있을 수도 없다. 비좁을 뿐만 아니라 오래 있을 곳이 못 된다는 기운이 감돌았기 때문이다.

'분명 괜찮을 거야. 붉은 문은 위험, 파란 문은 안전하다는 뜻일 거야.'

그렇게 스스로를 타이르며 문을 밀어보았다. 문은 소리도 없이 열렸다.

옆방이나 복도가 나올 줄 알았는데 완전히 빗나갔다. 눈앞에는 예상치 못한 광경이 있었다.

"아니, 잠깐. 이거 어떻게 된 거야?"

질문은 허공으로 사라졌고 대답해줄 사람은 없다.

작은 방 내부와 마찬가지로 녹색 플라스틱 타일이 깔린 통로가 문에서 똑바로 뻗어 있었다. 폭은 3미터 정도. 양쪽은 높이가 3미터도 넘는 벽이다. 푸르스름한 형광색으로 우레탄 같은 소재인지 보기에도 말랑해 보였다.

천장은 없다. 벽과 벽 사이에 낀 하늘이 길고 가늘게 펼쳐져 있었다. 아침노을인지 저녁노을인지 희미한 오렌지빛으로 물들어 있다. 해가 기울고 있다는 사실은 벽이 바닥에 드리우는 그림자를 보아도 확실했다. 이상한 공간이다.

나는 방에서 나와 한 걸음 내디뎠다. 오른쪽 벽을 만져보니 폭신하니 부드럽고 탄력이 있었다. 이런 벽은 처음 보지만 어떤 물체가 떠올랐다. 세 살짜리 조카를 데리고 간 유아용 시설에 이런 소재로 된 장난감이 잔뜩 있었다.

하지만 이곳은 그렇게 즐거운 장소는 아닌 것 같다. 배타적이고 정체 모를 분위기가 느껴졌다.

걸음을 떼니 하이힐 밑에서 또각또각 바닥이 울렸다. 벽에 손을 댄 채로 한참을 걸어갔다. 통로는 계속 똑바로 이어지지 않고 20미터쯤 앞에서 오른쪽으로 꺾였다. 모퉁이를 돌자 똑같은 바닥, 똑같은 벽이 앞쪽에 나타났다. 조금 떨어진 곳에 오른쪽과 왼쪽으로 갈라지는 통로가 보였다. 내가 있는 게 어떤 곳인지 깨달았다. 이곳은 미로 속이다.

아니, 아직 그렇다고 단언할 수 있는 것은 아니다. 내가 틀렸기를 바라며 이번에는 왼쪽으로 가보니 갑자기 벽이 튀어나왔고 통로는 벽을 끼고 좌우로 갈라졌다. 방향을 나타내는 표시나 관람 순서를 나타내는 화살표도 하나 없어 미로라고 인정할 수밖에 없었다.

나는 미로가 싫다. 몇 년 전 여행지에서 친구와 함께 갔다가 지독한 꼴을 당한 적이 있다. "빠져나오지 못하면 곳곳에 비상 출구가 있으니 그곳으로 탈출하세요"라고 직원이 말했는데 그 비상 출구를 찾지 못했을뿐더러 친구까지 놓쳐서 즐겁기는커녕 패닉에 빠질 뻔했다.

'그렇게 되진 않겠지?'

아직 얼마 걷지는 않았지만 상당히 큰 미로일 것 같아 질려버렸다. 하지만 되돌아가도 아무것도 없는 방으로 돌아갈 뿐이다. 전진할 수밖에 없었다.

모퉁이를 몇 번이나 돌자 그림자가 지는 방향도 몇 번씩 바뀌었다. 같은 일의 반복이다. 갑갑한 상황. 어째서 이런 상황에 빠졌는지 이해할 수 없어 불안보다 분노를 느꼈다.

분노는 강한 감정이지만 시간이 지나면 시든다. 그러면

다시 불안이 치밀어 올라 차츰 공포로 바뀐다. 나는 눈물을 머금고 길을 헤맸다.

멀리 돌아가게 되지만 반드시 미로에서 탈출할 수 있는 방법을 떠올렸다. 한 방향을 정해서, 오른쪽이라면 오른쪽 벽에 손을 붙인 채로 계속 걸어가면 결국에는 출구에 도착할 수 있다고 한다. 하지만 이미 수많은 모퉁이를 돌아버려서 시작 지점으로 되돌아가서 다시 시작할 수도 없다. 조금 더 빨리 깨달았으면 좋았을 텐데.

'애초에 출구가 있기는 한 걸까?'

없다고 생각하면 너무 무섭다. 의외로 다음 모퉁이를 돌면 골인 지점이 나올지도 모른다고 생각하며 계속 걷기로 했다. 그런 가능성을 믿지 않으면 견딜 수 없다.

시간이 얼마나 흘렀을까. 다리가 아파서 도중에 하이힐을 벗고 맨발로 다녔다. 하늘 색깔은 여린 오렌지빛 그대로. 태양이 하늘의 한 지점에 멈춰 있는 것 같았다.

"내보내줘. 날 여기서 내보내줘!"

원망을 토해내며 왼쪽으로 꺾는데 깜짝 놀라 멈춰 섰다. 다음 모퉁이에 기다란 그림자가 뻗어 있었던 것이다.

끝도 없이 혼자 미로 속을 헤매기는 불안했다. 하다못해 누가 함께 있어주면 좋겠다고 생각했지만 막상 사람 그림자를 보니 무서웠다. 내게 도움이 될 인물이라는 보장이 없으

189

니까.

얼어붙은 채로 우뚝 서 있는데 그림자의 본체가 모습을 드러냈다. 나보다 조금 연상, 30대 초반쯤 되는 남자였다. 양복에 넥타이를 매고 있고 온화한 생김새였다. 거친 분위기는 없었다.

"안녕, 너도 길을 잃었구나?"

털털하게 말을 걸어왔다. 나는 말없이 고개를 끄덕였다.

"나도 방금 전부터 계속 헤매고 있어. 괜찮으면 함께 출구를 찾지 않겠어?"

이번에는 주저 없이 "네"라고 소리 내서 대답했다. 미아가 팀을 짠다고 사태가 호전되지는 않겠지만 나쁜 사람도 아닌 것 같고 아까처럼 혼자 있기는 너무 불안했다.

"그럼 갈까? 힘을 합하면 어떻게든 될 거야. 일단 이 갈림길에서 어느 쪽으로 갈까?"

나는 왼쪽을 선택했다.

❖

모퉁이가 나올 때마다 "어느 쪽으로 갈까?" "이쪽 괜찮아?"라고 의논했지만 아무리 가도 출구에 다가가고 있다는 느낌이 없었다. 그건 어쩔 수 없다. 미로는 원래 저도 모르는 사이 출구에 도착하는 법이다.

"오른쪽이면 오른쪽, 왼쪽이면 왼쪽 벽에 손을 짚고 걸어가면 언젠가 미로에서 나갈 수 있다던데요. 지금이라도 그렇게 해볼까요?"

내 제안에 그가 고개를 저었다.

"아니, 그 탈출법이 다 통하는 건 아니야. 출발 지점과 도착 지점이 미로 바깥쪽에 접해 있으면 괜찮지만 어느 한쪽이 안쪽에 있으면 통하지 않아."

"출발 지점은 미로 안에 있었을지도 모르지만 도착 지점이 미로 안쪽이라는 건 무슨 뜻이에요? 만약 그렇다면 벽 밖으로 나가지 못하잖아요?"

"거기에 가면 벽 밖으로 이어지는 구멍이 뚫려 있을지도 모르지."

"제가 출발한 건 붉은색, 파란색 문이 있는 작은 방이었어요. 당신은 어땠어요?"

"하얀 벽이 있는 방 말이지? 나도 마찬가지야."

어째서 그런 곳에 있었는지 그도 짐작이 가지 않는다고 했다.

"미로에서 반드시 탈출할 수 있는 다른 방법이 있는데."

"어, 있어요? 그럼 빨리 그 방법을……"

내가 다급하게 말하자 그가 미안하다는 듯 머리를 긁적였다.

"실행이 불가능해. 그 방법이라는 게, 일단 모든 통로에 들어가서 막다른 길이 나오면 분기점으로 돌아와서 '통행 불가'라고 표시하는 거야. 막힌 길을 전부 찾아내면 도착 지점으로 가는 길만 남지. 시간이 엄청 걸리겠지만 확실한 방법이야. 하지만 안타깝게도 표시할 수단이 없어. 나는 필기도구가 없거든."

"저도 없어요. 하지만 펜이 없어도 어떻게 되지 않을까요? 벽에 손톱으로 흠을 낸다거나……"

"시험해봤는데 어떻게 해도 흠이 나지 않아. '통행 불가' 표시로 뭐라도 두고 가려고 해도 우리 둘 다 빈손이고. 이 탈출법도 쓸 수 없어. 운과 직감만 믿고 하염없이 돌아다니는 수밖에 없어."

고개를 떨군 나를 그가 차분한 목소리로 다독여주었다.

"포기하지 마, 힘내자. 반드시 여기서 나가는 거야. 둘이서."

조금 용기가 솟았다.

또 한참 헤매면서 나는 그에게 이런 제안을 해보았다.

"벽 바깥을 볼 수는 없을까요? 출구가 어느 쪽인지 알 수 있을지도 몰라요."

"네가 내 어깨에 올라탄다고 해도 벽 위로 얼굴을 내밀기는커녕 가장자리를 붙잡지도 못해. 높이가 이만큼이나 되니까."

그는 그렇게 말하며 원망스럽다는 듯이 벽을 올려다보았다. 어떻게 될 것 같으면서도 되지 않는다. 글자 그대로 사면초가다.

"아무리 생각해봐도 좋은 방법이 없어. 묵묵히 전진하는 수밖에 없어."

"전진하고 있으면…… 다행이지만요."

그만 불평이 흘러나왔다.

너무 말도 안 되고 부조리하다. 이건 무슨 벌일까? 항상 청렴하고 올바르고 아름답게 살아온 건 아니지만, 평범하고 얌전하게 열심히 살아왔다. 무심한 말로 남을 상처 입힌 적도 있었겠지. 유혹을 못 이기고 나쁜 행동을 한 적도 있었으리라. 하지만 두드러진 잘못을 저지른 기억은 없다. 어째서 이런 꼴을…….

꺾이려는 마음을 알아차린 것처럼 그가 밝고 구김살 없는 목소리로 "어떻게든 될 거야"라고 말했다. 이렇게 끔찍한 상황에서 그가 냉정함을 유지하고 있다는 사실에 감사해야겠지.

아직 서로 통성명도 하지 않았다. 어쩌다 보니 기회를 놓치고 말았다. 이제 와서 자기소개를 하기가 영 어려웠다. 그는 그런 건 전혀 개의치 않는 것 같았다.

시간이 얼마나 흘렀을까? 미로에서 빠져나갈 실마리조차 찾을 수 없다. 파트너를 만난 덕에 힘을 낼 수 있었지만 내 정신은 이 고문에 한계에 달해 있었다. 어떻게 해도 나갈 수 없다는 절망감에 눈물이 뚝뚝 떨어졌다.

"정신 차려. 잠깐 쉴까?"

다정한 말조차도 짜증스러웠다.

그가 어째서 이렇게 차분할 수 있는지 이상했다. 어쩌면 여기에서 나가는 길을 알기 때문에 겁먹은 내 모습을 보며 기뻐하는 게 아닐까? 이 남자야말로 나를 이곳으로 데려온 장본인 아닐까?

그런 의혹이 떠올라 가슴속에 순식간에 번져나갔다. 혼란스러워서 머리가 터질 것 같다.

한심하게도 나는 그 자리에 주저앉고 말았다. "괜찮아?" 그가 그렇게 물으며 내 어깨에 손을 뻗었을 때 버럭 고함을 질렀다.

"이제 지긋지긋해!"

그렇게 외친 순간, 잠에서 깼다. 나는 내 방 침대에 있었고 눈에 익은 가구와 장식품에 에워싸여 있었다.

꿈을 꾸었던 것이다. 유령이나 괴물이 나온 것은 아니지만 뺨에 식은땀이 흐를 만큼 악몽이었다. 머리맡 시계를 보니 아침 6시 반. 다시 잘 마음은 들지 않아 침대에서 나와 찬물을 마셨다.

마침 잘됐다고 생각하기로 했다. 오후 회의에 발표가 있으니 그 준비 상황을 확인했다. 덕분에 자료의 미비점을 찾을 수 있었다.

기묘한 꿈을 꾼 것은 좋지 않은 일의 징조가 아닐까 싶어 그날은 언동을 조심하고 회사에서 돌아오는 길에 주위를 잘 살폈지만 별다른 일 없이 지나갔다. 발표도 잘 끝나서 상사에게 크게 칭찬받았고, 오히려 좋은 하루였다.

꿈은 이틀만 지나면 잊는다.

미로의 악몽에서 몇 주가 지났을 때였다.

일을 마치고 역으로 가는데 한 남자가 지나가는 사람들을 붙잡고 무슨 종이를 보여주고 있었다. 길을 묻는 것 같았다. 붙잡힌 사람들은 모른다는 듯 고개를 저을 뿐.

옆을 지나갈 때, 내게도 말을 걸 것 같다고 생각하며 남자의 얼굴을 본 순간 외마디 소리를 지를 뻔했다.

꿈에 나왔던 그 남자와 판박이였던 것이다. 이미 잊었다고 생각했는데, 보자마자 그 사람인 줄 알았다.

나는 황급히 몸을 돌려 왔던 방향으로 달려갔다. 너무 무서웠다. 꿈에서 본 사람과 현실 세계에서 재회하다니, 오싹하기 그지없었다. 하물며 그런 꿈에서 만난 남자다.

달아나야겠다는 일념으로 택시를 타고 가까운 다른 역으로 가서 집으로 돌아왔는데……

이제야 생각해본다. 그 남자는 내게 소중한 운명의 상대였던 게 아닐까? 그것을 신이 꿈속에서 가르쳐주었는데, 두 눈을 멀뚱히 뜨고 놓친 게 아닐까?

되돌릴 수 없는 실수를 했는지도 모른다. 다시 어디선가 그를 만난다면, 그때는…… 용기를 내서 먼저 말을 걸어보고 싶다.

미래인 F

　도쿄를, 아니 일본을 온통 떠들썩하게 만든 안개남 사건
도 안개남의 정체인 괴인 20면상이 체포되면서 무사히 해결
되었습니다. 두말하면 잔소리, 이번에도 명탐정 아케치 고
고로가 20면상을 몰아세운 덕분에 체포할 수 있었습니다.

　안개와 함께 나타나 안개와 함께 사라지는 마술을 보여
준 위대한 괴도도 지금은 구치소에 갇혀 엄중한 감시 속에
서 완전히 항복한 모양입니다. 달아나려다 삔 오른쪽 발목
을 문지르며 쓴웃음을 짓습니다.

　그렇지만 지금까지 몇 번이고 몇 번이고 탈옥에 성공한
20면상이니, 감방 앞에서는 교도관이 24시간 쉬지 않고 눈
에 불을 켜고 있습니다. 무슨 일이 생기면 바로 지원을 부를
수 있도록 목에 호루라기를 걸고.

"어이어이, 그렇게 무서운 얼굴로 노려보지 마. 달아날 생각은 없어."

20면상은 굵은 철창 안쪽에서 교도관에게 말을 걸었습니다. 조롱하듯 가벼운 말투입니다.

"자네도 힘들겠어. 달아날 생각 없는 내게서 눈을 떼지도 못하고 계속 서서 교대 시간까지 감시하다니 얼마나 지루할까? 뭐, 일이니 어쩔 수 없겠지만. 고생이 많다고 말해야겠지?"

교도관은 아무 대꾸도 하지 않았습니다. 허점을 보이지 않기 위해 절대 대화하지 말라는 명령을 받았기 때문입니다.

그래도 20면상은 아랑곳없이 오른쪽 발목을 문지르며 수다를 그치지 않습니다.

"자네는 선발된 우수한 교도관이겠지? 빈틈이 전혀 없어. 우락부락 근육질은 아니지만 젊고 힘도 넘치고 몸짓도 날랠 것 같군. 게다가 그 호루라기를 불면 순식간에 동료들이 우르르 달려올 테니, 해도 너무하지. 이번만큼은 천하의 괴인 20면상도 두 손 들었어……"

살짝 말을 끊더니 이렇게 뒤를 잇습니다.

"……그건 그렇고, 세끼 꼬박꼬박 주는 이곳에서 잠시 요양이나 할까 해. 계속 일만 하느라 휴가가 그리운 참이었거든. 아침부터 밤까지 신문을 받는 게 번거롭지만 그 정도는 어울려줄 수 있지. 졌다고 허세를 부리는 게 아니야. 자네를 방심하게 만들려고 서툰 거짓말을 하는 것도 아니고."

방심하게 만들려고 그런 말을 하는 거지, 하고 교도관은 긴장을 풀지 않았습니다. 더욱 신경을 곤두세우고 감방 안에 있는 남자를 날카로운 눈빛으로 쳐다보았습니다.

본래의 얼굴을 잊어버렸다고 황당무계한 소리를 지껄이는 변장의 달인도 지금은 맨얼굴로, 엔도 헤이키치라는 본명으로 불리고 있습니다. 이름과 마찬가지로 그 맨얼굴도 지극히 평범했습니다.

이자가 정말 그 괴인 20면상일까? 실수로 다른 사람을 잡아온 게 아닐까? 그런 엉뚱한 생각이 문득 교도관의 머릿속을 스쳤지만 설마 그럴 리는 없습니다. 아케치 탐정과 나카무라 경감 일행에게 체포된 뒤에 바로 이곳으로 이송되었으니까요.

"입도 벙긋 안 하네. 자네는 정말 재미가 없군. ……하지만 나는 자네가 좋아. 수많은 교도관들 중에서 제일 좋아."

그 말을 끝으로 20면상도 입을 다물었습니다. 마지막 말이 무슨 뜻인지 마음에 걸렸지만 입을 굳게 다문 채로 되묻지는 않습니다.

그때, 멀리서 헬리콥터 소리가 들려왔습니다. 깜짝 놀라는 교도관을 보고 죄수가 몹시 유쾌하다는 듯 웃었습니다.

"아하하하하하. 내 조수가 헬기로 구치소를 공격하러 온 건 아니야. 아무리 나라도 그렇게 요란한 짓은 못 하지. ...... 봐, 그냥 지나가잖아. 어깨 힘을 빼고 진정해."

말마따나 헬기 소리는 점점 작아졌고 교도관은 안심했습니다. 설마 하면서도 20면상이니 무슨 계략을 꾸밀지 알 수 없습니다.

"나는 쉬고 싶어. 그리고 마찬가지로 쉬지 않고 일한 아케치 고고로에게도 휴가를 선사하고 싶군. 이 친절한 마음, 그는 내게 감사해야 해. 어디 보자, 그만 자볼까?"

20면상이 드러누워 담요를 덮자 교대할 교도관이 찾아왔습니다. 키는 작달막하지만 유도도 가라테도 5단인 선배입니다.

"이상 없습니다."

"음."

감방 열쇠를 건네고 인계하자 긴장이 풀려 어깨 힘이 빠집니다.

'잠깐. 이 사람은 정말 선배가 맞을까? 20면상의 조수와 뒤바뀐 거면 큰일인데.'

그런 엉뚱한 의심을 했지만 설사 그렇게 20면상이 감방에서 탈출한다 해도 복도로 이어지는 문 저편에는 밤에도 수많은 교도관이 있습니다. 달아나려 해도 바로 들켜서 구치소 밖으로 나갈 수 없을 거라고 마음을 돌렸습니다.

가벼운 몸짓으로 사다리를 오른 아케치 고고로의 뒷모습이 팬 아메리칸 항공기 안으로 향합니다. 공항 발코니에서 그 모습을 지켜보던 고바야시 요시오 소년은 이로써 한동안 선생님과도 이별이라는 생각에 섭섭했습니다. 아케치 선생님은 마지막에 이쪽으로 몸을 돌려 머리에 쓰고 있던 중절모를 흔들었습니다.

실망하지 마. 내가 없는 동안 네게 뒷일을 맡기마.

그렇게 말하는 것만 같습니다. 그리고 기내로 쏙 사라졌습니다.

그 비행기가 이륙해서 크게 선회한 뒤에 깨알만큼 작아져서 완전히 시야에서 사라질 때까지 고바야시 소년은 발코니에서 떠나지 않았습니다. 이미 서운함은 없고 뿌듯하고 자랑스러운 기분이었습니다.

'일본을 대표하는 명탐정 아케치 선생님이 마침내 세계적인 명탐정이 되는 거야. 굉장한 일이잖아!'

20면상이 세상을 떠들썩하게 만든 안개남 괴사건을 해결해 안도한 것도 잠깐, 아케치 고고로에게 예상치 못한 곳에서 예상치 못한 의뢰가 들어왔습니다. 글쎄, 미국 FBI(연방 수사국)가 힘을 빌려달라는 것이었습니다. 일본 경찰청이 연결해주어 그 소식을 들었을 때는 아케치 고고로 역시 귀를 의심했을 정도입니다.

FBI가 부탁한 의뢰는 이런 내용이었습니다.

두 달 전부터 미국 동부 해안 각지에 신출귀몰한 괴도가 나타나, 미술관과 화랑에서 고가의 그림과 조각을 훔치고 있는데 범행 전후로 신문사나 방송국에 "나를 잡아봐라"라는 건방진 편지를 보낸다는 것입니다. 그뿐이라면 굳이 극동의 섬나라 명탐정에게 "힘을 빌려달라"고 부탁할 정도는 아니겠지요.

괴도는 '팬텀 닌자'라는 이름을 쓰며 머리끝부터 발끝까지 검은 옷을 입어, 마치 닌자나 다름없는 차림새라는 것입니다. 이름이나 복장뿐만 아니라 움직임도 닌자나 다름없어, 서커스가 무색할 정도로 곡예를 부리고 수십 명이나 되는 경찰관이 몰아세워도 연막을 터뜨리고 달아난다고 하니 보통 상대가 아닙니다. 마치 미국판 괴인 20면상입니다.

철인으로도, 우주인으로도, 로봇으로도 변할 수 있는 20면상은 미국에서도 유명했기 때문에 그 추종자가 나타났다고밖에 생각할 수 없습니다. 그래서 FBI는 20면상의 수법을 훤히 꿰고 있는 미스터 고고로 아케치를 초청해 팬텀 닌자를 붙잡기로 한 것입니다.

이 의뢰를 받은 것은 마침 안개남 사건이 해결된 다음날이었습니다.

"어쩌실 거예요, 선생님?"

고바야시 소년이 묻자 일본 최고의 명탐정은 싱글거리며 대답했습니다.

"팬텀 닌자는 유령 닌자라는 뜻이야. 참 웃기지도 않은 이름이로군. 항상 검은 복장에 얼굴을 가리고 있으니 나이도 성별도 국적도 알 수 없지만, 그 정체는 일본인이 아닐까 의심하는 사람도 있어. 일본인이 미국에서 악행을 저지른다면 일본인인 내가 혼쭐을 내주고 싶고, 그렇지 않더라도 내버려둘 수는 없지. 이다음에는 뉴욕 메트로폴리탄 미술관에서 피카소의 명화를 훔치겠다고 예고했으니까."

"어제는 '온천에나 가서 좀 쉬고 싶다'고 하셨으면서."

"사정이 바뀌었으니 어쩔 수 없지. 당장 미국에 갈 준비를 해야겠어. 그쪽 기대에 훌륭하게 보답해서 일본의 탐정 대표로 최대한 명성을 떨치고 오마."

그런 사연으로 아케치 고고로는 한동안 일본을 떠나게 되었습니다.

경시청 나카무라 경감은 이 일을 "국가의 자랑입니다"라고 크게 기뻐하며 출국할 때 꼭 배웅을 하고 싶다고 했지만 탐정은 그 말을 정중히 거절했습니다. 일본을 떠나는 것은 비밀로 하고 싶으니 조용히 보내달라고 이유를 밝히자 경감은 받아들일 수밖에 없었습니다.

그래서 도쿄 국제공항 발코니에서는 고바야시 소년 혼자 손을 흔들었습니다. 그것도 얼굴을 알아볼 수 없도록 야구 모자와 마스크를 쓰고 말이지요. 다른 소년탐정단 멤버에게 는 선생님은 여행을 떠나셨다고만 말해두었습니다. FBI의 초청으로 미국에 갔다고 생각하는 아이는 없겠지요.

아케치 선생님이 안 계신 동안 큰 사건이 생기지 않기를. 평화로운 날들이 계속되기를. 그것만이 고바야시 소년의 소 원이었습니다.

하지만 그 소원은 이루어지지 않았습니다.

탐정이 일본을 떠나고 닷새가 지났을 때였습니다. 나카 무라 경감에게서 믿을 수 없는 전화를 받았습니다. 또다시 20면상이 탈옥했다는 소식이었습니다.

"이번에는 절대로 놓치지 않을 테다, 20면상도 이것으로 끝장이라고 말씀하셨는데……"

고바야시 소년은 그만 그런 말을 흘렸습니다. 같은 실수 를 자꾸 반복하다니 어이가 없었습니다.

"면목이 없네. 생각지도 못한 방법을 쓰는 바람에."

전화라서 얼굴은 보이지 않았지만 경감도 머쓱한 것 같았 습니다. 에헴, 하고 헛기침을 하더니 그 괴인이 어떤 방법으 로 탈옥했는지 설명해주었습니다.

"어제까지는 아무 일도 없었어. 그런데 오늘 아침 7시에 교도관이 교대하러 가보니 글쎄, 감방 안에 야근조 교도관이 둘이나 들어가 있고 20면상의 모습은 어디에도 없는 거야. 두 교도관은 축 늘어져서 의식이 없었고. 구치소는 벌집을 들쑤신 것처럼 난리가 났다네."

"영문을 모르겠네요. 20면상과 어떻게 뒤바뀐 거죠?"

"감방에 갇혀 있던 건 젊은 교도관과 그 선배였어. 이름을 부르자 선배 쪽은 정신을 차리고 '죄송합니다, 당했습니다!'라고 외쳤지. 젊은 쪽은 머리가 멍한지 좀처럼 제대로 말하질 못하더군. 시간이 지나니 멀쩡해져서 기억하고 있는 사실을 이야기해주었네. 한밤, 날짜가 바뀔 즈음 담요를 뒤집어쓴 20면상이 불쑥 일어나더니 '잠이 안 오니 말동무 좀 해주지 않겠나' 하고 말을 걸어왔다더군. 어떤 부탁도 들어주어서는 안 된다고 했으니 교도관은 지시대로 무시했어. 그러자 20면상이 '상대해주지 않는다면 양이라도 세어야겠군' 하고 웃더니 몹시 느긋하게 '양이 한 마리, 양이 두 마리……' 하고 세기 시작했어. 그 목소리를 듣는 사이 눈꺼풀이 무거워지더니…… 정신을 차리고 보니 철창 안쪽에 있었다는 거야. 쉽게 말해 최면술에 걸린 거지."

그냥 잠에 빠진 게 아니라 열쇠를 내놓으라는 명령에 조종당한 것입니다. 20면상은 자유를 되찾자 자기가 입고 있던 옷과 교도관의 제복을 바꿔치기하고 감방 문을 걸어 잠그고는 밖으로 나갔습니다. 그때 감방으로 근무하러 온 선배 교도관이 상대가 바뀐 줄도 모르고 담요를 뒤집어쓰고 벽 쪽으로 드러누운 젊은 교도관을 20면상으로 착각하고 방심한 틈에 유도 메치기 기술에 걸려 기절하고 만 것입니다.

"그렇다고 몇 시간이나 정신을 잃은 건 이상하지. 20면상은 뭔가 약품을 숨기고 있다가 선배 교도관을 아침까지 재운 것 같아, 그 점도 큰 실수야."

나카무라 경감은 힘없이 말했습니다.

"교도관들이 많았을 텐데, 누구 하나 교도관 제복을 입고 나온 20면상을 알아보지 못했나요?"

고바야시 소년은 거리낌 없이 물었습니다.

"모자를 깊숙이 뒤집어써서 얼굴을 가리고, 가성으로 '이상 없습니다. 그만 실례하겠습니다'라고 주위에 인사를 해서 다들 속았다는 모양이야. 체격도 비슷했어. 어느 교도관에게 최면술을 걸지, 체격으로 고른 거겠지."

두 교도관의 증언으로 20면상이 감방을 빠져나간 방법은 알 수 있었지만, 때는 이미 늦었습니다. 구치소 문을 당당히 빠져나간 지 이미 세 시간이 지났습니다.

'최면술이라니, 고작 그 정도에 탈옥을 허락하다니……
기강이 해이한 것 아닌가?'

고바야시 소년은 속이 터졌지만 그런 말까지는 하지 않았습니다.

"그것참, 정말 20면상에게 휴가를 준 꼴이 되었어. 그자는 삔 오른발이 낫기를 기다렸을 뿐, 언제든지 탈옥할 수 있다고 여유를 부렸을지도 몰라. 뭐든 알게 되면 또 연락하지. 아케치 선생님께 연락이 오면 이 소식을 전해주게."

경감님이 침울한 목소리로 전화를 끊은 한 시간 뒤, 바로 그 아케치 선생님이 국제전화를 걸었습니다. 언제 어디에 있는지 모르니 전화는 선생님의 일방통행입니다.

"유령 닌자는 역시 20면상처럼 서커스 출신이었어. 신원도 밝혀냈고 아지트도 알아냈어. 수사는 순조롭게 진행되고 있어."

"벌써 그만큼이나 알아내셨어요? 역시 아케치 선생님이시네요."

이쪽에서는 유감스러운 소식을 전해야 합니다. 20면상이 쉽사리 탈옥해버렸다는 소식을 들은 선생님이 화를 내면 어쩌나 걱정했지만 수화기 너머에서 돌아온 것은 평소처럼 쾌활한 목소리였습니다.

"또 당했나. 눈에 거슬리지만 이미 벌어진 일이니 어쩔 수 없지. 나는 아직 미국을 떠날 수 없고, 그자도 당분간은 얌전히 지낼 거야. 조만간 또 악행을 저지를 테니 그때 붙잡아주지."

그리고 귀국 일정이 잡히면 바로 알려주겠다고 온화하게 말씀하셨습니다.

탈옥으로부터 사흘이 지났지만 20면상의 흔적은 추적할 수 없었습니다. 신문이나 라디오에서는 "지금쯤 괴도는 남쪽 섬에서 유유자적 다음 범죄 계획을 세우고 있지 않을까" 라고 빈정거리며 경찰을 비난하고 있습니다.

어느 신문사에서 아케치 탐정사무소로 전화해서 "20면상이 도주한 건에 대해 아케치 선생님의 의견을 듣고 싶다"고 했는데 "선생님은 안 계십니다"라고 거절하자 전화를 뚝 끊는 것이었습니다. 고바야시 소년은 "또 바로 선생님한테 붙잡힐 거예요"라고 말해줄 걸 그랬다고 생각했습니다.

사무소 소파에 앉아서 기분 전환 삼아 라디오를 듣기로 했습니다. 매일 저녁 5시부터 나오는 방송으로, 일반인들이 전화로 제보하는 유쾌한 이야기, 신기한 이야기 코너가 유명합니다.

사회자의 또렷한 목소리를 타고 방송은 평소처럼 진행되었습니다.

"그럼 다음은 여러분의 전화 코너입니다. 기대하고 계신 분도 많을 텐데요. 첫 번째 전화는 도쿄 세타가야에 거주하는…… 이거, 중국 아니면 대만 분이실까요? 왕 선생님께서 전화를 주셨습니다. 안녕하세요?"

"안녕하세요. 왕이라고 합니다."

전화기를 통해 흘러나온 목소리에는 이상한 억양이 전혀 없어 일본인 발음과 차이가 없었지만 몹시 쉰된 목소리의 남자였습니다.

"고향이 어디십니까?"

"신도쿄입니다."

"신도쿄라면…… 그게 어느 나라 어느 부근인가요?"

"당신 라디오 방송국에서 전철로 세 정거장 떨어진 곳에서 태어났는데…… 뭐, 태어난 곳이 무슨 상관입니까?"

사회자는 반박하지 않았습니다.

"그렇군요. 오늘은 독특한 재주를 부리는 강아지 이야기를 들려주신다고요."

고바야시 소년이 생각하기에 이 전화의 주인공은 본명을 숨기는 것 같았습니다. 왕王의 중국어 발음이 '왕'이니 왕왕 짖는 강아지 이야기를 하려고 말장난으로 왕씨라고 했을지도 모릅니다.

"뒷발로만 서서 걸어 다니는 개 이야기보다 더 중요한 이야기를 해드리지요. 라디오를 듣고 계신 여러분과 관련된 중요한 이야기입니다."

새된 목소리로 갑자기 그런 말을 꺼내니 사회자는 미처 대답을 하지 못했습니다. 생방송인데 예정과 다른 이야기를 하면 당황할 만도 합니다.

"왕 선생님, 잠깐만요. 어떤 말씀을 하시려는지 모르겠지만 오늘은 귀여운 강아지 이야기를……"

사회자에게 아랑곳없이 왕 씨는 멋대로 떠들어댔습니다.

"일본은 지난 전쟁에서 너무나 많은 것들을 잃었지만, 자유와 민주주의를 소중히 여기는 국가로 새로 태어나 국민의 노력 덕분에 눈부신 부흥을 이루었습니다. 하지만 자만해서는 안 됩니다. 산업을 최우선으로 여기느라 물과 공기를 더럽히고, 산을 차례로 개간하다 보면 끔찍한 꼴을 볼 것입니다. 풍요로운 자연을 지키고 환경을 걱정하라고 제가 떠들어봤자 이 흐름은 막을 수 없겠지만요. 가까운 시일 내에 일본인은 자신의 잘못을 깨닫게 될 것입니다."

"왕 선생님, 이 프로그램은 의견을 청하는 게 아니라 즐거운 이야기를……"

"원자폭탄이 떨어진 유일한 국가로서, 핵무기를 없애기 위해 진지하게 노력해야 합니다. 그것은 인류의 미래를 위험에 빠뜨렸습니다."

"위험에 빠뜨렸다? 위험에 빠뜨린다고 말씀하고 싶으신 거지요?"

사회자가 무심코 이야기에 빠져들어 정정하려 하자 왕 씨는 "후후" 하고 웃었습니다.

"이거 실례. 인류가 멸망의 위기에 처한 것이 제게는 과거의 일이라 '위험에 빠뜨렸다'고 말해버렸군요."

"무슨 말씀을 하시는지 모르겠네요. 지금 꿈 이야기를 하는 겁니까?"

이상한 사람이네. 라디오 앞에서 고바야시 소년도 고개를 갸웃거렸습니다.

"이해하기 쉽도록 확실하게 말씀드리지요. 저는 23세기에서 온 미래인입니다. 시공 이동 기계로 20세기로 날아와서, 한자 이二와 십十을 조합한 왕王이라는 이름을 한번 써보았습니다."

사회자는 이제 당황하지 않았습니다. 괘씸한 장난에 방송이 엉망이 되어 화가 났는지 단호한 목소리로 말했습니다.

"공공 전파를 마음대로 사용하면 안 되지요. 23세기에서 온 미래인이라니, 어린아이도 믿지 않을 겁니다."

"미래를 아는 제 충고에 귀를 기울여야 하는데 말을 듣지 않는군. 저런, 라디오를 듣는 당신들도 마찬가지인가? 내가 미래에서 왔다는 사실부터 믿게 해야겠군."

"왕 선생님, 아니 이름 모를 당신. 이제 그만하세요. 전화를 끊겠습니다."

사회자는 대화를 중단하려 했지만 미래인이라는 남자가 가로막았습니다.

"잠깐. 내일 조간에 큰 뉴스가 실릴 겁니다. 온 일본이 안도의 한숨을 내쉬겠지요."

무슨 심산인지, 거기서 미래인은 말을 끊고 짧은 휘파람을 불었습니다. 큰 인기를 끌고 있는 유행가 멜로디입니다. 그러더니 거듭 이런 말을 했습니다.

"조금 더 나중에 일어나는 일로는, 다가올 도쿄 올림픽에서 일본이 획득할 금메달 수는 16개. 선수들은 잘 싸웠습니다. 대회는 대성공으로 끝나고 2020년에는 다시 도쿄에 올림픽이 돌아옵니다."

"거짓말이야. 허풍도 적당히 하세요. 정말 미래를 알고 있다면 다음주 복권 번호나 말씀해보시지요."

그런 부정은 저지를 수 없다고 미래인이 웃었습니다.

"당연히 당장 믿을 수는 없겠지요. 저는 또 어디선가 나타나 여러분에게 호소할 것입니다. 제 말이 전부 적중하는 순간을 지켜보십시오. ……아니, 이런 방법도 있군."

미래인은 목소리를 낮추더니 뭔가 중얼거렸습니다. 사회자가 짜증을 내며 물었습니다.

"잘 안 들립니다. 무슨 말을 하고 싶은 겁니까?"

"제가 시공 이동 기계를 사용하면 이 시대에서는 얼마든지 기적을 일으킬 수 있습니다. 글자 그대로 불가능이란 없다고 단언해도 좋습니다. 가령…… 가령 말입니다, 아무리 철저하게 문단속을 한 집이나 시설에도 자유롭게 출입할 수 있습니다. 그 집이나 시설에 자물쇠가 잠겨 있지 않고, 지키는 사람도, 감시인도 없는 시간에 이동하면 그만이니까요. 황당한 것 같습니까? 거짓말이 아니라고 간단히 증명할 수 있습니다. 게임 삼아 한 가지 선언하지요. 도쿄 국립박물관에 전시된 국보 〈송림도 병풍〉을 사라지게 하겠습니다. 바로 사라지면 재미가 없으니 사흘 뒤에 받아 가겠다고 미리 예고하겠습니다."

"뭐, 뭐, 뭐라고! 당신은 20면상 같은 소리를 하는군. 그만해!"

"하세가와 도하쿠의 그 그림은 훌륭해. 이런 불안정하고 위험한 시대에 두는 것보다 기술이 훨씬 발전한 23세기에 보존하는 게 낫지."

나중에 들은 바에 따르면 미래인이 올림픽 메달 수를 이야기할 때는 재미있으니 그대로 떠들게 내버려두라는 전화가 방송국에 잔뜩 걸려 왔다고 합니다. 하지만 국보를 훔치겠다는 말은 농담이라도 도가 지나칩니다. 그렇게 예고하자마자 그런 괘씸한 전화는 냉큼 끊어버리라는 항의가 빗발쳤습니다.

사회자가 20면상의 이름을 거론하자 미래인이 태도를 싹 바꾸어 불쾌하다는 듯 말했습니다.

"마술이나 부릴 줄 아는 어쭙잖은 좀도둑과 똑같이 취급하면 곤란하지. 발연통과 드라이아이스로 만든 연막으로 안개남이라니 유치하기는. 철인 Q니, 전기 인간 M이니, 그저 변장으로 눈길을 끌고 싶은 전직 서커스 단원과 달리 나는 미래에서 온 사람이다. 미래인은 이름이 되지 않으니 20면상을 흉내내는 것 같지만 일단 미래인 F라고 할까? F는 영어로 미래를 뜻하는 퓨처에서 따왔소. 꿈같다는 의미의 판타스틱의 F이기도 하지."

"미래인 F……"

"모두들, 이 이름을 똑똑히 기억하도록."

사회자가 "여보세요, 여보세요" 하고 외쳤지만 대답은 없습니다. 전화가 갑자기 끊긴 것입니다.

국보를 사라지게 하겠다는 예고라니, 보통 일이 아닙니다. 그냥 장난 같지는 않아서 고바야시 소년은 이 일을 아케치 선생님에게 전하고 싶었지만 미국에서 전화가 오는 일은 없었습니다.

그다음 날 오전에 나카무라 경감이 "미래인 F 문제로"라며 전화를 하더니 오후에 바로 고지마치의 아케치 탐정사무소로 찾아왔습니다. 그리고 인사도 하는 둥 마는 둥 용건을 털어놓았습니다.

"고바야시 군, 오늘 아침 신문을 봤겠지? 가수 유모토 다이사쿠의 자녀가 무사히 돌아왔다는 뉴스."

"예. 유괴당했던 거군요. 깜짝 놀랐지만 무사히 돌아왔다니 다행이에요."

"그래, 범인 일당도 체포했고 사건은 해결되었어. 경찰이 움직이고 있다는 걸 범인이 알면 인질이 위험해지니 보도는 통제하고 있었는데……"

"미래인 F는 알고 있었던 것 같네요."

온 일본이 안도의 한숨을 쉴 뉴스라고 말했을 뿐, 유괴 사건이 해결될 거라고 맞힌 것은 아닙니다. 하지만 그 이야기를 하면서 유모토 다이사쿠의 노래 멜로디를 휘파람으로 불었으니 경찰의 극비 수사를 알고 있었던 모양입니다.

"고바야시 군, 이런 신문 기사도 있어. 잠깐 읽어보게나."

경감이 내민 조간 스크랩을 훑어보니 예상도 못한 기사가 실려 있었습니다. 유명 기자가 쓴 연재 칼럼인데, 내용을 간단히 요약하면 이렇습니다.

그저께, 초등학교 5학년 아들이 이상한 이야기를 했다. 학교에서 돌아오는 길에 바닥에 떨어져 있던 종잇조각을 주워 쓰레기통에 버렸는데 은색 코트를 입고 끝이 비죽하게 솟은 이상한 선글라스에 커다란 마스크를 쓴 남자가 지나가면서 "착하구나"라고 칭찬했다. 남자는 새된 목소리로 "너는 착한 아이니까 알려주마. 내일 이 시간에 역 앞 근처에 가지 마라. 모퉁이에 있는 은행에 강도가 들어 큰 소동이 벌어질 테니까. 나는 미래에서 온 사람이라 그걸 알고 있는 거야"라고 진지하게 말했다. 왠지 오싹해서 달아나듯 집으로 돌아온 다음날, 남자가 말한 것과 똑같은 사건이 터져 깜짝 놀랐다. 아들은 라디오에 나온 미래인과 똑같은 목소리라고 했는데, 사실이라면 신기한 일이다.

"어제 은행 강도 사건이 있었어요?"

"히노데 역 앞 은행에 장난감 권총을 든 복면 사나이가 들어와 '돈 내놔'라고 은행원을 위협하는 사건이 있었어. 빈손으로 달아났지만 약간 시끌벅적했지."

"미래인의 예언치고는 너무 작은 사건이네요."

고바야시 소년은 그 점을 이상하게 여겼습니다.

"어제 라디오 예언에 이어서 이 조간 칼럼까지. 미래인 F 때문에 경찰에 문의 전화가 쏟아지고 있어. '그자는 진짜 미래인인가?' '국보를 도둑맞지 않도록 빨리 체포해라' '나도 은색 코트를 입은 미래인을 만났다. 앞으로 일어날 일만 예언하는 게 아니라 내 일생을 정확하게 알아맞혔다'라는 전화도 와. 도쿄뿐만 아니라 홋카이도나 규슈에도 미래인

F가 나타났네. 이대로 가면 내일이면 일본 전국이 온통 미래인 이야기만 해댈 거야."

"홋카이도나 규슈에서도요? 그렇게 빠르게 이동할 수 있나요?"

"시공 이동 기계라는 게 있다면 가능할지도 모르지."

그런 게 있을 것 같지는 않아 고바야시 소년은 미래인 F가 23세기에서 왔다는 말을 믿지 않았습니다. 그래도 국보를 사라지게 만들겠다는 예고는 마음에 걸립니다.

"국립박물관 쪽은 경비를 강화했어. 출입하는 사람들의 신원도 재차 확인했고, 걱정할 필요 없네."

나카무라 경감님은 그렇게 말했지만 안심할 수 없습니다.

"미래인 F는 사실 괴인 20면상이 아닐까요?"

"왜 그렇게 생각하지, 고바야시 군? 그자는 라디오에서 20면상을 '마술이나 부릴 줄 아는 어쭙잖은 좀도둑'이라고 깎아내렸잖아."

"사실은 20면상이라서 정체를 숨기기 위해 자기를 나쁘게 말했다고 생각해볼 수도 있지요. 왕 씨라는 가명이 이십이라는 한자를 조합했다는 게 사실이라면 그건 20세기의 이십이 아니라 20면상의 이십이라고 생각해보면 어떨까요?"

"그건 뭐라 말하기 어렵군. 하지만 고바야시 군, 자네는 20면상의 능력을 너무 높게 보는 것 같아. 그자는 탈옥한 지 아직 일주일도 되지 않았어. 바로 미래인 F로 변해서 악행을 저지르기엔 너무 일러. 체포되기 전부터 다음 범죄 계획을 짜고 있었다고 말하고 싶은 건가? 큰 범죄는 준비도 힘들단 말이지."

"20면상이라면 그 정도는 하고도 남을 거예요. 온갖 사람으로 변신하고 싶어서 좀이 쑤실 테니까요."

"아케치 선생님도 그렇게 생각하나?"

"아니요, 선생님과는 연락이 닿지 않아요. 분명 유령 닌자를 추적하느라 바쁘시겠지요."

"그래서 자네가 선생님 대신 활약하려는 건가. 뭐, 경찰에 맡겨두게. 20면상 흉내를 내는 가짜 미래인을 붙잡는 것쯤이야 식은 죽 먹기지. 걱정할 것 없어."

아무리 억눌러도 솟아오르는 소년 탐정의 불안은 아랑곳 없이 경감은 가슴을 당당히 폈습니다.

"경감님. 저도 박물관 경비에 넣어줄 수 없나요?"

"아하하, 그런 말을 할 줄이야. 상관없어. 그럼 나와 함께 가장 중요한 지점을 지켜주게. 재미있는 모험도 할 수 있고, 분명 미래인 F를 체포하는 순간을 볼 수 있을 거야."

"뭔가 작전이 있나요?"

"아직 마무리는 못 했지만 덫을 놓을 수 있을 것 같아."

방에는 두 사람뿐인데 경감은 목소리를 낮추어 속삭이듯

말했습니다.

미래인 F의 새된 목소리가 라디오를 탄 지 나흘째가 되었습니다.

수많은 경찰들이 배치된 우에노 숲 속의 도쿄 국립박물관 주변은 긴장된 분위기입니다. 그 광경을 본 사람들은 미래인 F가 〈송림도〉를 훔치겠다고 예고한 날이 바로 오늘이라는 사실을 떠올리지 않을 수 없었습니다.

아케치 고고로에게서는 전혀 연락이 없습니다. 아무리 명탐정이라도 평소와는 사정이 다른 이국에서 악전고투하고 있는지도 모릅니다.

그사이에 전국의 경찰에게 미래인 F가 출현했다는 제보가 들어왔습니다. 재미 삼아 거는 장난 전화도 많았지만 전부 거짓말이라고 치부할 수도 없으니 난처합니다.

하지만 고바야시 소년은 전부 장난 아니면 착각일 거라고 생각했습니다. 아케치 선생님이 계셨다면 그렇게 말씀하실 테니까요.

미래인 F가 실제로 한 행동은 라디오 인기 프로그램에서 한 깜짝 발언과 신문 인기 칼럼을 담당하는 기자의 아들에게 한 예언이 전부겠지요. 겨우 그 정도로 소문이 비탈길을 굴러가는 눈덩이처럼 불어나 멋대로 퍼져나가리라 내다본 것입니다. 라디오와 신문을 이용한 교활한 수법 아니겠습니까?

그날 저녁, 미래인 F는 대담한 행동을 했습니다. 또 그 라디오 방송에 전화를 건 것입니다. 기억에 남는 새된 소리로 이런 말을 했습니다.

"〈송림도〉는 아직 무사한가? 이미 가짜와 바꿔치기당한 건 아닌지 확인해보는 게 어떨까? 아하하, 농담이야. 날짜가 바뀌기 전에 찾아갈 테니 명화의 마지막 순간을 실컷 즐겨보게나."

날짜가 바뀌기 전이라면 밤이 깊은 뒤에 훔칠 작정일까요? 경호 인력은 더욱 긴장했습니다.

그런데 고바야시 소년은 어쩌고 있었는가 하면, 나카무라 경감과 함께 박물관 지하에 있었습니다. 하얀 회벽 통로 양쪽에 훼손된 미술품을 복원하는 방이나 조사 연구를 위한 방이 있고, 더 안쪽으로 들어가면 막다른 곳에 검은 문이 있습니다. 그 문을 감시하고 있었습니다.

미래인 F가 평범한 사람이라면 저렇게 엄중히 경계하는 지상에서 침입하기란 불가능합니다. 박물관 관장의 이야기를 듣고 건물 설계도를 보고, 침입할 수 있는 통로는 지하 안쪽에 있는 문 하나뿐이라는 사실을 알았습니다.

"이 문 안쪽은 평소 사용하지 않는 비밀 통로입니다. 전쟁

때 여차하면 미술품을 안전한 곳으로 옮기기 위해 만든 통로로 3킬로미터 정도 되는데, 지금은 도쿄에서 관리하는 시설로 연결됩니다."

관장이 그렇게 설명한 시설을 조사해보니 지하 통로로 이어지는 문은 봉쇄되어 있는데, 최근 누군가가 자물쇠를 건드린 흔적이 있었습니다. 미술관 쪽 문에도 같은 흔적이 있었으니 양쪽 문의 열쇠를 복제해 박물관에 출입할 생각인 것 같았습니다.

"그렇다면 저쪽 시설은 일부러 경비하지 않고 내버려두는 게 낫겠어. 일단 미래인 F가 활개를 치도록 하는 거지. 박물관 지하에서 잠복하다가 성대하게 환영해주자고. 어떤가, 고바야시 군?"

나카무라 경감은 신난다는 듯이 말했지만 고바야시 소년은 다른 생각을 하느라 건성으로 대답했습니다. 만약 미래인 F의 정체가 20면상이라면 이렇게 단순한 방법을 선택해 제 발로 덫에 걸려들까요? 그 점이 마음에 걸렸습니다. 경감님 말씀대로 20면상이 아닌 걸까요?

"미국의 유령 닌자와 마찬가지로 20면상을 흉내낸 다른 인물의 소행일까?"

그런 혼잣말이 튀어나왔습니다.

폐관 시간이 지나고, 9시가 지나고, 10시가 지났습니다.

경감과 고바야시 소년 외에 열 명이 넘는 경찰이 복도 구석에 몸을 숨기고 미래인 F가 오기를 기다립니다.

비밀 지하 통로에 있는 시설도 몰래 감시하고 있어, 수상한 인물이 들어오면 바로 연락이 들어옵니다. 물론 나카무라 경감님에게 알린 뒤에는 시설로 진입해 미래인 F가 달아나지 못하도록 가둘 계획입니다.

경감과 고바야시 소년이 끈기 있게 감시하는 가운데 11시가 가까워졌을 때, 검은 문이 천천히 열리기 시작했습니다. 은색 코트를 걸친 남자가 불쑥 나타났습니다. 미래의 패션인지, 끝이 뾰족하게 솟은 요상한 선글라스를 쓰고 얼굴 아래쪽 절반은 커다란 마스크로 가리고 있어 생김새는 알 수 없었지만 미래인 F가 틀림없습니다.

"붙잡아!"

경감이 호령하자 경찰들이 우르르 튀어나왔습니다. 괴인은 은색 코트 자락을 한껏 나부끼며 문 안쪽으로 물러났지만 도망칠 수는 없습니다. 반대편에서도 수많은 경찰들이 몰려오고 있으니 완전히 진퇴양난입니다.

경감과 경찰들 사이에서 고바야시 소년도 회중전등을 들고 불빛이 없어 깜깜한 비밀 지하 통로를 달렸습니다. 필사적으로 달리다보니 맨 앞에 서 있었는데 괴인의 뒷모습이 보이지 않습니다.

벌써 3분의 1이나 왔을까요. 그때 맞은편에서 우르르 다가오는 회중전등 불빛이 보였습니다. 반대편에서 온 경찰들입니다. 작전은 적중한 것 같았습니다.

"거기 있다, 체포해라!"

경감은 그렇게 외쳤지만 기이한 일이 벌어졌습니다. 미래인 F의 모습이 어디에도 없습니다. 통로에 있는 사람은 나카무라 경감과 고바야시 소년을 제외하면 제복을 입은 경찰들뿐입니다.

"어떻게 된 일이지?"

당혹스러워하는 경감에게 고바야시 소년이 말했습니다.

"통로에 비밀 문이나 중간에 갈림길이 없다는 건 사전에 확인했지요? 그렇다면 미래인 F는 이 자리에 있는 우리 사이에 섞여 있을 거예요. 재빨리 제복 경찰로 변장한 거지요. 이렇게 될 줄 예상하고 어디선가 옷을 갈아입을 준비를 해두었던 겁니다."

아케치 선생님이 아니라도 그 정도 트릭은 꿰뚫어 볼 수 있습니다.

"그런가. 우리 중에 낯선 사람은 없나? 회중전등으로 자기 얼굴을 비춰보도록."

모두 일제히 경감님의 지시를 따르자 스무 개쯤 되는 스산한 얼굴이 어둠 속에 떠올랐습니다.

"당신은 누구지?"

"어이, 이름을 말해."

한 경찰에게 빛이 집중되었습니다. 피부는 거무스름하고 눈빛은 날카롭습니다. 고바야시 소년의 지적 덕분에 금방 가짜 경찰을 찾아냈습니다.

"그자를 체포해. 어이!"

경감의 불호령에 덩치 큰 순경이 한 걸음 앞으로 나가 이름을 말하지 않고 잠자코 있는 경찰의 오른쪽 손목에 찰칵 수갑을 채웠습니다. 그리고 다른 한쪽 고리를 자기 손목에 거나 싶더니 나카무라 경감의 왼쪽 손목에 찰칵 채우는 것이었습니다. 고바야시 소년은 깜짝 놀랐습니다.

"아하하하. 감쪽같이 속았지?"

거무스름한 피부의 경찰이 재미있다는 듯 웃음을 터뜨렸습니다. 대체 무슨 일이 벌어진 건지, 고바야시 소년은 혼란스러웠습니다.

"이게 무슨 짓이야? 장난치지 마!"

시뻘건 얼굴로 화내는 경감을 거무스름한 경찰이 달랬습니다.

"저는 미래인 F가 아닙니다. 달려가면서 변장을 풀고 경찰 제복으로 갈아입기는 불가능해요. 설사 가능하더라도 벗은 옷을 어디에 숨기겠습니까? 그런 건 통로에도 없었잖아요?"

"수색하면 어딘가에 있겠지."

"그럼요. 어디 있는지 저는 알고 있지요. 여기서 20미터쯤
떨어진 곳에 벗어 던진 은색 코트와 선글라스가 떨어져 있
을 겁니다. 거기서 옷을 갈아입고 저쪽에서 온 경찰들 틈에
끼었습니다. 미리 의논한 대로 다들 협조해주었지요."

경찰들이 미래인 F에게 협조하다니 어떻게 된 일일까요?
거무스름한 경찰이 차분한 목소리로 당황하는 고바야시 소
년에게 말했습니다.

"진정해. 사건은 해결되었다."

그리고 자유로운 왼손을 얼굴로 뻗더니 변장을 쩍 뜯어냅
니다. 거기에 나타난 것은 세상에, 아케치 고고로의 얼굴이
었습니다.

"선생님! 일본에 돌아와 계셨나요?"

"그래, 말하지 않아서 미안했어. 예로부터 병법에서 그러
듯 적을 속이려면 아군부터 속여야 했거든. 유령 닌자의 체
포는 FBI에게 맡기고 엿새 전에는 귀국했다네. 미래인 F라
는 괴인이 되기 위해서."

"어째서 그런 짓을 하셨죠?"

"그자를 끌어내기 위해서지. 한시라도 빨리 감방에 도로
집어넣고 싶었거든."

아케치 선생님은 수갑으로 연결된 나카무라 경감의 얼굴에 왼손을 쓱 뻗어 변장을 잡아 뜯었습니다. 경감님은 순식간에 벌어진 일이라 고개를 돌릴 틈도 없었습니다.

"나카무라 경감님으로 변장하다니 꽤씸하구나, 괴인 20면상. 하지만 미안하게 됐군. 다들 속은 척 연기를 했을 뿐이야. 자네 아지트 중 하나에 붙잡혀 있던 진짜 경감님은 아까 구출해서 경찰서에서 자네와 대면하기를 기다리고 있네."

정체가 폭로된 20면상은 증오스럽다는 듯이 탐정을 노려보았습니다.

아아, 이 인물은 이야기에 처음 등장했을 때부터 경시청 나카무라 경감이 아니었던 것입니다. 지금까지 쭉 나카무라 경감이라고 쓸 수밖에 없었지만, 정정해야만 합니다.

"아지트에서 구출했다고? 거기를 어떻게 찾아냈지?"

"어떤 인물이 안내해주었지. 아직 모르겠나? 고바야시 군과 만난 뒤에 자네는 나카무라 경감님의 상태를 보러 아지트에 들렀잖나. 내가 미행하고 있는 줄 몰랐다니 부주의했군."

무슨 일이 벌어진 건지 고바야시 소년도 점점 이해가 갔습니다.

20면상이 탈옥했다는 소식을 듣자마자 아케치 선생님은 일본으로 급히 돌아왔던 것입니다. 그리고 비행기 안에서 평범한 탐정은 생각도 못할 작전을 세웠습니다. 놀랍게도 자기가 국보를 훔치겠노라 예고하는 괴인으로 둔갑해 20면상을 꾀어내서 체포한다는 작전이었습니다.

아케치 고고로는 태연한 눈빛으로 말했습니다.

"투명 인간이나 우주인으로 변장해온 자네는 조만간 미래에서 찾아온 인간으로 둔갑할 계획을 갖고 있지 않았나? 이것저것 다 해보았으니 아직 해보지 않은 것은 그 정도밖에 없겠지. 나는 선수를 쳐서 미래인 F가 되기로 했네. 그것만으로도 부아가 치밀 텐데 라디오에서 20면상을 좀도둑이라고 하면 이중으로 모욕당한 자네가 화나지 않을 리 없지. 정보를 수집하려고 경찰 내부에 숨어들어 반드시 미래인 F에게 접근할 거야. 실제로 그렇게 되었고. 나카무라 경감님과 뒤바뀌는 것까지는 예상하지 못했지만."

"전부…… 덫이었나?"

20면상은 이를 바득바득 갈았습니다. 철저하게 패배한 기분이겠지요. 아무리 분통을 터뜨려도 수갑이 그와 탐정을 단단히 연결해 도망칠 수 없습니다. 모처럼 탈옥했는데 다시 철창 안으로 되돌아가야 합니다.

"그럼 20면상 씨, 순찰차로 경찰서로 안내하지. 마음에 들지 않겠지만 내가 동행할 거야."

"으스대는군, 아케치. 규칙도 어겼으면서. 이번에는 자네

승리니 실컷 기뻐하라고. 하지만 곧 울상으로 만들어주지. 아하하하하하."

덫에 걸린 20면상의 웃음소리가 통로에 메아리쳤지만 괜한 허세입니다.

명탐정의 화려한 솜씨에 고바야시 소년은 만세 하고 환성을 지르고 싶었습니다.

경찰과 아케치 탐정이 최면술 대책을 세운 뒤에야 20면상은 구치소로 다시 들어갔습니다.

다음날 아침, 고바야시 소년은 사무소에서 아케치 선생님에게 커피를 끓여주며 말했습니다.

"이걸로 이제 안심할 수 있겠네요."

"글쎄다. 그 작자 성격으로 보아 또 예상치 못한 짓을 저지를지도 모르지."

"그럼 곤란한데요."

"그래, 곤란하지."

선생님은 별로 곤란한 표정이 아니었습니다. 또 붙잡으면 그만이라는 뜻일까요?

"돌아오는 비행기에서 미래인 F가 되기로 계획하고 귀국하자마자 일본 전국을 소란스럽게 만들다니 굉장하세요."

고바야시 소년은 연방 감탄했지만 탐정은 웃는 시늉도 하지 않았습니다.

"굉장한 일을 한 건 아니야. 소란을 세상에 퍼뜨리는 데 필요한 최소한의 조작을 했을 뿐이지. 라디오 깜짝 출연과 인기 칼럼에 실릴 것을 예상하고 기자의 아들에게 말을 걸었을 뿐. 그 두 가지밖에 하지 않았어."

"맞아요, 그리고 나서 자연히 소문이 퍼지길 기다린 거지요. 유괴 사건을 알아맞힌 건 경찰이 몰래 알려줬으니까."

"그렇지."

선생님은 맛있다는 듯이 커피를 마셨습니다.

"히노데 역 앞 은행에 강도가 드는 건 경찰도 미리 알 수 없었을 텐데요. 그건 선생님이……"

"아무도 다치지 않도록 주의 깊게 펼친 연극이지. 별로 무서운 강도는 아니었을 거야. 예언을 적중시키는 가장 쉬운 방법은 예언대로 스스로 움직이는 것. 마술로는 기초 중의 기초지."

"미래인 F 소동이 커지는 걸 보면서 즐거우셨어요?"

"하하하. 시시한 질문을 하는구나. 그야 당연히 유쾌했지. 평소 20면상이 어떤 마음으로 철인이나 우주인으로 둔갑하는지 맛볼 수 있었어. 앞으로 참고가 될 거야."

처음부터 끝까지 선생님의 예상대로였습니다. 이런 생각을 해내고 계획대로 실행할 수 있는 사람은 온 세상을 뒤져도 선생님뿐일 겁니다.

"하지만 이해가 안 가는 일이 있어요."

"뭔가, 고바야시 군?"

"도쿄 올림픽에서 일본인 선수가 16개의 금메달을 획득한다는 건 어떻게 아셨어요?"

"알 리가 있나. 그 정도 따주면 좋겠다는 내 바람이지."

"뭐야. 너무 진지하게 생각했네요. 그럼 2020년에 도쿄에서 다시 올림픽이 열린다는 것도……"

"그래. 그때쯤 다시 순서가 돌아와도 이상할 것 없다는 예상에 지나지 않아. 이삼일 후나 다음주 일이 아니니 틀렸다고 단정할 수 있는 사람은 어디에도 없지. 그걸 노린 거야."

그럴 리는 없지만 고바야시 소년은 아케치 선생님이 악의 길로 빠져서 20면상처럼 되면 큰일이겠다고 몰래 생각했습니다. 그때는 20면상이 마음을 바꾸어 탐정이 되어준다면야 다행히 균형이 맞을지도 모르지만요.

선생님에게 드릴 새 커피를 끓이고 있을 때 또 이상한 생각을 하고 말았습니다. 그 말을 할까 말까 잠시 망설이다가 아케치 선생님에게 말했습니다.

"도쿄 올림픽에서 일본인 선수가 딸 금메달은 저도 16개가 맞을 것 같아요. 어쩐지, 그런 생각이 들어요."

그 말을 들은 탐정은 진지한 표정으로 덥수룩한 머리카락을 천천히 문질렀습니다.

"역시 고바야시 군은 남달라. 날카로운 감각을 가지고 있군. 나도 느낀 바를 솔직히 말하지. 일본의 금메달은 16개야. 나는 그 사실을 알고 있다네."

깜짝 놀라지 않을 수 없습니다.

"……선생님은 미래인이신가요?"

"아니지. 자네도 미래인이 아니지만 역시 알고 있잖나. 이유가 뭘까?"

생각해봐도 모르겠습니다.

"굉장히 비상식적인 말이지만 진지하게 들어봐. 이렇게 생각하면 앞뒤가 맞는 답이 딱 한 가지 존재하거든. 미래인이 우리를 조종하고 있는 거야."

"미래인이 어디에서 어떻게 저희를 조종한다는 거예요?"

"가령 자네나 내가 소설 속 등장인물이고 미래의 작가가 과거를 무대로 이야기를 쓰고 있다고 쳐. 그럼 어떻게 될까? 가령 2020년에 사는 작가가 쓰는 이야기라면 1964년 도쿄 올림픽에서 일본이 딸 금메달 수도 알고 있을 테고, 두 번째 도쿄 올림픽 개최도 과거에 살고 있는 우리 입을 통해 알려줄 수 있지. 올림픽 개최는 몇 년 전에 결정되니까 2015년쯤에 살고 있는 작가도 쓸 수 있겠군."

"선생님도 저도 소설 속 등장인물이라니, 그런 말은 못 믿겠어요."

"그야 그렇겠지. 하지만 그렇게라도 생각하지 않으면 우리가 미래를 알고 있는 이유를 설명할 수 없어. 아마 20면상도 알고 있겠지."

"어째서 그렇게 생각하시죠?"

"지하 통로에서 그는 '규칙도 어겼으면서'라고 욕지거리를 했지. 그때는 무슨 말인지 몰랐는데 '1960년대가 무대인데 작가가 알려준 미래의 이야기를 했다'는 뜻이었던 거야. 그의 말대로 이번에는 조금 지나쳤는지도 모르겠어."

"우리가 소설 속 등장인물⋯⋯"

전혀 실감이 나지 않아 고바야시 소년은 뺨과 가슴을 만지작거리며 자기가 이곳에 존재한다는 사실을 확인했습니다.

"하지만 선생님, 그 추리가 옳다면 이 이야기를 쓰고 있는 작가는 굉장히 나이가 많겠어요. 저희나 20면상의 이야기를 50~60년은 계속 쓰고 있다는 뜻이잖아요."

"우리는 태평양전쟁 전부터 등장했으니까 50~60년이 뭔가. 그렇게 장수하는 소설가는 있을 것 같지 않군. 아마도 한 명이 아니라 여러 명의 작가가 이어서 써나가는 거겠지."

"그런 소설은 거의 없을 텐데요."

"아주 드물게 존재해. 언제까지고 독자에게 사랑받는 특별한 소설이지. 자네나 나, 20면상 이야기는 그런 소설이라는 뜻이야. 적어도 2020년 언저리까지는 살아남는다고 보장받은 셈이지."

"굉장한 일이네요. 가슴이 두근거려요."

고바야시 소년은 사과 같은 뺨이 발개지는 것을 느꼈습니다.

"아아, 굉장히 많은 독자들과의 만남이 기다리고 있을 거라 생각하니 가슴이 설레는구나! 기대에 부응할 수 있도록 열심히 노력하자꾸나."

"네!"

고바야시 소년은 저도 모르게 손가락 끝마디까지 꼿꼿하게 펴고 '차렷' 자세를 취했습니다.

"21세기에도 우리를 응원해주는 사람이 있다는 거네요."

"훨씬 먼 미래에도 있을지 몰라. 그러면 좋겠군."

"끝이 없으면 좋겠어요."

"나 역시. 미래인 F라는 이름을 지었을 때 이런 생각을 했단다. F는 퓨처나 판타스틱의 F만 뜻하는 게 아니야. 포에버의 F라면 최고일 거야."

"그럴 거예요!"

두 사람은 싱긋 미소를 주고받았습니다.

그렇게 아케치 고고로가 깔끔하게 마무리할 무렵, 20면상은 철창 안에서 투덜거리고 있었습니다. 상대는 직립 부동으로 감시하는 교도관입니다.

"대답하지 않아도 되니 들어봐. 자네한테 이곳 열쇠가 없다는 건 다 아니까 이제 최면술 같은 건 쓰지 않아. 그냥 이야기를 들어주기만 하면 돼."

침묵하는 교도관에게 20면상은 일방적으로 떠들었습니다.

"아케치 녀석, 이 시대를 사는 사람이 해서는 안 될 말을 라디오에서 했어. 그렇게 심각한 규칙 위반은 용납할 수 없어. 좀 더 신사일 줄 알았는데 사람 잘못 봤지 뭐야. 그것도 모자라 나를 덫에 빠뜨리려고 미래인이라는 아이디어까지 쓰다니. 미래인은 몇 년 전부터 계속 생각해온 내 아이디어였는데. 그 작자는 그래도 상관없겠지. 다음번에는 철인이네, 우주인이네, 기계 인간이네, 투명 인간이네, 해저인이네, 지저인이네, 나는 쉴 새 없이 고민해야 하는데 그 작자는 아무 지혜도 짜내지 않고 항상 '네가 20면상이로구나!' 한마디면 끝이잖아. 크리에이티비티가 눈곱만큼도 없잖아. 이런 표현은 이 시대에 걸맞지 않지만 그런 말을 쓰지 않고는 못 배기겠군. 진절머리가 난다니까. 미래인을 그렇게 써먹었으니…… 이제 뭐가 남았지? 자네한테 좋은 생각이 있으면 좀 알려줘. 단, 나는 독창성을 중시하는 범죄 예술가니까 다른 사람이 사용한 아이디어는 거절하겠어. 토호에서 만든 영화

에 나온 가스 인간이나 액체 인간, 버섯 인간 같은 것도 안
돼. 심심풀이 삼아 잠깐 고민 좀 해봐. 재미있다니까. 신선한
아이디어를 부탁하겠네."

등을 꼿꼿이 편 교도관은 입이 근질거리는 기색이었지만
결국 아무 대답도 하지 않았습니다.

도둑맞은
러브레터

　자타가 공인하는 명탐정(좋지 않은 소문도 있지만) Z 선생
은 가벼운 발걸음으로 사무소로 돌아와 테이블에 뭔가를 툭
던졌다. 힐끔 보니 개봉된 한 통의 편지였다.

　"되찾으셨나요!"

　조수인 나는 깜짝 놀라 외쳤다.

　"내 손에 걸리면 보다시피. 놈이 여행으로 집을 비운 사이
숨어 들어가 이틀 밤낮으로 집을 뒤졌다는 전임 탐정은 아
무래도 너무 무능했나보군."

　"어디에 숨겨두었던가요?"

　Z 선생 왈. 적당한 핑계를 대고 상대의 집을 방문해 화장
실을 빌려 쓰는 척하며 집 안을 몇 분 돌아본 것만으로 원하
는 편지를 발견했다고 한다.

"낡은 트릭이야. 너무나 대담하고, 너무나 자연스럽게, 숨기지 않음으로써 숨겨두었던 거지. 어디에 있었느냐고? 장식용 봉투에 넣어 감실龕室✦ 위에 올려두었더군. 설마 소중한 공갈 재료를 남의 눈에 띄는 곳에 둘 리 없다는 상식의 허점을 찌른 거겠지."

하지만 명탐정인 나는 못 속인다며 자랑이 이어졌다.

"위대한 선인, 오귀스트 뒤팽이나 셜록 홈스도 귀인이 조심성 없이 쓴 러브레터를 되찾기 위해 애썼지. 명탐정에게 주어진 전통적인 책무를 다할 수 있어 조금 기분이 좋군. 커피를 부탁하네."

문제의 편지는 지성과 품격을 갖춘 미모의 국민 여배우가 쓴 것이었다. 공표되면 그녀의 사회적 지위가 무너질 우려가 있다는 모양이다. 그것이 비열한 공갈범의 손아귀에 들어가는 바람에 심각한 사태가 벌어졌는데 이제 위험은 사라졌다.

그런 줄 알았는데 Z 선생이 입가에 불온한 미소를 머금었다.

"파격적인 보수를 약속받았지만 읽어보니 당치도 않은 금액이야."

✦ 신주를 모셔두는 장欌.

아아, 남몰래 우려했던 일이 현실로. 선생은 천재적인 명탐정이지만 윤리관이 결여되어 있어, 때때로 조사로 알아낸 의뢰인의 비밀을 악용하려 든다.

"극단적인 예로 '이 러브레터를 폭로당하기 싫으면 나와 결혼해달라'고 요구해도 그녀는 따를 수밖에 없을 정도야. 자, 어떻게 할까?"

새로 끓인 커피를 반쯤 마셨을 때 Z 선생은 "응?" 하고 얼굴을 찌푸리더니 소파에서 바닥으로 주르륵 미끄러졌다. 나는 깊은 한숨을 쉬었다.

어느 사건 관계자로부터 입수한 독약이 효과가 있었다. 해부해도 자연사로밖에 보이지 않는 놀라운 독약이라고 했다. 남은 약은 전부 처분해야겠다.

싸늘하게 식어가는 명탐정에게 나는 말했다.

"자업자득입니다, 선생님."

그리고 테이블 위의 편지를 보았다. 발신인은 나의 여신. 결코 손이 닿지 않을 곳에 있는 여성이지만 일방적으로 연심을 바칠 수는 있다.

소리 없이, 나는 말했다.

'당신을 지켜냈습니다. 받아주십시오. 이 살인이, 제가 보내는 러브레터입니다.'

책과
수수께끼의 나날

　7시 반이 가까워지자 손님들의 발길이 뜸해져서 시오리는 계산대 안에서 종이로 북커버를 접고 있었다. 전기스탠드를 그린 판화가 인쇄된 디자인도, '하나타니도 서점'이라는 서체도 고풍스러워서 마음에 든다. 가게 자체는 오래되지 않았지만 굳이 향수를 자극하는 분위기를 조성하는 것이다.

　"실례합니다."

　부르는 소리에 손길을 멈추고 "예" 하고 고개를 든 순간 "쿨럭" 하고 묘한 소리를 내고 말았다.

　베레모를 쓴 노인이 싱긋 웃으며 서 있었다. 귓구멍에서 하얀 털이 늘어져 있고 정면에서 볼 때 오른쪽 앞니가 빠져 있다. 어디로 보나 단골손님 가네코였다.

　'이, 이럴 수가……'

너무 놀란 나머지 시오리는 누가 심장을 콱 움켜쥔 줄 알았다.

"주문해둔 책이 들어온 것 같아서 가지러 왔어요. 생각보다 빨리 들어왔네요."

"아, 예. 잠시만 기다리세요."

아무렇지도 않은 척 가장하며 손님들의 주문 도서를 진열해둔 뒤쪽 책장에서 『결정판 원색 곤충도감』을 꺼냈다.

"아아, 이거예요. 고마워요. 수고스럽겠지만 선물용으로 포장해주실 수 있을까요?"

포장 실력은 서툴렀지만 간신히 예쁘게 포장했다. 잡지 판매대를 정리하던 아르바이트 고등학생 스기시타 유마가 계산을 마치고 돌아가는 가네코를 지켜보다가 달려왔다. 가게 이름이 적힌 데님 앞치마가 무척 잘 어울린다.

"지금 그 손님, 가네코 씨 맞죠? 어느새 계산대 앞에 서 있어서 깜짝 놀랐지 뭐예요. 시오리 언니는 아무렇지 않은 것 같았지만."

"그렇지 않아. 큰 소리로 '으아악' 하고 소리 지를 뻔했어."

시오리는 뭉크의 〈절규〉 포즈를 취했다.

"살아 계셨네요."

"건강해 보이던데. 이마도 번들번들하고."

문고본을 채워 넣던 점장 아사이 히로시와 시오리의 시선이 마주쳤다. 185센티미터가 넘는 점장이 성큼성큼 큰 걸음으로 다가왔다. 두 아르바이트생이 고개를 맞대고 이야기하고 있으니 무슨 일이 생긴 줄 안 모양이다.

"무슨 일이야?"

시오리가 설명하자 아사이는 유난히 길고 가느다란 목을 긁적이며 피식 웃었다.

"두 사람 다, 너무 착각이 심해."

"하지만." 유마가 말했다. "일요일 오후에 제가 전화했더니 불경 소리가 흘러나오고 목탁 소리가 탁탁 나면서 가족분이 '지금 경황이 없어서……'라고 침울한 목소리로 말했단 말이에요. 저 할아버지는 사모님을 일찍 떠나보냈다고 했으니, 누가 돌아가셨다면 할아버지 본인이라고 생각하지 않겠어요? 저는 안 좋은 때에 연락했구나 싶어 황급히 전화를 끊었다고요. 그래서 시오리 언니하고 '가네코 씨가 돌아가셨구나. 갑작스럽네. 주문해둔 책은 반품해야 하나'라고 얘기했단 말이에요."

점장은 또 어딘가 염세적인 미소를 지었다. 접객업을 하는데 밝은 미소를 지을 줄 모르는 사람이다. 그 점을 보완하듯 목소리는 아주 달콤하다. 라디오에서 분위기 있는 음악을 소개하면 인기를 끌 것 같다.

"너무 성급한 판단이었어. 스무 살에 열여덟 살, 젊은 두 사람이라면 요즘 집에서 장례를 치르는 경우는 드물다는 걸 알 텐데. 불경과 목탁이 하모니를 이루고 있었다면 그건 그냥 법회겠지."

"지난달 저희 집 법회에 오신 스님은 목탁을 두드리지 않았는데요."

유마가 그렇게 말하자 바로 대답이 돌아왔다.

"모두 두드리는 건 아니야. 유마 씨네 집은 종파가 뭐지? 정토진종인가? 목탁은 천태종이나 선종, 정토종에서 독경할 때 두드리거든."

'평범한 법회였을까? 가네코 씨, 싱글벙글 웃고 있었으니 가족에게 우환이 있는 건 아닐 테지만.'

시오리는 그런가보다 했다. 확실히 유마도 그녀도 성급했던 것 같다.

"할머님 제삿날이었던 거 아닐까? 33주기나 37주기였을지도 몰라. 설마 50주기는 아니겠지."

그런 주기로 법회를 올리나? 점장도 아직 서른이 되지 않아 젊은 나이인데, 박학하다.

"나는 독서는 안 해"라고 말하면서 책에 대해서도 굉장히 박식하다. 서점 직원이 상품 내용에 정통할 필요는 없으니 그저 얕고 넓은 지식이 있으면 된다는 게 그의 생각이다. 아사이 히로시淺井弘라는 이름을 실천하고 있다.◆

"유마 씨, 만화책 선반이 엉망이니 정리 좀 해줘. 고약한 중학생들이 뒤죽박죽 섞어놓고 간 모양이야."

"예. 어쩔 수 없네요. 요즘 어린애들은."

유마가 익살을 떨며 작업하러 갔다. 외동딸인 시오리는 좌우로 흔들리는 포니테일을 보면서 귀엽다고 생각했다. 짧은 스타일은 그만두고 머리카락을 길러볼까 하는 생각도.

점장도 계산대 안으로 들어와 주문 전표를 정리하기 시작했다. 옆에 서면 몸집이 작은 시오리와 키 차이가 더욱 두드러진다.

그때 양복 차림의 손님이 "실례, 실례" 하고 손바닥으로 허공을 가르며 들어왔다. 단골 중의 단골 오다지마였다. 항상 문 닫을 때쯤 찾아온다.

"안녕하신가. 부탁했던 책 들어왔을까? 오오, 거기 있네."

"어서 오십시오. 어제 전부 들어왔습니다."

아사이는 고객 주문 도서 선반에서 찾는 책을 꺼내 카운터에 올려놓았다. 한 권이 1만 엔도 넘는 「정본定本 히사오 주란 전집」 가운데 세 권.

"죄송하지만 8권과 9권은 띠지가 찢어진 도서가 들어왔습니다. 10권은 상자 모서리에 흠집이 있고요. 운반 중에 사

♦ 이름에 얄을 천 자와 클 홍 자가 들어 있다.

고가 있었던 모양입니다. 이런 일은 거의 드문데, 시간을 주신다면 문제없는 도서로 다시 발주하겠습니다."

기운 없이 작은 목소리였지만 점장은 정중하게 설명했다. 시오리도 그 책의 상태는 신경이 쓰였다. 까다로운 손님이라면 "이런 파본을 팔 셈이냐"라고 화를 낼지도 모른다.

"응, 이거면 돼. 나는 그런 건 전혀 신경쓰지 않거든. 오히려 고마울 정도야."

오다지마는 지갑을 꺼냈다. 이해할 수 없다.

'오히려 고맙다니 무슨 뜻이지?'

"하지만 책이 무거우니까, 한 권씩 가지고 가야겠네. 돈은 한꺼번에 내도 상관없어."

"아닙니다, 그때그때 계산해주셔도 됩니다. 정말 죄송합니다."

"마음 쓰지 말라니까 그러네. 늘 고마워."

시오리는 부처 같은 손님이라고 생각했다.

평소보다 고개를 깊숙이 숙여 오다지마를 배웅한 뒤, 아사이는 계산대 위에 남은 두 권을 뒤쪽 선반에 도로 꽂았다.

"새 책으로 다시 주문할까 했는데 그럴 필요는 없겠군. '오히려 고맙다'고 말씀하실 정도니."

"저희야말로 고마운데, 좀 별나네요. 흠이 난 책이 더 좋다니 이상해요."

"이상할 건 전혀 없어."

무덤덤한 말투였다.

"이상하죠. 약간 미스터리해요."

시오리는 미스터리 팬이라 사소한 일에서도 수수께끼를 찾아내 즐기는 타입이었다.

"다른 사람은 모르겠지만 오다지마 씨라면 이해가 가. 손님 사정을 넘겨짚는 건 좋지 않은 일이지만 저 사람은 공처가거든."

"본인에게 들으셨어요?"

"내 추리야."

'어머, 추리라니. 내 취미에 맞춰주는 걸까?'

시오리는 유쾌했다.

"어째서 그렇게 추리했는데요?"

"오다지마 씨는 용돈의 대부분을 책에 쓰는 게 아닐까? 저렇게 자주 사는 걸로 보아 온 집 안이 책으로 가득하겠지. 그런 걸 싫어하는 아내가 세상에는 아주 많거든. '당신, 또 책 샀어요?' 하고 타박하는 거지. 오다지마 씨는 '주문한 책이 들어왔다고 전화로 알려줄 필요 없어. 가게에 들를 때 알려주면 돼'라고 하잖아. 사모님이 서점 전화를 받으면 '또 주문했군요' 하고 한소리 들을까봐 그런 거겠지. 자칫하면 마음대로 취소해버릴지도 몰라. 그걸 회피하려는 태도가 공처가 같거든."

'전화할 필요 없다'라기보다 '절대로 전화하지 말아달라'는 엄명을 받았다.

"아까처럼 전집을 한 권씩 들고 돌아가는 건 무거워서 그런 것도 있겠지만 눈에 띄지 않게 하려는 거야. 몰래 책장이나 책더미에 끼워두겠지."

그 광경이 눈에 선했다. 있을 법한 일이다.

"그럴지도 모르겠네요. 하지만 띠지가 찢어지거나 상자가 찌그러진 편이 낫다는 건 이해가 안 돼요."

"'또 이런 비싼 책을 사다니!'라고 혼났을 때 변명하기 쉬우니까 그랬겠지. '헌책방에서 찾았는데 너무 싸서 그만' 이런 식으로."

추리라기보다 거의 억측이었지만 나름 논리적이었다.

"그보다 시오리 씨, 부탁이 있어. 만화책을 담당해주지 않겠어? 여기서 아르바이트한 지 아직 3개월밖에 안 됐지만 시오리 씨라면 잘할 수 있을 거야."

그동안 만화 코너를 담당했던 만화 오타쿠 아르바이트가 그만두었으니 그 후임을 맡아달라는 뜻이다. 일이니 배부른 소리는 할 수 없지만 솔직히 지금 맡고 있는 문고본 보조 담당 업무가 마음에 들어 담당 교체는 기쁘지 않았다.

"저, 만화는 거의 안 읽어서 자신이 없어요."

"미스터리 마니아니까 문고본이 더 재미있긴 하겠지만."

"마니아라고 할 정도는 아니에요."

열성적인 팬 수준이다. 고등학교 1학년 때부터 빠졌으니 팬 경력은 4년이다.

"그 점을 높이 사서 부탁하는 거야. 한 장르에 정통한 사람은 완전히 낯선 다른 장르의 책도 금방 이해하거든. 그만 둔 사카가미 군도 만화책을 맡기 전에는 문고본을 담당했어."

"어, 그렇게 만화책에 빠삭했는데요?"

"만화책을 오래 담당한 아르바이트가 있어서 사카가미 군에게는 문고본을 맡겼어. 본인은 '저는 유명 작가 이름도 제대로 몰라요'라고 걱정했지만 두 달 만에 책장을 깔끔하게 정리해주었지. '이 작가는 그 만화가 같은 포지션이로군' '이 신인 작가는 대중적인 인기를 끌기 시작했어. 만화가로 치면 그 사람인가. 적극적으로 추천해보자'라는 식으로. 만화라는 분야 전체를 이해하기 때문에 소설의 하위 장르나 거기서 또 갈라진 장르도 확실하게 분류할 줄 알았고, 출판사별 특징도 빨리 파악했고, 시들해지는 작품도 빨리 알아봤어. 표지 소개 글도 보지 않고 '이 작가, 컬트 쪽 같네요'라는 말을 하는 거야. 표지 디자인으로 판단했던 것 같아."

"하아."

"물론 본인에게 의욕이 없으면 안 되지. 그리고 알맹이가 없는 어중간하고 얄팍한 만화광도 서점 직원으로는 도움이 안 돼. 문고본을 확실하게 담당해주었으니 사카가미 군이 정말 만화책을 좋아한다는 걸 알 수 있었지."

"하아. ……그런가요?"

바꿔 말하면 만화책을 제대로 관리 못하면 시오리는 알맹이가 없는 어중간하고 얄팍한 미스터리 팬이라는 뜻이다.

"그럼 부탁할게. 중간에 이만 빠지지 않도록 신경써줘. 전 권을 사려는 손님을 놓치게 되니까 이가 빠지면 절대 안 돼."

"예."

승낙하고 말았다. 사카가미 덕분에 이 가게에는 만화책을 사러 오는 괜찮은 단골이 생겼다. 그 손님들을 실망시키면 안 되니 책임이 막중하다.

'뭐, 어때. 점장님이 짬 나는 시간에나 만화책을 챙기니까 매상이 떨어지는 거야. 모르는 점은 만화책을 좋아하는 유마한테도 물어봐야지.'

폐점 시간이 다가왔다. 80평 가게 안을 둘러보니 이미 매장 안에 손님은 두 사람밖에 없어 휑한 가게가 넓어 보였다. 손님 중 한 명, 장발의 젊은 남자는 읽기만 하다가 가는 단골로, 항상 그렇듯 륙색을 발밑에 내려놓고 문고본을 탐독하고 있었다. 오늘은 폐점 시간까지 버틸 모양이다.

'이 정도 되는 서재가 있으면 좋겠다. 대부호가 되면 가질 수 있을까? 서점을 가진 부자 얘기는 못 들었는데, 책만 읽으면 돈을 못 번다는 뜻일까? 그럴지도.'

이렇게 많은 책을 가지고 있어봤자 죽을 때까지도 다 읽지 못한다. 사람이 읽을 수 있는 책의 양은 한계가 있다. 기껏해야 저 정도일까, 하고 가게 한쪽을 바라보며 생각했다.

만화책 코너에서는 아직 유마가 허리를 숙이고 책을 정리하고 있었다. 저 구역을 맡게 되는 것이다.

'점장이 되어 가게 전체를 책임져야 하면 꽤 힘들 것 같아. 하다못해 사원이 한 명 더 있으면 마음이 좀 가벼울 텐데.'

하나타니도 서점은 이 지역과 옆 도시에 일곱 개의 가게를 둔 체인점이다. 역 앞 상점가를 지나면 나오는 상가 건물 1층에 있는 이곳 야나기마치점店은 가장 작은 점포로 당연히 사원은 한 명뿐이다. 점장의 말에 따르면 본부는 우수한 아르바이트생을 찾으면 경비 절감을 위해 점장으로 삼을 계획이라고 한다. "졸업하면 어때, 시오리 씨?" 하고 장난스럽게 묻곤 하는데 혹시나 공무원 시험에 떨어지면 내 쪽에서 고개를 숙여야 할지도 모른다.

'의외로 나쁘지 않을지도.'

통학용 전철표로 요금을 더 내지 않고도 중간에 내려서

다닐 수 있는 게 편해서 시작한 아르바이트는 편한 일은 아니었다. 계속 서 있어야 하고 은근히 바빠서 쫓기는 기분이 들 때가 많지만 책에 둘러싸여 책을 만질 수 있다는 게 즐겁다. 원래 독서를 좋아하는 시오리였지만 지금은 서점 중독에 가까웠다.

어느 날 저녁.

"잠깐…… 실례합니다."

시오리와 나이대가 비슷한 여성 손님이 쭈뼛쭈뼛 계산대로 다가왔다. 하드커버 단행본을 두 권 들고 있다. 둘 다 서점 북커버가 씌워져 있어 손님이 무슨 말을 하고 싶은지 시오리는 바로 눈치챘다.

"같은 책을 두 권 샀는데 한 권 환불받을 수 있을까요?"

역시 예상이 맞았다. 그리 드문 일은 아니다. 내성적인 성격인지 겨우 그 말을 하는데 힘들어 보였다.

"똑같은 걸 사서요."

베스트셀러는 못 냈지만 소수의 열렬한 팬이 있는 작가의 책이었다. 손님은 두 권의 책 사이에서 두 장의 영수증을 꺼냈다.

"둘 다 이 가게에서 샀어요. 이게 증거예요."

둘 다 하나타니도 서점 야나기마치점 영수증으로, 금액도 똑같다. 분류는 '문예'. 금액 옆의 번호를 보면 누가 계산했는지 알 수 있다. 둘 다 점장을 가리키는 1. 날짜는 한 장이 8월 19일. 다른 한 장은 바로 사흘 전인 9월 10일로 찍혀 있었다.

서점에 따라 이런 경우 다르게 대처할지도 모르지만 하나타니도 서점에서는 부득이하지만 환불도 받아준다. 어차피 환불해줄 거면 기분 좋게 돌려주라는 게 점장의 지시였다.

"알겠습니다. 환불해드리겠습니다."

금전출납기에서 꺼낸 1836엔을 건네주고 한쪽 단행본에 손을 뻗는데 손님이 "이쪽" 하고 다른 쪽을 내밀었다. 그러더니 손님은 기어들어가는 작은 목소리로 웅얼거렸다.

"앞으로…… 조심해주세요."

속으로 '뭐어?' 하고 괴성을 치르고 말았다. 영문을 알 수 없다.

종종걸음으로 떠나는 뒷모습을 보면서 역시나 속으로 개그처럼 오사카 사투리로 한마디했다.

'와 저러노?'

그때 학교 수업을 마친 유마가 들어왔다.

"교대할게요. 시오리 언니, 만화책 업무 보고 오세요."

"응"이라고 대답하고 계산대에서 나온 뒤에도 석연치 않은 생각이 머리에서 떠나지 않았다.

그날 마감을 한 시오리는 점장에게 환불 건을 보고하고 손님이 남긴 수수께끼 같은 말에 대해 의견을 구했다.

"이걸 환불받으러 온 거지?"

아사이는 시오리가 고객 주문 도서 선반 끝에 놓아둔 책을 들고 커버를 벗겨서 살펴보았다.

"아아, 판매한 기억이 있어. 젊은 여성이라고 했지? 피부가 하얗고 얌전해 보이는 손님 맞지?"

"용케 기억하고 계시네요."

"같은 책을 두 권 판 것도 기억해. 나는 읽어본 적 없지만 이 작가, 취향을 타는 소설을 쓰잖아. 그걸 아니까 '이런 사람이 독자층인가' 하고 생각했거든."

"전에도 같은 책을 샀다는 말씀은 왜 안 했어요?"

"그야 안 하지. 읽고 감격해서 친구에게 선물하고 싶었을지도 모르잖아. 상권을 두 권 계산대에 들고 온 손님에게 '둘 다 상권인데 괜찮으십니까?'라고 물어보는 경우는 있지만."

"저희도 그래요. 점장님을 본받아서."

"그래서 환불을 수락한 시오리 씨가 다른 쪽 책을 가져가려 했더니 '이쪽'이라고 했다?"

"예. 어느 쪽을 가게에 반품할지 정해놓은 것 같았어요. 제가 나중에 산 책을 가져가려 했더니 그 손님, 살짝 화를 내더라고요."

"어차피 반품할 거면 이미 다 읽은 낡은 쪽을 돌려주려 했던 걸까?"

"그렇겠죠. 그거, 옛날 날짜가 찍힌 영수증이 끼워져 있던 책이에요."

"그렇다고 해도 이 책도 새 책 같은데. 깨끗하고, 구겨진 곳도 없어. 낙장이나 파본이…… 있는 것도 아닌가."

기다란 목을 쑥 내밀어 살펴보고 있다.

"어느 쪽 책을 돌려준 게 무슨 상관이에요. 이상한 점은 클레임이에요. '앞으로 조심해주세요'는 저희가 해야 할 말인데. 물론 생각만 하는 거지, 입 밖에 낼 수는 없지만. 어째서 그런 말을 했는지 미스터리예요."

페이지를 끝까지 넘겨본 아사이가 입을 열었다.

"아니, 수수께끼는 풀렸어. 그랬군."

시오리는 어리둥절했다. 전광석화 같은 해결 아닌가?

"정말이에요?"

"상상의 범주를 벗어나지 않지만, 유력한 가설이 떠올랐어. 판권 면을 봐. 이 책은 2쇄지. 이제 와서 확인할 수는 없지만 손님이 가지고 돌아간 쪽은 초판일 거야. 차이가 있다면 그것 말고는 없어."

초판본에 집착하는 손님은 가끔 있다. 저번에도 고등학생들이 문고 뒷장을 보며 "앗, 초판이다" 하고 들뜬 목소리로 말하는 것을 보았다.

"옛날부터 궁금했는데, 초판은 뭔가 더 귀해요?"

"모든 초판본에 가치가 있는 건 아니야. 이해하기 쉬운 예를 들자면 나중에 문호로 성공한 작가의 데뷔작이면서 발행 부수가 몹시 적은 책은 희소가치가 있지. 작가나 작품을 연구 대상으로 삼는 사람에게는 실질적인 가치를 가져. 중쇄나 문고 사이즈로 다시 낼 때 작가가 가필이나 수정을 하는 경우가 있으니 초판과 대조해서 어디를 어떻게 고쳤는지 조사하는 거지. 그러니까 원래는 초판에 보편적인 가치는 없어. 다만 그래도 왠지 초판을 귀하게 여기는 사람이 나타나면 근거는 없어도 가치가 올라가지. 환상이 낳는 가치야. 대개의 경우 초판이 세상에 가장 많이 나오니까 가장 흔하지만."

"아아, 그런 거였군요."

"초판에 있던 오자나 실수가 중쇄 때 수정되는 경우도 있으니 초판을 피하려는 사람이 있어도 이상할 건 없는데. 사전 같은 경우엔 초판을 사지 않는 사람도 있어."

그보다 빨리 듣고 싶은 이야기가 있었다.

"초판에 집착했다고 해도 여전히 모르겠어요. '앞으로 조심해주세요'라는 말의 의미를."

"그 손님은 이 책을 찾고 있었을 거야. 한 2년 전에 나온 책이니 최근에 이 작가의 팬이 된 게 아닐까? 겨우 우리 가게에서 찾긴 했는데 초판이 아니라서 실망했지만 근처 서점에도 없어서 그냥 샀을 거야. 그런데 3주쯤 지나서 충격적인 발견을 해. 세상에, 책장에 같은 책의 초판이 꽂혀 있었던 거야. '이쪽을 샀어야 했는데!' 하고 발을 동동 구르고 싶었을지도 몰라."

그랬을 수도 있다. 서점은 재고 주문을 할 때 '초판'이나 '2쇄'를 달라고 지정할 수 없다. 우연히 창고에 있던 책이 출하될 뿐이다.

"우리 가게에 처음 신간으로 입고된 건 당연히 초판이야. 그게 팔려서 재고를 채워 넣을 때 2쇄가 왔지. 또 팔려서 다시 보충했더니 이번에는 어느 가게에서 팔다 남아서 반품된 초판이 들어온 것뿐이야."

"저희 잘못은 없는 거죠?"

"당연하지. 하지만 손님 눈에는 그렇게 보이지 않아. '처음부터 초판을 꺼내놨으면 됐잖아. 심술맞네'라고 생각했겠지. 그래서 꾀를 부려 그 초판본을 사고 '같은 책을 사버렸으니 반품하고 싶다'고 한 거야. 그리고 마지막 한마디, '앞으로 조심해서 이런 심술은 부리지 마세요'. 말이 되지?"

"예, 뭐. ……하지만 똑바로 설명을 해줘야 알죠. 그런 말을 해도 대처할 방법이 없으니 난처해요."

"'가급적 초판을 팔겠습니다'라고 확약할 수도 없고. 오히려 중쇄 쪽이 새 책이라 깨끗하기도 하고. 그 점은 정중히 현실을 설명해드리는 수밖에."

쭉 곁에서 듣고 있던 유마가 팔짱을 끼고 어른스럽게 중얼거렸다.

"세상은 요지경이네요."

"가게 안은 무대야. 매일 즉흥 드라마가 펼쳐지지."

이 점장치고는 드물게 그럴싸한 말을 했다.

"그 손님을 위해 이 작가의 희귀한 책을 주문해둘까? 소소한 사죄로."

"초판으로 들이지 않으면 또 불쾌해할 거예요."

"뭐, 인기 작가가 아니니 걱정하지 않아도 초판이 들어올거야. 중쇄까지 찍은 건 이 책 정도야. 오늘 손님은 운이 나빴어."

마이너한 작가에 대해서도 잘 알고 있구나. 읽지도 않으면서.

그런 아사이를 보고 있으려니 나카지마 아쓰시의 「명인전」이라는 소설이 떠올랐다. 천하제일 활의 명수가 되려는 조나라 기창이라는 인물의 이야기다. 거기에 등장하는 선인 같은 노스승이 '불사지사不射之射'라는 신기를 사용한다. 맨손으로 화살을 쏘는 시늉만으로 날아가는 솔개를 떨어뜨린 것이다. 아사이는 '부독지독 不讀之讀'을 터득한 것 같다.

"그럼 오늘도 수고했어. 조심히 돌아가."

아사이는 그렇게 말하다가 시오리를 불러 세웠다.

"내일은 일기예보에서 날씨가 험하다고 했으니 위험할 것 같으면 일찌감치 정리하고 돌아가도 돼."

꽤나 마음을 써준다.

"태풍이 오는 것도 아니니 괜찮아요. 내일 점장님은 도매 서점에 책을 매입하러 가시죠?"

서둘러 조달해야 할 이벤트 상품이 있어서 도매 서점에 직접 사러 갈 예정이라고 들었다.

"응. 점심 전에 가서 5시쯤에는 가게로 돌아올 거야. 아르바이트가 6시에 돌아가면 인적도 끊기고 날씨까지 안 좋으면 손님도 없겠지. 나 혼자 있어도 괜찮아."

"알겠습니다. 그럼 상황을 봐서."

흔한, 그렇지만 작은 드라마가 있었던 하루가 끝났다.

이튿날은 아침부터 구름이 무겁게 깔려 있었다.

오전 강의를 듣고 출근한 시오리는 사무실에서 겉옷을 벗고 앞치마를 걸치고 바로 만화책 보충 작업을 시작했다. 상품 지식이 없어서 아직 어떻게 해야 좋을지 모르겠지만 일단 이가 빠진 부분은 자주 확인해 채워 넣기로 다짐했다.

부지런히 움직이고 있으려니 뒤에서 "아……"라는 소리
가 들렸다. 저녁까지 아르바이트하는 도요시마 아주머니다.
잘 웃고 재미있는 도요시마가 허리춤에 손을 얹고 문고본
판매대를 굽어보고 있다. 매너 없는 손님이 주스라도 흘렸
나 했다.

"왜 그러세요?"

가까이 가보니 판매대를 가리키는데 아무 문제도 없는 것
같았다.

"또 없어졌어. 내가 정성껏 그렸는데."

도요시마는 대형 슈퍼마켓에서 POP 제작을 담당한 적이
있어서 이 가게에서도 그 특기를 발휘하고 있다. 점장이 생
각한 추천 문구를 도요시마가 예쁜 POP로 만들어낸다.

"아아, 여기 있던 게."

철사 스탠드만 허무하게 남아 있다. 그 앞에 쌓여 있는
것은 레이 브래드버리의 『일러스트레이티드 맨』. 제목은 중
학생 때부터 알고 있지만 아직 읽어보지는 못했다. 고등학
교 때 문예부 소속이었던 반 친구가 절찬했으니 신경은 쓰
인다.

"'또 없어졌다'는 말씀은……"

"두 번째야. 한 달 전에도 없어졌어. 스탠드에서 빠진 줄
알고 찾아봤는데 없길래 같은 걸 새로 그렸는데."

어떤 POP였는지 점장을 도와 문고본을 정리했던 시오리
는 똑똑히 기억하고 있었다. '달빛에 비친 문신이 이야기하
는 18개의 몽환, 이야기의 만화경 속으로 들어가보지 않겠
습니까?'라는 문구였다. 점장에게 "애독서인가요?"라고 물
었더니 "차례밖에 안 봤지만 재미있을 것 같던데"라고 했다.

참고로 표지에 적힌 소개문은 이러하다. 더운 날에도 아
랑곳없이 울 셔츠의 가슴과 손목 단추까지 꼭꼭 채운 거한.
그는 온몸에 18개의 문신을, 18개의 비밀 이야기를 숨기고
있었다. 깊은 밤, 달빛을 받으면 문신의 그림은 움직이기 시
작하고, 18개의 이야기를 연기하는데…….

'괜히 읽고 싶어지는데.'

그건 그렇고 사라진 POP의 수수께끼가 문제다.

"만화경처럼 컬러풀하고 신비한 느낌의 POP였지요. 굉장
히 예뻤으니까 손님들이 탐나서 가져갔을지도 모르겠네요."

"두 장이나?"

"그런 사람이 두 명 있었다거나."

"설마. 완성도는 괜찮았지만 고작해야 이런 가게 POP야.
훔쳐 갈 정도는 아닐 텐데."

시오리도 그럴 거라고 생각했다. 인기 작가의 친필 사인
이라도 들어 있다면 또 몰라도.

"『일러스트레이티드 맨』이라는 책을 끔찍하게 싫어하는

사람이 있어서 '이런 소설을 손님에게 추천하다니 그만둬!' 하고 화가 나서 떼어낸 걸까요?"

떠오르는 대로 말해보자 도요시마가 입술을 비죽거렸다.

"그렇게 맘대로 헤집어놓으면 어쩌라고. 영업 방해야. 누가 이기나, 한 번 더 그럴까? 그걸 떼어내려는 현장을 보면 한마디해줘야지."

'하지만…… 싫어하는 책의 추천 POP가 판매대에 있다고 두 번이나 집어 갈까?'

자기가 한 말이기는 하지만 시오리는 고개를 갸웃거렸다. 너무 어린애 같은 행동이다. 게다가 아무리 POP를 떼어내도 싫어하는 책은 그대로 쌓여 있으니 소용없는 저항이다.

"잠깐, 이건 어쩌면……"

도요시마는 씩 웃더니 집게손가락으로 시오리의 팔을 쿡쿡 찔렀다.

"POP 도둑은 시오리 씨 광팬일지도 몰라."

"무, 무슨 말씀이세요?"

이야기가 너무 껑충 뛰어서 이해할 수 없었다.

"그 POP, 내가 그리긴 했지만 설치한 건 시오리 씨잖아. 그걸 보고 시오리 씨가 그렸다고 착각했을지도 몰라. 시오리 씨에게 연심을 품은 남자가 '사랑하는 사람이 그린 저걸 갖고 싶다'고 그만 충동적으로 집어 갔다고 생각해볼 수 있지. 한 번에 그치지 않고 두 번씩이나. 사랑받고 있네."

"비현실적인데요."

"그런가?"

"『일러스트레이티드 맨』POP만 집어가는 게 이상해요. 다른 책에 붙어 있는 POP는 왜 안 가져갈까요? 좀 더 낭만적인 카피도 있는데."

"그건 그래." 도요시마는 본인의 가설을 철회했다.

'또 미스터리네. 점장님한테 추리해달라 그래야지.'

비어 있는 만화책들을 체크하고 사무실 팩스로 발주서를 보냈다. 송신이 끝났을 때 전화가 울려서 재빨리 수화기를 들었다.

"시오리 씨? 고생이 많아."

점장이었다. 도매 서점에서 상품을 조달하고 이제 늦은 점심을 먹으려는 참이라고 했다.

"하늘이 점점 어두워지네. 얼른 먹고 5시까지는 가게로 돌아갈게. 별다른 일은 없지?"

"예, 딱히는. 『일러스트레이티드 맨』POP가 또 사라진 것 말고는요."

"무슨 소리야?"

굳이 보고할 만한 사항은 아니었지만 차분하게 통화할 수 있는 상황인 것 같아 간단히 설명했다.

"그런 일이 있었어요. 오늘의 미스터리죠."

몇 초 동안 침묵이 깔렸다. 쓴웃음이라도 짓고 있겠지 싶었는데 예상도 못한 지시가 내려왔다.

"애거서 크리스티의 『엄지손가락의 아픔』이라는 책을 살펴봐. 만약 뭔가 꽂혀 있으면 그 페이지를 적어놓도록. 이상."

그러더니 전화를 끊었다. 의아하게 여기면서 플로어로 나가 크리스티 문고 『엄지손가락의 아픔』을 찾았다. 잔뜩 쌓아놓은 『일러스트레이티드 맨』 위쪽 선반에 꽂혀 있었다. 크리스티는 유명한 작품을 다섯 권 정도 읽었는데 이 작품은 읽지 않았다.

'뭐가 꽂혀 있다는 거지? 설마 여기서 POP가 나오면 마술인데.'

그런데 그 마술이 눈앞에 펼쳐졌다. 중간 페이지에서 잃어버린 물건이 나타난 것이다. 황급히 도요시마에게 보여주려고 달려갔다.

"점장님이 전화로만 듣고 알아맞혔다고? 믿을 수 없어."

"5시 전에 돌아온대요. 만나면 바로 어떻게 맞혔는지 물어봐요."

POP가 끼어 있던 페이지를 메모한 다음 다시 스탠드에 꽂아놓았다. 도요시마에 따르면 이쪽은 새로 그린 POP라고 한다. 나머지 한 장의 행방은 여전히 묘연하다.

"빨리 점장님 설명을 듣고 싶네."

4시쯤 되자 비가 내리기 시작했다. 유리문으로 바깥을 살펴보니 거센 바람이 비스듬히 몰아치고 있었다. 우산을 쓴 사람들이 몸을 수그리고 걸어갔다.

반품할 만화책을 사무실로 옮기는데 전화가 울렸다. 받아보니 또 아사이 점장이었다. 조금 늦는다는 전화일 줄 알았는데 더 큰 문제였다.

"전철이 멈춰버렸어. 변전 시설에 큰 사고가 나서 그렇다는데 언제 움직일지 몰라. 어제는 '일찌감치 퇴근해도 된다'고 했지만 끝까지 남아주면 안 될까? 최악의 경우 출납 마감까지 혼자 해야 할 수도 있어."

전철이 역과 역 중간에 멈춰버려서 점장이 어떻게 할 수 있는 문제가 아니었다. 다른 승객들이 "늦을 것 같아"라고 이야기하는 목소리도 들렸다. 다들 휴대전화로 어딘가에 연락을 취하고 있는 것이리라.

시오리는 흔쾌히 받아들였다. 혼자서 출납을 마감하고 매상 입금까지 해본 적은 없지만 점장이 쉬는 날에 남자 아르바이트와 둘이서 해본 경험은 있다.

"예, 해볼게요. 걱정 마세요. ……아까 말씀드린 POP는 찾았어요."

이럴 때 할 얘기는 아닌 것 같지만 전해두고 싶었다. 서둘러도 별수 없는 상황 때문인지 아사이는 느긋한 목소리로 말했다.

"그럴 줄 알았어. 어떻게 추리했는지 궁금하지? 별것 아니야. 그쪽 선반에서 항상 구입은 하지 않고 책을 읽는 손님이 있지? 장발에 안경을 쓴 20대 중반쯤 되는 남자."

하나타니도 서점 야나기마치점의 명물이라고 할 수 있는 손님이다.

"있어요. 저희 가게에 제일 늦게까지 머무는 사람. 뭘 사는 걸 본 적이 없어요."

"가게에서 한 권을 통째로 다 읽는 강적이야. 한 달 반쯤 됐나? 그 손님이 읽고 있는 게 『엄지손가락의 아픔』. 뭘 읽나 싶어서 책 제목을 들여다본 적이 있거든. 나는 미스터리나 SF, 하야카와 문고 같은 건 읽어본 적이 없지만 한 가지는 알아. 그쪽 문고에는 책갈피도 가름끈도 없어."

갑자기 내 이름이 왜 튀어나오나 했는데◆ 착각이었다. 가름끈이 책갈피 역할을 하는 끈을 가리킨다는 사실은 아르바이트를 시작하고 처음 알았다.

"책갈피가 없으니 무료 독서가는 불편하지. 그래서 그 손

◆ 일본어로 책갈피는 '시오리'이다.

님은 근처에 있던 POP를 뽑아서 읽던 책에 끼운 거야. 그뿐이야. 책갈피 대신 쓸 만한 광고 전단지도 없었겠지."

'맞아, 그러고 보니 책 사이에는 POP밖에 없었어.'

"하지만 사라진 건 두 장인데 책에는 한 장밖에 없었어요."

"그건 미스터리도 아니야. 『엄지손가락의 아픔』이 한 권 팔린 거야. 무료 독서가가 끼워놓은 POP와 함께. 책을 사 간 손님은 알아차렸겠지만 '이런 게 끼워져 있던데' 하고 가게에 돌려주러 올 만한 일은 아니라고 생각했거나, 어쩌면 가게에 들를 기회가 없어서 그냥 두었겠지."

이윽고 『엄지손가락의 아픔』이 책장에 새로 채워지자 무료 독서가는 다시 읽기 시작했다. 그때 또 『일러스트레이티드 맨』의 POP를 책갈피로 차용한 것이다.

"174페이지와 175페이지 사이에 끼여 있었다고 했지? 그래, 살짝 봤을 때 그 정도는 읽은 것 같았어. 책갈피로 썼다고 보는 게 맞을 거야."

시오리는 불쾌감을 호소하지 않을 수 없었다.

"서점을 뭐라고 생각하는 걸까요? 책을 사지 않고 읽을 자유는 있지만 그런 행동은 상식을 벗어났어요. 남이 열심히 만든 걸, 남이 열심히 팔고 있다는 걸 이해하지 못하는 거예요. 그 POP도 도요시마 씨가 얼마나 열심히 그렸는데."

"목소리가 커. 매장에 들리겠다."

주의를 받고 입가를 가렸다.

"자기가 좋아하는 것에도 돈을 쓰기 싫어하는 사람은 있어. 사람 자체가 어지간히 인색한 인간이겠지."

독설이다. 시오리의 분노를 달래기 위해 대신 화를 내주는 걸지도 모른다. 그렇지만 시오리는 덩달아 빈정거리고 말았다.

"점장님은 돈을 내고 읽을 만한 가치가 없어서 책을 안 읽는 거군요."

'아차. 말이 심했어.'

간이 철렁했지만 아사이는 담담하게 대답했다.

"그건 아니야. 우리집은 제본소거든. 그 때문인지 어렸을 때부터 물질로서의 책에 관심이 있었어. 작은 우리 공장에서 완성되어서 차례로 반출되는 책을 보는 사이 책에 애착을 품게 되었지. 책이 흘러가는 강 건너편에 앉아 바라보고 있었던 셈이야."

집이 제본 공장이라는 이야기는 처음 들었다. 아사이가 어떻게 서점 직원이 되었는지 물어본 적도 없다.

"완성된 책을 보고 뭐가 적혀 있는지 상상하는 것도 즐거웠어. 그러다보면 제목이나 책 분위기에서 내용이 어렴풋이 보이기도 하는데, 이게 또 신나거든. 그 경지에 도달하면 일종의 쾌감을 느끼지. 방대한 종류의 책을 닥치는 대로 읽어 봤자 바닷물을 컵으로 퍼내는 격이야. 그걸 허망하다고 여기진 않지만 나는 바닷물을 퍼내지 않고 바람을 타고 즐기는 길을 선택했어. 지금 하는 일은 성격에 잘 맞아."

시오리는 책을 무척 좋아하고 친구 중에도 독서가가 많았다. 책을 읽지 않는 사람과는 말이 잘 통하지 않았고 다른 인종이라고 느낄 때도 있었다. 독서는 인간의 지성과 감성을 키워줄 뿐이라고 믿었지만 요즘은 문득 의문이 드는 순간도 없지 않다. 때로 독서는 사람을 편향되게 만든다. 자기 신념이나 쾌락에 따른 도서만 선택하면 마음이 좁아지는 경우도 있다. 자기 안에도 그런 경향이 있다는 걸 눈치채고 있었다. 아사이는 처음부터 그런 덫에서 자유로운 곳에 있었다. 저런 경우도 독서가라고 말할 수 있는지는 의문이지만.

"다른 점포에서 지원 좀 받을 수 있는지 본부에 부탁해볼까?"

"아니요, 정말 괜찮아요. 혼자 할 수 있어요."

6시가 되자 도요시마가 돌아갔다. 시오리가 혼자 남는 것을 염려했지만 빗줄기가 굵어져서 손님이 적으니 바빠서 난처할 일은 없으리라. 손님에게 제공할 북커버를 접으며 느긋하게 계산대에 서 있으면 될 것 같다.

7시에 점장이 전화를 걸어 곧 운행을 재개한다고 방송이 나왔지만 믿을 수가 없고, 전철이 움직여도 폐점 시간까지 도착하지 못할 것 같다고 했다. 그보다 앞서 유마도 전화로 "전철이 멈췄던데 점장님 못 돌아오는 거 아니에요? 시오리 언니 혼자 힘들면 저도 갈게요"라고 했지만 양쪽 다 걱정할 필요 없다고 대답했다.

손님은 가게 안에 세 명뿐이다. 그중 한 명이 잡지를 사서 돌아갔고, 나머지 두 사람도 이윽고 떠났다. 이 시간에 가게에 혼자 남기는 처음이라 신선한 해방감을 느꼈다.

그렇지만 마냥 재미있어할 때가 아니었다. 빗줄기는 더욱 거세졌고 천둥이 치기 시작하자 불안해졌다. 가게 안은 조명이 환하지만 유리문 너머로 보이는 바깥은 한밤중처럼 깜깜했다. 이 정도로 궂은 날씨일 줄은 생각도 하지 못했다.

'이게 뭐야, 호러 영화 같아.'

인적이 전혀 없다. 온 세상 사람들이 잠에 빠져, 시오리 혼자만 깨어 있다는 생각마저 든다. 양동이로 퍼붓듯 쏟아지니 아무도 돌아다니지 않는 것 같다. 퇴근하는 사람들이 가게 앞을 지나갈 시간인데.

유리 너머로 눈부신 섬광이 번쩍이더니 바로 이어서 엄청난 천둥이 쳤다. 무서운 박력에 시오리는 귀를 막았다.

자동문이 열리고 바람이 가게 안으로 불어 들어와 아사이가 돌아온 줄 알았다. 이런 뇌우를 무릅쓰고 책을 사러 올 사람이 있을 리 없으니까.

그렇지만 들어온 사람은 점장만큼은 아니지만 키가 큰 남성으로, 천천히 책장 사이로 걸어갔다. 갈색 가방을 손에 들고 회색 양복은 흠뻑 젖어서 검은색으로 변했다. 또각또각 날카로운 구두 소리가 들렸다. 처음 보는 손님이다.

시오리의 가슴에 번개에 대한 걱정과는 다른 공포가 퍼졌다. 어쩐지 불길한 느낌이다. 설마 여대생이 혼자 아르바이트를 하는 것을 보고 들어온 강도는 아니겠지.

남자는 문고본 책장을 둘러보더니 막다른 벽면을 따라 왼쪽으로 이동했다. 실용서 책장이다. 사각지대라 모습은 보이지 않지만 구두 소리로 움직임을 알 수 있다. 때때로 멈춰섰다가 다시 걸음을 떼서 왼쪽 구석까지 가더니 이번에는 아동서와 만화책 책장 사이를 그렇게 걸었다.

'뭔가 찾는 책이 있는 것 같지도 않은데. 비를 피하려고 그러나?'

그렇다면 상점가에 있는 카페에 들어가면 될 텐데. 일기예보에서 밤까지는 계속 내린다고 했으니 폐점을 앞둔 서점에서 비가 그치길 기다린다는 것도 이상하다.

남자가 책장 사이에서 모습을 드러냈다. 코가 큼직하고 입술은 얇고 눈빛이 날카롭다. 나이는 서른 이상이라는 것

밖에 모르겠다. 가슴께에서 보라색 넥타이가 흔들렸다.

이어서 잡지 코너를 처음부터 끝까지 차례로 돌아보았다. 스포츠 잡지, 연예 음악 잡지, 컴퓨터 잡지, 문예지부터 패션 잡지까지, 골고루 보는 손님은 보통 없다. 역시 비를 피하러 왔나 하며 살펴보는데 계산대 앞을 지나 학습 참고서가 꽂힌 오른쪽 벽면으로 걸어갔다. 시오리 쪽은 쳐다보려고도 하지 않는다.

남자의 일거수일투족이 전부 신경쓰이기 시작했다. 기둥에 붙어 있는 아르바이트 모집 광고나 아이들에게 주의를 주기 위해 써놓은 '주스를 마시면서 책을 보면 안 돼요'라는 부탁까지 일일이 쳐다보는 게 이상했다. 글자를 모르는 괴물이 인간으로 둔갑해 '이 모양은 뭘까?' 하고 관심을 보이는 것만 같았다.

천둥이 이 동네 하늘 위에 도착했는지, 번갯불은 아까보다 더 눈부셨고 천둥이 울릴 때마다 가게 안의 공기까지 진동하는 것 같았다. 시오리는 몸이 굳었다. 바깥에 벼락이 떨어졌을 때는 "앗!" 하고 작은 비명까지 지르고 말았다.

남자는 그러거나 말거나 단행본 신간 판매대를 구경하고 있다. 쌓아놓은 열 권 중 아홉 권을 집어 들어 바닥에 깔린 책을 들여다보거나 몸을 숙여 POP를 들여다보기도 했다. 창백한 번갯불이 그 옆얼굴을 비추었는데 이를 드러내고 실실 웃고 있었다. 어떻게 저런 표정을 지을 수 있나 싶을 정도로 잔인한 표정이었다.

'점장님, 빨리 돌아와요. 이상한 사람하고 단둘이 있어요.'

시곗바늘은 7시 45분을 가리키고 있다. 이 남자가 계속 버틴다면 앞으로 15분은 더 참아야 한다. 하나타니도 서점은 폐점을 알리는 음악을 틀지 않는다. 8시가 되어서 폐점을 알려도 나가려 하지 않는다면…… 그런 걱정까지 들었다. 혼자라도 괜찮다고 떵떵거렸지만 이런 경우는 예상하지 못했다.

남자를 관찰할 용기도 사라져 시오리는 북커버를 접기 시작했다. 묵묵히 작업을 하며 시간을 보내고 싶었다.

마침내 구두 소리가 가까이 다가왔다.

"죄송하지만."

남자가 눈앞에 서 있었다. 오른손을 들어 뭔가를 내밀었다. 오늘 발매된 주간지다.

"이걸."

"예……."

금전출납기에 입력하고 돈을 받았다. 영수증과 거스름돈을 건네고 잡지를 봉투에 넣어주려는데 "봉투는 됐어요"라고 했다. 남자는 잡지를 가방에 넣고 뇌우 속으로 사라졌다. 문이 닫히자 한숨이 푹 나왔다.

시계를 보니 7시 57분. 이제 가게를 닫아도 되겠지. '오늘은 영업이 끝났습니다'라는 팻말을 문에 걸려고 하는데 저편에서 걸어오는 아사이가 보였다. 커다란 덩치가 듬직해 보였다.

"미안, 미안. 출납 마감에 겨우 맞췄네. 아무 일 없었어?"

태연한 얼굴로 "네, 아무 일도"라고 대답할 수는 없었다. 지난 30분 동안 있었던 일을 이야기하자 아사이가 진지한 눈빛으로 들어주었다.

"그 남자라면 방금 전 상점가 끝자락에서 마주쳤어. 오늘 아침 문을 연 직후에도 왔는데."

역시 비를 피하러 온 손님이 아니었다. 개점 직후에 왔을 때는 가게를 한 바퀴 쭉 돌아보고 계산대 옆에서 파는 껌을 샀다고 한다.

"껌만요?"

"가장 저렴한 상품을 사 간 거겠지. 음, 그 사람이 폐점 시간에도 왔단 말이지."

"굉장히 소름 끼쳤어요."

"이상한 표정으로 실실 웃고 있었다는 건 번갯불 때문이겠지. 눈의 착각이야."

그럴지도 모른다.

"하지만 평범한 손님 같지는 않았어요. 뭔가, 위화감

이……."

"날카롭군. 보통 손님은 아니겠지. 그 남자는……."

거기서 말을 끊다니, 시오리는 안달이 났다.

"뭐예요?"

"사신."

다음날은 언제 비가 왔냐는 듯이 화창했다.

연속 사흘째 아르바이트로, 이날은 6시부터 폐점까지 근무였다. 대학에서 돌아오는 길에 통학용 전철표를 이용해 중간에서 내려 역 앞 상점가를 빠져나갔다. 도중에 공사 현장 앞에서 조금 걸음을 늦추었다. 내년 봄에 대형 마트가 오픈한다. 거기에 서점이 들어올 거라고 점장이 말했다.

어젯밤, 출납을 마감하면서 나눈 대화.

"아직 나도는 정보는 없지만 경쟁사가 생길 거야. 거기하고 일대일 승부가 되겠지."

"기쁘지 않네요."

"새로운 가게가 생기는 건 어쩔 수 없어. 우리가 오픈하고 반년 뒤에 상점가에 오래전부터 있던 작은 서점이 문을 닫았어. 후계자가 없어서 그랬다지만 우리 가게의 영향도 있었겠지. 나중에 어떤 가게가 들어와도 우는소리를 할 처지는 못 돼."

회색 양복의 남자는 오픈을 검토하는 서점 직원으로, 경쟁사가 될 이 가게를 조사하러 왔을 거라는 게 아사이의 추측이었다.

모든 책장을 일일이 살펴본 것은 상품 구성을 보기 위해. 개점 직후와 폐점 직전에 물건을 산 이유는 영수증 번호로 손님 수를 파악하기 위해. 아르바이트 모집 광고나 POP를 체크한 것도 어떤 가게인지 알기 위한 정보 수집이다. 판매대 바닥을 들여다본 것은 다른 책을 깔아놓은 건 아닌지 확인해서 신간 배본 수를 헤아리려는 목적이라고 했다.

"경쟁사에서 보낸 사자라 사신이라고 하신 거예요?"

"사신이라는 건 농담이야. 시오리 씨를 겁주려고 무섭게 말해봤을 뿐이야."

처음 들었을 때는 간이 철렁했다.

"진짜 사신은 아니지. 하지만 넋 놓고 있다가는 손님을 빼앗기고 말 거야. 그래서 가게가 망하면 역시 사신이 맞지."

"그렇게 되지 않도록 열심히 해야겠네요."

천둥도 그치고 빗줄기도 가늘어져 조용한 가게 안에서 두 사람은 이야기했다.

"오늘은 상당히 자극적이었어요. POP의 수수께끼를 점장님이 해결하는 이벤트도 있었고."

그렇게 말하자 아사이가 진지한 표정을 지었다.

"그런 건 수수께끼를 해결한 축에도 안 들어. 그보다 어떤 가게로 만들면 손님이 더 기뻐해줄지 고민해야지. 아직 뭔가 할 수 있는 여지가 있을 거야. 내게는 그게 수수께끼야."

경쟁사가 생길 것 같다는 소식에 아사이는 의욕이 불타는 것 같았다.

"만화책으로는 절대로 지지 않을게요."

점장의 영향으로 시오리도 덩달아 의욕 넘치는 말을 하고 말았다.

공사는 이제 막 시작했으니 경쟁사가 문을 연다고 해도 반년은 더 있어야 한다. 시간이 있다.

'그때까지 점장님이 수수께끼를 푸는 걸 도와야지.'

시오리는 가게로 걸음을 서둘렀다.

수상한 방송

　악천후 때문에 탑승할 비행기가 크게 지연되어 네덜란드 스키폴 공항에서 세 시간이나 기다리게 되었다. 취직에 성공해 유럽 배낭여행을 다녀오는 길이었다.

　무슨 인연인지 카페에서 옆에 앉은 일본인 신사와 대화를 나누게 되었다. 예순쯤 되어 보였는데 훌륭한 풍채에 고급 양복을 두르고 있었다. 털털한 사람이라 이국의 공항에서 일본인끼리 이야기꽃을 피우다가 내가 추리소설 팬이라는 사실을 안 그가 이런 말을 꺼냈다.

　"미스터리를 좋아하십니까? 시간도 때울 겸 제가 실제로 경험한 기묘한 이야기를 들려드리지요. 그 수수께끼를 한번 풀어보세요."

　시간은 남아돌았다. 내가 도전을 받아들이자 신사는 술술

이야기를 털어놓았다.

"전국에 지점이 있는 대형 쇼핑몰인데, 자주 가는 마트가 있습니다."

"마트에 자주 장을 보러 간다는 말씀은, 직접 요리를 하십니까?"

뜻밖이라 무심코 물어보았다.

"질문은 나중에 한꺼번에 받겠습니다. 어느 날 거기서 이런 방송을 들었답니다. '미아를 보호하고 있습니다. 지금 노란 옷에 노란 치마를 입은 여아를 보호하고 있습니다. 보호자께서는 근처의 종업원에게 말씀해주십시오.'"

별다른 점 없는 안내다.

"몇 살쯤 되는 소녀일까? 이름을 말하지 않는 건 우느라 대답을 못할 정도로 어리다는 뜻일까? 그렇다면 추정 나이를 방송하는 게 낫지 않나? 아니, 복장에 특징이 있으니 말하지 않아도 보호자는 알겠지, 그렇게 생각했습니다."

그로부터 석 달쯤 지나 노신사는 같은 쇼핑몰의 다른 점포에 갔다. 그러자 이런 방송이 나왔다.

"'보호자를 찾습니다. 지금 노란 옷에 노란 치마를 입은 여아가 보호자를 찾고 있습니다. 보호자께서는 근처의 종업원에게 말씀해주십시오.' 석 달 전과 똑같은 내용이었소. 같은 소녀가 같은 복장으로 또 미아가 된 모양이에요. 하지만 두 가게는 100킬로미터 넘게 떨어져 있었습니다. 동일 인물이라고 생각하기 어렵지요."

나는 고개를 끄덕였다.

"게다가 반년쯤 지났을 때. 그 마트의 또 다른 지점에 가서 전에 들은 미아 안내 방송을 떠올리고 있는데 벨 소리와 함께 안내 방송이 나왔습니다. 한 번만 제 쪽에서 질문하겠습니다. 무슨 안내 방송이었을까요?"

내가 대답하자 신사가 손뼉을 쳤다.

"정답입니다. '보호자를 찾습니다. 지금 노란 옷에 노란 치마를 입은 여아를 보호하고 있습니다. 보호자께서는 근처의 종업원에게 말씀해주십시오.' 또 노란 복장의 소녀가 미아가 되었어요. 우연 같지 않지요? 참고로 그 가게는 전에 갔던 두 곳으로부터 200킬로미터는 떨어진 곳이었습니다. 아아, 이게 무슨 일이란 말인가, 저는 머리를 감싸쥐고 말았습니다. 이야기는 이걸로 끝입니다."

그러더니 신사는 씩 웃었다.

"자, 저는 어째서 머리를 감싸쥐었을까요? 짐작 가는 바가 있으면 편히 말씀해주십시오."

너무 불가사의한 일을 겪어서 당황한 것 아니냐는 말은 대답이 되지 않으리라. 질문으로 힌트를 얻기로 했다.

"여자아이가 누군지는 알아내셨습니까?"

"예, 짐작이 갔지요. 저니까 알아낼 수 있었습니다. 이건 힌트예요."

"그 아이의 모습을 보고?"

"아니요. 볼 수만 있다면 보고 싶었습니다. 하하, 이거 생각보다 재미있군요. 출제자는 유쾌한 입장이네요. 혼자만 정답을 알고 있다는 사실이 우월감을 자극하는군요."

나도 답변자라는 입장을 즐기고 있었다.

"미아는 사실 없었고, 종업원만 알 수 있는 암호 아니었을까요?"

신사는 "으음" 하고 신음했다.

"날카로운 지적이군요. 예, 그렇습니다. 이거, 생각보다 빨리 정답에 다다를지도 모르겠군요. 저는 조금 더 오래 즐기고 싶은데."

기분이 좋아진 나는 더 캐물어보았다.

"노란색은 경계색이니 뭔가 경계해야 할 사태의 발생을 알리는 암호였겠지요."

"이거 정말 날카로운 지적이군요. 좋습니다, 훌륭해요."

"정답, 화재였지요? 손님이 당황하지 않도록 암호로 방송한 거지요. 틀렸습니까?"

자신은 있었지만 헛발질이었다.

"그건 불가능합니다. 제가 가는 곳마다 그 마트에 불이 날

리가요. 저는 방화범이 아닙니다. 설령 그렇다고 해도 안내
방송은 제가 불을 지를 새도 없이 흘러나왔어요. 자, 이제 슬
슬 알겠지요?"

팔짱을 끼고 생각에 잠긴 내게 신사가 말했다.

"다시 기억을 떠올려보세요. 문제는 소녀의 정체가 아니
라 '제가 머리를 감싸쥔 이유'입니다."

그렇다, 그걸 맞히는 문제였다.

"처음 질문에 답을 하지 않았군요. 제가 요리를 하는가에
대해. 아닙니다, 제가 직접 요리하는 일은 없습니다."

요리하는 것도 아닌데 빈번히 마트에 가는 목적은 무엇일
까? 그 점에 초점을 맞추어 고민하는 사이 불온한 답이 번득
떠올랐다.

"어르신이 가게에 갈 때마다 같은 방송이 나온다면, 어르
신이 원인 아닌가요? 그러니까…… 다시 말해 방송은 당신
의 방문을 경계하는 경보."

그다음 말을 하기는 꺼려졌다. 그러자 신사는 이쪽 심중
을 꿰뚫어 본 것처럼 말했다.

"제 눈치를 보는군요. 제가 상습 절도범이고, 경계를 촉구
하는 알람이라고 착각하셨습니까? 안 될 말씀. 그런 위험인
물이 왔으면 방송을 하고 있을 때가 아니라 경비원을 보내
거나 경찰을 부르겠지요."

듣고 보니. 굉장한 절도범이 아니라면 그의 정체는 대체 뭘까, 얼굴을 곰곰이 관찰하는 사이 어디서 본 듯한 기분이 들었다. 이윽고 "앗!" 하고 소리가 튀어나왔다.

"신문이나 어디서 제 얼굴을 보신 게 생각나셨습니까? 그렇습니다. 저는 그 마트의 사장입니다. 지금은 개인적인 여행이라 동행 한 명 없지만요."

그런 사람과 편하게 대화할 기회가 있으리라고는 생각도 못했다. 악천후가 낳은 해프닝이지만 지금까지 몰랐다니 멍청했다.

"제가 여러 지점에 가는 이유는 시찰 목적의 순회랍니다. 불시에 돌아보는데, 아무래도 스케줄 때문에 순회 정보가 새어 나가서 점포에 알려지고 말아요. 그러면 그들은 제가 점포에 들어가기 전에 허둥지둥 매장을 정비하고 시찰에 대비하지요. 노란 옷에 노란 치마를 입은 소녀가 보호자를 찾는다는 방송은 '사장님이 가게에 도착했다. 주의 바람'이라는 신호였던 겁니다.

제가 머리를 감싸쥔 이유를 이제 아시겠지요? 그들은 사장이 그런 어설픈 경계경보를 눈치채지 못할 거라고 생각했어요. 사람을 우습게 보는 것도 정도가 있지요. 하다못해 조금 더 자연스러운 형태로 방송할 수는 없었을까. ……저희 회사의 치부를 드러내고 말았군요. 경영자인 제가 부족해서

그리된 거겠지요. 앞으로 어떻게 회사의 기강을 바로잡을
지, 방법을 고민하고 있습니다."

　　그렇게 말하며 머리를 감싸쥐는데 입가에는 미소를 머금
고 있었다. 사장은 새로운 도전을 즐기고 있는 듯했다.

화살

그날 밤.

저는…… 창문 너머로 보았습니다.

쏟아지는 빗줄기 사이로,

마당에서 구덩이를 파는 남자.

비옷을 입고

다음 순간, 남자는 구덩이로 굴러떨어졌습니다.

무언가가 일직선으로 날아와……

그 등을 향해,

절벽 위에서

범인은, 그 마당을 직접 밟지 않고, 요컨대

화살을 쏜 것입니다.

이리하여
아무도 없었다

1

4월 27일, 토요일.

한 척의 배가 파도를 가르며 미에현縣 이세만灣에 떠 있는 작은 섬으로 가고 있었다. 정원 열 명의 관광용 낚싯배로, 검은 야구 모자를 옆으로 돌려 쓴 선장이 키를 잡고 있다. 승선한 승객은 네 명뿐이라 배 안은 충분히 여유로웠다.

"호화로운 크루저로 마중 나오나 했더니 예상이 빗나갔네요, 선생님."

광대뼈가 튀어나온 양복 차림의 남자가 벤치 좌석 근처에 앉은 통통한 남자에게 말했다. 편한 사이임을 짐작할 수 있는 말투였다. 나이는 둘 다 50대 중반.

"항구에서 봤을 때는 낙담했지 뭔가. 설마 이게 초대 손님을 위한 서프라이즈는 아니겠지. 하하."

핑크색 폴로셔츠 위에 남색 재킷을 걸친 통통한 남자에게 장단을 맞추듯 양복 남자도 살짝 얼굴을 누그러뜨렸지만 눈에는 전혀 웃음기가 없었다. 가느다란 눈에는 어딘가 냉혹함이 감돌았다.

"이런 배는 처음 타보는데 화장실도 별도로 제대로 갖추고 있네요. 하긴, 바다로 나가 하루 종일 낚시를 즐기는 사람도 있으니 당연한가. 여기서 살아도 되겠어요. 앗, 그물이 있네."

멋대로 좌석 밑 수납고를 들여다본 세 번째 남자는 30대 초반. 청 소재의 재킷과 와이드 팬츠. 머리카락을 노랗게 물들이고 양쪽 귓불에 디자인이 다른 피어스를 한 그는 들뜬 목소리로 말을 이었다.

"호화로운 크루저보다 이런 배로 섬에 건너가는 게 더 재미있지 않아요? 기껏해야 30분이면 도착할 텐데. 그렇게 생각하지 않습니까?"

그는 고개를 돌려 두 중년 남자의 반대편에 앉아 있는 여성에게 그렇게 물었다. 나이는 노란 머리 남자보다 몇 살 위로 보였다. 팔다리가 길쭉하니 늘씬하고 생김새는 날카로우면서 이지적이다. 비싸 보이는 바지 정장을 입은 그녀는 창밖에서 시선을 거두지 않고 짤막하게 "그러네"라고만 대답했다.

"아, 기분이 좋지 않으신가요?" 노란 머리 남자가 물었다. "배를 타기 전에 멀미약을 드시던데요."

"걱정해줘서 고마워. 하지만 괜찮아. 생각했던 것만큼 흔들리지 않아서 다행이야."

"그럼 다행이고요. 슬슬 도착할 때 아닌가?"

쇠락한 어촌 항구를 출발한 지 벌써 20분이 지났다. 노란 머리 남자가 일어나서 "저거다!" 하고 갑판에서 큰 소리로 외치자 선실 안에 있던 세 사람도 나란히 밖으로 나왔다. 왼쪽 대각선 앞에 기복이 평탄한 작은 섬이 보였다. 퉁퉁한 남자가 그곳이 목적지가 맞는지 물어보려 하자……

"다른 섬이 또 보여?"

바다 생활로 검게 그은 상고머리 선장이 무뚝뚝하기 짝이 없는 대답을 했다.

"해적섬이라. 별로 특이할 것 없어 보이는 섬이지만 이름이 낭만적이야. 와아, 바람이 기분 좋아!"

노란 머리 남자가 뱃머리에서 새처럼 두 팔을 벌렸다. 나머지 세 사람은 웃는 시늉도 하지 않고 점점 가까이 다가오는 섬을 바라보고 있었다. 배가 섬 서쪽으로 돌아 들어가자 바위투성이인 언덕 위에 자리한 하얀 건물이 시야에 들어왔다.

"선생님, 아무래도 저건가 보군요."

"그래, 섬에서 유일한 건물처럼 보이는군."

두 중년 남자가 서로 고개를 끄덕였다.

"해적섬이라는 건 속칭이야."

바지 정장을 입은 여자가 노란 머리 남자 앞에서 아는 척했다.

"어, 그래요?"

"구키 수군이 노략질을 일삼던 해역하고는 거리가 있는데, 태평양전쟁 이후에 분위기 때문에 그렇게 불리기 시작했대. 진짜 이름은 아카자 섬."

"사전 조사를 하신 거예요?"

"어떤 섬인지도 모르는 곳에 태평하게 상륙할 수는 없잖아."

"으음, 초대한 사람의 정체도 모르는데요."

"그쪽은 미스터리어스하고 재미있으니까 괜찮아. '그'의 진짜 얼굴을 볼 수 있다고 생각하니 기대가 커."

"하긴."

그렇게 대답하며 노란 머리 남자는 스마트폰을 조작하려다가 "아아⋯⋯" 하고 한숨을 쉬었다.

"벌써 서비스 지역에서 이탈했네. 통신이 안 터진다는 말은 들었지만 인터넷도 안 되니 불안한데."

통통한 남자도 스마트폰을 만지작거리다 어깨를 으쓱했다.

"불편하지만 이것도 하나의 재미지. 보고, 연락, 의논 같은 시시한 굴레에서 벗어나서 후련한걸. 통신이 안 되는 건 현대 리조트가 갖춰야 할 훌륭한 조건일지도 몰라."

양복 남자가 동의했다.

"선생님 말씀이 맞습니다. 불안한 마음도 있었는데 이쯤 되니 '회사야 알 게 뭐냐'라는 생각이 드네요. 그래봤자 저는 잔걱정이 많아 2박 3일이 한계일 거예요."

"부하를 들볶고 싶어 좀이 쑤신다는 소리군. 하하."

"아니, 그런 건."

네 사람이 그런 말을 나누는 사이 선착장이 보이더니 천천히 접안했다. 마중 나온 이는 어디에도 보이지 않고, 초대 손님들을 환영하는 메시지도 없었다. 네 사람은 이것이 '그'의 방식이라고 받아들였다.

"숙소가 바로 보이니까 안내받을 필요도 없네요. 저 길을 쭉 따라 올라가면 되는 거죠?"

가장 젊은 남자가 그렇게 말하고 제일 먼저 배에서 내렸다. 나머지 세 사람도 짐을 챙겨 상륙하자, 배는 곧바로 부두에서 떨어져 뱃머리를 돌렸다.

"편안히 즐기라는 인사 한마디 없나." 양복 남자가 말했다. "어쩔 수 없군요. 저 양반은 우리를 섬에 실어나르는 역할만 할 뿐, 완성될 리조트 호텔의 고용인은 아닌 것 같네요."

바지 정장을 입은 여자가 주위를 둘러보며 섬의 첫인상을 말했다.

"리조트 호텔의 현관이니 이 주변은 말끔하게 정비하겠죠. 아직 공사를 시작할 기미도 안 보이지만."

노란 머리 남자가 콧노래를 부르며 완만한 비탈을 올라갔다. 그 뒤를 따르는 세 사람의 감상은 다들 비슷했다.

'완전히 어린애로군.'

'이런, 이상한 사람이 끼었네.'

'얼마나 훌륭한 호텔에 묵게 될지 모르겠지만 분명 저 사람이 분위기를 망칠 거야.'

오후 3시의 태양은 아직 높이 떠 있었다.

5분 만에 도착한 '호텔'은 네모난 상자처럼 무기질적인 인상마저 들었다. 기존 건물을 리모델링했다는 말은 들었지만 하얀 외벽에는 얼룩이 두드러져 고급스러운 느낌은 전혀 없었다. 이쯤 되니 퉁퉁한 남자가 실망감을 뚜렷이 드러냈다.

"고작 이런 시설에 묵으려고 그 먼 길을 온 건가? 당장이라도 도쿄로 돌아가고 싶군."

나머지 두 남자도 당혹스러움을 감추지 못하는데 홍일점
은 흥미롭다는 듯 건물을 바라보며 감상을 말했다.

"절제된 장식성에서 얻을 수 있는 미를 테마로 삼은 걸
까요? 낡아 보이는 것도 굳이 그렇게 만든 걸지도 모르죠.
……그런 것치고는 심금을 울리는 감동이 없군요."

그때 커다란 쌍여닫이문이 벌컥 열렸다. 마흔 안팎의 남
녀로, 남자는 예복에 나비넥타이, 여자는 메이드 복장을 입
고 깊숙이 고개를 숙이더니 우스꽝스러울 정도로 입을 맞추
어 엄숙하게 말했다.

"기다리고 있었습니다. 해적섬에 오신 것을 환영합니다."

안에 들어가보면 깜짝 놀랄 정도로 화려할지 모른다는 기
대도 배신당해, 누군가 "마치 회사의 휴양 시설 같다"는 말
도 했지만 실제로 돌아가기를 희망하는 사람은 없었다. 바
다가 한눈에 보이는 1층 라운지에서 웰컴 드링크를 받고 환
담을 나누기 시작했다.

"설마 이게 다는 아니겠지. '그'가 메일에 적어 보낸 서프
라이즈가 어딘가에 숨어 있을 겁니다."

광대뼈가 튀어나온 양복 차림의 남자, 구로세 겐지로가
그렇게 말하자 그가 '선생님'이라고 부르는 퉁퉁한 남자, 이

시무라 마사토는 "그렇겠지"라며 끄덕였다. 구로세는 인재 파견 회사 행로사의 오너 사장, 이시무라는 노동 행정에 정통한 여당 중의원으로 두 사람은 평소 친분이 깊었다.

"다망한 우리를 이런 벽지에 불러들였으니 그에 합당한 대접을 해줘야지. '그'의 위엄이 걸린 문제야."

"위엄?"

이시무라의 말을 듣고 긴 다리를 꼰 사오토메 유나가 중얼거렸다.

"남들 앞에 절대 나서지 않는 '그'가 그런 걸 의식하겠어요? 다들 가명으로 유추해서 '그'라고 부르지만 애초에 성별도 확실하지 않잖아요. 환차익으로 거둔 이익을 투자해 가상화폐로 엄청난 부를 축적했다고들 하지만……"

"선생님은 근본도 알 수 없는 녀석이라고 말씀하고 싶은 거군요."

구로세가 사오토메도 '선생님'이라고 부르는 이유는 항구에서 첫인사를 나눌 때 변호사라는 말을 들었기 때문이다.

"근본까지는…… 비밀스럽고 재미있는 사람이라고는 생각해요. 인터넷을 이용해 대부호가 된 현대의 전설이기도 하고요. 연휴 초반 며칠을 할애해서 초대에 응한 건 '그'를 만나보고 싶었기 때문이에요. 남자든 여자든 분명 독특한 사람이겠죠."

노란 머리에 피어스를 한 남자, 후타쓰기 톰은 재킷에 달린 큼직한 주머니에서 접힌 종이를 꺼냈다.

"초대장을 프린트해 왔어요. 음, 마지막 부분을 볼까요? '완전히 새로운 재미로 가득한 해적섬은 실로 천국에 가장 가까운 섬입니다. 그곳에서 믿을 수 없는 서프라이즈가 기다립니다. 귀하가 영상 크리에이터로 다망한 나날을 보내고 계시다는 점은 충분히 알지만 초대하고자 합니다. 부디 만사 제쳐놓고 방문해주십시오. 덴스케 올림.'"

덴스케. 그것이 수수께끼의 대부호가 밝힌 이름이었다.

"이런 메일에 낚였다는 게 스스로도 놀라워. 하지만 답장을 보내봤더니 진짜 덴스케 같더란 말이지. 여러분도 그렇게 생각해서 이 투어에 참가한 거지요?"

구로세가 대답했다.

"그렇죠. 덴스케라고 하면 시대의 총아인데 그런 '그'가 초대해줬으니 허영심을 자극받았죠. '앞으로는 사업에도 관여하려 합니다. 때문에 비즈니스 세계에서 눈부시게 활약하고 계신 구로세 님께서 제가 준비 중인 새로운 리조트를 보시고 유익한 조언을 해주신다면 영광입니다'라고 하니…… 게다가 이시무라 선생님도 함께 가신다니 너무 매력적이었습니다."

"구로세 씨에게 부탁한 건 '조언'인가?" 이시무라가 말했다. "초대장 글귀는 조금씩 다른 모양이군. 내게는 '조력'을 청했어. 리조트 개발을 계획하고 있다면 번지수를 잘못 찾았는데. 메일에 답장으로 다른 지역 선출 의원과 착각한 것 아닌지 물어보았지. 그랬더니 '착각이 아닙니다. 무리하게 부탁할 생각은 없으니 번잡한 세상에서 벗어나 휴양하러 오십시오. 최고의 이야깃거리가 될 것입니다'라는 회신이 왔어. 호기심을 한껏 자극하더군."

그들을 맞이한 나비넥타이 남자가 등을 꼿꼿이 편 채로 다가왔다. 이목구비가 뚜렷하고 단정한 생김새였지만 감정을 일체 드러내지 않았다. 보기에 따라서는 뭔가 전부 체념한 사람의 표정 같기도 했다.

"편히 쉬셨습니까? 괜찮으시면 2층 객실로 안내하겠습니다. 새 음료가 필요하면 말씀해주십시오."

다들 빨리 짐을 풀고 싶어서 나비넥타이와 메이드 복장의 두 사람이 분담해 네 사람의 짐을 들고 방으로 안내했다. 과연 어떤 객실일까? 초대 손님들은 크나큰 호기심과 함께 실내로 들어갔다.

'애걔, 뭐야. 언제 놀라게 해준다는 거야?'

'생각보다 좁은데. 침대가 높아서 누워서도 바다가 보이는 게 유일한 장점이군.'

'어라, 시시한데. 그냥 평범한 방이잖아.'

'이 정도 인테리어와 장식품으로 리조트라니 말이 돼? 덴스케는 무슨 생각이람.'

4월의 태양은 오후 5시가 다가와도 아직 하늘 높은 곳에서 내려올 줄을 몰랐다.

방에 틀어박혀 있어도 어쩔 수 없으니 초대 손님들은 저택 안과 주변을 한 바퀴 둘러보고 라운지에 앉아 음료 잔을 한 손에 들고 한동안 대화를 나누었다. 조금 전부터 서쪽으로 난 창을 신경쓰던 구로세 겐지로가 "왔습니다" 하고 바깥을 가리켰다.

"두 번째 배가 도착했나?"

소파에 몸을 깊이 묻고 있던 이시무라 마사토가 엉거주춤 일어섰다. 그들이 타고 온 어선이 나머지 초대 손님들을 데려온 것이다. 그 배라면 한 번에 모두 태울 수도 있지만 사람들마다 항구에 도착하는 시간이 달라서 두 번 왕복하게 되었다.

"후타쓰기 씨 남동생은 잘 찾아왔으려나?"

사오토메 유나는 그렇게 말하며 리큐어를 삼켰다.

"글쎄요. 아까 연락 온 게 없는지 스마트폰을 봤는데 먹통인 걸 잊었어요. 예상 못한 급한 일이 들어왔지만 정리하고 달려오겠다고 했으니 괜찮겠지요. 그 녀석이 저보다 더 덴스케의 초대에 감격했으니까요."

"동생은 무슨 일을 하는데? 몇 살 차이?"

"제 일을 이것저것 도와줍니다. 나이는 똑같은 서른둘. 쌍 둥이거든요."

"역시나 노란 머리?"

"아니요, 헷갈리니까 머리색은 달라요. 그 녀석은 찰랑찰 랑 윤기가 좌르르 흐르는 검은 머리죠."

"미남?"

"일란성 쌍둥이니까 얼굴도 똑같아요. 실망했죠?"

"그렇지 않아. 당신도 미남이야. 콧대도 시원스럽고 눈매 가 약간 거친 것도 좋아."

두 사람은 편안하게 이야기를 나누었고, 이시무라와 구로 세는 창가로 다가가 접안하는 배를 바라보았다.

나비넥타이와 메이드 복장 두 사람은 새 손님을 맞이할 준비를 했다. 방금 전 잡담에 끌어들여 들은 이야기에 따르 면 그들은 부부로, 이곳에서 일한 지 얼마 되지 않았다고 한 다. 이름은 모바라 쓰토무茂原勤와 가오리. 남편의 이름을 들 은 인재 파견 회사 사장이 "근면해 보이는 이름이야, 고생할 팔자인가" 하고 웃는 바람에 사오토메가 눈살을 찌푸렸다.

이곳 종업원은 모바라 부부뿐이라는 사실을 안 네 사람은 똑같이 의아해했다. 월요일 오후 1시에 손님들이 돌아갈 때까지 이 두 사람이 식사 준비에 시중에 청소에, 그 밖의 모든 것을 해내기란 불가능하지 않을까? 부부가 다람쥐 쳇바퀴 돌듯 일하면 가능할지 모르지만 고급 서비스는 도저히 기대할 수 없을 것 같았다.

"어떤 분들일까요? 다양한 분야에서 고른 것 같던데."

갑갑한 양복에서 캐주얼한 삼베 셔츠로 갈아입은 구로세는 두 손바닥을 문질러댔다.

도착한 사람은 남녀 세 명. 그중에 후타쓰기 톰과 똑같은 얼굴은 없었다.

2

초대 손님이 모인 라운지에서 자기소개가 시작되었다. 두 번째 배로 섬에 도착한 사람은 여자 둘에 남자 하나. 사오토메 유나가 수첩에 메모를 하자 후타쓰기 톰이 들여다보려했다.

"뭘 적고 계세요?"

"사람들 이름. 적어둬야 외우지."

"성실하시네요."

수첩에는 본인을 제외한 여섯 명과 모바라 부부의 이름이 직업과 함께 적혀 있었다.

이시무라 마사토 …… 중의원
구로세 겐지로 …… 행로사 사장
후타쓰기 톰 …… 영상 크리에이터
우도 만사쿠 …… 시스템 엔지니어
에노키 도모요 …… 요양 시설 사장
하루야마 미하루 …… 모델(MIHARU)
모바라 쓰토무
모바라 가오리

"이시무라 선생님이나 구로세 사장님을 이런 곳에서 뵙다
니 큰 영광이에요."

복스러운 얼굴에 미소를 머금고 사람 가리지 않고 명함을
내민 것은 에노키 도모요였다. 예순을 바라볼까 말까 하는
나이로 그녀가 이 중에서 가장 연장자인 것은 틀림없다. 큼
직한 붉은 테 안경 속에서 자그마한 눈동자를 쉴 새 없이 굴
리고 있다. 오사카에서 고급 요양 시설을 운영한다는데, 회
사 이름까지는 말하지 않았다.

"훌륭한 분들만 모여서 주눅이 드는군요. 어째서 저 같은
사람을 초대했는지."

어리둥절한 기색으로 말하는 우도 만사쿠는 초대 손님들 중에서 최연소인 스물아홉 살. 언뜻 보면 장신의 운동선수 타입인데 등을 구부리고 작은 목소리로 웅얼웅얼 말했다. "내성적이라" "낯을 가리는 성격이라"라고 자꾸 변명을 했다.

하루야마 미하루는 MIHARU라는 이름으로 활약 중인 모델로, 인기 패션 잡지의 표지를 장식한 적도 있다고 했다. 에노키 도모요가 "얼굴 크기가 내 절반밖에 안 돼!"라고 말할 정도로 얼굴이 작고 어딘가 몽환적인 표정이 사람의 마음을 자극했다. 아무래도 독특한 분위기가 흘러나와 그녀 주위에는 달콤한 공기가 넘실거리는 것 같았다.

'사오토메 씨도 미인이지만 더 굉장한 사람이 왔네. 커다란 꽃이 핀 것 같아.'

'짧은 치마는 괜찮다 쳐도 다리가 너무 가늘어, MIHARU.'

'행로사라니 그거 아닌가? 유명한 악덕 기업. 어쩐지, 사장은 실제로 봐도 눈빛이 냉혹한 것 같아.'

'어째서? 예상하고 다른데?'

'호색한 같은 얼굴로 대뜸 가슴만 쳐다보지 마, 아저씨. 무례하긴.'

표면상으로는 평온한 자리였다. 다소 인상이 좋지 않은 사람들이 섞여 있어도 어차피 잠깐 볼 사이. 월요일까지는 한 지붕 밑에서 함께 지내야 하니 괜한 마찰이 생기지 않도록 생글생글 웃는 게 상책이다.

"자네 쌍둥이 동생은 어떻게 된 걸까?"

이시무라의 말에 후타쓰기가 어깨를 으쓱 움츠렸다.

"모르겠어요. 급한 용무가 생긴 것 같았으니 결국 못 오게 된 건지. 덴스케에게 메일로 연락하지 않았을까요? 여러분도 모르시죠?"

나중에 온 세 사람은 아는 바가 없었다. 특급열차가 정차하는 인근 역에서 그들을 항구까지 태워줄 택시가 두 대 기다리고 있었지만 시간이 지나도록 톰의 남동생은 나타나지 않았던 것이다.

"덕분에 저는 편안하게 혼자 차를 탔습니다." 우도가 미안한 기색으로 말했다.

이시무라가 모바라 쓰토무를 불렀다.

"여기에 멀쩡한 전화기는 있겠지? 뭔가 연락 온 건 없나?"

"아니요, 아직은 연락 온 게 없습니다."

"후타쓰기 씨의 남동생이 전화하면 알려주게." 이시무라는 톰을 돌아보며 물었다. "남동생 이름은?"

"짐입니다. 자비로운 꿈慈夢이라고 쓰고 짐이라고 읽습니다."

"쌍둥이 아들 이름을 톰과 짐이라고 짓다니. 자네 부모님은 글로벌 시대를 예견하고 대비한 건가?"

"귀로 들었을 때 국적을 알 수 없는 이름은 사양하고 싶었지만요. 위엄과 관록 있는 이름이 좋은데. 겐지로처럼."

방금 전까지 옆에 있던 구로세 쪽을 쳐다보는데 그는 이미 다른 곳으로 이동하고 없었다. 라운지 구석에 있는 대리석 벽난로 앞에 서서 허리를 살짝 굽히고 뭔가를 뚫어져라 쳐다보고 있다.

"재미있는 거라도 있나요? 뭔가 장식되어 있는 것 같은데."

사오토메의 물음에 구로세가 뒤를 돌아보며 가리켰다. "이런 게." 벽난로 위에 채색된 목제 인형이 쭉 늘어서 있었다. 묵직한 금속제 받침을 빼면 높이는 20센티미터 정도.

"어머, 귀여워라."

하루야마 미하루가 감탄하며 그쪽으로 다가갔다. 덩달아 몇 사람이 벽난로를 에워쌌다.

"해적섬 마스코트일까요? 정교한데요. 제가 이런 걸 좋아하거든요."

우도가 흥미로워했다. 인형은 전부 열 개였는데 각기 다른 자세를 취하고 있었다. 험상궂게 생긴 남자들이 머리 위에 검을 치켜들고 있거나, 큰 유리잔으로 술을 벌컥벌컥 마시고 있거나, 망원경을 들여다보는 등. 두목으로 보이는 인형은 없고 다들 졸개 같았다.

받침대에는 졸리 로저가 그려져 있었다. 해적기에서 흔히 보는 해골과 비스듬히 교차하는 두 개의 뼈가 그려진 마크로 죽음과 공포의 상징이다.

"서양식 해적이로군." 이시무라가 턱을 어루만졌다. "이곳은 유명한 수군 본거지에 가까우니 어차피 장식할 거면 일본식으로 만들어주지."

"서양식이라야 한눈에 해적인 줄 알잖아요." 에노키가 안경 속에서 실눈을 떴다. "저는 왼쪽에서 네 번째 인형이 특별히 마음에 드는군요. 수염을 기르고 나이프를 들고 있는 해적. 이 아이가 가장 듬직해요. 사오토메 씨는 어느 게 마음에 들어요?"

"굳이 고르라면…… 오른쪽 끝?"

인형 품평이 일단락되자 나중에 도착한 세 사람이 차례대로 안내를 받아 방으로 갔다. 저녁 식사는 7시부터. 그때까지는 근처를 산책하거나 샤워를 하며 각자 자유롭게 보냈다.

'호화로운 저녁 식사가 서프라이즈인가? 아니, 저 부부 둘이서만 식사를 준비할 테니 그리 대단한 음식은 못 차리겠지.'

'시간이 어중간하네. 욕조에 뜨거운 물을 받아서 느긋하

게 목욕이나 할까? 하지만 욕실이나 화장실도 흔해빠져서 고급스러운 느낌은 없어.'

'어느 타이밍에 어떤 식으로 놀라게 해주려는 걸까? 내일 아침, 눈을 뜨면 여기가 베르사유 궁전처럼 바뀌어 있다거나? 설마.'

목욕을 하는 사람도 있었다. 산책을 나선 사람도 몇 명 있었다. 침대에 드러누워 휴대전화로 음악을 듣는 사람도 있었다.

태양은 차츰 기울고, 해적섬의 평화로운 시간도 끝나가고 있었다.

7시를 5분 남겨두고 모두 다이닝에 모였다. 앉을 자리는 정해져 있지 않아 자연히 연장자부터 안쪽에 앉았다. 순백의 식탁보를 덮은 커다란 테이블에는 앤티크 촛대 두 개와 장미 생화가 장식되어 있었다. 테이블 위만 보면 고급 레스토랑이지만 객실과 마찬가지로 다이닝의 인테리어도 그리 아름답지 않았고 실내에 흐르는 관현악의 선율도 당연히 실제 연주가 아니었다.

모바라 부부가 무슨 음료를 마실지 묻더니 와인과 맥주, 우롱차를 가져왔다. 호스트 없이 저녁 식사가 시작되어 당혹감을 느끼지 않을 수 없었지만 일단 이시무라의 주도로 건배를 했다.

"여기 계신 여러분의 건강과 활약을 기원하며. 그리고 우리를 초대해주신 덴스케 씨에게 감사드리며…… 건배!"

후타쓰기가 "건배!" 하고 화답하면서 와인 잔을 실내 사방으로 기울였다. 사오토메가 이유를 묻자……

"덴스케 씨가 어디서 지켜보고 있을지 모르니까요."

"몰래카메라로 우리를 관찰하고 있다는 말이야? 설마 그런 비상식적인 행동을 하려고."

"글쎄요, 안 하겠지만…… 그래도 혹시나."

미리 준비된 술은 모두 최상의 제품이었다. 하지만 모바라 부부 둘이서 만들고 나르는 요리는 그렇지 않아, 고급 식재료를 써서 맛있기는 했지만 감탄할 정도는 아니었다. 하루야마는 오마르 새우로 만든 테르미도르◆를 먹으며 "8천 엔짜리 프렌치 코스네"라고 말했다.

식사 중에는 이시무라와 에노키가 사람들에게 적극적으로 말을 걸어 분위기를 띄우려 했다. 다들 처음 만나는 사람들이라 "어떤 일을 하십니까?" "고향은?" 하고 질문거리는 충분했다.

후타쓰기의 직업을 물었을 때 우도가 "아아"라고 끼어들

◆ 익힌 갑각류 살에 달걀노른자, 브랜디 등을 가미하고 다시 껍질 속에 채워 넣어 치즈를 얹어 구워내는 프랑스 요리.

었다.

"저, 후타쓰기 씨 작품을 본 적이 있습니다. 하늘에서 거대한 대야가 떨어지는 영상. 밤중에 배꼽 잡고 웃었어요."

"고맙습니다. 대야가 에베레스트에 충돌하는 효과음을 찾느라 고생했어요. 제법 그럴싸했죠?"

에노키가 관심을 보였다.

"어머나, 뭔지 잘 모르겠지만 재미있을 것 같네요. 어떤 작품인지 보고 싶어요. 저는 초현실적인 개그를 아주 좋아하거든요."

"웃기는 예술 작품입니다. 통신이 되는 세계로 돌아가면 꼭 봐주세요. 그 작품은 어째선지 북미와 남미에서 엄청 반응이 좋아서 곧 조회 수가 500만을 넘을 것 같습니다."

"굉장하군요."

칭찬을 받고 기분이 좋아진 후타쓰기는 자기 작품의 콘셉트와 세계관을 신나게 떠들기 시작했다. 이시무라와 구로세는 그가 자기 작품을 동영상 업로드 사이트에 올려서 얼마나 이윤을 얻는지 궁금해했다.

그다음으로 화제의 중심이 된 사람은 하루야마 미하루였다. 모델이라는 직업에 대해, 미모와 스타일을 어떻게 유지하는지, 이것저것 질문이 쏟아졌다. "정말 아름다워요" "멋져요" 하고 치켜세우자 그녀도 기분이 좋아져 실패담을 익살스럽게 털어놓았다.

"……그런 일도 있었어요. 저는 덤벙거리는 성격이거든
요. 부모님을 닮아서. 제가 태어났을 때 부모님은 이것도 아
니다, 저것도 아니다, 옥신각신한 끝에 이름을 정했는데 성
과 이름에 '하루'라는 글자가 겹친다는 걸 전혀 눈치 못 챘다
고 해요. 그럴 수가 있어요? 덕분에 다들 이름을 쉽게 기억
해주는 걸지도 모르지만."

"아니, 아주 좋은 이름입니다." 이시무라는 들떠 있었다.
"미하루美春 씨. 실로 꽃이 만개한 아름다운 봄 같습니다."

디저트는 가토 쇼콜라와 아이스크림. 이 또한 흔한 메뉴
였지만 환담을 만끽하는 사람들에게 지금 메뉴는 아무래도
상관없었다.

"그나저나." 구로세가 말했다. "서프라이즈는 대체 뭘까
요?"

옆자리에 앉은 이시무라가 그 어깨를 툭 쳤다.

"구로세 씨, 그건 일단 머리에서 지웁시다. 우리가 잊었을
때를 노려서 뭔가를 할 속셈이겠지요. 머리 위로 대야가 쿵
떨어진다거나. 하하."

갑자기 음악이 멈춰서 이시무라도 웃음을 그쳤다. 예상
못한 일인지 우도에게 커피를 추가해주던 모바라 쓰토무의
움직임도 뚝 그쳤다.

"뭔가 이벤트가 시작……"

후타쓰기가 말을 꺼냈을 때, 양쪽 구석에 놓인 스피커에서 서글픈 기타 아르페지오가 들려왔다. 어디서 들어본 적 있다고 생각한 사람이 세 명, 레드 제플린의 〈천국으로 가는 계단〉 도입부라고 생각한 사람이 두 명.

'여러분, 안녕하세요.'

천진난만한 소녀의 인사. 아니, 그것은 인간의 목소리가 아니라 컴퓨터로 합성한 소리였다.

'덴스케입니다. 바쁜 여러분을 한자리에 모신 데에는 이유가 있습니다. 그렇지만 초대 메일에 썼듯이 최신 리조트 모니터를 부탁하려는 것은 아닙니다. 그건 핑계지요. 사실은 훨씬 더 중요한 이유가 있습니다. 지금부터 그 이유를 설명드리겠습니다. 불편한 내용도 있겠지만 참아주십시오.'

후타쓰기가 얼빠진 표정으로 듣고 있었다.

"덴스케는 얼굴만 안 비치는 게 아니라 목소리도 철저하게 숨기는 건가? 일부러 합성한 어색한 목소리를 빌리다니, 음침하군."

로버트 플랜트의 노랫소리를 타고 목소리가 이어졌다.

'여기 계신 여러분은 모두 인간의 탈을 쓴 짐승들입니다. 극악무도한 사람들만 골라서 모았습니다. 심지어 그냥 악인도 아닙니다. 인간쓰레기인데도 마땅히 받아야 할 벌을 회

323

피해온 사람들뿐. 정의를 사랑하는 열혈남 덴스케는 절대 용서 못합니다. 그래서 법관을 대신해 당신들을 재판하고, 궁극의 벌을 내리기로 했습니다. 판결은 전원 사형. 목숨으로 죄를 갚도록 하세요. 알겠습니까?'

"저게 무슨 소리야?!"

하루야마가 외치자 기계 목소리가 말했다.

'이해를 못하는 사람도 있을 테니 당신들의 악행을 차례 대로 알려주겠다. 서로 '그건 너무하네' 하고 비난해보시지. 무작위로 먼저 구로세 겐지로.'

지명된 남자가 스피커를 매섭게 노려보았다.

'이자가 운영하는 인재 파견 회사의 악행은 언론에서 보도한 바와 같다. 악덕 기업의 최고봉이지. '행로사幸勞社'라는 이름은 웃기지도 않은 블랙 유머인가? 사람을 노예처럼 다루며 착취할 뿐만 아니라 이자의 갑질로 네 명이나 자살했다. 입버릇이 '못하겠으면 창밖으로 뛰어내려'라는군. 실제로 한 사람이 잔업을 하다가 뛰어내렸고 나머지 세 사람은 다른 방법으로 스스로 목숨을 끊었다. 그 죄는 목숨으로 갚도록.'

"성공한 사람을 질투해서 만들어낸 비열한 거짓 소문을 믿다니. 황당하군."

하지만 구로세의 말은 무시당했다.

"다음으로 이시무라 마사토聖人. 이 이름도 참으로 아이러니하지. 금전욕과 지배욕으로 새까맣게 얼룩진 인간이 성스러운 인간이라니. 뇌물로 배가 터지도록 사리사욕을 채운 것도 국민으로서는 분통터지는 일이지만 무엇보다 구로세의 뒷배가 되어 법의 해석을 왜곡해온 죄가 깊다. 인간쓰레기들의 조합이 수많은 비극을 낳았어. 당신과 구로세는 공동정범이다. 목숨으로 갚도록."

이시무라는 구로세와 얼굴을 마주보았다.

'다음, 사오토메 유나. 당신, 무슨 목적으로 변호사의 길을 선택했지? 지성도 감정도 없는 곤충이 본능대로 잎사귀를 먹듯 사법시험 공부만 하고, 법의 정신은 눈곱만큼도 배우지 않았지. 대학에서 한스 켈젠의 법철학은 듣지도 않았겠지? 그러니 범죄 수준의 의료 과실이나 중대한 노동재해 사건도 태연히 덮을 수 있는 거겠지. 당신을 보고 있으면 변호사가 '악의 먹이사슬'에서 정점에 서 있다는 생각밖에 들지 않아. 목숨으로 갚도록.'

사오토메의 안색은 창백했다.

'다음, 후타쓰기 톰과 후타쓰기 짐. 천재 영상 크리에이터라니 아주 재미있어. 당신들 작품, 일찍 세상을 떠난 친구의 아이디어를 훔친 것만 평이 좋지. 그건 좋다고 쳐…… 형제가 함께 마음껏 악행을 저지르고 있더군. 양심이 없으니 어

렸을 때부터 약자를 괴롭히고, 협박하고, 스무 살이 넘은 뒤
에는 사기에 가까운 동아리 활동으로 돈을 긁어모았지. 형
은 불법 촬영물로 한 여성을 자살하게 만들었고, 동생도 여
고생에게 약물을 주사해 쇼크사에 빠뜨렸어. 당신들은 두
사람이 화학반응을 일으켜 악마가 되는 것 같으니 이곳에서
함께 처리하기로 했다. 둘 다 용서하지 않겠다. 목숨으로 갚
도록.'

"자, 잠깐. 거짓말이야. 당신이 그런 걸 어떻게 알아?!"

후타쓰기는 허망하게 주먹을 휘두를 뿐이었다.

'다음, 하루야마 미하루. 당신, 약 1년 전 비 오는 밤, 음주
운전으로 노인을 차로 치어 숨지게 했지. 4월 11일에 있었던
일이다. 믿을 수 없는 강한 악운 덕분에 지금까지 무사했지
만 그것도 이제 끝이야. 당신이 죽인 건 오로지 불우한 아이
들을 구하는 일에 겸허하게 인생을 바친 성인 같은 사람이
었다. 인간에게도 아직 구원이 있다고 생각하게 해준 희망
의 빛. 그런 사람을 부주의한 사고로 살해한 것만으로도 엄
벌이 마땅한데 당신은 일말의 반성도 없이 주위에서 띄워주
는 대로 희희낙락 살고 있지. 너무 끔찍해. 아무리 후회한들
이미 늦었다. 목숨으로 갚도록.'

하루야마는 고개를 숙이고 있었다.

'다음, 에노키 도모요. 당신의 고급 요양 시설에서는 치매

입소자를 상습적으로 학대해서, 내가 알아낸 것만으로도 세 명이 사망했다. 개별 사안에 대해 담당했던 간병인들에게도 책임이 있겠지만 이는 이익만 우선하는 썩어빠진 경영 방침과 가혹한 통제가 낳은 참혹한 살인이야. 지금도 계속되는 연쇄살인을 막기 위해서라도 당신을 이 섬에서 살려서 내보내진 않겠다. 목숨으로 갚도록.'

에노키는 태연한 표정을 유지하고 있었다.

'다음, 우도 만사쿠有働万作. 이 이름도 아주 아이러니해. 제대로 일하지도 않고 아무것도 만들어보지 않았잖아. 자기를 유명 어플리케이션을 개발한 시스템 엔지니어인 척 소개했지만 당신, 사실은 유치하고 더러운 크래커*잖아. 아제르바이잔의 발전소를 해킹해서 큰 정전을 일으켰지. 그 일로 다섯 명의 시민이 죽었는데 아무렇지도 않지? 더군다나, 더군다나…… 가상화폐를 조작해 내 재산을 훼손하려 한 죄는 막중하다. 목숨으로 갚도록.'

"억울해! 아제르바이잔에서 사람이 죽었다는 뉴스는 못 들었어. 당신의 가상화폐를 조작한 적도 없어!"

사형선고는 아직 끝나지 않았다.

'다음, 모바라 쓰토무와 모바라 가오리.'

---

* 다른 사람의 컴퓨터 시스템에 무단으로 침입하여 정보를 훔치거나 프로그램을 훼손하는 등의 불법행위를 하는 사람.

화살은 이 부부에게도 돌아갔다.

'당신들도 추악한 짐승이다. 연고자 없는 노인에게 기생하는 습성이 있어, 그들의 죽음을 인위적으로 앞당겼고, 사후에는 재산을 가로채왔지. 지금까지 최소 세 번은 그랬다는 걸 알고 있다. 세 번째 범행 후 '어쩌면 저 부부……' 하고 주위에서 숙덕거리자 냉큼 모습을 감추고 계속 숨어 지냈지만 이 덴스케가 놓칠 줄 알고? 당신 두 사람도 목숨으로 갚도록.'

"기가 막힌 서프라이즈로군. 어째서 이런 수상한 초대에 응한 거지, 제기랄!"

이시무라는 입가를 일그러뜨리며 아직 입을 대지 않은 커피에 설탕을 넣었다.

구로세는 모바라 쓰토무를 손짓으로 불러 귓속말을 했다.

"어디에서 소리가 나는 건가?"

"고용주의 지시로 CD-ROM에 녹음한 음악을 컴퓨터로 틀었습니다."

"그건 됐어. 저 스피커는 어디로 연결되어 있지? 불쾌한 방송을 꺼야겠어."

"라운지에 붙어 있는 집무실입니다. 안내해드리겠습니다."

덴스케의 메시지가 계속 울려 퍼지는 가운데 두 사람은

조용히 다이닝을 빠져나가려 했다.

'통보는 이상이다. 당신들의 죄목에 대해 간결하게 정리했는데, 실태는 전부 파악하고 있어. 어떻게 비밀을 알아냈느냐고? 인터넷의 바다에서 수집했지. 소문만 찾아낸 게 아니라 확실히 검증도 했고 증거도 있다. 컴퓨터 세계의 패자인 내게는 뛰어난 지식과 기술뿐만 아니라 압도적인 재력이 있기 때문에 가능했지. 각자의 죄를 더욱 상세히 알고 싶다면 본인에게 물어보도록. 저승길 선물로.'

연주 시간 약 8분인 〈천국으로 가는 계단〉은 종반에 접어들어 곡조가 크게 바뀌었다. 지미 페이지가 격렬하게 기타를 연주하고 플랜트가 열창한다.

구로세와 모바라 쓰토무가 방에서 나가려는 순간, 이변이 생겼다. 이시무라가 윗몸을 좌우로 흔드나 싶더니 무너지듯 바닥에 쓰러진 것이다. 옆에 있던 에노키가 "꺅, 이시무라 선생님!" 하고 외치자 구로세가 그 소리를 듣고 뒤를 돌아보았다.

"선생님, 왜 그러십니까?!"

고통스럽게 목을 그르렁거리는 이시무라 위로 스피커를 통한 기계 목소리가 쏟아졌다.

'전원 사형이라고 해도 한꺼번에 죽이지는 않겠다. 원칙적으로 한 명씩, 공포를 맛보며 죽어줘야겠어. 먼저 간 사람이 공포가 적다고도 할 수 있지. 얼마 남지 않은 귀중한 시간을 모처럼 얻은 반성의 기회로 여기도록. 세상에 더 극악한 인간들이 얼마나 많은데 왜 내가 벌을 받아야 하느냐고 생각하는 자가 있을지도 모르겠지만 그건 어쩔 수 없는 일이야. 나는 인터넷의 깊은 바다에 잠수해 명백하게 양심이 결여된 인간쓰레기들의 블랙리스트를 공들여 작성했고, 극악무도한 인간부터 차례대로 초청장을 보냈지만 수상한 초대라 당연히 다들 응하려 하지 않았지. 하지만 당신들은 왔다. 그 차이일 뿐이야.'

노래는 최고조에 달했다.

'그런 줄도 모르고 들떠 있던 당신들. 초대 메일에 적어놓은 대로 '천국에 가장 가까운 섬' 아닌가? 이곳은 강한 자의 자의적 행동이 어디까지나 용인되는 울트라 자유주의 국가. 인생에 승리한 당신들이 아주 좋아하는 자업자득의 세계. 살아남고 싶다면 어디 한번 자기 힘으로 스스로를 지켜보도록 해. 내게 질문이나 반론을 하고 싶은 사람도 있겠지만 일절 허락하지 않겠다. 정의가 실현되고 악은 사라진다. 월요일에 배편이 올 때쯤 이 섬에는 아무도 없을 것이다. 꼴좋구나, 너희.'

격렬한 배경음악이 때마침 온화한 피날레를 맞이했다.

3

경련이 멈춘 이시무라는 꼼짝도 하지 않았고, 납보다 무거운 침묵이 한동안 다이닝을 지배했다.

구로세가 몸을 숙여 맥을 짚어본 뒤 조용히 고개를 가로저었다. 사오토메는 라이터를 꺼내 부릅뜬 눈에 대고 동공이 풀린 것을 확인했다.

에노키가 테이블 위의 컵을 가리켰다.

"저기에 독이 들어 있었던 거예요. 이시무라 선생님, 커피를 한 모금 마시자마자 몸부림치기 시작했어요."

그 말을 듣고 커피를 시킨 사람들이 컵을 집어먹었지만 신체적 이상을 호소하지는 않았다.

"이시무라 씨가 마신 커피에만 독이 들어 있었던 걸까?" 우도가 말했다. "아니면 설탕인가?"

"테이블에는 설탕 종지가 두 개 있어. 이시무라 선생님과 같은 종지에 있던 설탕을 타서 마신 사람은?"

구로세가 질문했지만 아무도 손을 들지 않았다. 그 설탕 종지에 손이 닿는 자리에 있던 사람들 가운데 에노키와 구로세는 블랙커피를 마셨고, 마지막으로 사오토메는 아직 홍차에 입도 대지 않았다.

"독을 마셨다고 단정 짓기에는 일러요. 지병으로 발작했을 가능성은 없나요?"

하루야마가 조심스레 말했지만 덴스케의 오싹한 메시지를 들은 직후라 동의하는 사람은 없었다. 구로세는 이시무라에게 지병이 없었음을 증언하고 나비넥타이 남자를 쳐다보았다.

"설탕 종지에 독이 들어 있었다면 수상한 건 주방에서 저걸 가져온 당신 부부야. 어떻게 생각해봐도 그렇잖아. 당신 부부도 우리처럼 비난받았지만 그건 우리를 방심하게 만들기 위한 위장이고, 덴스케의 수하일지도 모르지."

모바라 쓰토무는 "천만의 말씀"이라고 부정했다.

"저희가 왜 그런 짓을 하겠습니까. 저 설탕 종지는 라운지에서 커피를 마실 분들도 쓰시라고 꺼내놓은 겁니다. 라운지에서 독을 탔을지도 모릅니다."

"엇, 그럼 우리 가운데 독살범이 있다는 거야? 라운지에서는 저기 들어 있던 설탕에 아무 이상 없었어."

하루야마가 흥분한 목소리로 말하자 모바라 쓰토무가 제지했다.

"아닙니다. 여러분이 음료를 다 마시고 자리를 떠난 뒤, 저 설탕 종지가 테이블 위에 그냥 방치된 시간이 있었습니다. 그때 독을 넣은 거겠지요."

"범인은?"

"뻔하지 않습니까, 구로세 씨. 덴스케라는 작자가 조용히 나타나 넣은 거지요. 우리를 몰살하겠다고 자기 입으로 선언했잖습니까."

"여기에 덴스케가 있다고?"

"모습은 보지 못했습니다. 하지만 저희를 한 명씩 죽일 작정이니 어딘가에 숨어 있을 게 분명합니다."

구로세가 뭔가 퍼뜩 생각난 표정으로 말했다.

"참. 컴퓨터가 있는 방에 가봐야지."

"이시무라 씨는 이대로 두나요?"

사오토메의 말에 구로세는 바닥에 떨어져 있던 이시무라의 냅킨을 주워 죽은 이의 얼굴을 덮었다.

"선생님 시신은 나중에 방으로 옮겨서 안치하겠습니다. 여러분, 괜찮다면 저를 따라오세요. 함께 행동하는 게 좋습니다."

문제의 컴퓨터는 두 개의 책상과 속이 텅 빈 캐비닛밖에 없는 집무실에 놓여 있었다. 구로세가 CD-ROM을 재생시키자 50분짜리 음악이 끝난 뒤에 그 불길하기 짝이 없는 메시지가 녹음되어 있었다.

"역시 이런 것이었군." 후타쓰기가 혀를 찼다. "오지 못한 동생도 이 섬에 있는 것처럼 말했으니 덴스케 본인이 마이크 앞에 앉아서 말하는 건 아닐 줄 알았어."

구로세는 다른 의미로 혀를 찼다.

"칫, 덴스케의 컴퓨터를 여기저기 만지고 말았어. 범인이 지문을 남길 정도로 멍청하지는 않겠지만 경찰이 화를 내겠군."

하루야마가 경찰이라는 말에 반응했다.

"빨리 신고해요. 휴대전화는 안 터져도 전화선은 연결되어 있잖아요."

모바라 부부가 "예" 하고 대답하자 모델은 안도하는 기색이었다. 구로세가 물었다.

"경찰에 신고해도 되겠어요?"

"······무슨 뜻이에요?"

"아니, 그 방법밖에 없지만 이 상태에서 경찰을 부르면 그들도 아까 그 메시지 내용을 알게 됩니다. 진실인지 거짓인지 모르겠지만 우리를 마구잡이로 비난한 그 메시지 말이에요. 당신도 심한 소리를 들었는데, 괜찮다는 말이지요?"

하루야마가 대답하기 전에 사오토메가 끼어들었다.

"이런 상황에 무슨 말씀을 하는 거예요? 그런 건 비열한 억측임이 뻔하잖아요. 한시라도 빨리 경찰을."

구로세는 진정하라는 듯 두 손바닥을 펼쳐 보이며 말했다.

"알고 있어요. 경찰은 당연히 불러야지요. 저나 당신에 대해 덴스케가 한 말은 말도 안 되는 단순한 비방입니다. 하지만 과거에 중대 범죄를 저질렀다는 말을 들은 사람도 몇 명 있어요. 하루야마 씨를 포함해서 말이지요. 그분들에게 불쾌한 일을 겪을 각오를 상기시켜주었을 뿐입니다. 어떻습니까, 모바라 씨?"

남편이 대답했다.

"저희 부부에 관한 고발은 근거 없는 날조입니다. 부디 경찰에 연락해주십시오."

단호히 말했지만 그 이마에는 비지땀이 맺혀 있어 격렬한 동요가 눈에 보였다.

"좋습니다. 그럼 제가 걸도록 하지요."

구로세가 수화기를 들어 단추를 누르는데⋯⋯

"왜 이러지?"

갑자기 안색이 어두워지더니 일단 전화기를 내려놓았다가 바로 단추를 다시 눌렀다.

"설마, 그 전화⋯⋯"

우도가 신음하듯 말했다. 구로세는 모바라 부부에게 버럭 고함을 질렀다.

"먹통이야. 고장났나? 다른 전화기는 어디 있지?"

"그게⋯⋯ 이 전화기 한 대뿐입니다. 객실에 있는 전화기는 내선 전용이라서."

"황당한 시설이로군! 이래서야 경찰도 구조대도 부르지 못 해."

에노키가 작게 한숨을 쉬었다.

"저희를 몰살할 작정이라면 미리 전화는 끊어두었겠지요. 예상할 수 있는 일이에요."

"……아아." 하루야마가 휘청거리다 벽에 몸을 기댔다.

"그럼 저희는 이 섬에 갇힌 겁니까? 저희를 태워준 배를 어떻게든 다시 부를 수 없을까요?"

"어떻게든? 당연히 불가능하죠. 봉화를 피워도 안 보일 텐데요."

"하지만 에노키 씨, 근처를 지나가는 배가 발견해줄지도 모르잖아요. 전등을 깜빡거려서 SOS 신호를 보낸다거나."

"그래요. 하지만 어려울 거예요. 여기 올 때 선장인지 사공인지, 그 아저씨가 그랬잖아요. '저 섬 근처에는 묘한 해류가 있어서 평소 접근하는 배가 없다'고요. 저는 라운지 창문으로 쭉 바다를 바라보고 있었는데 정말 한 척도 지나가지 않았어요."

구로세는 쥐고 있던 수화기를 그제야 내려놓았다.

"이 사태에 어떻게 대처할지 머리를 맞대고 의논해봅시다."

강압적인 태도의 구로세가 리더 역할을 하는 것에 겉으로 반발하는 사람은 없었다. 모바라 부부를 포함한 여덟 명은 라운지로 돌아와 구로세를 에워싸는 형태로 자리에 앉았다.

"제가 의사는 아니지만 이시무라 선생님이 독살당했다는 사실은 사망 정황으로 볼 때 확실하겠지요. 그리고 독극물은 설탕 종지 중 하나에 들어가 있었을 가능성이 높아요. 여기까지는 문제없지요?"

사오토메가 조심스레 이의를 제기했다.

"끔찍한 얘기지만…… 그 기묘한 메시지는 저희를 한꺼번에 죽이지 않고 한 명씩 죽이겠다고 했어요. 설탕 종지에 독을 타면 모두 줄줄이 죽을 수도 있을 텐데요. 범인의 의도에 반하지 않나요?"

"사오토메 씨는 범인의 말을 너무 믿는 것 같군요. 덴스케가 약속을 지킨다는 보장이 어디 있지요? 게다가 건배 음료도 아니니 한꺼번에 커피나 홍차를 마실 일은 없어요. 다들 줄줄이 죽지는 않을 거라고 예상했겠지요."

우도가 덧붙였다.

"저도 그렇게 생각합니다. 자잘한 문제지만 덴스케는 '원칙적으로 한 명씩'이라고 했어요. '원칙적으로'라는 말이 사족 같아서 똑똑히 기억합니다. 어쩌면 두세 명이 거의 동시에 죽을 수도 있다는 암시 같기도 해요."

"흥, 까다롭기는." 후타쓰기가 내뱉듯 말했다.

"어쨌거나 뭐에 독이 들어 있을지 알 길이 없으니 돌아갈 배편이 올 때까지 먹거나 마실 수 없겠어요."

에노키의 우려를 모바라 쓰토무가 지워주려 했다.

"독은 이시무라 씨가 드신 커피에만 들어 있었습니다. 아마도 설탕에 섞어놓았겠지요. 얼마든지 독을 탈 수 있었을 텐데 다른 요리와 음료는 문제가 없었습니다. 진공 포장된 식자재와 캔, 누가 조작한 흔적이 없는 병 음료만 사용하면 괜찮지 않을까요?"

구로세는 "그렇겠군"이라고 말했다.

"다 함께 체크해서 수상한 음식은 피하면 괜찮으려나? 먹을 게 바닥나도 월요일 낮까지만 절식하면 돼. 힘든 다이어트는 아니야. 사오토메 씨, 무슨 의견이라도?"

"다음부터 저도 식사 준비를 거들겠어요. 제가 먹을 음식이 안전하다는 걸 제 눈으로 확인하고 싶거든요. 딱히 모바라 씨 부부를 의심하는 건 아니지만요."

"저도 할게요." 후타쓰기도 끼어들었다. "이래 봬도 요리는 잘합니다."

우도도 주방에 들어가고 싶다고 했다.

"저는 요리는 못하지만 조리 과정을 지켜보고 싶습니다. 뭐든 시키면 돕겠습니다."

구로세가 결론을 지었다.

"주방이 사람으로 넘쳐도 불편할 테고, 오히려 사각지대가 생길 것 같군. 매번 희망자를 포함해 네 명 정도가 요리하도록 합시다. 하루야마 씨, 뭔가 하고 싶은 말이 있는 것 같군요."

모델은 집게손가락으로 앞니를 누르며 말하기 거북하다는 듯 간신히 입을 열었다.

"'사각지대가 생길 것 같다'는 게 무슨 뜻이죠? 요리하는 사람 중에 독을 넣을 범인이 있다는 말처럼 들리는데요."

쭉 잠자코 있던 모바라 가오리가 불쑥 입을 열었다. 매섭고 가시 돋친 목소리로.

"저희 부부를 의심하는 거겠죠. 아까도 '덴스케의 수하일지도 모른다'고 하셨고."

구로세는 긍정도 부정도 하지 않았다.

"당신 부부에게는 묻고 싶은 게 많아. 어떤 경위로 이 시설에서 일하게 됐지?"

아내가 남편에게 설명하라는 듯 눈짓으로 재촉했다.

"지인이 이 일을 소개해주었습니다. 새로운 휴양 시설에서 근무하는 일인데, 불편한 곳에서 지내야 하는 대신 파격적인 대우를 보장한다고요. 이번에는 준비 기간도 포함해 일주일만 수습 채용하는 거라고 들었습니다."

지인은 누구의 부탁으로 권유하는 건지 말하기를 꺼렸고,

어째서 모바라 부부에게 제안했는지도 얼버무렸다.

"그 전에는 어떤 일을?"

"최근까지는 지방 관광 여관에서 일했습니다. 저희 둘 다 조리사 자격증이 있어서 일자리를 못 구해서 어려운 적은 없었습니다."

"조용히 생활했던 거군. 덴스케가 말한 과거 때문인가?"

이 말에는 흥분을 드러냈다.

"아니요, 그건 새빨간 거짓말입니다. 거짓말이 아니라면 말도 안 되는 착각이에요. 저희는 그런 짓을 한 적이 없습니다. 어르신들 댁에서 기거하며 돌봐드린 적은 있지만."

"여기에는 언제 왔나?"

"그저께입니다. 이틀에 걸쳐 여러분을 맞이할 준비를 했습니다."

"흐음, 고용주와는 전혀 접촉하지 않았나?"

"전혀 접촉하지 않았습니다."

구로세는 턱을 한 번 쓰다듬고 그 자리에 있는 사람들을 천천히 둘러보았다.

"듣기 싫겠지만 이 말은 해야겠군요. 덴스케가 기묘한 합성음으로 말한 내용은 어디까지가 사실일까? 내 경우 지금까지 귀에 못이 박히도록 들어본 비방에 지나지 않아요. 박복하고 아무 재주 없는 놈들이 성공한 사람을 질투해서 인

340

터넷에 갈겨쓴 폭언도 보았지. 흔한 일이라, 놈에게 한마디 할 수 있다면 그게 전부냐고 묻고 싶군. 하지만 빼도 박도 못하는 범죄행위를 폭로당한 사람도 있어요. 노인을 죽음에 이르게 하고 재산을 가로챘다고 비난받은 모바라 씨 외에도. 예를 들어 하루야마 씨. 당신은 위험운전치사죄를 추궁당했지."

"허튼소리예요."

모델은 바로 반박하며 가녀린 어깨로 씩씩거렸다.

"당신은 모르는 바다, 정말인가?"

"예. 부모를 닮아 덤벙거리긴 하지만 술을 마시고 차를 몰아 사람을 치는 짓은 하지 않아요."

"우도 씨는 어떻지? 당신 장난질로 아제르바이잔이 큰 정전에 빠져 다섯 명이나 죽었다는 말은……"

"저는 그렇게 엄청난 짓은 못 합니다. 크래커라고 불릴 이유도 없고, 하물며 덴스케에게 손해를 입히다니, 하고 싶어도 못 해요."

"자네는 그럴 생각이 없었어도 결과적으로 그렇게 되었을지 모르잖나."

"그것도 불가능해요. 덴스케는 저를 다른 사람으로 엉뚱하게 착각한 걸지도 모릅니다."

에노키가 고개를 주억거렸다.

"저는 믿겠어요. 하루야마 씨도 우도 씨도, 그렇게 나쁜 짓을 할 사람으로 보이지는 않으니까. 저에 관한 얘기도 전부 거짓말이었어요. 저희 요양 시설은 다른 어느 곳보다 쾌적해서 입소한 분들은 물론 가족분들도 고마워할 정도예요. 덴스케인지 뭔지, 제정신이 아니에요."

후타쓰기는 팔짱을 끼고 항변했다.

"제 명예도 더럽혔어요. 그것만으로도 용서할 수 없습니다. 덴스케는 인터넷으로 막대한 재산을 축적했다는데, 기적적으로 운이 좋았던 것뿐이지 현명하지는 못하군요. 아까 말한 것처럼 정말 그런 계획을 세웠다면 무방비한 저희를 차례로 죽이면 될 텐데. 같잖은 사형선고를 하면 저희는 경계할 테고 자기는 불리해질 뿐이잖아요."

"이시무라 씨는 정말로 죽은 거죠? 그건 연기고, 이게 서프라이즈 이벤트일 가능성은?"

하루야마는 기도하듯 깍지 낀 두 손을 가슴 앞에 모았다. 구로세는 애처로운 눈빛으로 돌아보았다.

"다이닝으로 돌아가볼까? 이시무라 선생님을 바닥에 그대로 둘 수는 없으니."

되돌아가보았지만 이시무라가 익살을 떨며 맞이해주는 일은 없었다. 송장으로 변한 중의원은 얼굴에 냅킨을 덮은 채로 누워 있었다.

"아까…… 이시무라 씨의 생명을 구하기 위해 뭔가 할 수 있는 일은 없었을까?"

하루야마의 혼잣말에 구로세가 짜증을 냈다.

"당연히 없었지. 즉효성 독극물이 몸에 퍼졌는데. 맥도 멈췄고 동공도 풀려 있었어. 삼킨 것을 토해내게 할 단계는 이미 지나버렸고 심장 마사지를 해도 소용없었을 거야."

"……죄송해요."

구로세는 사죄하는 모델에게서 등을 돌리고 모바라 부부에게 시신을 안치할 방이 있는지 물었다. 고인이 묵을 예정이었던 2층 방으로 실어나르기는 호락호락하지 않을 것 같았다. 1층 서쪽에 널찍한 다다미방이 있다고 해서 그곳으로 옮기기로 했다.

"그런 방도 있어요? 모바라 씨, 이곳은 원래 어떤 시설입니까?"

우도의 질문에 남자는 "글쎄요" 하고 자신 없게 대답했다.

"IT 계열 회사가 연수원을 겸한 휴양 시설로 세웠는데 실적이 악화되어 포기했다고 들었습니다만, 사실 여부는 모르겠습니다."

"언제, 누구한테 들었다는 건가?"

"채용될 때 덴스케라고 주장하는 고용주에게서요. 아까도 말씀드렸다시피 직접 만나진 않았습니다. 남들 앞에 나서

343

지 않는 게 자기 신념이라면서 모든 연락은 이메일로 했습니다. 이상하다고 생각하지 않았느냐는 말씀은 하지 마십시오. 이제 와서 생각하니 전부 이상한 일투성이지만 '그'는 그런 생각을 할 여지를 주지 않았습니다."

"'그'라고 하는 걸 보니 역시 남자인가?" 후타쓰기가 물었다.

"남자 말씨를 써서 그렇게 믿었을 뿐, 여성일지도 모르겠습니다."

다다미방에 이불을 깔고 그 위에 시신을 안치한 뒤 다 함께 두 손을 모았다. 10시가 지난 시각이었다.

복도로 나오는데 후타쓰기가 구로세를 불렀다.

"덴스케가 어딘가에 숨어 있을지도 모릅니다. 저택 안을 수색해보면 어떨까요?"

수색해보자는 제안은 아니었다. 모두들 얼굴에 지친 기색이 완연해 위험한 수색을 할 체력도 기력도 없어 보였다. 구로세는 망설이지 않고 결단했다.

"하려면 밝을 때 하지. 그 편이 안전하고 적을 찾기도 쉬울 테니. 오늘 밤은 방에 틀어박혀서 아침을 기다려야 해. 튼튼한 도어체인이 붙어 있으니 잊지 말고 단단히 걸도록."

후타쓰기가 가장 먼저 "알겠습니다"라고 대답하고 나서 덧붙였다.

"하지만 이런 시간에 잠자리에 든 적이 없어요. 잠이 오려나?"

"속도 편하네." 에노키가 어이없다는 듯 말했다. "저는 무서워서 잠이 오지 않을 것 같네요. 밤새 깨어 있을지도 몰라요."

"라운지에 모여서 이야기나 나누며 밤이라도 새자고요? 그런 짓을 하면 내일은 뻗어버릴 거요. 체력을 보존하기 위해서도 방에서 쉬어야 해요."

에노키를 타이르는 구로세의 말에 몇 명이 끄덕거렸다.

그때 다시 모바라 가오리가 갑자기 끼어들었다.

"그저께 이곳에 도착하고서 종업원으로서 시설 상태를 파악해두려고 건물 안을 구석구석 돌아보았어요. 호기심도 거들어서 자세히 봤는데 누가 숨어 있었던 것 같지는 않아요. 모습을 보지 못한 것은 물론이고 인기척도 전혀 느끼지 못했거든요. 백 퍼센트 장담할 수는 없지만 범인은 건물 안에 없을 겁니다. 괜찮다면 제 말을 믿고 마음을 편히 가지세요."

비수 같은 말투에 압도되었는지 바로 반응하는 사람은 없었다.

'그야 나도 인기척은 못 느꼈어. 범인은 건물 안에는 없겠지. 하지만 그렇다면 건물 밖 어디에 있다는 소리야? 아직

노숙하기에는 이른데.'

'믿을 수 없어. 악몽을 꾸는 것 같아.'

'도어체인을 걸어두면 괜찮을 거야. 덴스케가 만능열쇠를 가지고 있다 해도 들어오지 못 해. 방에 숨어 있는 게 제일 안전해.'

'이 사장은 이런 식으로 악덕 기업을 굴리고 있는 건가. 장교 행세가 따로 없어.'

'수면유도제를 먹으면 잠은 잘 수 있겠지만 그러면 안 되겠지. 위험이 닥쳤을 때 못 깨어나면 곤란해.'

구로세의 제안에 따라 다 함께 건물 전체를 문단속하고 흩어졌다. 그 과정에서 수상한 인물이 숨어 있는 낌새는 어디에도 없었다. 각자 이상 없는 페트병 생수를 받아서 방으로 돌아갔고, 11시 전에 건물 안은 쥐 죽은 듯 고요해졌다.

이리하여 그들 여덟 명이 해적섬에서 보내는 첫째 날이 끝났다.

둘째 날 아침이 찾아왔을 때 그들은 일곱 명으로 줄어 있었다.

4

내선 전화 소리에 잠에서 깼다. 커튼 틈새로 빛이 새어 들어오니 날이 밝은 것은 확실했다. 구로세 겐지로는 시계로 시간을 확인하기 전에 수화기를 들었다.

"아아, 모바라 씨? 무슨 일이라도 있소?"

눈을 비비며 묻자 "큰일났습니다, 아내가…… 주방으로 바로 와주십시오"라고 해서 황급히 옷을 갈아입고 아래층으로 내려갔다. 커다란 창문으로 아침 햇살이 눈부시게 쏟아지는 라운지를 가로질러 다이닝과 붙어 있는 주방으로 달려가보니 모바라 쓰토무가 잠옷 차림으로 문 앞에 장승처럼 서 있었다.

"이쪽입니다."

구로세를 보더니 주방 안으로 발을 들여놓으며 손짓했다. 구로세는 주방에 들어서자마자 짤막하게 외쳤다. "이건!"

남편과 마찬가지로 잠옷 차림의 가오리가 주방 입구 바닥에 엎드린 채로 쓰러져 있었다. 사지를 쭉 뻗고 머리카락은 엉망진창으로, 마치 춤이라도 추는 듯한 자세였다. 그 목에 칭칭 휘감긴 검은 끈이 뒷덜미 쪽에서 단단히 묶여 있었다.

"아까 잠에서 깼는데 옆 침대에 아내가 없어서 어디 갔나하고 주방을 들여다봤더니 이런 상황이라…… 이미 싸늘하게 식었습니다."

모바라가 떨리는 목소리로 말했다. 구로세는 그 오른쪽 어깨에 가만히 손을 얹었다.

"……무슨 말을 해야 할지 모르겠군. 이런 일이 생기다 니."

큰 소리로 말한 것도 아닌데 귀 밝은 사람들이 하나둘 잠 에서 깼다. 먼저 사오토메 유나가, 이어서 우도 만사쿠가 주 방으로 찾아와 구로세는 시신을 가리켰다.

"끔찍해." 우도는 못 견디겠다는 듯이 말했지만 사오토메 는 아무 말도 나오지 않는 것 같았다. 이윽고 에노키 도모요, 하루야마 미하루, 후타쓰기 톰이 차례로 내려왔다.

아내를 잃은 남자는 서 있기도 힘들어 보여 구로세가 팔 을 붙들고 라운지 소파로 데려갔다. 그리고 그의 옆에 앉아 서 차분하게 물었다.

"부인은 어째서 한밤중에 주방에 있었을까? 당신과 한 침 실에서 아침까지 숨어 있으면 됐을 텐데."

"대강 짐작은 갑니다. 아내는 방심했던 겁니다. 범인이 건 물 안에 없으니 밤에는 괜찮을 거라고요."

"침착하고 배짱 있는 여성 같기는 했지만 그렇더라도 너 무 대담하군. 건물 안을 구석구석 전부 조사한 것도 아니었 는데."

"긴장이 풀린 것과 동시에 이시무라 씨가 괴로워하며 죽는 모습을 목격한 탓에 동요한 것도 사실입니다. 그래서 그만 가볍게 술을 한잔하고 싶었겠지요. 정신의 균형이 위태로울 때 아내는 술의 도움을 빌리곤 했으니까요."

"그러니까 부인은 한밤중에 몰래 술을 마시러 주방으로 갔다는 뜻인가?"

"위험하니까 참으라고 말릴까봐 제가 잠든 후에 방에서 빠져나갔을 겁니다. 한밤중에 깨서 다시 잠이 오지 않아 수면제 대신 마시고 싶었을 수도 있고요. 쓰러진 자리 부근에 술이 남아 있는 캔이 굴러다니고 있었습니다."

"그러다가 덴스케와 딱 맞닥뜨려서 습격당한 건가. 덴스케는 부인이 주방으로 내려오리라는 걸 예상할 수 없었을 텐데. 우연히 마주쳤다는 뜻일까?"

"형사처럼 굴기 전에 가오리 씨를 조용한 곳으로 옮기는 게 먼저 아닐까요?"

가만히 보고만 있지 못하겠다는 듯한 에노키의 말에 시신을 다다미방으로 옮겼다. 이시무라 바로 옆에 이불을 깔려는 우도를 하루야마가 제지했다.

"어째서 그렇게 까는 거예요? 마치 앞으로도 시체가 잔뜩 나올 것처럼 나란히 붙여서 이불을 깔다니."

"아, 죄송합니다."

그는 허둥지둥 이불을 멀리 떨어뜨렸다. 사람들은 명복을 빌고 라운지로 돌아와 앞으로 어떻게 할지 의논했다. 뭔가를 마시려는 사람은 한 명도 없었다.

먼저 입을 연 것은 사오토메였다.

"저희는 한배를 탄 운명이니 단결해야 해요. 단독 행동은 되도록 삼가고 스스로를 지켜야 해요. 내일 오후 1시에 배가 올 때까지만 참으면 됩니다. 가오리 씨 일은 안타깝기 그지없지만, 방에서 나가지 않은 사람은 해를 입지 않았어요. 덴스케라고 아무 곳에나 침입할 수 있는 건 아닙니다."

하루야마가 가늘고 매끈한 눈썹을 찌푸렸다.

"하지만 건물 안은 자유롭게 돌아다니는 것 같은데요. 어젯밤, 어딘가에 숨어 있었던 거예요. 문단속은 확실히 했으니 밖에서 침입한 건 아니에요."

"그건 알 수 없어." 구로세가 말했다. "뒷문에는 도어체인이 없었으니 여분의 열쇠를 가지고 있다면 출입할 수 있지. 그렇게 생각했으면서도 모두 불안해할 테니 굳이 지적하지 않은 건 나 혼자만은 아닐 거야. 이제 각자의 방이 최후의 보루인 셈이군."

후타쓰기가 수소처럼 콧소리를 내며 눈을 번득거렸다.

"상대는 한 명이고 저희는 일곱 명입니다. 그중 네 명이 남자고요. 늑대와 마주친 어린양처럼 떨 필요는 없지 않습니까?"

"자네는 무슨 말을 하고 싶은 건가?"

"덴스케를 찾아내서 밧줄로 꽁꽁 묶어버려야죠. 수적 우
위를 이용해야 합니다. 분명 놈은 저희가 겁에 질려 훌쩍거
리고 있을 줄 알 거예요. 역습에 나설 줄은 상상도 못할 테니
혼이 쏙 빠질 겁니다."

"흉악한 살인귀에게 맞서자? 용기가 지나친데."

사오토메의 말에도 그는 거듭 기염을 토했다.

"이쪽에도 무기는 있어요. 식칼 같은 걸 그러모으면 상당
한 전투 능력이 될 겁니다. 하려면 지금. 굳이 불길한 이야기
를 하자면 꾸물거리는 사이에 수적 우위를 잃게 될지도 모
릅니다. ……어떻게 생각해?"

질문을 받은 우도는 많은 사람들의 예상과 달리 후타쓰기
에게 찬성했다.

"얌전해 보이지만 당신도 용사였네."

사오토메가 놀리듯 말하자 우도가 "예" 하고 단호하게 말
했다.

"거침없이 공격해 오는 녀석은 예상치 못한 상대에게 역
습을 당하면 패닉에 빠지는 법입니다. 후타쓰기 씨 말씀은
일리가 있어요."

"저도 동감입니다."

모바라 쓰토무가 고개를 들고 결연히 말했다.

"아내분의 원수를 갚겠다는 건가요?"

사오토메의 물음에 예스라고 대답하지는 않았다.

"예로부터 공격은 최선의 방어라고 하잖습니까. 아내가 마지막 희생자이길 바랄 뿐입니다. 남자 넷이서 달려들면 어떻게든 되겠지요. 저항할 것 같으면 때려죽여도 정당방위입니다."

명백히 분노가 깃든 목소리였다. 사오토메는 자극하지 않도록 조심스레 말했다.

"심정은 이해하지만 냉정하게 생각해요. 흥분하면 안 됩니다."

모바라는 귀담아들으려 하지 않았다.

"생각났습니다. 저희 부부는 사흘 전부터 이 섬에서 지내고 있는데 '섬 안을 돌아다니지 말라'는 지시를 받았습니다. 산책하지 말고 건물 안과 주변을 정리해 손님맞이 준비에 전념하라는 뜻으로 이해했는데…… 덴스케는 자기가 잠복할 기지를 들키기 싫어서 그렇게 견제했던 거겠지요."

후타쓰기가 손뼉을 쳤다. "그렇군!"

'남자들, 공포를 극복하려고 용기를 쥐어짜내는 것 같아. 어쩌면 여자보다 겁먹었는지도 모르겠네. 덴스케를 붙잡아

준다면야 좋지만 그게 가능할까? 너무 엉뚱한 짓은 안 했으면 좋겠는데. 상대가 괜히 더 흉포해질 것 같아.'

'덴스케가 어떤 인물이고 어떤 장비를 갖추고 있는지도 모르는데 반격을 하겠다니 어리석기는. 여자가 세 명이나 되고 그중에 미인 모델도 있으니 허세를 부리는 건가? 성급한 판단은 목숨을 앗아갈 거야.'

'부탁해요, 제발. 덴스케에게서 저를 지켜줘요. 후타쓰기 씨가 말 한번 잘했지. 구해만 준다면 여기 있는 남자들은 모두 영웅이야!'

구로세는 결론을 내렸다.

"좋소, 후타쓰기 씨 제안을 채택해 덴스케를 사냥합시다. 여성 여러분에게 위험한 일을 시킬 수는 없지. 사람 수가 많다고 싸움에 유리한 것도 아니고, 남자 넷이서 혼쭐을 내주겠소. 구호는 수적 우위."

모바라가 기세를 더욱 부추기는 발언을 했다.

"놈을 잡으면 포장용 접착테이프로 둘둘 묶어버리면 됩니다. 그리고 기계실 구석에 무슨 공사 때 사용했는지 150센티미터쯤 되는 쇠파이프가 몇 개 있습니다. 무기로는 식칼보다 그게 더 나을 겁니다."

"오, 좋군, 쇠파이프라니. 저는 이래 봬도 검도 2단입니다.

꼭 활약하겠습니다."

"듬직해요!" 하루야마의 말에 후타쓰기가 쑥스럽다는 듯이 코밑을 긁적거렸다.

구로세는 구체적인 계획을 세우기 시작했다.

"먼저 건물 안을 철저하게 수색해서 아무데에도 없으면 밖으로 나가지. 두 사람이 한 조가 되어 섬 안을 수색하는 거야. 수상한 인물 또는 그 흔적을 발견했을 경우 무리하지 말고 당장 큰 소리로 지원을 부르도록. 네 명이 함께 몰아세워서 포박하는 거요. 끈질기게 저항하면 망설이지 말고 혼쭐을 내줍시다. 오케이?"

"예." "오케이예요." "알겠습니다." 저마다 대답했다.

"좋습니다. 모바라 씨, 섬 지도는 있나?"

"집무실에 지형도가 있습니다."

"좋아. 나는 지형도를 잘 보거든. 물론 이 섬의 지형은 그리 복잡하지도 않지만. 바위만 많고 나무는 별로 울창하지 않으니 덴스케가 게릴라전으로 나서기도 어려울 거야. 이렇게 생각해보니 녀석은 역시 어리석군."

"저희가 이렇게 용감할 줄 몰랐겠지요. 사람 우습게 보다니. 그렇지, 우도 씨?"

"예. 붙잡으면 추궁할 게 아주 많습니다."

남자들은 서로를 부추겨 점점 더 뜨겁게 달아올랐다.

'추궁할 게 아주 많다고? 맞아. 내가 한 짓을 어디까지 들 춰냈는지, 두들겨 패서라도 토하게 해야지. 다들 똑같은 생 각일 거야.'

'그렇게 큰소리를 쳤으니 정말 꼼짝없는 증거를 쥐고 있 을지도 몰라. 산 채로 경찰에 넘길 수는 없어. 죽는 건 그쪽 이야.'

'처벌의 철퇴를 내려야 해. 무슨 일이 있어도 할 수밖에 없 어. 그리고 영원히 회자되는 전설의 영웅이 되는 거야. 아아, 짜릿해.'

'일이 이렇게 될 줄이야. 어제 자기 전에는 상상도 못했 어. 전혀 현실감이 없어. 이 섬에서 앞으로 무슨 일이 벌어질 까?'

한동안 침묵하고 있던 사오토메가 입을 열었다.

"남성분들에게만 맡길 수는 없어요. 건물 안은 저희도 함 께 수색하고, 저는 바깥 수색에도 참가하겠어요. 쇠파이프 만 남는다면."

"아니, 바깥은 남자들끼리 수색하겠습니다."

후타쓰기가 주먹으로 가슴을 쿵 치자 사오토메는 선서하 듯 오른손을 가슴에 얹었다.

"이래 봬도 나는 검도 4단이야. 걸음마를 뗐을 때부터 아버지가 가르쳐주셨거든."

우도가 "든든하네요"라고 말했다.

"7시 반인가." 구로세가 벽시계를 보았다. "이런 때이긴 하지만, 아니 이런 때일수록 든든히 챙겨 먹어야지. 배가 고파서야 싸움도 못하니까."

에노키가 가장 먼저 대답했다.

"아침은 제가 준비할게요. 누가 좀 재료 확인만 도와주세요."

지원자가 속출해 모바라, 에노키, 후타쓰기, 하루야마가 오늘 아침 요리를 담당하게 되었다. 모바라는 토스트와 계란 요리와 레토르트 수프라면 간단히 준비할 수 있다고 했다. 메뉴에 불평하는 사람이 있을 리 없었다.

주방으로 가려고 일어선 하루야마가 "앗!" 하고 외쳐서 에노키가 펄쩍 뛰어올랐다.

"미하루 씨, 무슨 일이에요?!"

모델은 에메랄드그린색 매니큐어를 바른 집게손가락으로 앞쪽을 가리키고 있었다. 그 손가락이 가리키는 쪽에 있는 것은 벽난로 위의 인형들.

"저 해적이 왜……."

에노키는 말을 하다가 삼켰다. 그곳에 일어난 이변을 사람들은 거의 동시에 알아차렸다. 오른쪽 끝에 있던 두 인형의 머리가 떨어져 발밑에 굴러다니고 있었던 것이다.

구로세가 다가가 어제부터 사용해 꾸깃꾸깃한 손수건으로 머리 하나를 집어 들었다.

"목제 인형 머리가 멋대로 떨어질 리 없어. 이 인형은 보기보다 훨씬 약하군. 특히나 목 부분이 가늘어서 맨손으로도 부러뜨릴 수 있을 것 같아. 누가 이런 짓을 했지?"

아무도 나서지 않았다.

"덴스케의 소행이라는 뜻인가? 어째서 이런 짓을 하는 거지?"

이번에는 후타쓰기가 "아아……" 하고 신음했다. 자기의 어리석음을 반성하고 탓하듯이.

"여러분, 책은 잘 안 읽습니까? 영화나 드라마도 안 봐요? 저도 잘은 모르지만 저보다 더한 것 같군요."

"무슨 말을 하고 싶은 거야?" 사오토메가 물었다.

"외국 추리소설에 『그리고 아무도 없었다』라는 작품이 있습니다. 분명 그런 제목이었는데. 저는 그 소설을 읽지는 않았지만 오래전에 텔레비전으로 잠깐 본 적이 있어요. 텔레비전을 틀었더니 하고 있어서. 중간에 볼일이 기억나 보다 말았으니 결말은 모르지만, 그 추리 작품의 스토리가 지금 이 상황하고 아주 흡사합니다."

외딴섬의 저택에 초대받은 열 명의 손님. 주인은 모습을 드러내지 않은 채, 만찬 자리에서 그들이 과거에 저지른 범죄를 폭로하는 음성이 흘러나오고…… 손님들은 한 명씩 살해당한다. 제목으로 보건대 마지막 한 사람까지 목숨을 잃는 것 같다.

"범인은 단순히 사람들을 죽이는 데서 그치지 않습니다. 기묘한 숫자풀이 노래에 맞춰서 그 가사를 따라 차례로 죽여요. 피해자가 어떻게 죽는지, 몇 번째로 죽는지도 가사와 똑같습니다. 오싹하지요? 그보다 그 저택에는 열 개의 인형이 있는데, 한 명이 죽을 때마다 인형이 하나씩 망가집니다. 30분 정도밖에 안 봤지만 방송 초반에 그런 소개가 나왔던 게 기억났어요."

"비슷한 정도가 아니라 똑같잖아." 모바라가 눈을 휘둥그레 떴다. "어째서 지금까지 기억을 못한 겁니까?"

"네? 그걸로 저를 탓하는 겁니까? 몇 년 전에 다른 일을 하면서 틀어놓은 텔레비전에서 흘러나오는 걸 30분밖에 안 봤다고요. 외국인들만 나왔는데 영화였는지 드라마였는지도 기억이 안 납니다. 기억의 저 밑바닥에 가라앉아 있었어요."

"그 영화인지 드라마인지의 범인은 무슨 목적으로 살인을?"

구로세의 질문도 후타쓰기를 곤란하게 만들었다.

"……으음, 프로그램 소개와 초반 30분만 본 느낌으로는 왜곡된 정의가 동기인 것 같았습니다. 그 때문에 사람을 마구 죽이다니 광기잖아요. 물론 그렇게 믿게 해놓고 마지막에 반전이 있는지도 모르지만."

스토리를 조사하고 싶었는지 스마트폰을 꺼낸 구로세는 바로 한숨을 쉬며 주머니에 넣었다.

"신호가 안 터지지, 참. 그 이야기와 우리 상황이 우연히 일치했을 리 없어. 숫자풀이 노래라는 요소가 빠졌을 뿐이지."

"『그리고 아무도 없었다』라는 유명한 소설이 있다는 건 알고 있었지만 그런 내용이었구나." 사오토메가 혼잣말을 했다. "제목이 '아무도 없었다'라고 해서 마지막에 모두 죽는다고 할 수는 없어. 결말이 궁금하네."

에노키는 지금 그것을 알아낼 방법이 없음을 한탄했다.

"범인은 그 소설을 흉내내고 있는 거예요. 그렇다면 스토리를 알면 대책도 생각해볼 수 있을 텐데. 범인은 우리 중에 그 소설을 읽거나 영화를 본 사람이 없다는 사실까지 조사한 걸까요?"

"덴스케는 자기를 '컴퓨터 세계의 패자'라고 말했지만 설마 그런 것까지 알아낼 수는 없겠지요. 영화를 본 친구에게 줄거리를 들었을 수도 있는데."

그렇게 말하다가 하루야마는 문득 깨달았다.

"아무리 덴스케라도 그런 것까지는 알 리 없어요. 우리 중에 그 소설을 읽은 사람이 있어도 상관없는 거예요. 오히려 그 편이 더 겁을 먹을 테니 재미있다고 생각했을지도 몰라요. 그렇다면 소설 줄거리를 알아도 소용없겠죠. 그것까지 예상하고 범행 계획을 세웠을 테니까."

우도가 작게 끄덕였다.

"그렇군. 덴스케가 그걸 예상했다면 『그리고 아무도 없었다』가 어떤 이야기인지 알고 있어도 우리는 막을 방도가 없다는 뜻이군요."

"어이, 너, 겁먹었어? 덴스케는 그냥 오만한 멍청이야. 과대평가야말로 적의 노림수야."

후타쓰기의 말에 우도는 "죄송합니다" 하고 고개를 숙였다.

5

아침 식사를 마치고 세 사람과 네 사람, 두 팀으로 나뉘어 각자 쇠파이프를 손에 들고 건물 안을 수색했다. 누가 숨어 있는 기미는 어디에도 없어, 처음에는 소극적이었던 하루야마도 "없나봐"라며 중간부터는 긴장을 풀었다. 한바탕 수색을 마칠 때까지 한 시간이 걸렸다.

"교묘한 비밀의 방이라도 있다면 또 몰라도, 기업 휴양 시설이었던 건물에 그런 건 없겠죠?" 우도가 말했다. "리모델링해서 나중에 새로 만든 흔적도 없었고."

구로세와 에노키도 똑같은 의견이었다.

"그래, 맞아. 비밀의 방 출입구 같은 것도 없었고, 그런 걸 만들 공간도 보이지 않았어."

"부자연스럽게 벽이 두꺼운 곳이나 천장이 이상하게 튀어나온 부분도 없었죠. IT 기업의 취미인지, 이 건물은 구조가 굉장히 단순해요."

"그렇다면 역시 밖이군요." 후타쓰기가 팔을 걷어붙이는 시늉을 했다. "사냥을 시작합시다. 덴스케가 허둥거리는 꼴을 보고 싶어요."

동행을 희망했던 사오토메는 의논 끝에 건물 안에 남기로 했다. 남자들이 밖에 나간 사이 덴스케가 건물 안에 있는 여자들을 습격할 우려도 있으니, 본인의 동의를 얻어 검도 4단이라는 그녀에게 이쪽을 맡긴 것이다.

"조심해요."

쇠파이프를 왼손에 든 사오토메는 현관에서 남자들을 배웅했다. 에노키와 하루야마는 그 뒤로 한 걸음 물러난 양쪽 옆에서 걱정스러운 표정으로 서 있었다.

"봤나? 빨간 블라우스를 입고 우뚝 서 있는 사오토메 씨. 마치 여검사 같군. 검은 나팔바지가 흡사 검도복 같아."

구로세가 농담을 했지만 눈은 웃고 있지 않았다. 그 오른손에도 쇠파이프가. 식칼을 무기로 가져가면 빼앗기거나 몸싸움이 벌어졌을 때 위험하니 호신용 도구는 쇠파이프만 가져가게 되었다. 왼손에는 접착테이프를 들고 있다.

네 사람 중 구로세와 후타쓰기 팀은 동쪽에서, 모바라와 우도 팀은 서쪽에서 섬 안을 조사하며 돌기로 했다. 지형은 양쪽 다 비슷해서, 새삼 둘러보니 황량하니 리조트 분위기는 찾아볼 수 없었다.

"바람이 거세지는군요."

모바라가 걸음을 늦추며 말했다. 그의 시선 끝에 있는 바다를 보니 어제와는 비교할 수 없을 정도로 파도가 높았다.

"여기 온 뒤로 한 번도 텔레비전을 못 봤는데, 날씨는 괜찮으려나." 우도가 걱정했다. "연휴 초반은 대체로 양호하다고 예보했으니 태풍이 올 리는 없지만, 파도가 너무 거칠어지면 저희가 탈 배가 못 올지도 모릅니다."

후타쓰기가 진저리를 쳤다.

"부정적인 생각은 그만하죠. 배가 못 온다 해도 덴스케만 퇴치하면 그만이잖아요. 짜증나는 섬 생활이 하루 더 늘어날 뿐이지."

그렇게 태평한 문제가 아니라는 것을 그들은 알고 있었다. 만약 덴스케를 체포하면 이시무라 마사토와 모바라 가오리를 살해한 범인으로 경찰에 넘겨야 하는데, 그렇게 되면 덴스케는 합성한 음성을 빌려 말했던 내용을 털어놓을 것이다. 그의 고발이 전부 타당하지는 않다 해도 불리한 사실을 폭로당한 사람에게는 치명적인 타격이 된다.

"머리를 비우고 느긋하게 지낼 셈이었는데 이런 모험 넘치는 휴일이 될 줄이야."

구로세가 씁쓸하게 중얼거렸다. 남자들은 선착장을 굽어볼 수 있는 지점에서 좌우로 갈라졌다. 섬 반대쪽에서 서로 무사히 만나기로 약속하며.

15분쯤 지나 후타쓰기가 퉁명스럽게 말했다.

"이 섬에는 숨을 곳이 없네요. 바람 피할 곳도 없어서야 하룻밤을 보내기도 힘들 것 같은데요."

구로세는 앞쪽과 좌우 양쪽, 때로는 뒤쪽도 경계하면서 대답했다.

"바위투성이에 허름한 오두막 하나 없는 것 같지만 동굴 같은 게 있어서 그곳을 기지로 삼았을지도 몰라."

"컴퓨터 세계의 패자에게 그런 야생아 이미지는 없는데."

"어떤 놈인지 알 수 없어. 수염 난 우락부락한 거한일지도 모르지."

"……만약 그런 놈이면 수적 우위가 통할까요? 그보다 지금 여기서 맞닥뜨리면 고작 2 대 1인데요."

"한심하기는. 수적 우위를 주장한 건 자네잖아."

거친 길은 섬 가장자리를 따라 구불구불 이어졌다. 오른쪽은 다가갈 엄두도 나지 않는 낭떠러지로, 짙은 잿빛 바다가 펼쳐져 있다. 왼쪽에서는 바위터에 난 잡초들이 바람에 나부끼고 있었다. 앞쪽이 훤히 트여 있어 적이 바위 뒤에서 튀어나올 우려는 없었다. 왼쪽 바위터는 커다란 돌덩어리가 이어져 있어 방패 역할을 해주었다.

"그런데 자네." 구로세가 타이밍을 봐서 물었다. "덴스케가 말한 그 악행들, 사실인가?"

"말씀도 마세요."

"웃지 말고 진지하게 대답해주게. 덴스케가 어디까지 진심인지 알아내야지."

어느 쪽이랄 것 없이 걸음을 멈추고 우뚝 서서 이야기를 나누었다.

"전부 엉터리라고 할 수는 없지만 그렇게 비난받을 잘못은 하지 않았습니다. 덴스케는 이야기를 너무 과장했어요. 구로세 씨야말로 어떻습니까? 피도 눈물도 없는 악당으로 취급하던데요."

"변명하지 않고 주위의 평가를 받아들이겠네. 다만 나는 독실한 사람이라 법률은 어기지 않았어. 내가 악당이라면 일본 전국 경영자들의 몇 할은 악당일걸."

"특별히 나쁜 짓은 하지 않았다는 뜻입니까? ……저는 솔직히 구로세 씨 밑에서는 일하기 싫네요."

"흥. 자네는 남 밑에서 일할 타입이 아니야. 아마 이번엔 만나보지 못한 동생도 똑같겠지. 아아, 그래."

무슨 생각이 났는지 구로세는 낭떠러지 쪽으로 다가가 무릎을 꿇고 조심스레 바닥에 엎드렸다.

"조심하세요. 떨어지면 죽어요."

"자네도 이 자세로 저쪽을 좀 봐. 작은 곶처럼 튀어나온 자리 밑에 동굴이 입을 쩍 벌리고 있어. 재미있는 풍경이야. 이 섬에 올 때 배 위에서 발견했거든. 동굴 안으로 파도가 밀려 들어가는군."

후타쓰기는 주위를 둘러보고 나서 조금 떨어진 곳에서 구로세와 같은 자세로 절경을 감상했다. 해수면은 10미터쯤 아래에 있었다.

"구로세 씨."

"왜?"

"아무리 덴스케의 기척이 없다지만 너무 대담한데요. 제가 구로세 씨의 두 발목을 붙들어 떠밀어버리면 그냥 굴러 떨어졌을 거예요. 무섭지도 않습니까?"

"자네에게서 그런 살기를 느꼈으면 재빨리 몸을 돌려 반격했겠지. 나는 민첩하니까."

두 사람은 천천히 일어나 낭떠러지를 뒤로했다.

"당신도 참 안됐군요, 우도 씨."

수행승의 석장처럼 쇠파이프를 짚으며 걸어가던 모바라가 말했다.

"제가 왜요?"

"아제르바이잔인지 어디 발전소에 장난을 쳐서 사람이 죽었다고 해도, 그건 도가 지나친 장난이 초래한 불운한 사고에 지나지 않잖습니까. 사원을 자살로 몰아넣거나 음주 운전 뺑소니를 저지른 사람과는 차원이 다르지요."

"모바라 씨는 덴스케의 고발을 곧이곧대로 믿는 겁니까?"

두 사람은 시야가 탁 트인 길을 지나고 있었다. 덴스케가 몸을 숨길 만한 장소는 보이지 않았고 그들에게 긴장감은 없었다.

"전 세계의 통신을 엿듣고 있는 걸까요? 저희 부부에 한해서 말씀드리자면, 사실 그 이상한 목소리가 한 말이 맞거든요."

366

"자, 잠깐만요, 모바라 씨. 저는 그런 이야기는 듣고 싶지 않습니다. 갑자기 털어놓지 마세요."

"억지로 무거운 짐을 지는 것 같아 불쾌합니까? 그러지 말고 그냥 들어보세요. 아내를 잃었더니 만사가 다 귀찮아졌습니다."

"자포자기하면 안 됩니다."

우도는 강하게 말했지만 모바라는 체념에 몸을 맡겼는지 명한 시선으로 바다 저편을 바라보고 있었다.

"덴스케의 말대로 이 섬에 있는 건 인간쓰레기들뿐입니다. 진절머리가 나요. 당신은 정전으로 사람을 죽여서 초대된 게 아닙니다. 탐욕스러운 덴스케에게 우연히 손해를 입혀 원한을 샀을 뿐이에요. 안타깝습니다."

"아니, 그게…… 저는 다섯 명의 목숨을 앗아갔습니다. 어젯밤에는 그런 소식은 못 들었다고 했지만, 뉴스에 보도되었으니 알고 있었습니다. 저의 죄가 가장 무겁다고 비난해도 어쩔 수 없어요."

"그렇다면 저희 둘 다 깊이 반성하고 덴스케에게 목을 갖다 바칠까요? 그건 또 다른 이야기지요. 고백하는 김에 더 말하자면 저는 덴스케를 발견하면 이 쇠파이프로 때려죽일 겁니다. 신이라도 되는 양 행세하는 꼴이 보기 싫으니까요. 그자를 죽이고 저도 죽을 겁니다. 여러분의 죄는 여러분이

스스로 사수하면 됩니다. 경찰을 어디까지 속일 수 있을지는 각자의 역량에 달렸습니다."

"모바라 씨……" 그 말을 끝으로 우도는 한참 동안 침묵했다. 이윽고……

"부인을 사랑하셨군요."

"아니요."

모바라는 굴러다니는 돌을 쇠파이프로 쳐서 날려 보냈다.

"옥신각신 다투기만 하고 서로 애정은 이미 식은 지 오래였습니다. 그래도 악행을 꾸미고 실행할 때만큼은 욕심으로 똘똘 뭉쳤으니, 이렇게 한심한 부부도 또 없겠지요. 영 숨어 있는 것 같지 않군요. 제기랄, 어디 있는 거지?"

모바라는 모습을 드러내지 않는 적에게 욕설을 퍼부었다. 당장이라도 쇠파이프를 휘두를 기세였다.

"만약 지금 여기서 그자와 마주치면 제가 때려죽일 테니 말리지 마십시오. 알겠지요?"

당신이 그럴 수 있겠느냐고 말하고 싶은 것을 꾹 참고 우도는 모호하게 고개를 끄덕거렸다.

그들은 30분 뒤에 섬 반대편에서 합류했다. 서로 안도하는 얼굴을 둘러보며 "고생하셨습니다" 하고 위로했다. 경치 구경을 위한 나무 의자가 두 개 있었다. 숫자가 모자라 네 사람은 앉으려다가 그대로 서서 수색 결과를 교환했다. 사람이 숨어 있을 법한 장소는 어디에도 없었다는 말로 끝났지만.

"이상하군. 건물 안에도 없고, 건물 밖에도 없다면…… 놈은 어디 있는 거지?"

입술을 깨무는 구로세에게 우도가 말했다.

"건물 안을 다시 한번 살펴봅시다. 어딘가 맹점이 있을지도 몰라요. 상대는 돈을 물 쓰듯 쓸 수 있는 부자니까 어떤 장치든 만들 수 있었을 겁니다."

"그래." 후타쓰기가 쓴웃음을 지었다. "이 섬의 시설을 빌렸는지 샀는지 모르겠지만 건물을 어느 정도 리모델링한 흔적도 있고, 우리를 찾아내서 한자리에 모으는 데도 상당한 돈과 시간을 들였어. 돈은 아끼지 않겠다는 거지. 뭐가 덴스케를 그렇게까지 만드는 건지 수수께끼야."

다가올 파란을 암시하듯 바람은 점점 거칠어졌고 파도가 하얗게 부서졌다. 그들이 탈 배가 오늘 올 예정이었다면 체류 기간이 분명 연장되었을 것이다.

"덴스케가 건물 안에 숨어 있다면 여성들이 걱정되는군. 돌아가지."

"잠깐만요." 그렇게 말한 것은 모바라였다. "5분만 쉬었다 가면 안 되겠습니까? 길이 좋지 않아 피곤하군요."

구로세가 그러라고 하자 후타쓰기가 "저기 앉으면 되겠네요" 하고 나무 의자를 가리켰다.

"그럼, 배려 감사합니다."

모바라가 왼쪽 의자에 걸터앉으려는 순간 우도가 "잠깐!" 하고 말렸지만 이미 늦었다. 의자에 엉덩이를 붙이자마자 모바라는 "윽!" 하고 외쳤다.

"왜 그러십니까?"

후타쓰기가 물었지만 대답은 없었다. 모바라는 고통스럽게 얼굴을 일그러뜨리며 오른손으로 엉덩이를 받친 채로 엉거주춤 일어났다가 바닥에 한쪽 무릎을 꿇고 오른쪽 어깨부터 쓰러졌다. 온몸을 격렬하게 떨고 있었다.

"저기에!" 우도가 외쳤다. "의자에 바늘이 튀어나와 있습니다. 제가 서 있는 곳에서는 보여서 말리려 했는데 한발 늦었어요."

나무 거스러미가 아니었다. 의자와 유사한 색을 바른 바늘이 꽂혀 있었다. 단순히 바늘에 찔렸을 뿐이라면 저토록 고통스러워할 리 없다. 거기에 맹독이 묻어 있었던 게 틀림없다.

모바라는 고통에 괴로워하며 바닥에서 몸부림쳤지만 나머지 세 사람은 어찌할 방도가 없었다. 너무 심하게 발버둥을 쳐서 다가갈 수조차 없었던 것이다. 그의 몸은 기울어진

쪽으로 두세 바퀴 돌아서 낭떠러지 쪽으로 굴러갔다.

"안 돼. 붙잡지 않으면 떨어져!"

구로세가 그렇게 외치며 모바라의 옷자락을 붙들려 했지만 이 역시 한발 늦었다. 다음 순간, 모바라는 세 사람의 시야에서 사라졌다. 2초 후에 모래주머니를 집어 던진 듯 둔탁한 소리가.

뒤에 남은 남자들이 낭떠러지 밑을 살펴보니 모바라는 파도가 부서지는 좁은 바위터에 하늘을 바라보며 쓰러져 있었다.

6

여자들 셋은 똘똘 뭉쳐 절대 떨어지지 않을 작정으로 에노키 도모요의 방에 틀어박혀 있었다. 말할 것도 없이 방문은 걸어 잠갔고 도어체인도 단단히 걸었다. 하나뿐인 의자에 에노키가 앉았고 나머지 두 명은 나란히 침대에 걸터앉아 남자들을 걱정하며 오랜 시간을 보냈다.

"밖에 나간 지 한 시간이 지났어요." 에노키가 손목시계를 보며 말했다. "괜찮을까요? 섬 안에서만이라도 휴대전화가 터지면 좋을 텐데."

한 시간이면 이 섬을 한 바퀴 돌고도 남지만, 신중하게 바위 뒤까지 살피며 둘러보면 한 시간 반쯤 걸릴 거라고 예상했다. 아직 더 기다려야 할 것 같았다.

"가오리 씨가 한밤중에 방에서 빠져나간 이유는 알겠어요. 술이 불러냈으면 어쩔 수 없죠. 알코올의 힘을 빌리고 싶어질 때가 있는 법이잖아요. 하지만……"

실뜨기 놀이라도 하듯 무릎 위에 얹은 손가락을 꼬며 하루야마가 말했다.

"하지만 뭐요?" 사오토메가 물었다.

"덴스케는 그걸 예상할 방법이 없었어요. 그런데 딱 맞닥뜨리다니, 너무 운이 없었어요."

에노키는 '맞닥뜨리다'라는 표현에 위화감을 주장했다.

"딱 맞닥뜨린 게 아니죠. 가오리 씨가 주방에서 달그락달그락 소리를 냈으니 덴스케가 몰래 접근한 거죠."

사오토메가 집게손가락을 번쩍 세웠다.

"잠깐만요. 그때 가오리 씨가 소리를 냈다 해도 아주 작은 소리였을 거예요. 복도를 배회하던 덴스케가 그 소리를 들었다면…… 그런가?"

이번에는 하루야마가 물었다. "뭐가요?"

"다들 도어체인을 걸고 방에 틀어박혀 있으리라는 걸 짐작할 수 있었을 텐데 덴스케는 어째서 건물 안을 배회했는지······."

에노키가 말을 가로챘다.

"식량을 조달할 셈이었던 거예요. 그래서 주방에서 가오리 씨와 마주친 거죠."

"그렇게 생각해볼 수도 있겠네요. 하지만 용의주도한 덴스케가 한밤중에 몰래 식량을 조달하러 기어나올까요? 미리 은신처에 쌓아둘 수 있었을 텐데."

"사오토메 씨 생각은 어떤데요?"

"덴스케는 사람들이 없을 때 해야 할 일이 있었던 게 아닐까요? 『그리고 아무도 없었다』를 모방해 라운지 구석에 있는 해적 인형의 목을 부러뜨리는 일이 바로 그거죠."

에노키가 놀랐다는 듯이 살짝 몸을 젖혔다.

"아하······ 이제야 이해가 가네요. 그런 거였구나. 하지만 덴스케는 『그리고 아무도 없었다』에 집착하면서 어째서 숫자풀이 노래는 따라 하지 않았을까요?"

"모방하기가 너무 어려워서 그랬을 거예요. 원하는 상대를 원하는 방법으로 원하는 순서대로 죽여야 하는데, 덴스케는 그건 불가능하다고 포기한 거죠. 어제 저녁 식사 뒤에도 독이 든 설탕이 누구의 입에 들어갈지 정확히 예측하기란 불가능했어요."

하루야마가 감탄했다.

"사오토메 씨는 머리가 좋네요. 저는 그렇게 여러 가지 생각은 도저히 못하겠던데."

"감탄할 정도는 아니에요. 그런 것보다 덴스케가 지금 어디에 있는지, 제 힘으로 알아내고 싶네요."

시곗바늘만 자꾸 돌아가자 에노키가 초조해하기 시작했다.

"바깥 상황이 신경쓰여요! 남자들은 아직 돌아오려면 멀었을까요? 잠깐 보러 가지 않을래요? 건물 안은 쥐 죽은 듯 고요해서 덴스케가 몰래 숨어 들어와 있을 것 같지도 않고."

사오토메는 "그러지 않는 편이……" 하고 소극적이었지만 하루야마는 다른 이유로 방에서 나가고 싶어했다.

"조금만…… 술을 마셔도 될까요? 그러면 마음이 안정될 것 같아요."

"그래요? 미하루 씨는 지금도 차분해 보이는데."

에노키가 흔쾌히 허락해주지는 않았다.

"부탁이에요. 취하려는 게 아니에요. 약 대신 마음을 진정시키려는 것뿐이에요."

사오토메는 찬성하지 않았지만 에노키가 설득당했다.

"알겠어요. 솔직히 말하면 저도 미하루 씨하고 마찬가지라, 신경안정제 대신 술을 마시고 싶었던 참이에요. 조금만이에요, 알겠죠?"

사오토메는 두 사람의 요구를 거절할 수 없었다. 반대하는 게 귀찮기도 했다.

도어체인을 풀고 복도를 살그머니 살펴보는데 수상한 그림자도 없고 아무 소리도 나지 않았다. 쇠파이프를 쥔 여자 셋은 사방을 경계하며 주방으로 향했다. 용기에 이상이 없는지 확인하고 하루야마는 고급스러운 적포도주를, 에노키는 무식하게 큰 냉장고에서 커다란 캔맥주를 꺼내 와인오프너와 유리잔을 챙겨 방으로 돌아왔다.

복도 창문으로 바깥을 보았지만 남자들은 아직 돌아올 기미가 없었다. 흔들리는 초목으로 보건대 바람이 제법 세다는 것만은 알 수 있었다. 귀를 기울이자 횡횡 바람 소리가 유리창 너머로 들려왔다.

방으로 돌아와 도어체인을 걸자 바로 생글거리며 와인을 따르려는 모델에게 사오토메가 말했다.

"술은 조심하는 게 좋아요. 이미 배웠겠지만."

하루야마는 손길을 멈추고 반발을 드러냈다.

"당신은 옛날에 술에 취해 사고를 냈으니 조심해라. 그렇게 설교하고 싶은 건가요? 우아. 쓸데없는 참견이네요. 저는 제 책임하에 이걸 마시는 거예요."

사오토메는 반사적으로 말로 펀치를 되받아쳤다.

"책임? 사람을 친 죄도 갚지 않은 당신에게 그런 말은 전혀 어울리지 않는데. 역시 사람은 벌을 받아야 반성할 줄 안 다니까."

"제가 친 사람과 사오토메 씨는 아무 상관도 없는데 어째 서 저를 공격하는 거죠? 이유를 모르겠는데요."

불안에 시달리는 사이 두 사람 다 신경이 곤두서 있었다. 말다툼 같은 응수가 시작되었고 그 과정에서 사오토메가 따 져 물었다.

"당신, 어떻게 책임을 지지 않았지? 사람을 쳐서 죽게 했 다면 자동차에도 흔적이 남았을 텐데."

"변호사 선생님, 지금 녹음하고 있는 거 아니죠? 그렇다면 나중에 '그런 말은 한 적 없어요' 하고 시치미뗄 수 있으니 가르쳐드리죠. 제 친아버지가 자동차 수리공이거든요. 아버 지가 '멍청한 녀석!' 하고 야단치면서도 깨끗하게 고쳐주셨 죠. 경찰은 그런 것도 못 알아내더라니까. 방범 카메라도 없 는 시골길이었던 것도 운이 좋았어요. 멀리서 본 목격자가 있었는지 차종이 일치해서 저를 찾아오기까지 했는데. 마무 리가 어설프다니까."

"'덕분에 살았어요' 하고 아버지께 문자라도 보냈어? 덴스 케가 그걸 훔쳐봤는지도 모르지. 당신도 마무리가……"

"어설프다고? 천만에. 그런 걸 누가 훔쳐볼지 어떻게 알아 요? 덴스케가 어떤 방법으로 사고를 알아냈는지도 모르는데. 하지만 제가 체포당해서 재판에 끌려가도 사오토메 씨한테 의뢰하면 변호해줄 거잖아요? 돈만 잔뜩 쥐여주면 '매번 감사합니다' 하고 열심히 변호해주는 거죠. 그것도 악질 아닌가요?"

"당신은 변호사라는 직업을 오해하고 있어."

"오해는 무슨. '맞는 말'이라고 인정하라니까요. 스스로를 속이고 계시네. 악당을 편들 때도 있잖아요. 실제로 덴스케는 그렇게 생각해서 저와 사오토메 씨를 똑같이 취급하고 있잖아요."

"그만, 그만." 말리려던 에노키에게도 불똥이 튀었다.

"덴스케 눈에는 에노키 씨도 똑같은 죄인이에요. 해석은 다 다르다니까. 제가 저지른 건 사고니까 사오토메 씨나 에노키 씨하고는 상황이 아예 다른데. 덴스케가 한 말이 전부 사실이라면 이 섬에서 가장 결백한 건 저예요. 분명."

사오토메가 한숨을 쉬었다.

"구제불능이네. 당신 생각으로는 그렇겠지만 덴스케가 어떻게 생각하는지가 문제지. 스스로 결백하다고 주장해봤자 아무 의미 없어."

"그건 알지만 자기 일이니 옹호할 수밖에요. 끝까지 포기하지 않고 변호해주는 건 자신뿐이잖아요. 불만 있어요?"

"있지만 더 말 안 할 거야."

이윽고 두 사람은 입을 다물었다. 사오토메가 마시라고 권하자 하루야마가 병마개를 땄다. 에노키가 그 모습을 지켜보고 나서 캔맥주를 땄다.

"이 섬은 지옥이지만, 섬 밖도 지옥이 될 것 같네요. 덴스케가 말한 내용은 어떤 형태가 될지 모르지만 분명 폭로될 거예요."

하루야마는 울적한 표정으로 유리잔에 와인을 반쯤 따라 가느다란 목을 젖히고 마셨다. 이어서 에노키가 맥주를 마시려는데 그 입술이 캔에 닿기 직전에 하루야마의 유리잔이 가녀린 손에서 굴러떨어졌다. 유리잔은 바닥에 부딪쳐 붉은 액체가 카펫 위로 퍼져나갔다. 동시에 하루야마가 바닥으로 미끄러져 털썩 쓰러졌다.

"어엇?!"

반사적으로 에노키의 입에서 튀어나온 비명 소리는 의문 문처럼 들렸다. 대체 어째서 이런 일이 벌어지느냐는 질문 이다.

"어째서? 미하루 씨, 왜? 그렇게나 꼼꼼하게 살펴봤는데!"

하루야마는 허공을 발길질하며 고통스러워했다. 와인에 독이 들어 있었을 리는 없는데.

"마신 걸 토해! 정신 차려!"

사오토메가 윗몸을 일으키려 했지만 하루야마가 몸부림

을 쳐서 마음대로 되지 않았다. 그 힘이 수그러들었을 때는 이미 목 근육이 굳어버린 뒤였다. 모델은 눈을 부릅뜬 채로 숨을 거두었다.

에노키는 와인병과 마개를 살펴보았다.

"이상한 점은 없어요. 어디에 독을 탄 걸까?"

유리잔 안쪽에 발라두었다고 생각할 수밖에 없다. 하루야마가 주방에서 가져온 잔에는 기하학무늬가 복잡한 커팅으로 조각되어 있었다. 세련된 디자인이 마음에 들어 선택했겠지만, 그것이 치명타가 되었다.

"아아……"

에노키가 두 손으로 얼굴을 감싸며 고개를 떨어뜨렸다. 사오토메도 나락 같은 무력감에 짓눌려 어깨를 축 늘어뜨렸다.

10분쯤 그러고 있었을까?

"에노키 씨." 이윽고 사오토메는 말했다. "남자들은 분명 아무것도 발견하지 못하고 돌아올 거예요."

"어째서 그렇게 생각하죠?"

"덴스케는 이 섬에 없어요. 설탕 종지나 와인 잔에 독을 탄 걸로 추측할 수 있어요. 멀리서 저희를 몰살할 계획이에요."

"하지만 가오리 씨는 주방에서 목을 졸려 살해당했잖아

요."

"그게 진상을 흐리는 거예요. 가오리 씨는 덴스케에게 살해당한 게 아니었어요. 다른 동기를 가진 다른 인물에게 교살당했다고 생각하는 게 타당해요. 덴스케의 연쇄살인에 다른 살인 사건이 끼어든 거죠."

"그것도 무서운데…… 그렇다면 가오리 씨를 죽인 건 누구죠?"

"추측할 근거는 없지만, 우리끼리만 하는 얘기로 억측을 말해본다면 쓰토무 씨일 겁니다. 부부 사이의 살인은 안타깝지만 몹시 흔한 일이에요. 초대 손님이 여럿 와 있을 때 범행을 저지르는 건 상식을 벗어난 행동이니, 우발적인 범행이라는 뜻이 되겠지요."

"덴스케의 몰살 선언을 듣고 몇 시간 뒤에 우발적으로 부인을 목 졸라 죽였다니……" 에노키는 울컥한 듯이 상대를 노려보았다. "사오토메 씨. 당신, 냉정한 판단을 잃었군요. 그야말로 상식에서 벗어난 소리예요."

"맞는 말씀이지만 반드시 그렇지 않다고 부정할 수도 없어요."

시신을 사이에 두고 옥신각신하는 사이에 시간이 흘러 "어이!" 하는 소리가 들렸다. 구로세다. 남자들이 돌아온 것이다.

380

라운지에서 쉬려는지 후타쓰기와 우도가 뭔가 숙덕거리고 있다. 구로세가 "별일 없나?" 하며 여자들 방으로 다가왔다. 사오토메는 도어체인을 풀고 고개를 내밀었다.

별일이 있었다는 것을 알려야 한다. 하지만 사오토메가 어떻게 말할지 주저하는 사이 구로세가 한발 먼저 충격적인 소식을 알렸다. 모바라 쓰토무가 나무 의자에 장치되어 있던 독침에 찔려 고통으로 몸부림치다가 낭떠러지에서 떨어져 죽었다는 것이었다.

"역시." 사오토메가 그렇게 중얼거리자 구로세가 흠칫 놀랐다.

"뭐가 '역시'라는 거지? 자네는 놀라지도 않나?"

그녀는 세차게 고개를 저었다.

"역시 덴스케는 섬에 없다고 말하고 싶었어요." 하루야마가 독배로 와인을 마시고 죽었다는 이야기를 했다. "벌써 네 명이 살해당했어요. 그중 세 사람은 사전에 장치해놓은 독에 당했고요. 덴스케는 이 섬 안에서 저희를 한 명씩 처형하겠다고 했지만, 그럴 배짱은 없는 거예요. 그러니까 저희는 싸우고 싶어도 싸우지도 못 해요."

"잠깐만. 머릿속을 정리해야겠어."

말을 막는 구로세에게 사오토메가 말했다.

"모바라 씨 시신은 어떻게 하셨죠?"

"내버려둘 수는 없으니 끌어올리려고 했지만 도저히 바위 터까지 내려갈 수가 없었어. 길은 찾아보았지만. 그래서 돌아오는 데 시간이 걸렸지."

결국 시신은 그대로 두는 수밖에 없었다. 바닷새가 쪼아 먹거나 밀물이 들어와 바다로 떠내려갈지 모른다는 우려는 말해봤자 소용없는 일이라 사오토메는 입을 다물었다.

"……고생하셨네요."

"그쪽도. 모여서 앞일을 의논하세."

라운지로 가려는데 에노키가 사오토메에게 물었다.

"당신, 쓰토무 씨가 가오리 씨를 죽인 것처럼 말했죠? 틀린 소리였네요. 쓰토무 씨도 독살당했어요. 어떻게 실명할 거예요?"

"쓰토무 씨가 가오리 씨를 죽였을 가능성이 사라진 건 아니라고 생각하지만…… 저도 혼란스러워요. 죄송하지만 생각할 시간을 좀 주세요."

사오토메는 힘없이 대답하고 고개를 숙였다.

하루야마 미하루의 시신은 다다미방으로 고이 옮겼다. 세 구의 시신이 나란히 놓이자 처참한 분위기는 더욱 짙어졌다.

라운지에 모인 일동은 소파에 힘없이 앉았다. 모두가 갈증을 호소해 사람 수만큼 생수병을 신중하게 골랐다.

한숨 돌렸을 때 에노키가 모바라 쓰토무의 사망 시각을 물었다. 우도가 대답하고 나서 "어째서 그런 게 궁금합니까?"라고 되물었다.

"지금까지 목숨을 잃은 건 이시무라 선생님, 가오리 씨, 쓰토무 씨, 미하루 씨. 남자, 여자, 남자, 여자 순으로 죽었어요. 이것도 덴스케의 계획이라면 다음 희생자는…… 말씀드리기 거북하지만 남성분이에요."

"아니, 아니, 아니." 후타쓰기가 단호히 부정했다. "그런 계획은 없습니다. 남자, 여자가 번갈아 살해당한 건 우연이에요. 그렇잖아요, 누가 어느 타이밍에 독이 든 설탕을 먹고 독침에 찔릴지, 덴스케가 무슨 재주를 부려도 예측할 방법이 없어요."

에노키는 "그렇네요" 하고 인정해 바로 자기 가설을 철회했다.

"덴스케는 섬에 없다…… 마음은 조금 편하지만……"

우도의 말을 부정한 것은 사오토메였다.

"편해지기는. 어디에 독이 있는지 모른다고. 이 물 한 모금 마시는 데에도 움찔거렸잖아. 식기도 위험해. 저는 여기서 나갈 때까지 아무것도 안 먹겠어요. 단식하겠습니다."

"뭐, 하루 다이어트로 끝날 테지만요. 저도 그렇게 할까."

후타쓰기가 일어나서 몸을 풀려고 허리를 좌우로 크게 꺾었다. 고개를 왼쪽으로 꺾었을 때 "앗!" 하더니 운동을 멈추었다.

"저걸 보세요."

그가 가리킨 것은 벽난로 위의 해적 인형이었다. 오른쪽에서 세 번째와 네 번째 인형의 머리가 떨어져 각각 발밑에.

"언제부터 저랬지?!"

구로세가 외쳤지만 대답은 없었다. 남자들이 돌아온 뒤에 하루야마의 시체를 다다미방으로 옮길 때도, 주방에서 각자 음료를 고를 때도, 라운지에 아무도 없거나 누군가 혼자 남을 기회가 있었다.

"덴스케는…… 우리 가까이에 있는 거야."

후타쓰기가 중얼거리더니 허, 하고 희미하게 웃었다.

7

덴스케는 과연 섬 안에 있는가?

구로세는 없을 거라고 주장했다.

"우리가 허둥댈 때 덴스케가 바람처럼 나타나서 인형을 부쉈다? 그렇게 전광석화처럼 움직일 수 있을 리도 없고, 설령 그게 가능했다 해도 의미 없이 위험하기만 한 행동이야.

인형 머리에도 어떤 장치가 있어 원격조작으로 떨어지는 구조인 거야."

후타쓰기는 싸늘한 눈으로 구로세를 쳐다보았다.

"인형은 머리, 목, 몸통이 전부 한 덩어리예요. 뭐하면 확인해보세요. 게다가 원격조작으로 툭 떨어졌다 해도 타이밍이 너무 절묘하잖아요. 몰래카메라를 찾아볼까요?"

"한 덩어리로 보이도록 정교하게 만든 거겠지."

"그렇게까지 고집하신다면 더 할 말이 없네요."

후타쓰기가 두 손을 들자 구로세는 거북한 듯 침묵했다.

"몇 시지?" 에노키가 중얼거리자 사오토메가 "1시 10분 전이에요"라고 대답했다.

모두 허기를 느끼지 않아 그날 점심은 먹지 않았다. 저녁 식사는 사오토메가 단식을 선언해서 에노키와 우도도 그쪽으로 기울었지만 구로세와 후타쓰기는 "배가 고프면 안전한 음식을 먹겠다"고 이 역시 당당히 선언했다. 어디까지나 덴스케에게 농락당하지 않겠다는 의사 표현이었다. 식사 문제에서는 두 사람의 의견이 일치했던 것이다.

"겁주려는 건 아니지만 우리는 한 치의 빈틈도 보여선 안돼." 구로세가 말했다. "덴스케가 섬에 있든 없든 상관없어. 어쨌거나 놈은 무차별적으로 아무나 걸리라는 듯이 온갖 물건에 독을 설치했어. 섬 반대편에 있는 의자에도 독침이 있었을 정도니까. 덫은 우리 머릿수보다 훨씬 많이, 수십 개는 된다고 봐야 해. 이 섬은 지뢰밭이야. 조심하자고."

마지막은 옆에 앉아 있던 후타쓰기에게 한 말이었는데 노란 머리 남자는 동의하면서도 한마디 덧붙였다.

"구로세 씨 말이 맞아요. 하지만 영 마음에 걸리는 점도 있어요. 덴스케는 이런 짓이 재미있는 걸까요?"

"재미있으니까 하는 거겠지."

"아니, 왠지 그자의 이미지가 바뀐 것 같지 않나요? 어젯밤에는 저희가 겁먹는 모습을 바라보며 즐겼고, 게임을 즐기듯 한 명씩 죽이는 데 환희를 느낄 줄 알았는데…… 덫을 미리 잔뜩 설치해두고 거기에 사냥감을 집어넣을 뿐이라면 게임의 재미는 확 줄어들잖아요. 어딘가 감시 카메라를 설치해두고 섬 밖에서 지켜보고 있는 것 같지도 않아요. 적어도 모바라 씨가 독침에 찔린 의자 부근에는 비밀 카메라를 설치할 장소도 없었어요. 지금쯤이면 그놈들도 죽었겠지, 하고 멀리서 섬의 상황을 상상하기만 한다? 이만한 돈과 수고를 들였는데, 그건 이상해요."

"정신이상자의 심리를 우리가 어떻게 알아. 충분히 재미있나 보지."

사오토메가 매섭게 말하자 토론한다고 결론이 날 문제도 아니라 후타쓰기는 "그냥 그렇다고요" 하고 물러났다.

에노키가 발언했다.

"모바라 씨가 그랬죠. 고용주가 이 섬 안을 돌아다니지 말라고 했다고요. 그 이유를 알겠네요. 사형을 예고하기 전에 모바라 씨 부부가 산책하다가 독침 의자 때문에 죽으면 계획이 물거품이 되기 때문이에요. 그런 거였어요."

사오토메는 식사로 화제를 돌렸다.

"그럼 저는 방에 하루 치 물만 가져가서 농성을 시작하겠어요. 식사는 거부하겠으니 아무리 맛있는 음식을 만들어도 부르러 올 필요 없어요."

"마음대로 해."

대범하게 말했지만 구로세는 눈에 띄게 초조해했다. 그는 옆에 세워두었던 쇠파이프를 들고 일어나더니 벽난로 쪽으로 향했다.

"사람이 죽을 때마다 인형 목도 하나씩 부러진다고? 추리 소설 흉내인지 모르겠지만 유치한 장난은 못 봐주겠어, 덴스케."

에노키가 "설마……" 하며 일어섰다.

"나머지 인형의 목도 전부 부러뜨려주마. 그놈의 즐거움을 이 몸이 가로채주겠어!"

구로세는 쇠파이프를 오른쪽으로 비스듬히 치켜들었다. 생각도 못한 민첩한 동작으로 에노키가 그 오른팔을 붙들어

제지했다.

"멈춰요! 그러지 말아요. 우리 모두 죽는 결말처럼 너무 불길하다고요."

"이 팔 놔요, 에노키 씨. 불길하긴 뭐가. 우리 목숨과 인형은 아무 상관 없어요."

"상관없다면 이대로 둬도 괜찮잖아요. 굳이 부술 필요가 뭐 있어요?"

구로세가 일단 오른팔을 내렸다.

"나는 부아가 치민단 말입니다. 이 인형을 두고 볼 수가 없어요."

"어디에 치워놓으면……" 그렇게 말하며 에노키는 받침 하나를 만져보았다가 얼굴을 찌푸렸다. 단단히 고정되어 있어 꼼짝도 하지 않았던 것이다. 그래도 구로세를 거듭 설득했다.

"경찰이 왔을 때 이것도 중요한 증거물이 될 거예요. 섣부른 행동은 삼가도록 하죠."

이 한마디가 효과가 있었다.

"당신은 굉장히 이성적이군요. 경의를 표하겠습니다. 분명 경영자로서도 우수하겠어요."

얌전한 표정으로 돌아온 구로세에게 에노키는 "아니요" 라고 대답했다.

"겸손해하지 않아도……."

"제가 운영하는 요양 시설 내부 사정은 외부 분들에게 알려지면 곤란하답니다. 너무 지나치다고 생각하면서도 그만 눈앞의 이익을 좇느라 자제할 수가 없었어요. 미하루 씨는 죽기 직전에 이 섬에서 가장 결백한 건 본인이라고 단언했어요. 술에 취해 핸들을 쥐어 사람을 죽였다고 인정하면서도 말이에요. 그래도 본인에게 자기 죄는 가볍게 보였겠지요. 저는 반대예요. 다른 분들이 무슨 짓을 했는지 모르고, 덴스케가 한 말이 사실이라 해도 이 섬에서 제가 가장 죄가 깊다고 생각합니다. 우수하기는커녕 악취를 덮어버리는 재주만 뛰어난 탐욕스럽고 썩어빠진 경영자예요."

울적한 분위기에 후타쓰기가 초를 쳤다.

"충격적인 심경 토로였습니다. 그렇다면 무사히 섬에서 빠져나가면 에노키 씨는 지금까지의 악행을 세상에 공표하고, 법률에 저촉되는 짓을 했다면 벌을 받을 셈인가요?"

가차 없는 추궁에 에노키는 움츠러들었다. 그 정도 각오는 없다는 것을 침묵이 대변하고 있었다.

"아니, 상관없습니다. 여기서 여러분이 무심코 입에 담은 말은 비상사태가 해제되면 비밀로 합시다. 그게 매너죠. 그렇지요?"

후타쓰기는 누구에게랄 것 없이 그렇게 물었고 반응이 없어도 개의치 않는 눈치였다.

"농성을 하든, 쇠파이프를 한 손에 들고 덴스케 사냥을 계속하든 각자 알아서 하는 거야. 이제부터 자유행동이다. 다들 마음대로 해. 그럼 이것으로 해산!"

구로세가 구령을 붙이자 사오토메가 가장 먼저 그 자리를 떠났다.

오후 2시 시점에 모두 자기 방에 있었다.

허기를 느낀 구로세 겐지로는 식빵과 고등어 통조림으로 만든 샌드위치로 끼니를 때우고 책상 앞에 앉아 자잘한 글씨로 수첩의 백지 페이지를 채우는 작업에 몰두했다. 섬에 온 뒤로 벌어진 일을 조목조목 정리하고 있었다.

'앞으로 무슨 일이 벌어질지 몰라. 최악의 사태를 대비해 죄다 써놓는 게 좋겠어. 경찰 수사에 필요할지도 모르니.'

기계를 쓰지 않고 긴 문장을 적는 게 오랜만이라 바로 팔이 뻐근해졌지만 글씨를 쓰는 손은 멈추지 않았다.

한 시간 가까이 들여 전부 적었다. 여기서 사태가 수습되면 다행이지만 경우에 따라서는 새로운 희생자의 이름을 써야 할지도 모른다. 남은 페이지도 없으니 그리되지 않기를 바랄 뿐이다.

회사 관계자야 그렇다 쳐도 가족에게 한마디 남겨둬야 할지 고민한 끝에 그만두었다. 에노키의 말을 믿는 건 아니지만 불길하니까.

'괜찮아. 강운을 타고 태어난 내가 이런 곳에서 허망하게 살해당할 리 없어.'

우도 만사쿠는 의자를 창가로 가져가 강풍으로 파도치는 바다를 바라보고 있었다. 아득히 멀리 대형 화물선이 어렴풋이 보일 뿐, 그것 말고는 바다 위에서 배를 구경도 하지 못했다.

'혹시나 했지만 역시 안 오는군.'

그들을 이 섬에 실어다 준 선장은 지금쯤 뭘 하고 있을까? 파도가 이래서야 관광용 낚싯배를 띄우지도 못할 테고, 낮부터 술이나 마시며 집에서 빈둥거리고 있을지도 모른다.

'술을 좋아할 것 같은 얼굴이었지, 그 영감님.'

그런 생각을 하며 한참을 더 창가에 붙어 있었다.

에노키 도모요는 의자에 힘없이 앉아 미지근한 맥주를 마시고 있었다. 농성을 하려면 캔맥주를 몇 개 더 가져올 걸 그랬다, 이걸 비우면 새로 가지러 갈까, 하는 생각을 하면서.

'덴스케는 여자일지도 몰라.'

그런 생각이 퍼뜩 들어 저도 모르게 자세를 고쳐 앉았다. 근거는 그들을 살해할 때 독약을 많이 쓴다는 점. 남자보다 힘이 없어서 여자 살인범은 독살이라는 수단을 흔히 선택한다고 했던가. 지금까지 몇 번이나 들은 적이 있다. 통계적인 사실인지, 인상에 기인한 속설인지는 모르겠지만.

'덴스케의 성별이야 알 게 뭐람. 어디에 있는지가 더 문제야. 섬 안일까, 밖일까, 어느 쪽이지?'

에노키는 캔맥주를 한 손에 들고 그 답을 찾아보려 했다.

후타쓰기 톰은 꾸벅꾸벅 졸고 있었다. 15분 만에 깼지만 이런 긴장된 상황에서 낮잠을 자버리다니 스스로도 어이가 없었다. 도어체인이 걸려 있으니 일단 안전은 확보되어 있고, 어젯밤은 잠이 오지 않아 수면 부족이라고는 해도.

그는 침대에 바로 누워 천장을 올려다보며 혼잣말을 했다. 말을 거는 상대는 아까까지 함께 있던 네 사람이다. 혼잣말을 줄줄이 늘어놓는 것은 어렸을 때부터 그의 버릇이었다.

"다들 살 수 있을 거라 생각하는 거야? 덴스케는 막무가내야. 지금까지 돈과 수고만 들인 게 아니야. 그 과정에서 엄청난 숫자의 증거를 남겼을 테지. 이 시설을 빌리고, 모바라 부부를 고용하고, 살인 계획에 필요한 물건을 준비할 때, 거래 상대와 직접 만나지는 않았더라도 분명 기록이나 흔적을 남겼겠지. 경찰이라면 거기서 덴스케를 역추적할 수 있을 거야. 놈은 달아날 마음이 전혀 없어. 목적을 달성하면 체포되어도 좋다고 생각하는 거지. 조금씩 독을 뿌려두는 것 말고도 배가 왔을 때 시한폭탄으로 섬 전체를 날려버리는 서프라이즈가 기다리고 있을 가능성은 생각 못하는 건가?"

이 섬에는 구제 불능들만 초대되었지만 이시무라가 죽은 순간 리더 행세를 하는 구로세는 특히나 더 밥맛이다.

'다음번에 죽을 사람은 그 작자면 좋겠어.'

이것만큼은 소리 내어 말하지 않았다.

사오토메 유나는 구로세와는 다른 방법으로 지금까지 일어난 비극의 경위를 기록하고 있었다. 요점을 수첩에 메모하고 소리 내어 읽는 방식으로 스마트폰에 녹음한 것이다. 혹시나 덴스케가 그녀를 살해하면 소지품을 확인할지도 모른다. 그럴 경우 극명하게 사건의 개요를 적은 수첩은 처분당하겠지만 신호가 터지지 않아 모두 무용지물로 취급하는 스마트폰은 간과할 것 같았다.

30분쯤 들여 메모와 녹음을 마친 뒤에 사건에 대해 추리를 해보았다.

'범인은 섬에 있어. 범인은 우리 초대 손님들 가운데 누군

가.'

전율스러운 결론이지만 그녀가 볼 때 그것은 확정적이었다. 건물 안에서도 밖에서도 잠복할 만한 장소를 찾아볼 수 없는 것은 당연했다.

어렴풋이 의심하고는 있었지만 방금 전 해적 인형의 목이 또 부러진 것을 보고 확신했다. 아무리 모두 허둥거렸다고 해도 어디 숨어 있던 사람이 그 찰나를 노리기란 현실적으로는 불가능하다. 다들 그 점을 알아차리지 못하다니 너무 둔감하다. 원격조작으로 머리를 떨어뜨렸다는 구로세의 말은 웃기지도 않아 언급할 가치도 없다.

또한 모바라 가오리만은 쓰토무가 죽었다는 가설도 성립될 것 같지 않았다. 그가 범인이었다면 범행 후에 인형의 목을 부러뜨리지 않았을 테니까.

'구로세 겐지로, 에노키 도모요, 후타쓰기 톰, 우도 만사쿠, 네 사람 중 누가 범인이지?'

가상화폐로 부를 축적한 덴스케의 이미지에 그나마 가까운 사람은 컴퓨터에 정통하다는 우도지만, 덴스케=범인이라고 장담할 수는 없다. 범인은 단순히 '그'의 이름을 빌린 걸지도 모른다.

일행 가운데 살인귀가 있다, 지금까지 그런 줄도 모르고 지낸 것만으로도 소름 끼치는데 그게 전부가 아니다. 범인이 『그리고 아무도 없었다』를 이곳에서 재현하려는 것이라면 그 제목으로 볼 때 결국 섬에는 아무도 남지 않는 결말이 마련되어 있으리라. 다시 말해 다른 여덟 명을 살해한 뒤에 자살하려는 게 아닐까?

마지막에 자신의 죽음을 계획한 범인만큼 강적은 없다. 그것은 자살 테러리스트와 다름없어, 증거를 은폐해 경찰의 눈을 속일 생각조차 없으니 어떤 수단을 쓸지 예측하기란 대단히 어렵다. 그렇다면 달아나거나 숨어봤자 헛수고니 적의 정체를 밝혀내 반격하는 것만이 살길이다.

사람들의 지난 언동을 돌아보며 뭔가 실마리가 없을지 검증해보았지만 새로운 발견은 없어, 누가 범인인지 명탐정처럼 용의자를 좁힐 수는 없었다.

'농성을 해봤자 앉아서 죽음을 기다릴 뿐. 일곱 번째 사람을 죽이면 범인은 가면을 벗어던지고 내게 달려들 거야. 문을 부술 도끼도 섬 어딘가에 준비해놨을지 몰라.'

이렇게 된 이상 가급적 빨리 결판을 내는 수밖에 없다. 방에서 나가 스스로 미끼가 될 각오로 범인을 유인하는 것이다. 그리고 접근해오면 반격한다.

'하지만 검도 4단이라고는 해도 내가 과연 할 수 있을까? 내가 배운 건 시합으로서의 검도지, 사무라이 무예와는 거리가 멀어. 쇠파이프가 아니라 하다못해 여기에 진검이 있

다면……'

있다 해도 주저 없이 사람을 벨 자신은 없지만.

어쨌거나 무의미한 농성은 그만두기로 했다.

8

구로세는 시트를 슬며시 걷어내, 가지고 온 수첩을 이시무라의 바지 뒷주머니에 쑤셔 넣었다. 덴스케가 그를 죽인 뒤에 자신에게 불리한 물건을 갖고 있지 않은지 옷이나 방을 뒤져도 이렇게 해두면 찾지 못할 것이다. 아무리 악마처럼 교활하다 해도 설마 시신 주머니까지 보지는 않으리라. 그리고 경찰은 피해자인 이시무라의 시신을 분명 꼼꼼히 검사할 테니 그들에게 수사를 위한 정보를 전달한다는 목적도 반드시 달성된다.

시트를 도로 덮을 때, 살짝 이시무라의 얼굴을 들여다보았다. 금전욕과 권력욕으로 똘똘 뭉친 탐욕스러운 남자라는 인상은 없고, 잠깐 눈을 붙인 것처럼 보이니 그나마 다행이다. 그래도 사후 변화는 착실하게 진행되어 내일은 어떻게 하지 않으면 유족의 슬픔이 더욱 커질 것 같아 염려되었다.

시체 안치소가 된 다다미방을 뒤로하고 라운지 쪽으로 돌아가려는데 계단에서 내려온 사오토메와 마주쳤다. 반사적으로 "어라" 하고 말이 튀어나왔다.

"꽁꽁 숨어서 밖으로 나오지 않겠다던 선언은 취소했나 보군. 쇠파이프라는 무기만 있으면 검도 4단에게 무서운 적은 없다는 말인가?"

그렇게 말하는 구로세도 똑같은 쇠파이프를 꼭 움켜쥐고 있었다. 사오토메는 쇠파이프를 눈높이로 들어올려 쳐다보았다.

"이런 게 얼마나 도움이 될지는 모르겠지만, 생각이 바뀌었어요. 구로세 씨는 어디에 계셨어요? 이 복도 끝에는 시신을 안치해둔 다다미방뿐인데."

"시신에 기도를 드리고 왔어. 사실 향이라도 올리고 싶은데 그러지도 못하니."

"답답하고 짜증나네요."

"방에서 좀 쉬어야겠어. 그럼 또, 조심하게나."

구로세는 2층으로 올라갔고 사오토메는 라운지로 향했다. 아무도 없어서 마음껏 쇠파이프를 휘둘러보았다. 먼저 똑바로 내리치는 정면 가르기. 오른쪽 발을 내디디면서 한 번, 왼발부터 뒤로 물러나며 두 번, 다시 앞으로 나가며 세 번 공격을 반복해보니 금세 몸이 풀렸다. 45도 각도로 좌우 가르기를 연습한 다음 바닥에 닿기 직전까지 내리치는 상하

가르기. 처음에는 참고 있었지만 마지막에는 "에잇!" 하고 기합 소리가 튀어나왔다. 2층에 시끄러운 소리가 들렸을지도 모른다.

이마에 맺힌 땀을 손수건으로 닦으며 소파에 앉았다. 벌써 2년 넘게 죽도를 들지 않았던 것치고는 상체 움직임도 발동작도 괜찮았다. 나팔바지 밑자락도 검도복을 입은 것 같아 거슬리지 않았다.

"……사오토메 씨, 무슨 일이에요?"

2층에서 내려온 우도가 조심스레 물었다. 그의 방은 계단에 가까워, 역시 소리를 들은 모양이다. "미안해"라고 사과하고 뭘 하고 있었는지 설명했다.

"아버님께서 가르쳐주셨다고 그랬죠. 대단합니다. 변호사와 검사라니, 문무겸비네요. 아버님은 검도 사범이라도 하셨던 건가요?"

"아버지도 변호사야."

"부녀가 문무겸비로군요."

"검도도 법률도 억지로 배운 거야. 변호사라고 해도 나하고는 완전히 다른 타입이라, 열혈 인권 변호사였지. 권력에 맞서길 어찌나 좋아했는지, 자아도취에 빠져 이상을 논했어. 자기만족의 재료로 삼으려고 고통받는 약한 사람을 찾아다녔지. 신이 나서 침을 질질 흘리며. 그렇게 자유주의를 표방했으면서 딸에게는 독재자였어. '무조건 내 말대로 해'라서 그 틀에서 벗어나는 건 절대 용서하지 않는 무관용. 관용이라곤 눈곱만큼도 없어. 자기만 현명하고 옳다고 맹신하는 자칭 자유주의자에 흔한 타입이야. 언젠가 딸이 현실을 알고 자기가 가장 싫어하는 타입의 변호사가 될 줄은 상상도 못했으니 우습기 짝이 없지. 목숨이 위험한 때에 이상한 말이지만, 이 불효녀가 한 번만 덴스케의 말을 빌려 아버지께 말해주고 싶네. 꼴좋구나!"

우도는 곤혹스러운 표정을 지었다. 어떻게 반응해야 할지 모르겠다는 듯이.

"내가 해온 건 변호 활동이라는 정당한 행위지만, 덴스케가 거대한 악에 가담하고 있다고 판단한 이상 어쩔 수 없지. 나는 할 거야. 법정에서도 항상 싸우는 꼴이니까 싸움에는 익숙하거든."

"그렇겠네요." 우도가 밝은 목소리로 말했다. "사오토메 씨는 정당한 행위를 했을 뿐입니다. 사람을 다섯 명이나 죽인 저하고 같은 취급을 받는 건 부당해요."

"죽인 게 아니잖아. 당신이 일으킨 정전이 원인이었다 해도 다섯 명이 죽은 건 우연한 결과일 뿐이야."

"우연한 결과일 뿐이라니…… 몸에 밴 습관인가요? 변호해주지 않으셔도 됩니다. 저는 사오토메 씨의 의뢰인이 아니에요."

"살아남기 위해서라도 스스로를 벌해선 안 돼. 지금은 강하게 밀고 나가야 해."

그녀는 우도를 격려하면서도 신경쓰이던 점을 물어보았다. 우도는 납작한 류색을 등에 메고 있었다.

"어째서 그런 걸?"

"주방에서 물과 식량을 챙겨 여기에 담아서 밖으로 나가려고요. 이곳에서 달아날 겁니다."

"어디로?"

"바위틈에 숨어서 구조를 기다릴 겁니다. 20시간 정도면 참으면 돼요. 바람이 거칠지만 비는 내리지 않을 테니까."

"여기 있는 것보다 그 편이 안전하다고 생각하는 거네."

"예. 언제 어디서 습격당할지 모르는 이 상황을 못 견디겠어요. 밖에 있으면 덴스케가 다가와도 알아차리기 쉽잖아요. 학창 시절 때부터 육상을 해서 발은 빠른 편이니 추격전이 되면 이길 자신이 있습니다. 완력도 없고 검도도 못하는 제게 승산은 그것뿐입니다."

어리석은 계획이라고만은 할 수 없다. 각자 잘하는 분야, 못하는 분야가 있고 사고방식도 다르다. 사오토메는 짧게 "행운을 빌게"라고 했다.

"고맙습니다. 사오토메 씨도 행운이 함께하기를 빕니다."

또 누가 계단에서 내려왔다. 쇠파이프를 왼쪽 어깨에 얹은 후타쓰기였다. 재킷을 벗어 하얀 티셔츠 한 장 차림이었다.

"방금 연습하셨어요? 기합 소리가 들리던데요."

그의 방은 우도의 옆이었다.

"소란스럽게 해서 미안해."

"아닙니다. 기합 소리만 들어도 상당한 솜씨라는 걸 알겠어요. 든든합니다. 저도 질 수 없죠."

후타쓰기는 계단 밑에서 쇠파이프를 반듯하게 겨누었다. 유단자라는 말은 거짓말은 아닌 듯했다.

"대련 연습을 하자는 거라면 거절하겠어."

사오토메가 딱딱한 표정으로 말하자 후타쓰기가 "설마"라고 하며 웃었다.

"그러다가 다치기라도 하면 큰일이게요. 물론 제가 말입니다. 사오토메 씨를 본받아 혼자 연습이나 해야죠. 여기서는 천장 조명에 맞을 것 같으니 밖에서요."

"안 무서워?"

"현관 앞에서만 할 겁니다. 수상한 그림자를 보면 고함을지를 테니 구하러 와주세요."

후타쓰기가 밖으로 나가자 우도도 "그럼" 하고 일어섰다.

"서바이벌에 필요한 걸 주방에서 찾아봐야겠군요."

그 뒷모습을 배웅하는 사오토메의 마음이 흔들렸다. 역시 범인은 달리 있는 게 아닐까? 여기 있는 네 사람은 잔인한 살인귀와 동떨어진 이미지다. 남자들은 섬 안 어디에도 숨을 장소가 없다고 단정했지만 자기 눈으로 직접 확인하지 않은 만큼 전면적으로 신용하기는 어려웠다.

'생각도 못한 곳에 숨어 있다 해도 이 건물에서 그리 멀리는 없어. 범행 때문에 빈번히 출입해야 하니까. 하지만 가까운 거리에 그런 장소는 없어 보이고, 몰래 출입하는 모습을 우리에게 들킨 적도 없지. 범인이 투명 인간 마술을 쓸 수 있거나, 어쩌면…… 우리가 동태눈이라 열 번째 인물을 보지 못하고 놓친 걸까?'

남자 셋을 연달아 봐서 그런지 에노키 도모요의 얼굴이 보고 싶어졌다. 무사한지만이라도 확인하고 싶어 2층으로 올라갔다.

에노키의 방은 오른쪽 세 번째였다. 이름을 부르며 문을 두드렸지만 대답이 없다. 두 번, 세 번 반복해도 반응이 없자 살짝 불안해졌다. 문에 귀를 대어봤지만 아무 소리도 들리지 않았다.

"사오토메예요. 주무시고 계신가요?"

그렇게 물으며 손잡이를 밀어보니 살짝 열렸다. 잠겨 있지는 않지만 도어체인이 걸려 있으니 안에 사람이 있는 것

은 확실하다. 5센티미터쯤 열린 틈새로 실내를 살펴보기로
했다.

"에노키 씨, 저예요. 계시면……"

다음 순간, 사오토메는 경악한 나머지 숨을 삼켰다. 피범
벅이 된 에노키 도모요의 얼굴이 바로 눈앞에 있었다. 활짝
벌어진 두 눈은 한껏 뒤집혀 바닥 위에서 엉뚱한 방향을 올
려다보고 있었다. 이마에서 흐르는 피는 아직 완전히 멎은
것 같지 않았다.

반사적으로 한 가지는 이해했다. 에노키는 문 틈새로 이
마에 권총을 맞았다. 도어체인을 걸고 문 틈새로 범인과 대
화하는 것뿐이라면 괜찮을 거라고 방심한 것이다. 안타깝게
도 이미 숨을 거둔 상태였다. 총을 맞은 지 그리 오래 지나지
는 않았다.

'죽은 걸로밖에 안 보여. 하지만 정말 그럴까?'

쇠파이프 끝으로 찔러보아 확인하는 방법도 있었지만 그
럴 마음은 들지 않았다. 이마에 뚫린 구멍에서 피가 흐르고
있고 눈도 전혀 깜빡이지 않으니 살아 있을 리 없다고 판단
했다.

우두커니 서 있는 사이 피가 문틈을 타고 복도로 천천히
흘러나왔다.

후타쓰기는 밖으로 나갔다. 우도는 주방에 틀어박혀 있

다. 사오토메는 가장 가까운 구로세에게 달려갔다.

하지만 그의 방을 두드려도 대답이 없었다. 설마 하는 심정으로 문손잡이를 돌리자 이쪽은 그냥 벌컥 열렸다.

"아아……"

절망의 채찍이 또다시 그녀를 후려쳤다.

구로세 겐지로는 방 한복판에서 엎드린 자세로 쓰러져 있었는데, 그 뒤통수에 뚫린 구멍으로 엄청난 양의 피가 쏟아지고 있었다. 얼굴은 문 쪽을 향하고 있었는데 역시 두 눈을 부릅뜬 채로 굳어 있었다.

사오토메는 빠른 두뇌 회전으로 겨우 몇 초 사이에 다음의 사실들을 이해했다. 구로세는 상대가 권총을 가지고 있을 줄 모르고 범인을 방에 들였다.

몇 미터 거리를 두면 습격당해도 반격할 수 있을 줄 알았다. 하지만 범인은 권총을 가지고 있었다. 권총 소리를 듣지 못한 이유는 소음장치를 사용했기 때문이다. 이 사건의 범인은 뭐든지 마련할 수 있다.

그리고 이렇게 생각했다. 범인은 도어체인이 걸린 에노키의 방에 남아 있을 가능성이 있다. 빨리 도망쳐야 한다. 우도와 후타쓰기에게 위험을 알려야 한다. 범인이 권총을 가지고 있다고 두 사람에게 경고해야 한다. 범인은 장거리 무기를 가지고 있으니 검도 실력은 쓸모가 없다.

호신 수단이 못 된다는 것을 알면서도 사오토메는 쇠파이프를 움켜쥐고 복도로 뛰쳐나갔다. 에노키의 방문은 그대로 닫혀 있었다. 당장이라도 그 문이 열리고 낯선 악당이 나타날 것 같아 무서웠다.

계단을 뛰어 내려가면서 그녀는 거듭 생각했다.

'낯선 악당이라니 무슨 소리람. 그럼 어디에서 튀어나왔단 거야? 방금 전까지 범인은 초대 손님들 중에 있다고 생각했잖아.'

너무 혼란스러웠다.

'역시 범인은 내부에 있어. 에노키 씨는 무심코 연 문 틈새로 권총을 맞았어. 그러니까 문은 닫혀 있고 열리지 않을 거야.'

그녀를 제외하면 내부에는 지금 두 사람밖에 없다.

'그 두 사람이라면 범행이 가능해. 계속 2층에 있었으니까. 내가 검도 연습을 하기 전이었는지, 하는 중이었는지는 모르겠지만 기어나와서 에노키 씨와 구로세 씨를 차례로 죽인 거야. 어쩜 그리 대담할 수가.'

마침내 용의자를 두 사람으로 줄일 수 있었다.

'하지만 어느 쪽이지?'

다리가 엉킬 뻔해서 필사적으로 난간을 붙잡았다.

'우도 씨는 륙색을 메고 있었어. 후타쓰기 씨는 넉넉한 청

바지를 입고 있었고. 두 사람 다 권총을 숨길 수 있어. 아마 지금도 가지고 있겠지.'

공포의 윤곽이 뚜렷해졌다. 거기까지 알아냈으니 두 사람으로부터 멀리 달아나야 한다고 머리로는 이해하면서도 그녀의 다리는 멈추지 않았다. 너무 가속이 붙은 탓도 있지만 범인이 아닌 남자에게 경고해야 한다는 의무를 느꼈기 때문이다.

'하지만 둘 중 누구에게 범인이 권총을 가지고 있다고 말해야 하지? 모르겠어!'

라운지에는 아무도 없고 주방에도 인기척은 없었다. 우도는 야숙을 위한 물과 식량을 챙겨 이미 밖으로 나갔으리라.

해적 인형이 어떻게 되었는지 살펴보니 어깨 위에 머리가 붙어 있는 인형은 네 개뿐이었다. 방금 전까지는 여섯 개가 무사히 서 있었는데. 사오토메가 2층으로 올라간 사이에 후타쓰기 아니면 우도, 둘 중 한 사람이 에노키와 구로세 몫의 인형 목을 부러뜨린 것이다.

범인은 '원칙적으로 한 명씩' 죽이겠다고 선언하고 지금까지는 그대로 실행해왔지만 그 원칙이 무너지고 있었다. 연달아 흉행을 저질러 클라이맥스로 돌입할 작정이다.

'남은 사람들이 섬 안 곳곳으로 흩어져 찾지 못하게 될까봐 그러는 거야. 남은 사람들이 똘똘 뭉쳐 있는 사이에 처치

하려는 심산이야. 영리해. 거기까지 예상했어야 했어.'

영리한 악마는 후타쓰기일까? 우도일까? 빠른 다리를 과시한 우도가 더 까다로운 상대다. 후타쓰기가 범인이라 해도 체력 차이로 보아 무사히 달아나기란 어렵다. 추격전이 아니라 숨바꼭질로 유인해야 한다면 최선의 방법은 지금 당장 뒷문으로 뛰쳐나가 바위터에 숨는 것이다. 다만 그러기 위해서는 범인의 위치를 확인해야 한다. 뒷문에서 나가자마자 맞닥뜨린다면 끝장이다.

'그 두 사람은 어디 있지?'

쇠파이프를 오른쪽으로 비스듬히 움켜쥐고 현관에서 밖으로 나가려는 순간, 탕 하고 메마른 소리가 울려 퍼졌다. 이어서 탕탕탕 세 번의 소리.

여기까지 왔으니 범인은 이제 소음장치를 쓸 필요도 없다고 생각한 것이다.

엄격한 아버지와 대조적으로 다정했던 돌아가신 어머니에게 들은 적이 있다. 네가 태어난 건 일요일이었다고.

'죽는 것도 일요일이구나.'

태양 아래서, 그녀는 보았다. 총구에서 연기가 피어오르는 권총을 손에 쥔 남자를.

월요일 정오를 앞둔 시각.

고약한 술버릇 때문에 가족에게 버림받은 지 20년. 혼자
사는 오모토 센스케가 냄비우동으로 점심을 때우고 배를 띄
울 준비를 하려는 차에 누군가 그를 찾았다.

"실례하오."

쩌렁쩌렁 굵은 목소리. 마치 무술 도전자 같다. 누군가 싶
어 밖으로 나가보니 커다란 남자가 태양 빛을 가로막듯 서
있었다.

늠름한 얼굴. 180센티미터가 훌쩍 넘는 키에 어깨는 떡
벌어졌으며 배도 툭 튀어나왔다. 예복으로도 쓸 수 있을 법
한 검은 양복을 걸치고 넥타이 무늬는 괴상했지만 잘 닦인
구두가 반짝반짝 빛나고 있었다. 오른손에는 금색 장식이
달린 지팡이. 왼손에는 검은색 슈트케이스. 입도 코도 큼직
하고 턱수염이 덥수룩하니 대단히 남성적인 생김새였다. 헤
어스타일도 독특해서 가운데 가르마를 탄 풍성한 머리카락
이 굽슬굽슬하게 뻗어 있었다. 마치 갈기 같다. 사자처럼 생
겼다는 것이 첫인상이었다. 나이는 마흔 중반으로 보였다.

"오모토 센스케 씨 맞습니까?"

"그런데…… 누구쇼?"

방문자는 위엄 넘치는 목소리로 대답했다.

"히비키 페데리코 와타루라고 합니다. 당신은 곧 아카자 섬으로 배를 띄울 예정이지요? 갑작스러운 부탁이지만 저도 태워주셨으면 합니다."

오모토는 바로 승낙하기 어려웠다.

"섬에 초대받은 분이오?"

"아닙니다, 초대는 받지 않았지만 용건이 있어서."

관광 낚싯배의 선장은 노골적으로 싫은 기색을 드러냈다. 히비키 페데리코 와타루라는 남자는 그 반응을 무시하고 여유 넘치는 태도로 말했다.

"중요한 일입니다. 어차피 당신은 섬에 가잖습니까. 그 김에 저를 태워주시면 되는 일입니다."

남의 사정은 생각도 않는 말투였지만 어째선지 반감은 들지 않았다. 평소의 오모토였다면 "누구를 태우든 내 마음이다!" 하고 버럭 고함을 쳤을 텐데. 상대의 관록에 기가 눌린 데다가 그 누구라도 다스릴 수 있을 듯한 힘을 느꼈기 때문이다. 목소리에 신비한 설득력이 있다.

"12시 반에 그쪽에 배를 댈 예정이오. 손님을 일곱 명 태우면 바로 돌아올 건데, 당신은 어쩌려고?"

갈 때야 어차피 가는 길이니 서비스해줘도 되지만 돌아올 때 마중을 와달라고 하면 뱃삯을 흥정해야 한다.

"돌아오는 편은 가보고 결정하지요. 그래도 되겠습니까?"

거절할 수 없는 분위기라 오모토는 떨떠름한 기분으로 승낙했다.

"곧 정오인데 섬까지 30분쯤 걸리지요? 자, 출발할까요?"

집을 나가면 눈앞이 바로 항구다. 예전에는 스무 척 넘는 배들이 정박해 있었지만 어촌은 완전히 쇠락해 움직이는 선박은 오모토의 배 한 척뿐. 그것도 낚시꾼이나 태울 뿐이다.

예정에 없던 손님이 올라타자 오모토는 선장 모자 대신 검은 야구 모자를 쓰고 시동을 걸어 출항했다. 적적한 항구가 대번에 멀어졌다. 파도주의보가 내렸던 어제와는 딴판으로 오늘의 바다는 평온했다. 배는 나이프로 치즈를 가르듯 쭉쭉 나아갔다.

"토요일에 저 섬에 손님을 태워주셨지요? 그 사람들을 지금 데리러 가는 거지요?"

뒤에서 묻기에 오모토는 퉁명스럽게 "그렇소"라고 대답했다.

"초대받은 건 일곱 명?"

"그래. 도착 시간이 제각각이라 두 번으로 나눠서 데려다줬소."

질문은 계속되었다. 일곱 명을 어떤 식으로 나눠서 데려다주었는지, 승선한 사람들은 어떤 인물들이었는지, 그들의 태도에 특이한 점은 없었는지 등등. 왠지 대답해야 할 것만 같아서 보고 들은 대로 설명해주었는데 질문 사이에 오모토 도 되묻지 않을 수 없었다.

"당신, 그런 건 왜 묻는 거요? 뭐 하는 양반이야?"

"저는 사립 탐정. 마음에 걸리는 일이 있어 아카자 섬에 가는 겁니다."

오모토는 사립 탐정을 실제로 만나본 적이 없지만 조금 더 수수하고 음침한 이미지인 줄 알았기 때문에 의외였다. 그렇지만 히비키 페데리코 와타루가 어떤 사람으로 보이는 지 묻는다면 대답할 수 없었다. 어딘가 비밀스럽고 연극적 인 언동과 외모로 보면 마술사, 듬직한 덩치와 훌륭한 목소 리로 보면 오페라 가수 같지만 오모토는 진짜 마술사나 오 페라 가수를 만나본 적이 없었다.

"마음에 걸리는 일이라니, 뭐 사건이라도 생긴 거요?"

"그럴 가능성도 있습니다만."

말을 흐리며 침묵하기에 별 상관없는 다른 질문을 던졌다.

"항상 그런 넥타이를 매고 다니쇼?"

극채색이 마구 섞여 있는 디자인은 오모토가 젊은 시절 쓰던 말로 표현하자면 사이키델릭.

"이런 것도 즐겨 맵니다."

이야깃거리가 바닥나서 그 후로 오모토는 배를 모는 데

전념했다. 곧 섬에 도착한다.

선착장에 접안하자 자칭 사립 탐정은 재빨리 배에서 내렸다. 돌아갈 손님들의 모습은 보이지 않았다.

"손님들이 아직 체크아웃을 하지 않았나보군요. 보자, 제가 배가 도착했다고 알려드리지요."

"부탁합니다." 오모토는 그렇게 대답하고 담배에 불을 붙였다.

어째서 사립 탐정이 이 섬에 상륙하려 하는지 의아했지만 이유를 생각하기 귀찮았다. 머리 쓰는 일은 좋아하지 않는다. 반년 전부터 누군가 이 섬의 건물을 리모델링한 것 같은데 자세한 사정은 알지도 못하고 짐작해볼 마음도 들지 않았다. 초대 손님들을 실어달라고 의뢰한 전화는 수상했지만 누군지 궁금하게 여긴 적도 없다. 항구에 모인 사람들의 정체도. 그가 고민하는 것은 자기 이익에 관한 문제뿐이다.

파도 소리만 새벽녘 꿈결처럼 들려왔다. 정적이 깔린 선착장에서 오모토는 두 개비의 담배를 재로 만들었다.

탐정은 돌아올 기미가 없었다. 어쩌나 고민하며 세 개비째 담배를 물고 언덕길 위쪽을 바라보는데 덩치 큰 남자가 심각한 표정으로 돌아왔다.

"혼자요? 돌아갈 손님들은 어쩌고 있길래?"

"아무도 안 옵니다."

침울한 목소리로 대답했다.

"왜?"

"무슨 일이 있었는지 모르겠지만 여러 사람이 죽어 있어요. 제가 혹시나 하고 우려했던 일이 현실에서 벌어진 것 같습니다. 선박 무선기를 빌리고 싶소."

"자, 잠깐. 여러 사람이 죽어 있다니 무슨 소리요? 어째서 한 사람도 안 나오는 건데? 누구는 있을 거 아뇨!"

오모토는 오금이 풀릴 정도로 깜짝 놀라 상세한 사정을 듣고 싶어했다. 탐정은 그 질문에 대답하지 않고 선박 무선기 앞에 서서 사용법을 묻지도 않고 경찰에 연락했다.

"저는 히비키 페데리코 와타루. 고명한 탐정입니다. 당신은 몰라도 본부장님은 아실 겁니다. 아카자 섬에서 대량 살인이 발생했습니다. 지금 그곳 선착장에서 연락하고 있는데, 제가 확인한 범위에서만 여덟 명이 살해당했소. 섬 안에 추가 피해자가 있을 가능성도 있습니다. 급히 수사원을 파견해주십시오. 배? 오모토 씨가 30분 이내로 돌아갈 겁니다."

오모토는 통화를 끝낸 탐정의 어깨를 붙잡고 물었다.

"지금 한 말이 사실이요? 여덟 명이나 살해당했다니, 설마 그런 일이……."

"사실입니다. 되돌아가서 주재 경찰을 태워서 오십시오. 아아, 그 전에 아는 사람들인지 시신을 확인해주시면……."

"싫소. 그런 건 거절하겠어."

다행히 탐정은 오모토에게 강요하지는 않았다.

"언젠가 경찰이 당신에게 확인을 요구하겠지만 지금은 상관없겠지요. 그럼 바로 항구로 돌아가세요."

"당신은?"

"여기 남겠습니다. 건물 바깥의 시신을 새들이 쪼아먹지 않도록 감시해야 하니."

"시체가 여덟 구나 있는 섬에 홀로 남겠다는 말이오? 아이고, 무서워라."

오모토의 배가 출발하자 히비키 페데리코 와타루는 몸을 돌려 큰 걸음으로 언덕길을 올라갔다.

'어떻게든 이 범죄를 막을 수는 없었을까? 최선을 다했지만 사악한 범인은 계획을 달성하고야 말았어. 탐정의 신이여, 추리의 성령이여. 저로도 만족 못하고 미숙하다고 비웃으시는 겁니까?'

통한한 심경으로 바람에 물어보아도 돌아오는 대답은 없었다.

같은 날 오후 1시 30분.

주재 경찰서에서 젊은 순경이 아카자 섬으로 건너와 히비키 페데리코 와타루와 함께 여덟 구의 시체를 확인했다. 아

414

직 경험이 적은 순경은 창백한 안색으로 결국 화장실로 달려가 토하고 말았다. 탐정은 그 등을 쓸어주었다.

"괜찮습니까? 당신의 경찰관 인생에서 이토록 처참한 현장을 경험할 일은 두 번 다시 없겠지요."

순경은 위엄 넘치는 탐정의 다정한 말에 감복하고 말았다. 자기도 이런데 민간인인 오모토를 억지로 현장에 데려오기는 망설여졌다. 순경을 섬에 데려다준 후 오모토는 선착장에서 계속 대기하고 있었다.

"성함도 못 알아보고 방금 전에는 큰 실례를 범했습니다. 히비키 선생님이라고 불러도 되겠습니까?"

순경이 공손히 묻자 탐정은 고개를 저었다.

"선생님이란 말은 필요 없소. 히비키 씨라고 불러요."

"예…… 히비키 씨는 탐정 사무소를 운영하고 계신 겁니까?"

"작은 사무소지만요. 수사 의뢰가 들어오면 사무소를 박차고 나가 어디든 찾아갑니다. 국내든 국외든 가리지 않고요. 또 국내외 미스터리 작가가 조언을 구하면 그에 응할 때도 있소."

"굉장하군요. 저만 몰랐을 뿐이지, 히비키 씨의 명성은 글자 그대로 전 세계에 울려 퍼져 있었군요.♦ 이름은 곧 그 사

♦ '히비키 와타루'는 '울려 퍼진다'라는 일본어 단어와 발음이 같다.

람을 나타낸다더니 정말이군요."

히비키는 싫지 않은 기색으로 턱수염을 어루만졌다.

"선생님, 아니 히비키 씨는 부모님 한 분이 이탈리아 분이십니까?"

"아닙니다. 히비키 와타루響航라고 하면 너무 짧아서 이름 같지가 않아서요. 이름 한자만 보면 항공 회사 약칭으로 착각할 것 같아 제가 멋대로 미들네임을 붙인 것뿐입니다. 어째서 페데리코냐고요? 분위기 때문이죠."

"세상에. 천재가 하는 일은 보통 사람은 이해할 수가 없군요."

태평한 대화지만 이곳은 세계적 명탐정이 자기 입으로 처참하다고 평가한 범행 현장이다. 그들은 건물 앞마당에 해당하는 잔디에 서 있었다.

2미터쯤 떨어진 자리에 가슴과 배에 총탄을 맞고 죽어 있는 남자의 시체. 머리카락이 요란한 노란색이다. 거기서 5미터쯤 떨어진 건물 입구 근처에는 무언가에 머리를 맞고 죽은 남자의 시체. 등에 류색을 메고 있다. 또 3미터 떨어진 건물 앞 계단에는 등에 총을 맞은 여자의 시체가 한 구 굴러다니고 있어, 이것만 해도 충분히 충격적인데 1층 안쪽 다다미방에 남녀 세 구의 시체가 안치되어 있고 2층 두 개의 방에 두 사람이 살해당해 죽어 있었다.

머리를 손상당한 남자의 시체 위로 바닷새가 다가왔다. 히비키는 그쪽으로 달려가 지팡이로 쫓아냈다. 순경이 도착하기 전에도 이렇게 현장을 보존하려 애썼다고 한다. 하지만 만행은 그가 오기 전에 이미 벌어져, 어느 시체에나 새가 쪼아먹은 흔적이 있어 참혹함을 더했다.

맞아 죽은 남자 옆에 권총과 혈흔이 묻은 쇠파이프가 떨어져 있었다. 계단에 쓰러져 있는 여자의 등에는 총에 맞은 흔적. 노란 머리 남자와 륙색을 멘 남자 옆에도 쇠파이프가 떨어져 있었지만 피는 묻어 있지 않았다.

순경은 경찰이 소지한 경우 외에 권총을 보기는 난생처음이었다. 탐정은 이런 일에도 익숙한지 "브라우닝 M1910 38구경이군요"라고 했다.

"이런 것도 떨어져 있네요."

히비키는 근처 수풀을 지팡이로 헤쳐서 10센티가 조금 넘는 금속제 통을 가리켰다.

"뭡니까?"

"소음장치입니다. 범인은 어느 시점까지는 이것을 쓰다가 필요 없게 되자 버린 것 같군요."

대체 무슨 일이 있었는지 짐작도 가지 않아 순경은 그저 오싹했지만 히비키는 태연했다. 그래도 대화가 끊기자 날카로운 눈빛으로 사방을 살피며 추리를 펼치는 것 같았다.

그의 눈빛이 온화해졌을 때 순경은 조심스레 물어보았다.

"국내외 미스터리 작가에게 조언을 하신다고 말씀하셨는데……."

"예, 그렇지요."

"경찰관으로서는 드문 일이지만 저는 미스터리를 자주 읽습니다."

히비키가 흥미로워했다.

"허. 훌륭하군요."

"작은 외딴섬에 건너간 사람들이 모두 살해당한 상황으로 볼 때 애거서 크리스티의 『그리고 아무도 없었다』를 연상하지 않을 수 없습니다. 선생님, 아니 히비키 씨는 어떻게 생각하십니까?"

"모방한 거겠지요."

"모방 말씀입니까? 하지만 그 소설의 결말과 일치하지 않는 상황도 있는데요. 오모토 씨에 따르면 이 섬에는 아홉 명이 있었다고 하니 한 명이 부족합니다."

"현시점에서는 그렇지요. 흠, 배가 도착한 모양입니다."

순경이 바다 쪽을 돌아보자 두 척의 경찰용 선박이 나란히 섬으로 다가오고 있었다. 현장 보존이라는 역할에서 곧 해방된다는 사실에 순경은 안도했다.

"저건 관할서 분들이겠지요. 이어서 현경 본부에서도 우르르 몰려올 겁니다. 그들에게 『그리고 아무도 없었다』의 줄거리를 두 번 세 번 설명해야 하는 게 번거롭군요. 가능할 때는 당신도 거들어주십시오."

"예. 그 소설 내용이라면 똑똑히 기억하고 있습니다."

"그거 든든하군요. 부탁드리겠습니다. 그럼 배를 맞이하러 가볼까요? 아니, 저건? 사건의 중대성을 고려해 현경에서 보냈나?"

북서쪽에서 하늘색 헬리콥터가 이쪽으로 다가왔다. 순경은 대답했다.

"미에 현경 경찰항공대 '이세'입니다."

너른 잔디밭 한쪽에 헬기가 착륙하자 가장 먼저 내린 남자가 프로펠러 바람에 머리카락을 나부끼며 "히비키 씨!" 하고 외쳤다. 탐정은 "안녕하십니까" 하고 손을 흔들어 답했다.

"오랜만입니다. 어려운 사건이 생긴 것 같더군요. 게다가 히비키 씨가 신고자라니 두 번 놀랐습니다."

'살무사 다쓰'로 불리는 수사 1과 다쓰카와 경감이었다. 형사답지 않은 온화한 얼굴인데 그런 별명이 붙은 이유는 그저 건강 증진을 핑계로 뱀술을 자주 마시기 때문이다. 5년 전 에도가와 란포의 고향 나바리에서 벌어진 '괴기 80면상 사건'을 통해 히비키의 신봉자가 되었다.

"이 섬에서 나쁜 일이 벌어질지 모른다는 정보를 입수해 찾아왔는데 한발 늦었습니다."

"정보라 하심은?"

다른 사건으로 도움을 준 적 있는 한 보수파 정치가가 "이상한 초대를 받았는데, 이거 수상한 것 아닌가" 하고 의논을 해와서 직감적으로 위험하다고 생각했지만 히비키가 그 사실을 안 것이 어제저녁. 오늘 정오 전에 가까운 항구에 도착하는 것이 고작이었다.

"히비키 페데리코 와타루로서 있을 수 없는 실책입니다." 탐정은 이를 갈았다. "과오는 바로잡을 수 없지만 아미고 미오amigo mio, 나의 친구여, 이 사건은 반드시 제가 해결하겠노라 맹세합니다. 가급적 신속히."

"잘 부탁드립니다. 정말 고맙습니다."

일찍이 없었던 대량 살인 사건 수사에서 최고의 원군을 얻은 다쓰카와 경감의 진심이었다.

경감은 탐정의 안내로 시체를 한 구씩 확인했다. 건물 앞에 세 구, 다다미방에 세 구, 2층 객실에 두 구. 중년 여성이 사망한 현장은 안쪽에서 도어체인이 걸려 있어 수사원이 도구로 문을 열었다.

도합 여덟 구. 맞아 죽은 시체가 한 구, 총에 맞아 죽은 시체가 네 구, 목 졸려 죽은 시체가 한 구. 나머지 두 구는 외상은 없었지만 법의학에도 정통한 히비키가 보건대 독약에 의한 중독사 같았다. 한 명은 퉁퉁한 중년 남성, 나머지 한 명은 늘씬한 젊은 여성.

각자의 방을 조사해보니 운전면허증 등을 통해 신원을 알 수 있었다. 보수당 거물 중의원 이시무라 마사토가 섞여 있다는 사실을 알고 경감은 더욱 중압감을 느꼈다. 빨리 해결하라고 본부장이 잔소리를 할 것이다.

히비키와 경감은 건물 안을 한 바퀴 돌아보고 라운지로 돌아왔다.

"중독사한 사람은 자살했을 가능성도 있겠군요. 그 둘 중 누군가가 다른 사람들을 모조리 죽이고 마지막에 음독자살했다고 생각해볼 수도 있습니다."

경감의 가설을 탐정이 부정했다.

"불가능합니다. 만약 그렇다면 두 사람 중 한 명이 마지막에 죽었을 텐데 제가 보기에 두 사람은 훨씬 일찍 죽었습니다. 중의원 이시무라 마사토였나요, 남자 쪽은 마지막은커녕 가장 먼저 죽었을 겁니다."

"죽은 순서가 가장 중요한 문제겠군요."

"물론입니다. 저는 모든 피해자의 대략적인 사망 순서를 짐작했습니다만, 사법해부로 신중하게 확정 지어야겠지요."

"히비키 씨는 이미 순서를 짐작하고 계신 겁니까? 늘 그렇지만 놀라운 혜안입니다. 첫 번째 피해자가 이시무라라면 그다음은 어떤 순서로 죽은 겁니까?"

수첩을 펼치는 경감에게 탐정은 천천히 설명해주었다.

"이시무라가 1번. 마찬가지로 다다미방에 안치되어 있는 잠옷 차림의 여성이 2번. 유일하게 교살당한 피해자입니다."

그 여성의 신원은 아직 밝혀내지 못했다.

"그리고 역시나 다다미방에 뉘어 있는 젊은 여성이 3번."

"오오." 경감이 볼펜으로 빠르게 받아 적었다.

"유감스럽지만 그다음부터는 판단하기가 어렵습니다. 객실에서 총에 맞은 중년 남녀와 건물 밖에서 살해당한 세 남녀는 사망 시간이 상당히 비슷해서 4번부터 8번까지는 순서를 매길 수 없습니다."

"죽은 시간이 비슷하다는 것만으로도 중요한 정보입니다. 이거 고마운 일입니다."

히비키는 그 정도는 별것 아니라는 표정이다.

① 이시무라 마사토 …… 독살?

② 잠옷 여성 …… 교살

③ 하루야마 미하루 …… 독살?

④ 구로세 겐지로 …… 사살

④ 에노키 도모요 …… 사살

④ 사오토메 유나 …… 사살

④ 후타쓰기 톰 …… 사살

④ 우도 만사쿠 …… 박살

"네 번째 피해자 후보가 다섯 명이나 되다니 아름답지 못하군."

탐정은 투덜거렸지만 천재를 자부하는 그도 전지전능하지는 않다.

"천만에요, 아름답습니다. 범인은 권총을 사용하기 시작한 뒤로 연속으로 범행을 저질렀다는 사실을 알 수 있네요. 대단히 흥미롭군요."

첫 번째 범행은 토요일 오후 8시 이후, 마지막 범행은 늦어도 일요일 오후 4시라고 했다.

경감이 메모를 다시 훑어보는데 탐정이 말했다.

"제가 말씀드린 순서에는 아무 의미도 없을지 모릅니다."

"어째서요?"

"다쓰카와 씨는 기본적인 정보를 아직 못 들으셨군요. 사건 당시, 이 섬에는 적어도 아홉 명이 있었을 겁니다. 여기에 오는 도중에 초대 손님을 배에 태워준 오모토 선장에게 들었습니다."

"그, 그렇다면." 경감은 저도 모르게 볼펜 끝으로 탐정을 가리켰다. "그 아홉 번째 인물이 범인일지도 모른다는 말씀입니까? 아니, 그럴 가능성이 크군요. 섬 안 어딘가에 숨어 있을지도 모릅니다."

"예. 그자는 아마도 손님을 접대하는 쪽이겠지요. 다시 말해 이곳 종업원. 잠옷 차림으로 교살당한 여성도 마찬가지입니다. 이 두 사람은 한방에서 생활했던 모양이니 부부 같아요. 행방이 묘연한 건 그녀의 남편이라는 뜻입니다."

"오호라, 그래서 히비키 씨는 드론을 준비하라고 지시하신 거군요. 잘 챙겨 왔습니다. 바로 띄우지요. 아홉 번째 인물을 발견하면 사건도 해결되겠군요."

"글쎄, 그럴까요."

탐정이 찬물을 끼얹자 경감은 입가에 머금었던 미소를 거두었다.

"무슨 뜻입니까?"

"이번 사건은 애거서 크리스티의 『그리고 아무도 없었다』라는 명작 미스터리와 아주 흡사합니다. 그 소설을 알고 계십니까? 역시 모르신다고요."

경감은 히비키가 간략하게 설명한 줄거리를 수첩에 메모했다.

"섬에 초대받은 손님이 전원 죽는다는 말씀입니까. 지금 상황과 비슷하지만 이 사건의 경우 생존자가 섬 안에 잠복해 있을지도 모릅니다."

"현시점에서 그 가능성은 보류해둬야 합니다. 하지만 저는 아무래도 아홉 번째 인물이 이미 사망했을 거라는 생각이 자꾸 드는군요."

"그건 명탐정의 직감입니까?"

"잘 맞지요."

"『그리고 아무도 없었다』라는 소설과 똑같은 결말이 되리라는 보장은 없습니다. '그리고 범인만 남았다'라는 당연한 사실이 판명되면 좋겠군요."

"저것을."

히비키는 손목을 틀어 지팡이를 빙글 돌려서 무언가를 가리켰다. 경감이 고개를 돌려 쳐다보자 벽난로 위에 목제 인형이 늘어서 있었다.

"해적섬이라는 이곳 속칭에서 연유한 인형이겠지요. 『그리고 아무도 없었다』에도 마찬가지로 열 개의 인형이 등장하고, 누가 죽을 때마다 부서집니다."

"스릴러답군요. 방금 전 그렇게 말씀해주셨지만……" 경감은 벽난로 앞에 섰다. "아아, 여기 있는 인형도 부서졌군요. 가느다란 목이 부러져 있어요. 하지만 히비키 씨, 전부 부서진 게 아니라 네 개는 멀쩡한데요. 이유가 뭡니까?"

세상에 그 명성을 떨치고 있는 명탐정이라 해도 모든 질문에 바로 답할 수 있는 것은 아니다.

"논 카피스코Non capisco, 모르겠습니다. 이유는 알 수 없지만 네 개가 멀쩡하다는 점이 수수께끼를 풀 중요한 열쇠가 될지도 모릅니다."

험상궂게 생긴 수사원이 다가와 브라우닝 탄창에 남아 있는 총알은 없었다고 보고했다. 또한 총 옆에 쓰러져 있던 남자의 오른손과 옷에 초연반응이 있다고 했다.

탐정은 "음" 하고 끄덕거렸다. 이미 알고 있었다는 표정으로.

경감은 수사원들과 회의를 시작했고 바로 드론으로 생존자 수색을 시작했다. 히비키는 그 모니터 옆에 서서 섬 안의 상황을 꼼꼼히 관찰했다. 온통 바위터밖에 없는 땅에 약간의 관목이 자라고 있는 섬이다. 사람 그림자는 어디에도 없고, 숨을 만한 장소도 거의 없었다. 사람이 숨어 있을 가능성이 있는 장소에는 수사원이 직접 갔다.

"피해자의 사인은 다양합니다. 낭떠러지에서 떠밀려 죽은 사람이 있을지도 모릅니다."

히비키의 조언을 받아들여 바다 쪽에서도 수색하기로 했다. 그러는 사이 감식과 직원들은 곳곳의 범행 현장으로 흩어져서 바삐 움직였다. 시신 확인을 꺼리던 오모토도 수사 협력을 위해 끌려왔다.

"전부 제가 배에 태웠던 사람들입니다. 모바라 씨 부인은 목요일에 섬에 태워줬고, 다른 손님들은 토요일에 두 번에 걸쳐 태워줬습니다."

"모바라 씨 부인이 누굽니까?"

역할을 마친 뒤에 라운지 소파에서 힘없이 뻗어 있던 오모토는 좀처럼 풀려나지 못하고 경감에게 직접 신문을 받았다.

"끈으로 목이 졸린 사람이요. 여기서 일하게 됐다고 말했습니다. 남편 쪽은 아직 못 찾았습니까? 부인과 함께 섬에 건너왔는데."

아홉 번째 인물은 역시 모바라 아무개였다. 오모토의 말에 따르면 마흔 안팎으로 키가 크고 마른 남자라고 했다.

"저 사람들을 섬에 데려다줬을 때 배 안에서 뭐 보고 들은 건 없었소?"

"아무것도 없어요. 다들 선실이나 갑판에서 잡담을 했는데 그런 소리는 귀에 안 들어오니까요."

"초대 손님들보다 먼저 이 섬에 온 건 모바라 부부뿐입니까?"

"그렇다니까. 아니, 그렇습니다."

"확실하겠지요?"

"다른 사람은 없다니까요. 저는 태운 적 없습니다. 이제 됐습니까?"

오모토는 집으로 돌아가고 싶어했지만 기각당했다.

"조금만 더 섬에 머물러 주시겠습니까? 모바라 씨를 찾고 있으니 그를 발견하면 다시 확인 좀 부탁합니다."

"그건, 그게…… 모바라 씨도 죽었다는 뜻입니까? 살아 있는 사람을 발견하는 거라면 제가 확인할 필요도 없을 텐데."

"수사를 위한 일입니다. 부탁합니다."

경감이 고개를 숙이자 오모토는 몹시 난처한 기색이었지만 "어쩔 수 없네요" 하고 받아들이고 피비린내 나는 현장에서 벗어나 배로 돌아갔다.

선장과 교대하듯 한 수사원이 "경감님!" 하고 달려왔다. 하얀 장갑을 낀 손에 거무스름한 수첩을 들고.

"이시무라 마사토의 시신 밑에서 이런 게 나왔습니다. 구로세 겐지로의 소지품 같습니다."

"음, 어째서 구로세의 수첩이 그런 곳에?"

"이유는 모르겠지만 사건에 대한 기록이 있습니다."

히비키가 "아하" 하고 턱수염을 어루만졌다.

"구로세는 신변에 위험이 닥치는 와중에 무언가를 경찰에게 전하고 싶었나봅니다. 안치된 시신 밑에 숨기면 범인이 발견하지 못 할 거라 생각한 겁니다. 현명했군요."

경감과 탐정은 이마를 맞대고 자잘한 글씨로 쓰인 기록을 읽었다. 처음부터 끝까지 놀라운 내용이었다.

"흠이 있는 사람들을 덴스케가 섬에 모아서 몰살하려 했다…… 믿을 수가 없군. 미쳤어."

동요한 경감과는 대조적으로 히비키는 어디까지나 냉정했다. 기기괴괴한 사건에 몇 번이나 맞선 그는 이 정도 일은 익숙했기 때문이다.

"수사원들에게 주의를 줘야겠군요. 어디에 독침이 설치되어 있을지 모릅니다."

"예. 하지만 역시 히비키 씨는 대단하군요. 이 기록에 따르면 피해자들은 말씀하신 순서대로 살해당했습니다. 토요일 밤, 이시무라 마사토가 가장 먼저 독살당했고 그날 밤에 모바라 가오리가 교살당했고, 일요일에 하루야마 미하루가 독살. 모바라 가오리의 남편 쓰토무는 하루야마보다 먼저 살해당했군요."

"아직 덜컥 믿어서는 안 됩니다. 구로세가 사실을 정확하게 썼다는 보장이 없어요."

"옳은 말씀입니다."

당연한 일이지만 구로세의 메모는 그가 살해당한 이후로 기록이 끊겨 불완전했다.

"조금만 더 버텨줬으면 좋았을걸."

아쉬워하는 경감을 탐정이 달랬다.

"이걸 남겨준 것만으로도 감사해야지요. 낱말풀이 빈칸을 절반은 채워주었으니까요. 섬 안을 탐색했는데 아무도 없었다는 증언도 흥미롭습니다. 무엇보다 아까 말씀드렸다시피 이 모든 것이 사실이라는 보장은 없습니다. 기록을 하나씩 검증해봐야 해요."

"알고 있습니다. 그 전에 배로 선착장 반대편을 찾아보도록 지시하겠습니다."

경감이 의욕을 불태우는데 다른 보고가 들어왔다. 경찰 선박이 시체를 발견한 것이다.

"잘했다. 선착장 반대편이지?"

보고를 듣고 전달하러 온 수사원은 "아닙니다"라고 대답했다.

"동쪽 낭떠러지 밑, 해수면 가까운 곳에 동굴이 있는데 그곳 바위터로 떠밀려 왔다고 합니다."

구로세의 메모에 따르면 모바라 쓰토무의 시체는 낭떠러지 밑 바위터에 있어 밀물이 차오르면 떠내려갈 것 같다고 했다.

"파도에 휩쓸렸다가 동굴까지 밀려간 모양이군. 발견된건 마흔 안팎, 키가 크고 마른 남자겠지?"

부하가 당혹스러운 기색을 보였다.

"아닙니다."

"아니라고? 그럴 리 없다. 이 섬에서 남은 건 그 남자밖에 없어!"

히비키가 커다란 몸을 들썩이며 한 걸음 다가왔다.

"피해자의 성별과 연령대는?"

수사원은 헛기침을 하고 대답했다.

"시신은 중키에 보통 체격의 남성으로, 나이는 서른 안팎이라고 합니다."

"이럴 수가."

경감은 이마를 손으로 짚고 벽난로 위를 보았다.

"인형하고 똑같이, 열 번째 사람이 있었단 말인가……."

❖

다쓰카와와 히비키가 선착장으로 내려가자 시신을 태운 배는 이미 접안해 있었다. 해식 동굴 안 바위틈에 끼어 있어서 회수하느라 고생한 것 같았다.

그 시신을 보았을 때, 도저히 믿을 수 없는 장면을 목격한 경감은 현기증이 날 것 같았다.

먼저 그 얼굴. 물속에 있었던 시간이 그리 길지 않았는지 거의 손상되지 않아 똑똑히 알아볼 수 있었다. 후타쓰기 톰과 판박이였다.

　더욱이 경감을 놀라게 한 점은 시신의 목에 남아 있는 여러 개의 압박흔이었다.

　"좀 살펴봐도 되겠습니까?"

　히비키는 형식적으로 물어보고 그 흔적을 조사했다.

　"목울대 양쪽과 목 양쪽에 흔적이 있군요. 정면에서 두 손으로 목을 졸려서 생긴 액흔입니다. 스스로 목을 졸라서 죽는 일도 불가능하지는 않지만 압박흔 위치로 보아 이 사건이 그에 해당하지 않는다는 건 자명하다고 생각합니다만 어떻게 보십니까?"

　탐정의 물음에 경감은 "저도 그렇게 생각합니다"라고 대답할 수밖에 없었다.

　"열 번째 남자의 등장은 고민스럽군요. 이 남자가 나머지 아홉 명을 살해하고 마지막에 낭떠러지에서 투신했다면 모두 이해하기 쉬운 결말일 텐데, 그 역시 피해자였습니다. 흠, 이 사건, 이렇게 나온단 말이지?"

　시신을 계속 살펴보는 히비키를 바라보며 경감은 불길한 예감에 사로잡혔다. 이 이상 복잡해지면 안 된다고 기도하고 싶었다.

　"게다가 이렇게 나오시겠다."

　히비키가 상체를 일으켜 경감에게 좋지 않은 소식을 전

했다.

"시체가 어떤 환경에 있었는지 불명확합니다. 밀물 때 얼마나 물에 잠겨 있었는지에 따라 사후 변화가 달라지겠지만, 이 점만큼은 말씀드릴 수 있겠군요. 그의 사망 추정 시각은 빨라도 어제 오후 5시. 아마도 6시 정도에 살해당했을 거라고 봅니다."

"저기, 히비키 씨. 죄송하지만 다시 한번."

몇 번을 들어도 똑같았다.

"적어도 어제 오후 5시라는 말씀은, 이 남자가 가장 나중에 살해당했다는 뜻인데요."

"시, 로 에스Sí, lo es, 그렇습니다. 그가 마지막 피해자입니다."

"그렇다면 범인은 달리 있다는 뜻인데요. 열 번째 사람이 나온 것만으로도 놀랄 일인데 이 섬에 열한 번째 사람이 있다는 말씀입니까?"

"그렇다고 하지는 않았습니다."

"그렇게 말씀하시는 거나 마찬가지입니다."

히비키의 견해를 의심할 생각은 없었지만 경감은 받아들이기 어려운 사실이었다.

"잘 들으세요, 경감님. 사실을 향해 '너는 어째서 사실인 것이냐'라고 항의해도 소용없습니다. 그것을 인정하고 뛰어

넘어야 합니다. 미스터 10번의 출현으로 해야 할 일이 보다 명확해졌습니다. 섬 안에 열한 번째 인물, 즉 범인이 숨어 있는가, 숨어 있지 않은가. 두 가지 경우밖에 없습니다. 열한 번째 인물이 있다면 철저하게 수사해 찾아내면 됩니다. 없다면 열 명의 사망자 가운데 누군가가 범인이라는 뜻이니 추리하면 됩니다. 문제는 간단합니다."

"추리할 방법이 없잖습니까. 지금까지 발견된 피해자들 전부 타살이니까요. 특히 마지막 피해자가 교살당했으니 유령의 소행이라고밖에 생각할 수 없습니다. ……죽은 줄 알았던 누군가가 소생해서 몇 명을 살해하고 다시 죽었을 리는 없겠지요?"

"그럴 가능성은 제로. 소생했다가 다시 죽는 희귀한 현상이 일어났다 해도 아까 말씀드린 사망 추정 시각은 확실하고, 죽은 순서도 바뀌지 않습니다."

"으음, 히비키 씨에게도 이건 어려운 사건이군요."

"그렇지도 않습니다. 저는 이미 진상을 알아냈습니다."

"역시…… 아니, 뭐라고 하셨죠? 이미 진상을 알아내셨다고요?!"

살무사 다쓰라는 별명을 가진 경감은 놀라는 일에 지치기 시작했다. 사태는 자꾸만 혼란스러워지는데 이 탐정은 어디에서 어떻게 답을 찾아냈단 말인가?

"설명을 부탁드립니다."

"그렇게 하고 싶은 마음은 굴뚝같지만 제 추리는 구로세 겐지로가 남긴 메모를 토대로 삼고 있습니다. 그 기술에 거 짓이나 착오가 없는지 확인해야 합니다."

"어떻게 확인한단 말입니까?"

"구로세의 메모 내용과 경찰 수사로 밝혀낸 사실이 부합 한다면 신용해도 되겠지요. 수사원 여러분께만 맡겨둘 게 아니라 저도 직접 섬 안을 꼼꼼히 살펴서 메모가 얼마나 정 확한지 검증할 생각입니다."

"꼭 좀 부탁드립니다. 그런데 교살당한 열 번째 피해자는 누구일까요?"

"상식적으로 생각하면 후타쓰기 톰의 쌍둥이 형제겠지요. 바로 조사해보십시오."

듣고 보니 그 이외의 가능성은 없을 것 같았다.

"아아, 쌍둥이라. 그렇겠군요. 이렇게 얼굴이 닮았으니."

"모바라 쓰토무의 시신은 계속 수색하고 있는 거지요?"

"물론입니다."

"이 근처 해류에 대해 오모토 씨 의견을 참고하는 게 좋을 겁니다. 그럼 바로 섬을 한 바퀴 돌고 오겠습니다. 모바라 쓰 토무가 살해당한 현장도 봐두고 싶거든요. 한 시간 안에 돌 아오겠습니다."

경감은 그렇게 말하고 느긋한 발걸음으로 언덕을 내려가는 히비키의 널찍한 등을 지켜보았다.

탐정은 시계 반대 방향으로 길을 따라갔다. 적당한 기복과 거친 땅이 운치가 있어 오히려 비일상적인 산책에 어울릴 정도였다. 때때로 나타나는 기암도 흥미로웠다. 그는 어떤 사건 조사로 방문했던 아일랜드의 작은 섬에서 보았던 망막한 풍경을 떠올렸다.

모바라 쓰토무가 독침에 찔려 고통에 몸부림치며 낭떠러지에서 굴러떨어진 장소에 도착했다. 문제의 의자 부근에서 감식과 직원 두 명이 위험한 흉기를 신중히 채취하는 참이었다.

히비키는 피해자가 굴러떨어진 것으로 짐작되는 지점을 추리해 몸을 내밀어 아래쪽을 굽어보았다. 10미터쯤 떨어진 절벽 밑 바위터에서 파도가 부서지고 있었다. 저기에 떨어졌다면 독이 온몸에 퍼지기 전에 전신 타박으로 즉사했을 것이다. 그리고 시체가 파도에 휩쓸리기 전에 수습하려 해도 마땅한 수단이 없었으리라.

구로세의 메모 기록을 전면적으로 신뢰하기는 망설여졌지만 그 내용과 범행 현장, 시체 상태 사이에 모순이나 어긋나는 점은 보이지 않았다. 탐정은 메모의 신빙성을 높여줄 결정타를 찾고 있었다.

바다를 둘러보니 동쪽에 한 척, 서쪽에 한 척의 선박이 섬에서 100미터쯤 떨어진 부근에서 수색 작업을 벌이고 있었다. 열심히 모바라 쓰토무의 시신을 찾고 있는 것이다. 높은 곳에서 굽어보아도 바다 위에 비슷한 그림자는 보이지 않았다.

탐정은 지팡이를 짚고 다시 걸음을 뗐다. 걸어가면서 듣는 이가 없는 것을 핑계로 시체가 가득한 섬에서 목청껏 노래를 불렀다.

푸치니 오페라《토스카》의 〈별은 빛나건만〉. 날이 밝으면 총살당할 운명에 처한 화가 카바라도시가 사랑하는 토스카를 그리며 산탄젤로 성의 성벽에서 부르는 아리아로, 엉뚱하기 짝이 없는 선곡이지만 개의치 않았다. 어려운 사건의 해명을 가장 큰 기쁨으로 여기는 히비키 페데리코 와타루가 그다음으로 사랑하는 것이 오페라, 그중에서도 이탈리아 오페라였다.

자신의 미성과 풍부한 성량에 취해 열창하는데 눈치 없는 물체가 머리 위로 날아왔다. 섬 안을 수색하던 카메라 달린 드론이었다. 윙윙거리는 소리가 싫어 노래를 멈추고 드론이 멀어지길 기다리려는데 히비키 쪽으로 내려오는 것이었다. 이윽고 드론이 그의 눈높이에서 제자리 비행을 시작하자 프레임에 끼여 있는 접힌 메모가 눈에 들어왔다. 빼내서 펼쳐

보자 히비키에게 보내는 메시지였다.

'히비키 님, 새로운 증거 발견. 돌아오시길 기다리고 있겠습니다. 다쓰카와.'

바다 위에서는 배들이 계속 수색을 하고 있으니 모바라 쓰토무의 시신을 찾아낸 건 아닌 듯했다. 과연 무엇일지, 탐정은 걸음을 서둘렀다.

애타게 기다리던 경감은 라운지에 들어오는 히비키의 모습을 보자마자 종종걸음으로 다가왔다.

"피해자의 소지품을 조사하다가 발견했습니다. 여행 가방 바닥에 깔려 있던 사오토메 유나의 스마트폰입니다."

"이 섬에 온 뒤로 통화는 불가능했을 텐데, 혹시 뭔가 메시지가?"

"예. 문자가 아니라 음성 기록이. 구로세와 마찬가지로 사건 발생 전부터 하루야마 미하루의 죽음까지, 그사이의 경위를 알 수 있습니다."

수록 시간은 약 10분. 사살당한 변호사는 또렷한 발음으로 실로 요령 있게 설명하고 있었다.

"직업 덕택인지 요약이 훌륭하군요."

히비키의 얼굴에 스멀스멀 미소가 퍼졌다.

"예, 귀중한 증언입니다. 구로세의 메모와 어긋나는 점도 전혀 없는 데다가 구로세가 빼먹은 사실도 포함되어 있었습니다.

후타쓰기 톰의 쌍둥이 남동생 짐이 갑자기 불참하게 되었다는 정보였다. 섬에 없는 사람은 상관없다고 생각했는지, 구로세의 메모에 짐에 대한 언급은 일절 없었다.

"짐이라는 남동생에 대해 경찰 조사로 뭔가 알아낸 사실은?"

"요코하마에 거주하는 부모에게 연락해보니 '톰이 살해당했다는 소식을 쌍둥이 동생 짐에게 전하려 했더니 통화가되지 않는'고 당혹스러워했습니다. 두 사람은 분간이 가지 않을 정도로 닮았지만, 짐은 톰처럼 머리카락을 염색하지 않았고 등에 나란히 있는 세 개의 점이 특징이랍니다."

"그 확인은?"

"이미 마쳤습니다. 아까 회수한 열 번째 시신은 후타쓰기짐입니다."

히비키는 무거운 표정으로 고개를 끄덕였다.

"좋습니다. 사건은 해결되었소."

경감은 그것이 낭보로 들리지 않았다.

"해결이라니, 무슨 뜻입니까?"

"전부 알아냈다는 뜻입니다. 아미고 미오amigo mio, 나의친구여."

탐정은 벽난로 위의 인형으로 시선을 던졌다.

❖

다쓰카와 경감의 명령으로 모든 수사원이 라운지에 모였다. "당신도 오시오"라고 해서 불려 온 오모토도 가시방석에 앉은 사람처럼 섞여 있었다. 당연하지만 소파에 모두 앉을 수 없어서 다들 서 있었다.

히비키 페데리코 와타루는 사람들의 주목을 받으며 벽난로를 등지고 서서 자랑거리인 성량을 과시하듯 입을 열었다.

"애거서 크리스티의 『그리고 아무도 없었다』 줄거리는 모두 들으셨겠지요?"

이구동성으로 "예". 그 젊은 순경이 몇 번씩이나 설명해주었다.

"이 사건의 범인은 그 소설을 모방하려 했습니다. 완벽하게 모방하기 전에 계획이 무너졌지만, 섬에 아무도 남지 않았으니 완수했다고 할 수도 있지요. 보기 드문 광기가 이곳에서 잔인한 횡포를 부린 것입니다. 모든 것이 수수께끼처럼 보이는 사건이지만, 지금 사악한 기운으로 가득했던 안

개는 걷혔고 눈앞에 모든 것이 드러났습니다. 해적섬에서 무슨 일이 있었는가? 양해해주신다면 이 히비키 페데리코 와타루가 설명해드리겠습니다."

나이 많은 수사원 한 명이 "저런 서설이 필요한가?"라고 중얼거렸지만 탐정의 귀에는 닿지 않았다.

"구로세 겐지로는 사건 경위를 어느 시점까지 수첩에 기록해두었습니다. 중요한 증언이지만 그것만으로는 전폭적으로 신뢰할 수 없지요. 하지만 사오토메 유나가 스마트폰에 녹음한 기록을 발견함으로써 내용을 대조할 수 있게 되었고, 구로세가 남긴 메모의 신빙성이 비약적으로 높아졌을 뿐만 아니라 사오토메는 구로세가 기록하지 않은 사실까지 저희에게 알려주었습니다. 이 섬에 초대받은 손님들이 원래는 여덟 명이었다는 사실입니다. 이 점은 사오토메의 증언에 이어 집무실 컴퓨터에서 발견한 CD-ROM 내용과도 부합합니다. 그 CD에 녹음되어 있던 덴스케의 맹렬한 비난. 참고로 배경음악은 레드 제플린의 〈천국으로 가는 계단〉이었습니다. 이 곡을 발매한 레코드 회사의 이름은 스완송."

"오오!"

탐정이 순경에게만 눈짓을 한 이유는 명백했다. 『그리고 아무도 없었다』의 범인이 고발문을 녹음해둔 레코드가 〈백조의 노래〉였던 것이다.

"일곱 명의 초대 손님과 접대하는 입장의 모바라 부부. 토요일 이후 총 아홉 명이 이 섬에 있었습니다. 그리고 이튿날 남자들 넷의 조사로 섬 안에 그 아홉 명밖에 없었다는 사실이 밝혀졌습니다."

경감이 끼어들어 질문했다.

"아홉 명뿐이었다고 단정해도 되겠습니까? 그들은 드론도 없었으니 그때 이미 간과한 점이 있었을지도 모릅니다."

"실력파 경감님께서 귀한 의견을 주셨습니다만, 드론을 날려 알아낸 점은 섬 안에 사람이 숨을 만한 장소가 없다는 사실입니다. 게다가 일요일은 수색 인원이 적었다고는 해도 그들은 진지했습니다. 말 그대로 목숨을 걸었다는 점을 짚고 넘어가지 않을 수 없군요."

미스터리를 좋아하는 젊은 순경의 입에서 튀어나온 "윽"이라는 괴상한 소리를 히비키는 놓치지 않았다.

"당신, 왜 그러십니까?"

"예. 아니, 그게, 이상한 생각이 들어서 저도 모르게. …… 실례했습니다!"

탐정은 순경에게 무슨 생각인지 말해보라고 했다.

"정말 실없는 생각이라 부끄럽지만…… 그들은 트릭에 속아 섬에 자기들밖에 없다고 믿었던 게 아닐까요?"

"트릭이라 하면?"

"너무 막연하지만 사실은 섬 안에 열 명이 있었는데 아홉 명뿐이라고 착각하게 만드는 트릭입니다. 그들 중 한 인물이 둘이서 한 사람 역할을 한 게 아닐까요? 그건 즉……."

"제가 대신 말할까요? 쌍둥이라는 점을 이용해 후타쓰기 형제가 사람들을 속였다는 뜻이지요?"

"예! 섬에 있는 사람 수를 속여서 무슨 짓을 하고 싶었던 건지는 모르겠습니다만."

"재미있군요. 하지만 그런 일이 가능했을까요? 오모토 씨가 섬에 데려다준 건 아홉 명뿐이었습니다. 그렇지요?"

갑작스레 질문을 받은 남자는 허둥거리며 "예"라고 대답했다.

"구로세와 사오토메가 남긴 증언으로 봐도 그런 짓은 불가능했다고 추측해볼 수 있습니다. 사람 수가 더 많았다면, 가령 섬으로 오는 배에 열 명 이상 타고 있었다면 그런 트릭이 통했을지도 모릅니다만."

순경은 몸을 움츠렸지만 탐정은 그의 유연한 발상을 높게 평가했다.

"2인 1역도 불가능했으니 섬에 있던 사람은 아홉 명뿐. 그 아홉 명이 일요일 일몰 전에 모두 죽었습니다. 뿐만 아니라 결석해서 섬에 없었던 초대 손님까지 시신으로 발견되는 기묘한 사태가 판명되었습니다. 그 열 번째 남자가 마지막 사망자라는 점은 의심할 여지가 없으며 명백히 타살입니다. 전대미문의 사건이지만 어떻게 하면 이런 일이 있을 수 있는지, 인간만이 갖춘 추리라는 능력을 구사하면 밝혀낼 수 있습니다. 여러분 중에 알겠다 하는 분은?"

손 들 사람이 없을 줄 알면서 던져본 질문이었다.

"너무 단순한 답이라 오히려 알아차리기 어려운가보군요. 수수께끼를 풀기 위한 최대의 힌트는 여기에 있습니다."

천천히 들어 올린 지팡이로 가리킨 것은 해적 인형이었다.

"『그리고 아무도 없었다』를 염두에 두고 제 이야기를 들어주십시오. 범인은 모방하기 어려워서 그랬는지, 숫자풀이 노래 가사를 따라 살해하는 것은 포기했지만 범행 때마다 인형을 부수는 설정은 채택했습니다. 초대 예정 인원과 호스트 역할을 해줄 부부의 몫, 합해서 열 개의 인형을 미리 준비했고, 구로세의 메모와 사오토메의 증언에 따르면 위험을 무릅쓰면서까지 소설처럼 범행 때마다 인형을 부수었습니다. 어느 시점까지는."

지팡이 끝이 멀쩡한 네 개의 인형을 가리켰다.

"결석한 후타쓰기 짐까지도 어느 틈에 상륙해서 살해당했는데, 머리가 그대로 붙어 있는 인형이 네 개 있지요. 어째서 범인은 마지막 순간에 자기 계획을 저버렸을까요? 소원성취를 앞두고 마지막 마무리를 못한 꼴입니다. 희대의 대

사건을 저지른 범인이 환희의 피날레를 포기한 이유는 무엇일까? 깜빡 잊었을 리는 없으니 생각해볼 수 있는 이유는 한 가지뿐입니다. 범인은 즐거운 인형 파괴를 끝까지 마치기 전에 죽은 겁니다."

일동이 시끌벅적 쑥덕거렸다. 그 모습에 미소를 지으며 탐정은 열변을 재개했다.

"범인이 인형 파괴를 멈춘 것은 어느 시점부터였을까? 이것은 명백합니다. 범인은 그때까지의 차분한 페이스를 중단하고 기어를 바꾸어 에노키 도모요와 구로세 겐지로를 연달아 사살한 것으로 보입니다. 피해자는 여섯 명에 달했고 멀쩡한 인형은 네 개가 되었습니다. 그 후 남은 세 사람은 총에 맞거나 구타당해 죽었지만, 인형을 부술 사람은 이미 없었습니다. 여기까지는 이해하셨겠지요?"

눈이 마주친 경감이 조심스레 대답했다.

"이의 없습니다. 에노키, 구로세, 사오토메, 후타쓰기, 우도, 다섯 명이 어떤 순서로 사망했는지 의학적으로는 판정하기 쉽지 않다지만, 남은 인형 수로 볼 때 에노키와 구로세가 살해당한 시점에서 인형이 파괴되었고 그 후로는 건드린 사람이 없다고 보는 게 가장 자연스럽습니다. 그 시점에서 생존자는 세 사람이었습니다."

탐정은 중후한 목소리로 경감에게 물었다.

"남은 세 명 가운데 범인이 있다면 누구일까요?"

"모두 살해당했는데요……"

"꼭 그렇다고는 할 수 없지요. 상식을 총동원하면 답은 어떻게 될까요? 어서요."

"일곱 번째 피해자가 총에 맞아 사망하고, 남은 두 사람이 서로 맞대결하다가 죽었다…… 그런 뜻일까요?"

재촉받은 경감이 거의 반사적으로 내뱉은 대답이 요행을 가져왔다.

히비키는 지팡이를 옆구리에 끼고 가벼워진 두 손으로 손뼉을 쳤다.

"브라보! 최후의 두 사람은 맞대결로 인한 죽음. 그것 말고 다른 가능성은 없습니다."

술렁거리는 수사원들. 경감은 멋쩍은 듯 헛기침을 했다.

"시체 방향이나 권총이 떨어져 있던 위치로 추측건대, 먼저 우도가 후타쓰기를 쏘았을 겁니다. 그런 다음 그것을 저지하려 했는지 사오토메가 쇠파이프로 우도의 머리를 타격. 죽어가던 우도가 건물 안으로 돌아가려는 사오토메의 등을 향해 발포. 그것이 명중해 사오토메가 죽음에 이른 뒤, 우도가 숨을 거두었습니다. 이리하여 아무도 없었다."

"우와!" "그랬군!" 그런 목소리가 이는 가운데 "그럴 줄 알았어"라고 중얼거리는 이도 있었다. 이번에는 탐정과 젊은 순경의 시선이 엉켰다.

"당신도 이해했습니까?"

"저기, 저는." 순경은 등을 꼿꼿이 폈다. "그게 상식적으로 이해할 수 있는 진상이라고 생각합니다. 크리스티의 『그리고 아무도 없었다』를 읽기 전에도 그런 결말을 예상했습니다. 마지막 두 사람은 서로 죽인 걸 거라고요. 하지만……."

"이의가 있다?"

"이의라고 할까요, 현실과 맞지 않는다고 해야 할까요, 그게, 히비키 선생님은 우도 만사쿠가 범인이라고 말씀하시는 거지요?"

"히비키 씨라고 부르셔도 됩니다. 시, 로 에스Sí, lo es, 그렇습니다, 우도가 덴스케입니다."

"하지만 열 번째 초대 손님인 후타쓰기 짐이 그 후에 누군가에게 목을 졸려 죽었습니다. 우도는 짐을 죽이지 못합니다."

"지당하신 말씀. 그 점도 상식적으로 생각해보면 됩니다."

탐정은 마치 자기 거실에서 휴식을 취하는 것처럼 벽난로에 기댔다.

"『그리고 아무도 없었다』의 줄거리는 실로 독창적이라, 미스터리 역사에 찬란히 빛나는 명작입니다. 그 지위는 영원히 흔들리지 않을 겁니다. 하지만 재미있게도 기존의 아이디어를 조금 옆으로 밀어내기만 해도 독창성은 탄생합니다. 『그리고 아무도 없었다』의 원형이 된 과거의 작품은 많습니다. 예를 들면, 밀실 살인."

젊은 순경 혼자만 "오오!" 하고 반응했다.

"안쪽에서 잠긴 방에 들어가보았는데 안에는 타살 시체뿐. 불가사의하게도 범인의 모습은 어디에도 없습니다. 이것이 미스터리에서 말하는 밀실입니다. 사건 현장을 안쪽에서 잠긴 방에서 외떨어진 작은 섬으로 바꾸고, 시체 수를 늘리면 이 사건과 똑같아집니다. 그 사실을 깨달은 저는 몇 가지 밀실 트릭 패턴을 대입해봤습니다. 가령 범행 때 범인은 밀실 안에 없었고, 실외에서 실내의 피해자를 습격한 게 아닐까? 이는 독살 이외의 경우에는 성립하지 않습니다."

여기에서 탐정은 똑바로 세운 집게손가락을 연극적으로 흔들었다.

"범인이 예상 밖의 장소에 숨어 있다가 시체가 발견되었을 때 빈틈을 타서 도주했다고 생각할 수도 없습니다. 저를 선착장에 내려준 오모토 씨의 배가 아무도 태우지 않고 그대로 돌아가는 모습을 보았기 때문이지요. 밀실 안에 처음 들어간 사람, 이번 사건에서는 바로 제가 재빨리 안에 있던 사람을 살해했다는 가설도 사망 추정 시간이 맞지 않으니 기각. 현장이 방이라면 밖에서 문이나 창문에 조작을 해서 안쪽에서 잠긴 상태로 만드는 트릭도 있을 수 있지만, 바다라는 천연의 장벽은 여닫을 수 없습니다. 물론 육지로 이어지는 터널 같은 비밀 통로도 없고요. 다양한 가능성을 검토한 결과, 남은 가능성은 단 하나!"

그야말로 사자후. 히비키는 포효하는 사자처럼 목청을 돋우었다.

"범인은 밀실이 열린 후에 시체를 밀실 안에 집어넣은 겁니다! 그런 일이 가능하냐고요? 아홉 구의 시체에 대해서는 불가능하지만 해식 동굴 안에서 발견된 마지막 한 구에 대해서는 가능합니다. 그 동굴은 외딴섬이라는 밀실에 포함되는 동시에 상륙하지 않고도 접근할 수 있는 밀실의 외부라는 성질도 가진 장소이기 때문입니다. 여러분도 이제 아시겠지요? 후타쓰기 짐을 살해한 범인은 거기 있는 오모토 센스케."

지목당한 남자는 마른 침을 꿀꺽 삼켰다.

"아니, 나는……"

"쓸데없는 변명은 그만두시지. 당신은 내 지시로 항구로 돌아가는 도중에 후타쓰기 짐의 시체를 바다에 버렸던 거야. 시체가 조류를 타고 동굴로 흘러든 건 필연인지 우연인지, 뱃사공이 아닌 나는 알 길이 없지만."

경감이 못 참겠다는 듯이 물었다.

"히비키 씨, 잠깐만요. 어째서 후타쓰기 짐의 시체가 오모토 씨의 배에 있었던 겁니까?"

"오모토 선장이 육지에서 죽여서 배에 숨겨두었던 겁니다. 후타쓰기 짐만 유일하게 섬 밖에서 살해당한 겁니다. 상세한 경위는 오모토 본인에게 들어보도록 하지요. 아마도 짐은 일요일에 항구에 도착해, 강풍 속에서 배를 띄우라고 오모토에게 부탁했을 겁니다. 당연히 거절당했고 말다툼이 벌어졌겠지요. 혹은 짐이 고집을 꺾지 않고 멋대로 배를 띄우려 해서 오모토가 격앙했거나. 그런 사정일 겁니다."

주위 사람들의 시선을 받은 오모토가 고개를 숙였다.

"싸우면 젊은 쪽이 아니라 완력이 센 쪽이 이깁니다. 죄송합니다, 하고 사과를 받아내면 끝날 일인데 도가 지나쳐 오모토는 짐을 목 졸라 살해하고 말았습니다. 시체는 일단 배 안 수납공간에 숨겼다가 이튿날 아카자 섬에 건너가는 길에 바다에 버리려 했겠지요. 그때 생각지 못한 방해꾼이 나타납니다. 홀쩍 나타난 제가 섬으로 건너가고 싶다며 동승을 요구했던 것입니다. 강하게 거절했다가 의심을 사기 싫었는지, 그는 친절하게도 저를 배에 태워주었습니다. 시신 유기는 섬에 있는 손님들을 항구로 실어준 다음에 하면 된다고 마음먹었겠지요. 하지만 섬에서는 엄청난 일이 있었습니다. 여덟 명이 넘는 사람들이 살해당했고 그 밖에도 시체가 있을지 모른다고 제가 선박 무선으로 신고하는 소리를 듣고 기겁했을 겁니다. 그때 그는 정말 깜짝 놀라더군요. 그건 연기도 그 무엇도 아니었습니다."

탐정의 목소리가 계속 울려 퍼졌다.

"저는 섬에 남겠다고 말하고 그에게 경찰관을 데리고 돌아오도록 명령했습니다. 그는 자기가 취해야 할 길이 하나밖에 남지 않았다는 사실, 즉 배가 제 눈에 보이지 않는 지점에 왔을 때 짐의 시체를 바다에 버리는 수밖에 없다는 사실을 깨닫고 실행한 것입니다!"

마지막에는 허공을 향해 오른손을 뻗고 있었다. 피날레의 아리아를 완창한 테너 가수처럼.

그 여운이 가라앉자 오모토가 기어들어가는 목소리로 말했다.

"덴스케인지 하는 작자에게 초대를 받았다며 '늦어도 참가하고 싶다. 마지막 밤만이라도 섬에서 보내고 싶다'고 해서 '이런 날에는 배를 띄울 수 없다'고 거절했더니 나 몰래 배를 띄우려 하지 뭐요. '2급 소형 선박 면허가 있으니 이 정도 배는 조종할 수 있다'나 뭐라나. 어떻게 생겨먹은 인간인지. 어떻게 그렇게까지 멋대로 굴 수 있는지 이해할 수가 없소. 울컥 화가 나서 두 손으로 목을 조른 사람이 이런 말을 해봤자 안 통하겠지만. 술에 취해 있었다는 것도 변명거리가 되지 않겠지요."

오모토의 고백이 끊기자 라운지는 찬물을 끼얹은 듯 고요해졌다.

젊은 순경이 "너무해"라고 중얼거렸다. 오모토의 행동도 그렇지만 그를 그런 상황에 빠뜨린 원인이 덴스케, 즉 우도 만사쿠의 소행이라는 점은 탐정도 알 수 있었다.

"우도는 어째서 이런 사건을 계획적으로 벌인 걸까요? 그것을 알아내려면 상식을 초월해야 합니다. 우리의 상상력이 시험받을 때입니다."

자기에게 하는 말이라는 것을 눈치채고 순경이 "예"라고 대답했다.

경감이 허리에 찬 무선기가 울렸다. 짧은 통화를 마친 경감이 탐정에게 보고했다.

"바다 위에 떠다니던 모바라 쓰토무의 시신을 발견했습니다. 섬으로 이송 중입니다."

히비키가 설명을 마치자마자 마지막 시체가 발견되었다는 사실에 모두가 극적인 우연을 느꼈다. 다쓰카와 경감은 뛰어난 탐정이 세상 전체를 움직이고 있는 게 아닌가 하는 생각마저 들었다.

히비키 페데리코 와타루는 마지막 시체가 발견되었다는 말을 듣고 조용히 말했다.

"그들은 시체가 되어 비극의 섬에 다시 모여들었군요. ……이리하여 모두가 모였다."

9

권총을 손에 든 우도 만사쿠가 이쪽으로 몸을 돌리며 "여"라고 말했다. 이런 상황에서 아무 표정이 없는 것이 소름 끼친다. 그의 뒤에는 하얀 셔츠를 붉은 피로 물들인 후타쓰기 톰이 쓰러져 있었다.

"당신이, 덴스케였어……?"

사오토메 유나는 본인에게 묻지 않을 수 없었다.

"그래. 내가 덴스케, 내가 범인. 악을 멸하는 영웅이자, 세상의 극약."

"뭐가 영웅이야?"

"〈천국으로 가는 계단〉 가사에도 나오잖아. 단어의 의미는 하나가 아니야."

"아제르바이잔에서 큰 정전을 일으킨 크래커이기도 하다?"

"그런 정전은 없었어. 각계에서 활약 중인 여러분, 외신 뉴스에는 관심이 없었군. 그건 지어낸 악행이야."

그가 범인일 가능성도 의심하고 있었는데, 직접 듣고도 현실감이 없었다. 사오토메가 볼 때는 아직 앳된 티가 남은 애송이였는데.

"권총을 가지고 있었으면 냉큼 쓰지 그랬어."

한마디하지 않을 수 없었다.

"마지막에 불쑥 무대 위에 튀어나오는 게 충격적이고 재미있잖아. 기계실에 쇠파이프가 몇 개나 있었던 것도 다 의도한 거야. 그걸로 몸을 지킬 수 있을지도 모른다고 생각하게 만들면 범인이 권총을 꺼냈을 때 절망에 빠지겠지. 지금이 바로 그런 상황이려나?"

"성미 한번 고약하네……"

"그럼, 나야 고약하지. 나도 진절머리가 날 정도야. 이걸 쓰기 시작하면 클라이맥스가 될 줄 예상했지. 모두 겁에 질려 사방으로 흩어질지도 모르니까. 그것만큼은 피해야 하니, 첫 발을 쏘면 단숨에 마지막까지 끝낼 작정이었어."

살인 계획의 세세한 뒷사정을 들어봤자 의미가 없다.

"어째서? 어째서?!"

사오토메의 외침은 바람에 묻혔다.

"이미 덴스케가 전부 설명했잖아. 정의를 위해서, 악을 멸하고 싶었어. 선택된 당신들은 불운하다고 할 수밖에 없지만, 본보기지. 다른 나쁜 놈들도 겁 좀 집어먹겠지. 개미처럼 하찮은 개인으로서는 그 정도밖에 할 수 없어."

"정의를 위해 이런 대량 살인을 할 수 있다는 거야? 당신이 진짜 덴스케라면 백억 엔 단위의 재산을 가지고 있겠지? 부러워. 그렇게 좋은 팔자인데 어째서?"

그는 입술을 오므려 숨을 후 내뱉었다.

"변호사 일을 하면서 인간의 신비한 심리 작용을 배우지 못했어? 그런 건 돈이 안 되니 생각해본 적도 없나? 해킹으로 여기저기 침입해 알아낸 비밀 정보를 토대로 각국의 외환이나 가상화폐의 변동을 읽었을 뿐인데 기가 막힐 정도로 큰 돈을 벌었어. 순진한 고등학생이나 일본어를 공부하는 유학생이 편의점 아르바이트로 벌면 몇 년이 걸릴까 계산해보고 무서웠던 적도 있지. 돈의 힘으로 손에 넣은 압도적인 자유에 취했던 시기도 있었어. 하지만 이 성공은 어떻게 생각해도 부조리하지. 빠른 행동과 교활한 꾀, 거기에 운이 더해진 것뿐인데 그런 커다란 부를 얻을 수 있다니, 인간 세상은 글러먹었어. 그래서 부정하고 싶었다."

"뭐?" 사오토메는 기가 막혀서 웃음을 터뜨리고 말았다.

"컴퓨터 공간에서 벌어들인 돈이 너무 많아서 현실에서 떨어져 나왔다? 그게 뭐야. 철학? 문학?"

"당신 표현은 빈약하기 짝이 없군."

"그런 세상을 정화하려고 가진 것을 모두 버리고 대량 살인을 계획했다? 자기주장을 고집할 뿐, 사실은 인간을 사랑하지 않는 철부지 만년 자유주의자 우리 아버지보다는 훨씬 홀륭할지 모르겠네. 순수하게 굉장하다고 생각해. 대성공의 정점에서 당신은 깨달음을 얻은 거네."

우도는 왼손 손가락을 두 개 세웠다.

"깨달음은 두 번 찾아왔어. 첫 번째는 방금 전에도 말했지만 편의점에서. 심야에 묵묵히 일하는 유학생 산토스 군을 보고 스스로도 업화의 불길에 타오르는 것과 동시에 세상에 한 방 먹여줘야겠다는 생각이 들었지. 두 번째는 애거서 크리스티의『그리고 아무도 없었다』를 읽었을 때. 이런 방법이 있구나, 하고 충격을 받고 따라 해보고 싶었어."

"그건 건전한 정신을 가진 사람을 위한 오락 소설이야. 당신은 거기서 엉뚱한 깨달음을 얻은 거야."

"원작자에게는 해프닝이려나."

"제목이 '그리고 아무도 없었다'인데, 나를 죽이고 당신도 죽을 셈이야?"

"그래, 이 총으로 자결할 거야. 내가 범인이라는 건 일목요연하지. 경찰을 고민에 빠뜨릴 생각은 없어. 어째서 덴스케가 그런 짓을 했는지, 그것만은 명탐정도 쉽게 풀지 못할 수수께끼로 사람들의 사색을 불러일으키겠지. 어려운 문제이기는 하지만 언젠가 많은 사람들이 답을 찾아낼 거야. 사오토메 씨, 혹시 지금까지의 사건 경위를 수첩에 메모해놨어?"

태연을 가장하고 "아니"라고 대답했다.

"써놨어도 상관없어. 처분하지 않을 거야. 나는 여기서 무슨 일이 있었는지 온 세상이 알아주길 바라거든."

이런 상황인데도 사오토메는 속물적인 궁금증이 일었다.

"당신 계좌에 있는 몇백만 엔이나 될 가상화폐는 어떻게 돼?"

"어디로 갈지 다 정해놨어. 내일, 국내외 9백 곳 이상의 단체에 기부될 거야. 그 리스트를 작성하는 게 제일 힘들었어. 어려운 처지의 사람을 돕기에는 너무나 작은 금액이라 한심해. 이 세상에는 덴스케가 몇백 명은 더 필요해. 그리고 중요한 문제는 아니지만 내 재산은 100억 엔 단위가 아니야. 겨우 그 정도였으면 허무의 나락에 빠지지도 않았어."

"미쳤어."

"그걸 정할 권리가 당신에게 있을까? 있다고 쳐. 내가 미쳤다면 그건 뇌의 기능이 이상을 일으킨 탓이지만 고칠 수 없지. 불치병에 걸린 거나 다름없어. 길게 얘기해봤자 끝이 없으니 슬슬 끝낼게."

우도가 오른손을 슬그머니 올리기에 사오토메는 쇠파이프를 단단히 움켜쥐었다. 아직 승부는 나지 않았다.

"당신, 에노키 씨하고 구로세 씨에게 최소 두 발은 쐈지.

자세히 살펴보지는 못했지만 세 발을 썼을지도 모르지. 그리고 방금 후타쓰기 씨한테 네 번 발포했어."

"두 발은 빗나갔고 두 발은 명중했어."

"그거, 브라우닝이지? 야쿠자 항쟁 사건을 다뤘을 때 조사해봐서 그 총에 대해서는 잘 알아. 일곱 발밖에 장전 못 한다는 점도. 그리고 당신은 새 탄창을 장전하지 않았어."

그럴 틈이 없었음을 우도는 인정할 수밖에 없었다.

"맞는 지적이야. 하지만 나는 에노키, 구로세에게 한 발씩밖에 쓰지 않았으니 아직 한 발 남아 있어."

"거짓말."

"거짓말이 아니야. 시험해볼까?"

사오토메는 대답하기 전에 땅바닥을 박차고 혼신의 힘을 실어 우도의 이마에 쇠파이프를 내리쳤다. 그가 총구를 겨냥할 틈은 없었다.

두개골이 부서지는 감촉이 두 손에 생생하게 전달되어 그녀는 찢어지는 비명을 질렀다. 뜨거운 부젓가락이라도 쥔 것처럼 쇠파이프를 집어던지고 건물 안으로 비틀비틀 돌아가려 했다.

잔디에 쓰러진 우도는 사라져가는 생명의 불꽃을 느끼면서도 총을 간신히 들어 올려 붉은 옷을 입은 등을 향해 쏘았다.

사오토메가 쓰러졌다.

미소와 함께 눈꺼풀이 감길 때까지 그는 방 창문으로 바라보았던 경치를 떠올렸다. 하얗게 부서지는 파도를.

'바람만 없었으면 배가 떴을지도 모르는데.'

죽음 직전, 후타쓰기 짐이 이 섬에 오지 않은 것만이 우도 만사쿠의 유일한 미련이었다.

후기

「저택의 하룻밤」은 호러 소설 같은 전개를 보이지만 미스터리 취향의 콩트 같은 결말이 붙어 있다. 하지만 전체적으로는 판타지로 읽을 수 있지 않을까 싶어 첫머리에 배치했다. 이 작품은 NHK-FM 라디오 〈크로스오버 일레븐—2013년 여름〉에서 쓰카야마 마사네 씨가 낭독해주는 스크립트(텍스트)로 집필한 원고로, 활자로 실기는 이 책이 처음이다. ✢ 표시 부분에서 전편과 후편으로 나뉘는데 2013년 8월 19일과 20일 이틀 밤에 걸친 방송이었다.

「선로 나라의 앨리스」는 이 책에서 가장 확실한 판타지인데, 이 작품이 첫머리에 오면 골치가 아파질 것 같아 두 번째에 배치했다. 『소설 신초』 특집 '스토리셀러 2013'을 위한 단편으로 의뢰를 받았는데 소녀 앨리스가 기묘한 철도를 타고 모험하는『이상한 나라의 앨리스』의 패러디를 막연히 구상하고 있던 차에 기회가 왔구나 하고 펜을 들었다. 일본문예가협회 편저『단편 베스트 컬렉션 현대 소설 2014』와 일본추리작가협회 편저『험난한 살의의 길 최신 베스트 미스터리』두 개의 앤솔러지에 수록되어 있다. 좋아하는 두 가지 요소를 섞어놓은 소설이라, 자잘한 아이디어를 잔뜩 쥐어짜내느라 고생하면서도 즐겁게 쓸 수 있었다.

「명탐정 Q 씨의 휴가」는 뜬구름처럼 가벼운 이야기로 호러나 미스터리라고 하기 어려워 판타지로 치기로 했다. 일본담배산업주식회사(JT)의 의뢰로 담배가 등장하는 소설을 쓴 것이었다. '담배 한 대의 상대성'이라는 기획이었는데 두 가지 시점으로 이루어진 이야기를 요청받아 이런 형태로 정리했다. 그것을 합해서 이 책에 실으면서 새로 제목을 붙여보았다.

블랙 유머 기조의 초단편「눈부신 이름」은 일종의 호러라 할 수 있겠다. 스포츠 뉴스를 보면서 '요즘은 야구장 이름이 자꾸 바뀌어서 외우기 힘들어'라고 생각한 데서 탄생했다. 〈마이니치 신문〉 간사이판 석간에 게재되었으니 한정된 독자밖에 볼 기회가 없었던 작품이다.

「요술사」는『시와 판타지』라는 뜻하지 않은 잡지에서 의뢰를 받아 쓴 단편. 다크 판타지도 괜찮다고 해서 의뢰를 수

락했다. 스즈키 고지 씨의 멋진 일러스트와 함께 실렸는데 그 그림을 보여드리지 못하는 게 아쉬울 따름. 이야기 도입부는 다니자키 준이치로의 단편「마술사」초반부를 조금 흉내냈는데 이왕 하는 거, 제목도 다니자키 작품과 비슷하게 붙였다.

「괴수의 꿈」은 전자 잡지『문예 가도카와』에 실린 뒤에 괴수를 테마로 한 오리지널 앤솔러지『괴수 문예의 역습』(히가시 마사오 편저)에 수록되었다. 초등학생 시절 한창 괴수 붐이 일어서 괴수라면 좋아 죽는다. 괴수 소설을 쓸 흔치 않은 기회를 얻었으니 '내가 생각한 최강의 괴수'로 아수라장을 만들어볼까도 했는데 그렇게 되지 않고 이런 형태가 되었다. 한정된 분량 안에서 '최강의 괴수'를 일정 수준 설득력 있게 쓸 수가 없었다. 작중에 다양한 생각을 담았는데 그 중 하나가 '아타미에는 괴수가 잘 어울린다'라는 의견. 이 작품을 쓰기 직전, 아타미에서 하루 묵었을 때 호텔 창밖으로 경치를 바라보는데 그런 생각이 강하게 들었다.

「극적인 폐막」은 오리지널 앤솔러지를 내려고 결성한 여성 작가 그룹, 아미 모임(가칭)이 편찬한『독살협주곡』(주어진 테마는 독)에 기고한 작품. 나는 남성 작가라 그 모임의 회원은 아니지만 고바야시 야스미 씨와 함께 게스트로 초청받았다. 여성 작가들의 작품이 많다 보니 남성 게스트라는 표시로 남성형 1인칭을 썼다. 이 폐막이 절망적인지, 조금이나마 희망적인지, 독자들마다 견해가 갈라질 것 같다.

「출구를 찾아서」도 〈크로스오버 일레븐〉에서 이틀에 걸쳐 쓰카야마 씨가 명연기로 낭독해준 작품. 이 우화를 호러라고 부르기는 어려울지도 모른다.

「미래인 F」는 에도가와 란포의 소년탐정단 시리즈의 패러디, 패스티시를 모은 오리지널 앤솔러지 『우리 모두의 소년탐정단 2』에 기고한 작품으로, 에도가와 란포의 문체를 따라 했다. 문장 표기도 나름대로는 흉내내서 히라가나를 많이 썼는데 원전을 읽어봐도 표기 법칙을 파악하기 어려워 지나치게 읽기 불편하지 않을 정도에서 그쳤다. 프로 작가가 되어 이런 소설을 쓰게 될 줄은, 소년탐정단 시리즈를 탐독했던 초등학생 시절에는 꿈도 꾸지 못했다.

「도둑맞은 러브레터」는 아사히 신문에 게재되었다. 원래 매주 주어진 테마를 바탕으로 한 에세이를 싣는 칸에 '소설을' 써달라는 의뢰였는데, 간신히 미스터리 같은 결말을 붙일 수 있었다…… 아마도. 이 분량으로 '러브레터를 테마로 한 미스터리를' 써달라니 어려운 주문이란 말입니다. 하지만 '탐정을 등장시키면 어떻게든 된다'는 경지에 이르렀다.

「책과 수수께끼의 나날」은 『소설 보석』에 게재된 후에 『오사키 고즈에 리퀘스트! 서점 앤솔러지』에 수록된 서점 미스터리. 제목처럼 영광스럽게도 감수자 오사키 고즈에 씨의 지명으로 서점(신간 서점으로 제한)이라는 테마를 따라 썼다. 나는 전업 작가가 되기 전에는 서점에서 일했던 터라 소재만 정해지면 쓰는 데는 어려움이 없었다. 초반 에피소드는 계산대에서 근무했을 때의 경험을, 마지막 수수께끼는 본사 상품부에 있던 시절의 경험을 기초로 했는데 그 외에는 전부 창작이다. 아, 공처가 손님은 실제로 있었던가.

「수상한 방송」은 회사원 시절의 경험을 재료로 썼다. 이것은 「저택의 하룻밤」 「출구를 찾아서」와 함께 〈크로스오버 일레븐〉에서 낭독해주었는데, 이 세 편의 공통점을 알아차렸을까? 나는 이 단편들을 제출할 때 '헤매는 사람들'이라는 제목을 붙였다. 또한 같은 프로그램 엔딩에 흐르는 내레이션은 이런 것이었다. "이제 곧, 시곗바늘이 12시를 가리킵니다. 오늘과 내일이 만나는 순간, 크로스오버 일레븐. 스크립트, 아리스가와 아리스. 그리고 저, 쓰카야마 마사네였습니다."

「화살」은 잡지 『소설 신초』 800호 기념 특집으로 800자 소설을 써달라고 해서 그 분량을 넘지 않도록 타이포그래픽 션 수법을 이용해 집필했다. 온갖 요청이 들어오니 참 힘듭니다. 편집부에서 "'비'라는 제목도 좋지 않나?"라고 했지만 '화살'을 고집했다. 이보다 더 짧은 소설을 쓸 리는 없을 테

니, 이보다 더 짧을 수 없는 제목을 짓고 싶었다.♦

400자 원고지 200매가 넘는 두툼한 표제작 「이리하여 아무도 없었다」는 제목만 봐도 알 수 있듯 애거서 크리스티의 『그리고 아무도 없었다』를 바탕으로 한 중편이다. 굳이 집필 전에 원전을 다시 읽지 않고 썼다. 탈고 후에 대조해보니 초대 손님들을 고발하는 대사가 짧아서 놀랐다. 그 밖에도 기억과 다른 부분이 많았지만 원작과는 다른 재미를 담아내지 않았나 싶다.

이 작품에 대해서는 언급하고 싶은 내용이 많다. 아직 읽지 않은 분들을 위해 원작의 진상을 폭로하지 않고 써나가도록 하겠다.

『그리고 아무도 없었다』는 고등학생 때 처음 읽었는데, '이렇게 재미있는 소설이 있다니!' 하고 크게 기뻐하면서도 다 읽고 나서는 '기대했던 것과 다르네'라는 생각도 했다. 명탐정이 수수께끼를 해명하는 장면이 없어 섭섭했던 것이다. 또한 범인이 마지막에 취하는 행동이 마음에 걸렸다. 그 행동이란, 하야카와 서방의 크리스티 문고판 『그리고 아무도 없었다』 마지막 페이지의 한두 줄에 해당하는 부분. 그런 일로 고민하지 말고 '희생자 가운데 몇 명이 남긴 기록'을 처

♦ 일본어로 비는 2음절, 화살은 1음절 단어이다.

분하면 되지 않느냐고 하면 생트집에 가까울지도 모르지만, 범인이 독자를 너무 의식하고 있어 그 부분만 영화 등장인물이 카메라를 쳐다보고 있는 듯한 묘한 느낌을 받았다(그것도 본격 미스터리다워서 흥미롭지만). 거기서 짜내는 트릭에 대해 '고전적인 수법이네'라는 생각도 했다.

원작은 그냥 재미있기만 한 게 아니라 깊이 읽어볼 여지를 다분히 가진 걸작으로, 와카시마 다다시 씨의 평론 「밝은 저택의 비밀」(『난시 독자의 귀환』 수록 / 제2회 본격 미스터리 대상 평론·연구 부문 수상작)을 읽고 이 작품에 숨은 교묘한 장치를 깨달았을 때는 '나는 크리스티의 진정한 의도를 모르고 재미있다고 했나!' 하고 깜짝 놀라 아찔했다. 그 평론의 착안점은 「이리하여 아무도 없었다」에도 버무려냈다.

그렇게 원작에 대해 고민하는 사이 '이 작품은 이렇게 쓸 수도 있겠다. 그러면 명탐정의 추리도 쓸 수 있겠네'라는 아이디어가 튀어나와 잡지 『야성 시대』의 원고 의뢰를 이때다 하고 핑계로 삼아 단숨에 써 내려갔다. 탐정은 거의 애드리브로 만들어냈다. 신비하고 마녀 같은 중년 여성으로 설정하려다가 '이 사건을 해결하는 건 파격적인 아저씨가 어울려. 일단 에르퀼 푸아로 비슷하게 만들어보자'라고 마음을 바꾸어 그렇게 되었다.

페데리코라는 미들네임은 예상하셨겠지만 영화감독 페

데리코 펠리니에서 따왔다. 뭔가 축제 같은 것(유쾌하고 우스꽝스럽기만 할 때도 있다)을 접했을 때 흔히 아내가 "페데리코네"라고 말해서 이 작품의 등장인물 이름에 어울린다고 생각했다. 그가 오페라를 노래하는 이유는 스웨덴 본격 미스터리 『17인의 생일파티Ättestupan』(얀 엑스트뢈 저)에 나오는 베르틸 듀렐 경감에서 인용했다. 이 경감은 아침에 일어나자마자 창문을 열고 노래를 부른다. 정말 본격 미스터리 나라에 사는 사람 같지요?

최근 세태를 가득 담아낸 이유는 크리스티가 지금 『그리고 아무도 없었다』를 쓴다면 이렇게 되었을지도 모른다는 생각에서.

사건의 시작을 4월 27일(그날이 토요일이라는 점에서 2019년임은 자명하다)로 삼은 것은 초대 손님을 모으기 쉬운 황금연휴 초반이라는 이유도 있지만 헤이세이 연호가 끝나는 시기를 의식했다. 이 어두운 축제 같은 사건은 가짜 보수와 가짜 자유주의가 대립하는 가운데 사회 격차가 심화되는 시대가 낳은 것으로, 그런 희비극적 요소의 총결산이다.

더 첨언하자면 나는 본격 미스터리 작가로서 '지금까지 아무도 생각해내지 못한 이야기'보다 '지금까지 누구나 쓸 법하지만 쓰지 않았던 이야기'를 쓸 때 더 기뻐하는 것 같다. 완성도는 독자의 판단에 맡기기로 하고, 이 작품에서 그 기뿜을 어느 정도 맛볼 수 있었다.

각 작품을 발표할 때 신세를 진 편집자 여러분께 이 자리에서 감사를 표합니다. 어느 작품에나 추억이 깃들어 있습니다.

장정을 맡아주신 스다 안나 씨, 꿈과 신비로 가득한 표지 일러스트로 부족한 작품을 포장해주신 junaida 씨 덕분에 정말 행복합니다.

KADOKAWA 『야성 시대』 편집부 호소다 아스미 씨, 문예도서 편집부 고바야시 아야 씨에게 깊이 감사드립니다. 제가 첫 번째 책을 세상에 내놓은 것은 헤이세이 1년 1월. 덕분에 데뷔 30주년을 맞이하려는 시기에 '아리스가와 소설 견본집'을 낼 수 있었습니다.

마지막이 되었지만 읽어주신 모든 여러분께. 고맙습니다.

2019년 1월 20일
아리스가와 아리스

문고판 후기

신인 작가였을 때는 출판사에서 내 책을 보내주면 다시 읽어보곤 했다. '책이라는 형태로 읽으니 느낌이 또 다르네' 하고 기뻐하면서.

교정 과정에서 찬찬히 뜯어본 직후니 '당분간은 읽기 싫다'는 것도 자연스러운 감정이고 '나중에라도 내 작품은 다시 읽지 않는다'는 작가도 있다.

내 경우 바로 책으로 다시 읽어본다는 풋풋한 습관은 사라졌지만 마음이 내키면 집어 들 때도 있다. 이 책 『이리하여 아무도 없었다』는 잠깐 다시 읽어보려는 타이밍에 문고본으로 내려고 하니 새로 교정을 해달라고 부탁받았다.

평소 시리즈물을 자주 쓰는데, 이 책에 수록된 작품은 단발 작품뿐이라 등장인물들을 다시 만나기는 오랜만이었다.

"여전히 활기차게 모험하고 있구나" "확실하게 살해당해주느라 고생이 많아" 하고 인사하며 돌아다니는 기분이었다.

표제작에 나오는 '가상화폐'는 '암호 자산'으로 명칭이 바뀌었지만 헤이세이 시대의 마지막이 무대라 그대로 두었다.

문고화와 더불어 장정 담당 스즈키 구미 씨와 일러스트레이터 기하라 미사키 씨가 멋진 표지를 만들어주셨습니다. 언제까지고 바라보고 싶은 표지입니다.

해설을 써주신 센가이 아키유키 씨. 본문은 당장 되읽어보지 않아도 해설은 몇 번이고 열심히 읽고 있습니다.

그리고 이 책은 가도카와 문고 편집부 미쓰모리 유코 씨에게 큰 도움을 받아 완성되었습니다.

깊이 감사드립니다.

2021년 10월 13일
아리스가와 아리스

해설

센가이 아키유키 (서평가)

이 책은 2019년 3월에 KADOKAWA에서 단행본으로 간행된 아리스가와 아리스의 중단편집 『이리하여 아무도 없었다』를 문고본으로 만든 것이다.

일반적으로 단편집은 두 종류로 나뉜다. 하나는 동일한 주인공 혹은 동일한 무대 설정으로 통일된 것. 또 하나는 특별히 통일된 테마를 갖지 않는 것이다.

이 책은 후자로, 작가가 '들어가는 말'에서 "테마를 받아서 쓴 글도 있고, 분량 제한도 없이 자유롭게 쓴 글도 있습니다. 내용도 길이도 다양하고 책이 갖는 테마도 없어, 아리스가와 소설의 견본집이라고 할 수 있습니다"라고 써놓은 대로 장르도 다양하고 분량도 짧은 때는 두 페이지, 길 때는 표제작처럼 단편이라기보다 중편이라 불러야 할 작품까지 있다.

또한 각 작품을 쓰게 된 사정은 말미의 '후기'에서 작가가 직접 친절하게 설명해주고 있다. 솔직히 해설자가 나설 자리가 거의 없는 책이다.

때문에 평소 단편집 해설을 쓸 때처럼 한 편 한 편 뽑아서 개별적으로 언급하지 않고 표제작 『이리하여 아무도 없었다』를 중심으로 풀어보고자 한다. 또한 각 작품이 게재되었던 잡지는 다른 페이지의 '수록 작품 발표 지면'을 참조해주시기 바란다.

이 책의 수록작을 보면 작가의 패러디 재능이 뚜렷이 드러난다. 예를 들어 「선로 나라의 앨리스」는 제목으로 알 수 있듯 루이스 캐럴의 아동문학 『이상한 나라의 앨리스』를 패러디한 작품이고, 「미래인 F」는 에도가와 란포의 「소년탐정단 시리즈」를 패러디했다.

그리고 표제작 또한 제목만 봐도 일목요연하지만 애거서 크리스티의 『그리고 아무도 없었다』(1939년)를 바탕으로 하고 있다. 『그리고 아무도 없었다』라고 하면 동요 살인 작품으로도 밀실 살인 작품으로도 완성형 고전으로, 이 작품이 없었다면 니시무라 교타로 『살인의 쌍곡선』(1971년)도, 아야쓰지 유키토 『십각관의 살인』(1987년)도, 요네자와 호노부 『인사이트 밀』(2007년)도 탄생하지 않았으리라. 당연히 거기에서 직접적 혹은 간접적으로 영향을 받은 작품은 막대한 수에 달하며, 제목을 본뜬 사례만 해도 애니메이션 〈시끌별 녀석들〉 75회(98화) '그리고 아무도 없어졌닷짜?!'(1983년), 나쓰키 시즈코『그리고 누군가 없어졌다』(1988년), 이마무라 아야『그리고 모두가 없어진다』(1993년), 하야미네 가오루『괴짜탐정의 사건노트 1 ─ 그리고 다섯 명이 사라졌다』(1994년), 모리 히로시『그리고 두 사람만 남았다』(1999년), 시라이 도모유키『그리고 아무도 죽지 않았다』(2019년) 등을 떠올릴 수 있다. 이 책도 그 계보를 잇고 있다.

이 책에서는 덴스케라는 수수께끼의 대부호에게 미에현 이세만에 있는 무인도, 통칭 '해적섬'에 초대받은 남녀가 디너 석상에서 각자 과거의 죄상을 폭로당하고 "판결은 전원 사형. 목숨으로 죄를 갚도록 하세요"라는 선고를 받는다. 그 후 바로 한 명이 독으로 쓰러진다…… 라는 도입부까지 일부러『그리고 아무도 없었다』를 그대로 차용하는 전개를 취하고 있다.

『그리고 아무도 없었다』는 일반적으로 읽어보지 않은 사람들도 제목은 들어본 적 있을 정도로 유명하지만, 이 작품에서는 범인을 제외하고 섬에 초대받은 사건 관계자 중 누구도『그리고 아무도 없었다』의 진상을 모른다(TV로 영상

화된 작품을 본 적 있는 인물은 있지만 결말까지는 보지 않았다)는 설정이다. 본격 미스터리 세계에서는 과거의 명작을 유난히 꿰고 있는 미스터리 마니아가 등장인물 가운데 한 명쯤 있는 경우가 많은데, 이 작품의 설정은 꽤나 현실적이지 않은가.

일본에서 『그리고 아무도 없었다』는 과거 번역서로 범인의 내면을 묘사한 부분을 읽고 공정하지 못하다고 판단하는 사람이 많았던 시기도 있었지만, 그런 평가에 새로운 시각을 촉구한 평론이 이 책 '후기'에서도 언급된 와카시마 다다시의 「밝은 저택의 비밀」(『난시 독자의 귀환』 수록)이었다. 와카시마는 원문을 분석해 크리스티가 어디까지나 공정하게 썼음을 증명했고, 현행 번역서에서는 원문의 공정성을 살린 문장으로 바뀌었다. 그 평론을 읽고 쓴 이상 아리스가와의 「이리하여 아무도 없었다」가 공정하지 않을 리 없다. 『그리고 아무도 없었다』와 마찬가지로 등장인물의 내면의 사고가 묘사된 부분도 있지만 주의해서 읽을 필요가 있다.

그런데 외딴섬을 무대로 한 작가의 작품이라고 하면 에가미 지로 시리즈 『외딴섬 퍼즐』(1989년)과 히무라 히데오 시리즈 『까마귀 어지러이 나는 섬』(2006년)이 떠오른다. 여기서 표제작과의 공통점이라는 의미로 언급하고 싶은 것은 후자다. 이 작품에는 통칭 호리에몬으로 불리는 라이브도어

전임 사장 호리에 다카후미를 방불케 하는, 핫시라는 별명의 하쓰시바 신지라는 IT 기업 사장이 등장해 시사 소재를 의식하고 있다. 한편 표제작에서는 갑질로 사원을 죽음으로 몰아넣은 악덕 기업 사장이나 상습적으로 입소자를 학대하는 요양 시설 경영자 등 섬에 모인 악인들이 크리스티 작품과 비교해볼 때 상당히 현대라는 시대를 잘 반영하고 있다.

이 점에 대해 '후기'에서는 "최근 세태를 가득 담아낸 이유는 크리스티가 지금 『그리고 아무도 없었다』를 쓴다면 이렇게 되었을지도 모른다는 생각에서"라고 적고 있다. 실제로 크리스티는 세태에 광범위하게 안테나를 뻗어 비교적 신속하게 시사 소재를 도입하는 타입의 작가였다. 대표작 『오리엔트 특급 살인』(1934년)이 간행 2년 전에 벌어진 찰스 린드버그 2세 유괴 살인 사건을 바탕으로 한 내용이라는 사실은 유명하나, 같은 시기의 작품 『에지웨어 경의 죽음』(1933년)도 집필 타이밍을 고려하면 작중에 나오는 제인 윌킨슨과 머튼 공작의 관계가 '왕관을 건 사랑'으로 유명한 월리스 심프슨과 영국 국왕 에드워드 8세(당시에는 즉위 전이었지만)의 관계를 모델로 삼은 게 아닐까 추측해볼 수 있는 부분이 있다. 그런 점에서도 표제작은 크리스티의 정신을 계승한 작품이라 할 수 있다.

『그리고 아무도 없었다』에는 탐정 역할을 하는 인물은 등장하지 않고 독자는 범인의 수기로 진상을 알게 되는데, 표제작에는 히비키 페데리코 와타루라는 사립 탐정이 등장한다. 노골적으로 작중의 현실성 경계에서 벗어난 독특하고 자신만만한 언동에서 엿볼 수 있듯 크리스티가 낳은 명탐정 에르퀼 푸아로를 패러디한 인물이며, 표제작은 탐정이 없었던 원작의 수수께끼를 명탐정이 푸는 구조를 시도하고 있다.

사실 이 시도에는 비슷한 전례가 있다. 표제작을 발표하기 2년 전인 2017년, TV 아사히 계열에서 방송된 〈2일 연속 드라마 스페셜 애거서 크리스티 그리고 아무도 없었다〉(나가사카 슈케이 각본, 이즈미 세이지 감독)가 그것이다. 크리스티 원작의 무대를 현대 일본으로 가져왔고, 등장인물도 모두 일본인이지만 원작과 가장 큰 차이점은 사람들의 시체가 발견된 후에 사와무라 잇키가 연기하는 경시청 수사 1과 경감 쇼코쿠지 류야(일부러 직선으로 걷는다는 특징이 직선이나 대칭을 애호하는 푸아로를 연상케 한다)가 사건 수사를 지휘하며 명석한 추리로 진상을 폭로하는 점이다. 표제작을 집필할 때 아리스가와가 이 드라마를 의식했는지는 알 수 없으나 같은 일본의 크리에이터가 푸아로 스타일의 명탐정에게 수수께끼 해명을 맡긴다는 착상에 이른 것은 흥미롭다.

그 밖에도 쌍둥이가 등장하는 것은 앞서 말한 니시무라

교타로 『살인의 쌍곡선』을 의식한 것으로 추측할 수 있고, 해적섬이라는 이름이 요코미조 세이시 『옥문도』(1949년)에 나오는 섬의 역사를 상기시키는 점, 미에현 이세만의 외딴섬이라는 무대가 에도가와 란포의 『파노라마섬 기담』(1933년)과 상통한다는 점 등 표제작에는 과거 유명 작품에 대한 오마주가 곳곳에 배치되어 있다. 장난기를 곁들여 거장의 명작에 도전한 이 작품은 길이는 중편이지만 풀어 읽어야 할 요소가 가득 담겨 있는 것이다.

아리스가와 아리스 저작 목록

(2021년 11월 현재)

★ 히무라 히데오 시리즈
☆ 에가미 지로 시리즈

이리하여 아무도 없었다　　　　　KADOKAWA('19) ※ 본서
캐나다 금화의 비밀★　　　　　　고단샤 노블스('19)/ 고단샤 문고('21)
하마지 겐자부로의 비밀 사건부　　KADOKAWA('20)

에세이집

아리스의 난독亂讀　　　　　　　미디어팩토리('98)
작가의 범행현장(사진 가와구치 소도)
　　　　　　　　　　　　　　　미디어팩토리('02)/ 신초 문고('05)
미궁 산책　　　　　　　　　　　가도카와 서점('02)/ 가도카와 문고('05)
붉은 새는 저택으로 돌아간다　　　고단샤('03)
수수께끼는 풀리는 편이 매력적　　고단샤('06)
올바르게 시대에 뒤처지기 위해서　고단샤('06)
거울 저편으로 떨어져보자　　　　고단샤('08)
아리스가와 아리스의 철도 미스터리 여행
　　　　　　　　　　　　　　　산과 계곡사('08)/ 고분샤 문고('11)
본격 미스터리 왕국　　　　　　　고단샤('09)
미스터리 나라 사람들　　　　　　니혼 게이자이 신문 출판사('17)
논리 트릭 기담 아리스가와 아리스 해설집
　　　　　　　　　　　　　　　KADOKAWA('19)

주요 공저, 편저

아리스가와 아리스의 밀실 대도감　현대서림('99)/ 신초 문고('03)/
　　　　　　　　　　　　　　　소겐 추리문고('19)
　　　　　　　　　　　　　　　 * 아리스가와 아리스 글/이소다 가즈이치 그림
아리스가와 아리스의 본격 미스터리 라이브러리
　　　　　　　　　　　　　　　가도카와 문고('01)
　　　　　　　　　　　　　　　 * 아리스가와 아리스 편저
아리스가와 아리스의 철도 미스터리 라이브러리
　　　　　　　　　　　　　　　가도카와 문고('04)
　　　　　　　　　　　　　　　 * 아리스가와 아리스 편저

수록 작품 발표 지면

「저택의 하룻밤」　　　　　　　(NHK-FM 크로스오버 일레븐 2013년 여름 원작)

「선로 나라의 앨리스」　　　　　『소설 신초』 2013년 5월 호(신초샤)

「명탐정 Q 씨의 휴가」　　　　　(이하의 두 작품을 본서 수록용으로 합친 것)

　명탐정 Q 씨, 담배를 뻐끔거리다　『다빈치』 2011년 9월 호(미디어팩토리)

　　　　　　　　　　　　　　　JT웹사이트 '잠깐 담배 타임 광장'

　명탐정 Q 씨, 마침내 구혼하다　『다빈치』 2011년 10월 호(미디어팩토리)

　　　　　　　　　　　　　　　JT웹사이트 '잠깐 담배 타임 광장'

「눈부신 이름」　　　　　　　　(마이니치 신문 2013년 6월 6일 자)

「요술사」　　　　　　　　　　『시와 판타지』 2011년 여름맞이 호 No.15

　　　　　　　　　　　　　　　(가마쿠라 춘추사)

「괴수의 꿈」　　　　　　　　　『괴수 문예의 역습』(KADOKAWA 2015년 3월)

「극적인 폐막」　　　　　　　　『독살협주곡』 아미 모임(가칭) 편저

　　　　　　　　　　　　　　　(하라 서방 2016년 6월)

「출구를 찾아서」　　　　　　　(NHK-FM 크로스오버 일레븐 2013년 여름 원작)

「미래인 F」　　　　　　　　　『우리 모두의 소년탐정단 2』

　　　　　　　　　　　　　　　(포플러 문고 2018년 4월)

「도둑맞은 러브레터」　　　　　(아사히 신문 2012년 3월 28일 자)

「책과 수수께끼의 나날」　　　　『오사키 고즈에 리퀘스트! 서점 앤솔러지』

　　　　　　　　　　　　　　　(고분샤 문고 2014년 8월)

「수상한 방송」　　　　　　　　(NHK-FM 크로스오버 일레븐 2013년 여름 원작)

「화살」　　　　　　　　　　　『소설 신초』 2011년 1월 호(신초샤)

「이리하여 아무도 없었다」　　　『소설 야성 시대』 2019년 1월 호(KADOKAWA)

옮긴이의 말

　우리나라에서는 미스터리, 호러, 스릴러 등 다양한 엔터테인먼트 소설이 흔히 '장르 소설'이라는 다소 특이한 명칭으로 한 덩어리 취급을 받기도 하지만 각각의 작품들은 저마다 다른 방향을 추구하고 있다.

　아리스가와 아리스가 30년이 넘는 작가 생활을 통해 추구해온 것은 논리에 의한 추리로 해결이 가능한 공정한 미스터리로,『월광 게임』으로 작가 데뷔 당시 그의 첫 작품을 출간한 도쿄소겐샤가 내건 캐치프레이즈는 '90년대의 퀸'이었다. 착실하고 견실한 그의 스타일은 어찌 보면 착하기만 한 모범생 스타일로 지루하게 느껴질 수도 있지만 수많은 작가들이 데뷔하고 사라져가는 가운데, 30년이 넘는 세월 동안 일선에서 꾸준히 작품 활동을 해온 것만으로도 그의 저력을 가늠해볼 수 있다.

    아리스가와 아리스는 두 개의 유명한 시리즈를 가지고 있는데, 작가와 같은 이름을 가진 주인공이 학생으로 등장하는 학생 아리스 시리즈(탐정 캐릭터의 이름을 따서 에가미 시리즈라고도 한다)와, 추리소설 작가로 등장하는 작가 아리스 시리즈(이 역시 탐정 캐릭터의 이름을 따서 히무라 시리즈라고도 한다)가 그것이다. 연령이 다른 동명의 주인공이지만 작품 속 아리스가와 아리스는 동일 선상의 인물은 아니고 각자 다른 세계관의 인물이다. 작가 자신의 성격이 상당히 투영된 소설 속 아리스가와 아리스는 미스터리를 더없이 사랑하지만 막상 사건이 터지면 항상 엉뚱한, 그러나 대부분의 보통 사람들이 생각할 만한 추리를 펼쳐서 에가미나 히무라, 나아가서는 작품을 읽는 우리 독자들을 대신해 잘못된 방향의 추리를 차단해나간다. 그런 스타일 때문에 아리스가와 아리스의 작품은 대개 독자들도 논리로 해결할 수 있는 사건들로 이루어져 있으며, 특히 학생 아리스 시리즈는 언제나 사건 해결 챕터 직전에 '독자에 대한 도전'이 들어 있어 단순히 미스터리를 읽기만 하는 게 아니라 작품 속에 들어가 탐정 기분으로 사건을 해결하는 재미도 느껴볼 수 있다. 이러한 스타일 때문에 '관 시리즈'로 신본격의 문을 열었다고 일컬어지는 아야쓰지 유키토와 함께 각본을 담당해 출제편―해결편으로 이루어진 《안락의자 탐정》이라는 드라마도 여러 차례 기획한 바 있다. 《안락의자 탐정》은 출제편 방송 후부터 해결편 방송 전까지 시청자들로부터 추리에 대한 답변을 접수하는 시청자 참가형 프로그램으로 지금까지 총 8편이 방송되었는데 평균 응답자 수가 약 15,000명, 범인을 맞힌 수가 약 3,000명(22.8%), 이유까지 맞힌 수가 약 300명(1.07%)으로 참가자 수만 봐도 일본의 미스터리에 대한 애정과 관심을 엿볼 수 있다.

아리스가와 아리스는 1959년생으로 이미 환갑을 한참 넘었지만 오래 전부터 글쓰기 학원을 통해 후진 양성에도 힘쓰고 있으며 창작 활동도 꾸준히 이어나가고 있다. 대두 초기에 신본격 작품들은 미스터리에 너무 치중한 나머지 부족한 인물 묘사와 사건 설정만을 위한 억지스러운 전개, 개연성 부족으로 흔히 비판받았다. 하지만 데뷔작을 포함한 에가미 시리즈에서는 미스터리와 청춘 군상을 잘 버무려내고 있으며, 히무라 시리즈에서는 『자물쇠 잠긴 남자』 등 후기 작품들을 통해 단순히 미스터리뿐만 아니라 인생에 대한 성찰도 엿볼 수 있다.

시대의 흐름일지, 나이 때문일지, 신본격 미스터리 작가들의 작품 발표가 뜸해지고 있지만 꾸준히 다양한 소재, 다양한 분야에서 집필 활동을 펼치고 있는 아리스가와 아리스의 가장 큰 저력은 바로 '호기심'이 아닐까 싶다. 작가 후기에도 적혀 있듯 아리스가와 아리스는 작가라는 꿈에 도전하며 한때 서점 직원으로 일한 경험이 있으며 그때의 경험과 에피소드를 「책과 수수께끼의 나날」에 활용했다. 『절규성 살인사건』에 수록된 「흑조정 살인사건」에서 화자 아리스가 마키라는 소녀와 나누는 스무고개 퀴즈는 작가가 아내에게 들은 이야기라고 한다. 이렇듯 그는 일상에서 만난 크고 작은 발견들을 소중히 품어두었다가 우리 독자들에게 들려준다. 현실에 뿌리를 두었지만 사물을 바라보는 작가의 다정한 시선 때문에 필연적으로 살인자와 피해자가 등장하는 추리소설이라 해도 아리스가와 아리스가 전하는 이야기들은 어딘가 따스한 온기가 있다.

다만 한 사람의 팬으로서 욕심을 말해본다면, 2007년 에가미 시리즈 네 번째 작품 『여왕국의 성』 출간 이후로 많은 독자들이 16년째 기다리고 있는 마지막 다섯 번째 작품을 어서 발표해주었으면 하는 바람이다. 물론 히무라 시리즈도 아직 갈 길이 멀었으니 오래오래 건필해주시기를.

2023년 5월
김선영

이리하여 아무도 없었다

지은이 아리스가와 아리스
옮긴이 김선영
펴낸이 김영정

초판 1쇄 펴낸날 2023년 5월 29일
초판 4쇄 펴낸날 2024년 3월 28일

펴낸곳 (주)현대문학
등록번호 제1-452호
주소 06532 서울시 서초구 신반포로 321 (잠원동, 미래엔)
전화 02-2017-0280
팩스 02-516-5433
홈페이지 www.hdmh.co.kr

© 2023, 현대문학

ISBN 979-11-6790-196-5 (03830)